UMA ESCOLHA IMPERFEITA

Louise Doughty

UMA ESCOLHA IMPERFEITA

Tradução de Geni Hirata

Título original
APPLE TREE YARD

Primeira publicação em 2013 por Faber and Faber Limited
Bloomsbury House
74-77 Great Russel Street
London Wc1B 3ᴰᴬ

Copyright © 2013 *by* Louise Doughty

Todos os direitos reservados.

O direito de Louise Doughty ser identificada como
autora dessa obra foi assegurado em conformidade
com a Seção 77 do Copyright, Designs and Patents Act 1988.

Direitos para a língua portuguesa reservados
com exclusividade para o Brasil à
EDITORA ROCCO LTDA.
Av. Presidente Wilson, 231 – 8º andar
20030-021 – Rio de Janeiro, RJ
Tel.: (21) 3525-2000 – Fax: (21) 3525-2001
rocco@rocco.com.br
www.rocco.com.br

Printed in Brazil/Impresso no Brasil

preparação de originais
VILMA HOMERO

CIP-Brasil. Catalogação na fonte.
Sindicato Nacional dos Editores de Livros, RJ.

D766u	Doughty, Louise
	Uma escolha imperfeita / Louise Doughty; tradução de Geni Hirata. – 1ª. ed. Rio de Janeiro: Rocco, 2014.
	Tradução de: Apple tree yard ISBN 978-85-325-2907-7
	1. Ficção inglesa. I. Hirata, Geni. II. Título.
14-09915	CDD-823
	CDU-821.111-3

A todos que andam por aí,
sabendo que a verdade é outra.

Como o olho, o ouvido e o cotovelo, o genoma não apresenta nenhum elemento de design, mas é, em vez disso, pleno de compromisso, contingência e decomposição.
— *Steve Jones*

Passamos a vida ouvindo mal, vendo mal e entendendo mal, de modo que as histórias que contamos a nós mesmos façam sentido.
— *Janet Malcolm*

SUMÁRIO

Prólogo   11

PARTE UM
X e Y   21

PARTE DOIS
A, T, G e C   125

PARTE TRÊS
DNA   271

Agradecimentos   447

PRÓLOGO

O momento se expande. Ele infla e se expande – o momento em que percebo que perdemos. A jovem advogada, srta. Bonnard, está de pé diante de mim. Uma mulher pequena, como você provavelmente se lembra, cabelos castanho-avermelhados sob a peruca judicial. Seu olhar é frio, sua voz clara. Sua toga preta parece elegante, não sinistra. Ela irradia calma, credibilidade. Já há dois dias subo ao banco das testemunhas e estou cansada, realmente cansada. Mais tarde, vou compreender que a srta. Bonnard escolheu esta hora do dia deliberadamente. Ela desperdiçou muito tempo antes, no começo da tarde, fazendo perguntas sobre minha educação, meu casamento, meus passatempos. Ela tem percorrido tantas avenidas diferentes que, no começo, não atento para o fato de que esta nova linha de interrogatório tem um significado. O momento se expande, porém lentamente. Ele cresce para atingir seu clímax.

O relógio na parede ao fundo do tribunal marca 15:50. O ar está pesado. Todos estão cansados, inclusive o juiz. Eu gosto do juiz. Ele faz anotações cuidadosas, erguendo a mão educadamente quando precisa que uma testemunha vá mais devagar. Ele assoa o nariz com frequência, o que o faz parecer vulnerável. É severo com os advogados, mas amável com o júri. Uma das juradas tropeçou nas palavras ao ser colocada sob juramento, e o juiz sorriu, balançou a cabeça para ela e disse:

– Por favor, leve o tempo que for necessário, minha senhora.

Também gosto do júri. Parece-me uma composição bastante representativa – uma leve predominância de mulheres, três jurados negros e seis asiáticos, com idades que vão de aproximadamente vinte a sessenta e poucos anos. É difícil acreditar que um grupo tão inofensivo de pessoas possa me mandar para a prisão. Ainda mais difícil de acreditar agora, quando estão desmoronados em seus assentos. Nenhum deles está na pose empertigada, alerta, que todos adotavam no começo do julgamento, os rostos iluminados, repletos da adrenalina de sua própria importância. Como eu, provavelmente ficaram surpresos logo de início ao constatarem que o horário de funcionamento do tribunal era tão curto, nunca antes das dez da manhã, até a hora do almoço, terminando no máximo às quatro horas. Mas agora todos nós compreendemos. É a lentidão de tudo – é isso que é tão desgastante. Estamos no meio dos trabalhos, mas sobrecarregados com um enorme fardo de detalhes. Eles estão se sentindo sufocados. Assim como eu, não entendem aonde esta jovem pretende chegar.

E, depois, no banco dos réus revestido de painéis de madeira, por trás dos grossos vidros blindados da segurança, está você: meu coacusado. Antes de eu subir ao banco das testemunhas para depor, estávamos sentados lado a lado, embora separados pelos dois guardas sentados entre nós. Fui aconselhada a não olhar para você enquanto as outras testemunhas eram interrogadas – disseram-me que isso pareceria atitude conspiratória. Enquanto eu mesma estava no banco das testemunhas, você olhou para mim, naturalmente e sem emoção, e seu olhar calmo, quase vazio, é um conforto, pois sei que você está desejando que eu permaneça forte. Sei que me ver aqui, destacada e isolada, encarada e julgada, o faz sentir-se protetor. Seu olhar pode não parecer expressivo para aqueles que não o conhecem, mas eu já vi este mesmo olhar aparentemente descontraído em muitas ocasiões. Sei o que você está pensando.

Não há luz natural na Sala de Tribunal Número Oito, e isso me incomoda. No teto, há um arranjo de lâmpadas fluorescentes entrelaçadas e também há tubos de luz branca nas paredes. É muito esterilizado, moderno e austero, mas isso apenas torna todo o processo ainda mais estranho. O revestimento das paredes em painéis de madeira, os assentos dobráveis com suas capas de tecido verde, nada disso combina: o drama drástico da razão de estarmos ali versus o caráter mundano e anestesiante dos procedimentos.

Olho ao redor do tribunal. O escrivão, sentado uma fileira abaixo em frente ao juiz, tem os ombros arriados. Susannah está na galeria destinada ao público, ao lado do bando de estudantes que entrou há cerca de uma hora e de um casal de aposentados que está ali desde o início, mas que não tem, até onde eu sei, nenhuma conexão com nosso caso, são apenas fãs de teatro, que não podem se dar ao luxo de assistir a um espetáculo em West End. Até mesmo Susannah, que me observa com sua habitual preocupação, até ela consulta o relógio de vez em quando, aguardando o final do dia. Ninguém mais espera nenhum desdobramento importante nesta fase.

– Gostaria de fazê-la voltar um pouco em sua carreira – diz a srta. Bonnard –, espero que seja tolerante comigo. – Durante toda inquirição a que me submete, ela sempre é escrupulosamente bem-educada. Isso não altera o fato de que ela me amedronta, sua fria serenidade, seu ar de saber alguma coisa infinitamente útil que o resto de nós ainda não sabe. Calculo que ela seja uns vinte anos mais nova do que eu, trinta e poucos, no máximo – não muito mais velha do que minha filha ou meu filho. Ela deve ter tido uma ascensão meteórica pelas câmaras para estar à frente deste caso.

Um dos jurados, um homem negro de meia-idade, usando uma camisa cor-de-rosa, sentado na extremidade direita, boceja ostensivamente. Olho para o juiz, que parece resoluto, mas tem as pálpebras pesadas. Somente o meu próprio advogado, Robert, parece alerta. Sua testa está levemente franzida, as sobrancelhas espessas e brancas abaixadas, enquanto ele observa intensamente a srta. Bonnard. Mais tarde, eu me perguntei se ele registrou alguma coisa naquele momento, alguma dica na aparente leveza do seu tom de voz.

– Poderia relembrar à corte – ela continua – quando foi que você participou pela primeira vez de uma reunião de comitê nas Casas do Parlamento? Quanto tempo faz?

Eu não devia sentir alívio, mas não consigo me conter. É uma pergunta fácil. O momento ainda não começou.

– Quatro anos – respondo com confiança.

A jovem advogada olha acintosamente para suas anotações.

– Era um Comitê Especial da Câmara dos Comuns sobre...

– Não – digo –, na verdade, era um Comitê Permanente na Câmara dos Lordes. – Estou em território conhecido ali. – Não existem mais Comitês Permanentes, mas, na época, a Câmara dos Lordes possuía quatro, cada um cobrindo uma área diferente da vida pública. Eu comparecia diante do Comitê Permanente em Ciência para relatar os progressos no sequenciamento computacional do mapeamento de genomas.

Ela me interrompe.

– Mas você trabalhava em tempo integral no Instituto Beaufort, não é? Antes de se tornar freelancer, quero dizer. O nome completo é... Instituto Beaufort de Pesquisa Genômica, eu acho.
Esse *non sequitur* me desconcerta por um instante.
– Sim, sim, trabalhei lá em tempo integral por oito anos, antes de reduzir minhas horas formais a dois dias por semana, uma espécie de função de consultoria em que eu...
– É um dos mais prestigiados institutos de pesquisa do país, não é?
– Bem, juntamente com os de Cambridge e Glasgow, em meu campo, suponho que sim. Eu estava muito...
– Poderia apenas dizer à corte onde fica o Instituto Beaufort?
– Fica na Charles II Street.
– É paralela à Pall Mall, creio, e vai até St. James's Square Gardens?
– Sim.
– Há muitos institutos por ali, não é? Institutos, clubes privados, bibliotecas de pesquisa... – Ela olha para o júri e esboça um sorriso. – Corredores do poder, esse tipo de coisa...
– Eu não estou... eu...
– Desculpe-me, por quanto tempo mesmo você trabalhou para o Instituto Beaufort?
Não consigo evitar que um tom de irritação se insinue em minha voz, muito embora esse tenha sido outro ponto para o qual eu fora alertada.
– Ainda trabalho. Mas em tempo integral, por oito anos.
– Ah, sim, desculpe-me, você já disse isso. E durante esses oito anos você ia e vinha do trabalho de ônibus e metrô?
– De metrô, principalmente.

– Você andava de Picadilly até o instituto?
– Da estação do metrô de Picadilly, sim.
– E nas horas de almoço, intervalos para o café, havia muitos lugares por perto? Bares depois do trabalho etc.?

Diante disso, a advogada de acusação, sra. Price, solta um suspiro e começa a levantar a mão. O juiz olha por cima dos óculos para a jovem advogada e ela ergue a mão espalmada em resposta.

– Desculpe-me, meritíssimo, estou chegando lá...

Meritíssimo. Minha experiência anterior com tribunais criminais restringia-se a seriados de televisão e eu estava esperando excelência. Mas ali é Old Bailey, o Tribunal Penal Central de Londres. Ele é um lorde ou ela é uma lady. Avisaram-me que você pode achar as perucas e os modos cerimoniais com que se tratam estranhos e intimidantes. Mas eu não acho as perucas intimidantes, nem as formas enigmáticas de tratamento – acho cômicas. O que me intimida é a burocracia, a estenógrafa crepitando ritmadamente – os laptops, os microfones, a ideia de que arquivos e mais arquivos estão sendo acumulados sobre mim, a cada nova palavra – toda a enorme capacidade desses procedimentos de triturar e moer. Isso é o que me intimida. Faz-me sentir como um rato do campo apanhado nas enormes lâminas giratórias de uma ceifadeira. Sinto isso embora eu deva estar tão bem preparada quanto qualquer testemunha. Meu marido cuidou disso. Ele contratou um excelente advogado, a quatrocentas libras por hora, para me preparar. Eu me lembrei, na maior parte das vezes, de olhar para o júri quando dei minhas respostas, em vez de me voltar instintivamente para o advogado que está me interrogando. Segui o conselho de que a maneira mais fácil de me lembrar disso é manter os pés posicionados de modo que os dedos apontem para o júri. Endireitei os ombros, mantive a calma e olhei as pessoas diretamente nos olhos. Tenho me saído muito bem, segundo todos os membros da minha equipe.

A jovem advogada acatou a autoridade do juiz e agora olha novamente para mim.

– Portanto, no total, você tem trabalhado ou visitado o bairro de Westminster por aproximadamente, o quê, doze anos? Mais?

– Mais, provavelmente – digo, e então o momento começa a se expandir, uma profunda sensação de desconforto localizada em algum ponto dentro de mim, identificável como um leve aperto em meu plexo solar. Eu mesma faço esse diagnóstico, apesar de ficar perplexa com ele.

– Portanto – ela continua, e sua voz se torna baixa, suave –, seria correto dizer que, com todas essas idas e vindas, caminhadas do metrô, horas de almoço e tudo o mais, você está bem familiarizada com a região?

Está crescendo. Minha respiração começa a ficar mais profunda. Sinto que meu peito sobe e desce, imperceptivelmente no começo, porém, quanto mais eu tento me controlar, mais óbvio se torna. A atmosfera dentro do tribunal fica mais pesada, todos podem sentir. O juiz olha fixamente para mim.

Será minha imaginação ou o membro do júri de camisa cor-de-rosa na periferia da minha visão empertigou-se um pouco, inclinando-se para a frente em sua cadeira? De repente, não ouso olhar diretamente para o júri. Não ouso olhar para você, sentado no banco dos réus.

Concordo com a cabeça, repentinamente incapaz de falar. Sei que em poucos segundos vou começar a hiperventilar. Sei que vou, mesmo nunca tendo feito isso antes.

A voz da advogada é baixa e insinuante.

– Você está familiarizada com as lojas, os cafés...

O suor poreja em minha nuca, em meu pescoço. Meu couro cabeludo parece encolher. Ela faz uma pausa. Ela notou meu nervosismo e quer que eu saiba que percebi corretamente: sei aonde ela pretende ir com esta linha de interrogatório e ela sabe que eu sei.

– As pequenas ruas laterais... – Faz nova pausa. – As vielas, os becos...

E este é o momento. Este é o momento em que tudo desaba, e eu sei, e você no banco dos réus também sabe, pois você segura a cabeça entre as mãos. Nós dois sabemos que estamos prestes a perder tudo – nossos casamentos estão acabados, nossas carreiras terminadas, eu perdi a estima de meu filho e de minha filha e, mais do que isso, nossa liberdade está em risco. Tudo pelo qual trabalhamos, tudo que tentamos proteger: tudo está prestes a desmoronar.

Agora estou hiperventilando abertamente, respirando em grandes e profundos goles de ar. Meu advogado de defesa – pobre Robert – olha fixamente para mim, estarrecido e assustado. A acusação revelou sua linha de ataque antes do julgamento, e não houve nada de inesperado em sua declaração de abertura, nem das testemunhas que tiveram que depor. Mas estou enfrentando sua advogada agora, parte da equipe de defesa. Mas a sua defesa e a minha defesa tinham um acordo. O que está acontecendo?, vejo Robert perguntando. Ele olha para mim e vejo em seu rosto: há alguma coisa que ela não me contou.

Ele não faz a menor ideia do que virá em seguida, sabe apenas que não sabe. Deve ser o pesadelo de todo advogado, algo que o pega despreparado.

Abaixo da plataforma do banco das testemunhas, sentada atrás das mesas mais próximas a mim, a equipe da acusação também me encara; a promotora e o assistente a seu lado; a mulher do Ministério Público da Coroa na mesa atrás deles e, em outra fileira de mesas atrás dessa, o inspetor chefe da Polícia Metropolitana, o detetive do caso, o oficial das provas. Depois, perto da porta, está o pai da vítima em sua cadeira de rodas e a agente de ligação com a família designada para ajudá-lo. Estou tão familiarizada com o elenco deste drama quanto com a minha própria família. Todos olham fixamente para mim – todos, meu amor, menos você. Você não está mais olhando para mim.

– Está familiarizada, não está – insiste a srta. Bonnard em sua voz aveludada e insinuante –, com um pequeno beco chamado Jardim das Macieiras?

Fecho os olhos, muito devagar, como se estivesse cerrando as cortinas sobre toda a minha vida até aquele momento. Não se ouve um único som em todo o tribunal; depois alguém nos bancos à minha frente arrasta os pés. A advogada faz uma pausa de efeito. Ela sabe que vou manter as pálpebras cerradas por alguns instantes: para absorver tudo aquilo, para tentar acalmar minha respiração entrecortada e para ganhar alguns segundos, mas o tempo se esvaiu por entre nossos dedos e já não resta nem um instante sequer: acabou.

PARTE UM

X e Y

1

Para começar do começo – na verdade, começou duas vezes. Começou naquele frio dia de março, na capela de St. Mary Undercroft, no Palácio de Westminster, sob os santos afogados, santos queimados e santos sob todo estado de tortura. Começou naquela noite, quando levantei da cama às quatro horas da manhã. Não sofro realmente de insônia. Nunca passei noite após noite revirando-me na cama de um lado para outro, nem passei semanas em um sombrio estado de exaustão, lívida e ansiosa. De vez em quando, vejo-me repentina e inexplicavelmente acordada – e assim foi naquela noite. Meus olhos se abriram, minha mente despertou para a consciência. *Meu Deus*, pensei, *aconteceu...* Repassei mentalmente o que havia acontecido e, a cada vez que o fazia, tudo parecia mais absurdo. Rolei embaixo do edredom, os movimentos pesados, fechei os olhos e imediatamente os abri de novo, sabendo que o sono não voltaria por pelo menos uma hora. Autoconhecimento: é um dos principais bônus da idade avançada. É o nosso prêmio de consolação.

Não existe clareza nem discernimento a essa hora. Apenas o infindável moer e remoer de nossos pensamentos, cada qual mais confuso e tortuoso do que o último. Assim, levantei-me.

Meu marido dormia profundamente, a respiração áspera, ruidosa.

– Os homens podem alcançar um estado vegetativo contínuo durante a noite – Susannah me disse certa vez. – É uma condição médica bastante conhecida.

Assim, levantei-me, deslizando para fora da cama, o frio do quarto gelando minha pele. Peguei meu roupão de lã grossa no gancho atrás da porta, lembrei-me de que meus chinelos estavam no banheiro e fechei a porta atrás de mim, suavemente, porque não queria acordar meu marido, o homem que amo.

Pode não haver nenhuma clareza ou discernimento a essa hora, mas há o computador. O meu fica em um quarto do sótão, com telhado inclinado em um dos lados e portas de vidro que dão para uma pequena sacada decorativa do outro, com vista para o jardim. Meu marido e eu, cada qual tem seu escritório. Somos um desses casais. O meu escritório tem um pôster da hélice dupla do DNA na parede, um tapete marroquino e um pote de argila para clipes de papel que nosso filho fez para mim quando tinha seis anos. No canto, há uma pilha da revista *Science*, da altura do tampo da minha escrivaninha. Eu a mantenho no canto para que não desmorone. O escritório do meu marido tem uma escrivaninha com tampo de vidro, prateleiras brancas embutidas e uma única fotografia em preto e branco de um bondinho de São Francisco, *circa* 1936, emoldurado em madeira e pendurado na parede atrás do computador. Seu trabalho nada tem a ver com bondinhos – ele é especialista em anomalias genéticas em ratos – mas ele jamais colocaria a foto de um rato em sua parede, como não colocaria um bichinho de pelúcia em sua espreguiçadeira. Seu computador é um retângulo sem fio, nem acessórios. Suas canetas e papéis ficam todos guardados em um pequeno gaveteiro cinza embaixo da escrivaninha. Seus livros de referência estão em ordem alfabética.

Há algo de prazeroso em ligar um computador no meio da noite. O zumbido baixo, a pequena luz azul que brilha no escuro, o ato e o ambiente repletos da sensação de que outras pessoas não estão fazendo isso naquele momento e que eu também não deveria estar. Depois de ligar o computador, dirigi-me ao aquecedor portátil que fica encostado a uma das paredes – geralmente sou a única pessoa na casa durante o dia e tenho meu próprio aquecedor aqui em cima. Ajustei a temperatura no nível *mais baixo* e o aquecedor fez um clique e um chiado, conforme o óleo em seu interior começou a esquentar. Voltei para a minha escrivaninha, sentei-me na cadeira de couro preto e abri um novo documento.

Querido X,
São três horas da madrugada, meu marido está dormindo no andar de baixo e eu estou no sótão escrevendo uma carta para você – um homem que só encontrei uma vez e que provavelmente jamais voltarei a encontrar. Concordo que parece um pouco estranho escrever uma carta que nunca será lida, mas a única pessoa com quem eu jamais serei capaz de conversar a seu respeito é você.
X. Agrada-me que na verdade seja uma reversão genética – o cromossomo X, como tenho certeza de que você sabe, é o que caracteriza o feminino. O Y é o que lhe dá o maior crescimento de pelos na orelha conforme fica adulto e pode também lhe dar uma tendência para a confusão entre as cores vermelho e verde como acontece com muitos homens. Há algo nisso que também é agradável, considerando-se onde estávamos hoje mais cedo. Nesta noite, exatamente agora, a sinergia está por toda a parte. Tudo me agrada.

Minha área é sequenciamento de proteínas, que é um hábito difícil de largar. Ele se espalha pelo resto de sua vida – a ciência, nesse aspecto, se assemelha à religião. Quando comecei meu pós-doutorado, via cromossomos por toda parte, nos riscos da chuva em uma vidraça, emparelhados e à deriva nos rastros desintegrantes do vapor de um avião.

O X tem tantas funções, meu caro X – desde um filme Triplo X ao mais inocente dos beijos, a marca que uma criança faz em um cartão de aniversário. Quando meu filho tinha mais ou menos seis anos, ele cobria cartões inteiros com Xs para mim, fazendo-os cada vez menores quando ia chegando perto da borda do cartão, para continuar espremendo-os, como se quisesse mostrar que nunca poderia haver Xs suficientes em um cartão para representar quantos Xs havia no mundo.

Você não sabe meu nome e não tenho a menor intenção de lhe contar, mas começa com Y – outra razão pela qual gosto de chamá-lo de X. Não posso deixar de achar que seria decepcionante descobrir seu nome. Graham, talvez? Kevin? Jim? X é melhor. Desse modo, podemos fazer qualquer coisa.

Nesse ponto da carta, decidi que precisava ir ao banheiro, então parei, deixei a sala, retornei dois minutos depois.

Tive que parar naquele momento. Pensei ter ouvido alguma coisa lá embaixo. Meu marido sempre se levanta à noite para usar o banheiro – que homem na faixa dos cinquenta não o faz? Minha cautela, entretanto, era desnecessária. Se ele acordasse e visse que eu não estava na cama, não ficaria surpreso de me encontrar aqui em cima, ao computador. Sempre dormi mal. Foi assim que consegui realizar tanto. Alguns dos meus melhores artigos científicos foram escritos às três da manhã.

    Ele é um bom homem, meu marido, grande, calvo. Nosso filho e nossa filha têm quase trinta anos. Nossa filha mora em Leeds e também é cientista, embora não em minha área; sua especialidade é hematologia. Meu filho, no momento, mora em Manchester por causa do cenário musical, segundo ele. Compõe suas próprias músicas. Acho que ele é muito talentoso – claro, sou sua mãe –, mas talvez ele ainda não tenha encontrado seu metiê. É possível que seja um pouco difícil para ele tendo uma irmã tão acadêmica – ela é mais nova do que ele, embora por pouco. Consegui concebê-la quando ele tinha apenas seis meses de vida.

    Mas acredito que você não esteja interessado em minha vida doméstica, da mesma forma como não estou interessada na sua. Notei a grossa aliança de ouro de casamento em seu dedo, é claro, e você notou que eu notei. Naquele momento, trocamos um breve olhar em que as regras do que estávamos prestes a fazer ficavam subentendidas. Eu o imagino em uma confortável casa do subúrbio como a minha, sua esposa uma dessas mulheres esbeltas, atraentes, que aparentam ser mais jovens do que a idade que têm, bem-arrumada e eficiente, provavelmente loura. Três filhos, imagino, dois garotos e uma garota, a menina dos seus olhos? Tudo isso é especulação, mas, como expliquei, sou cientista, e especular faz parte do meu trabalho. Do meu conhecimento empírico a seu respeito, sei apenas de uma coisa. Sexo com você é como ser devorada por um lobo.

Apesar do aquecedor estar na temperatura baixa, o aposento havia se aquecido rapidamente e eu estava começando a ficar sonolenta em minha cadeira de couro acolchoada. Estava digitando há quase uma hora, editando conforme escrevia, e sentia a cabeça pesada, cansada de ficar sentada ereta e cansada do meu tom irônico. Passei os olhos pela carta, ajeitando uma frase aqui e ali, notando que havia dois pontos em que eu não havia sido muito honesta. O primeiro era uma pequena inverdade, um desses atos que tornamos mitológicos para nós mesmos, em que se diminui ou exagera algum pequeno detalhe como forma de abreviar o texto a fim de explicar-se para alguém – objetivando a concisão em vez da fraude. Foi a parte em que aleguei que escrevo meus melhores trabalhos às três da madrugada. Não, não escrevo. É verdade que às vezes eu me levanto e trabalho à noite, mas nunca fiz meus melhores artigos a essa hora. É por volta das dez horas da manhã que trabalho melhor, logo depois do café da manhã de torrada com geleia e uma grande caneca de café puro. O outro ponto em que não fui muito verdadeira era bem sério, é claro. Foi onde me referi ao meu filho.

Fechei a carta, nomeando o arquivo *VATquery3*. Em seguida, o escondi em uma pasta intitulada *LettAcc*. Parei por um instante para me observar nesse pequeno artifício – como fiz quando retoquei o batom na capela. Afundei-me na cadeira e fechei os olhos. Apesar de ainda estar escuro lá fora, podia ouvir um leve chilreado – a abertura otimista dos passarinhos que se alvoroçam e esvoaçam nas árvores ao romper do dia. Foi uma das razões pelas quais nos mudamos para o subúrbio, aquele pequeno coro de pios, embora em poucas semanas eu passasse a achá-lo tão irritante quanto um dia achara agradável.

Um caso isolado, apenas isso. Sem prejuízos. Um episódio. Em ciência, aceitamos aberrações. É somente quando as aberrações acontecem com frequência que paramos e buscamos um padrão. Mas a ciência é toda sobre incertezas, consiste em aceitar anomalias. Aliás, são as anomalias que nos criam, vide o axioma *a exceção que prova a regra*. Se não houvesse regra, não poderia haver exceção. Era isso que eu estava tentando explicar ao Comitê Especial mais cedo naquele dia.

Havia neve no ar, é o que me lembro daquele dia, embora ela ainda não tivesse começado a cair. Aquele frio denso e particular que impregna o ar logo antes de começar a nevar – *a promessa de neve*, pensei comigo mesma enquanto caminhava para as Casas do Parlamento. Era um pensamento agradável porque eu tinha botas novas, botas de meio cano, de couro legítimo, mas com um pequeno salto, o tipo de botas que uma mulher de meia-idade usa porque a faz se sentir menos como uma mulher de meia-idade. O que mais? O que foi que chamou sua atenção? Eu estava usando um vestido de jérsei cinza, claro e macio, com uma gola. Vestia um casaco de lã ajustado por cima do vestido, preto com grandes botões prateados. Tinha lavado os cabelos: talvez isso tenha ajudado. Eu havia recentemente feito um corte em camadas e colocado luzes amendoadas em meus cabelos castanhos normalmente sem graça. Sentia-me feliz comigo mesma, acho, de uma maneira comum.

Se a descrição de mim mesma na ocasião soa um pouco presunçosa, é porque eu sou – eu era, quero dizer, até encontrá-lo e tudo o que se seguiu depois. Algumas semanas antes, tinha recebido uma proposta de um rapaz com a metade da minha idade – mais sobre isso depois – e isso fizera um bem enorme à minha autoestima. Eu recusara, mas as fantasias que tive durante algum tempo depois disso ainda me mantinham alegre.

Era a terceira vez que eu comparecia diante de um comitê governamental e já conhecia a rotina dos procedimentos – na realidade, eu fizera uma apresentação para eles na tarde do dia anterior. Na entrada da Casa Portcullis, empurrei a porta giratória de vidro e depositei minha bolsa na esteira rolante da máquina de raios X com um aceno da cabeça e um sorriso para o segurança, observando que eu usara meu volumoso bracelete de prata no segundo dia para garantir que obteria a massagem gratuita. Virei-me para ser fotografada para o *Passe de um dia, desacompanhado*. Como no dia anterior, fiz o alarme do arco soar e ergui os braços para que a enorme policial pudesse me revistar. Como uma mulher patologicamente cumpridora da lei, fico empolgada com a ideia de que eu precise ser revistada: ali ou no aeroporto, sempre me sinto decepcionada se não faço o alarme disparar. A policial apalpou cada braço, bruscamente, depois virou as mãos e colocou-as em posição de prece, de modo que pudesse passar as bordas das mãos entre meus seios. O fato de requisitarem uma mulher para isso carrega o ato de implicações. Os policiais masculinos ficam parados, observando, o que, para mim, torna essa revista corporal mais ambígua do que se eles próprios a estivessem fazendo.

– Gosto de suas botas – disse a policial ao apertá-las de leve com as duas mãos. – Aposto que serão úteis. – Ela endireitou-se, virou-se e me entregou o crachá preso a um cordão. Pendurei-o no pescoço, depois tive que me inclinar ligeiramente para a frente a fim de pressioná-lo contra a leitora de códigos de barra que fez o segundo conjunto de portas de vidro se abrir.

Só teria que comparecer diante do comitê dali a meia hora – havia chegado com bastante antecedência para comprar um grande cappuccino e sentar-me sob as figueiras no pátio, a uma pequena mesa redonda. Espalhei um pouco de açúcar mascavo em cima do café e, enquanto lia as anotações que fizera no dia anterior, comi os cristais remanescentes, lambendo o dedo indicador e enfiando-o no saquinho de papel. Nas mesas à minha volta, havia membros do Parlamento – os MPs – e seus convidados, funcionários públicos, pessoal do serviço de bufê num intervalo de folga, jornalistas, pesquisadores, pessoal de apoio e de secretaria...

Ali estava o dia a dia dos negócios do governo, as rotinas, os detalhes, a cola que mantém tudo unido. Eu estava lá para ajudar um comitê a se pronunciar sobre as limitações recomendadas para a tecnologia de clonagem – a maioria das pessoas ainda acha que isso é que é genética, como se não houvesse mais nada além de experiências de reprodução, quantas ovelhas idênticas podemos criar, ou ratos idênticos, ou plantas. Infinitas culturas de trigo, tomates quadrados, porcos que nunca vão ficar doentes ou tampouco nos fazer adoecer – são os mesmos debates nada sutis que temos há anos. Já haviam se passado três anos desde a minha primeira apresentação a um comitê, mas eu sabia, quando fui convidada a comparecer mais uma vez, que estaria repetindo exatamente os mesmos argumentos.

O que estou tentando dizer é que eu estava de bom humor naquele dia, mas fora isso era um dia bastante comum.

Mas não foi comum, foi? Fiquei lá sentada, tomando meu café, prendendo o cabelo por trás da orelha enquanto olhava minhas notas e, durante todo o tempo, não sabia que estava sendo observada por você.

Mais tarde, você descreveu esse momento com grandes pormenores, a partir do seu ponto de vista. Em determinado momento, aparentemente, ergui a cabeça e olhei à volta, como se alguém tivesse falado meu nome, antes de retornar às minhas notas. Você se perguntou por que eu fiz isso. Alguns minutos mais tarde, risquei minha perna direita. Em seguida, esfreguei a parte de baixo do nariz com o lado de trás dos dedos, antes de pegar o guardanapo de papel, na mesa, ao lado do café, e assoar o nariz. Tudo isso que você observou de sua mesa, a alguns metros de distância, sentindo-se seguro por saber que eu não ia reconhecê-lo se olhasse em sua direção, porque não o conhecia.

Às 10:48, fechei a pasta, mas não me dei ao trabalho de colocá-la de volta na bolsa, de modo que você sabia que eu estava a caminho de um comitê ou de uma sala de reunião nas proximidades. Antes de me levantar, dobrei o guardanapo e coloquei-o, junto com a colher, no copo de café. Uma pessoa asseada, você pensou. Levantei-me da cadeira e alisei o vestido para baixo, na frente e atrás, com um gesto rápido, como se desse uma escovadela. Corri os dedos pelos cabelos, de cada lado do rosto. Coloquei a bolsa no ombro e peguei minha pasta de arquivo. Quando me afastava da mesa, olhei para trás, apenas para verificar se não tinha esquecido nada. Mais tarde, você me disse que foi desta forma que você soube que eu tinha filhos. As crianças estão sempre deixando coisas para trás, e, uma vez que você desenvolve o hábito de verificar a mesa antes de se afastar, é difícil largá-lo, mesmo quando seus filhos já cresceram e saíram de casa. Mas você não conseguiu adivinhar a idade de meus filhos, você se enganou. Você presumiu que eu os tive mais tarde, quando minha carreira já estava estabelecida, ao contrário de bem cedo, antes de ter começado.

Afastei-me da mesa de café a passos largos e confiantes, segundo você, uma mulher a caminho de algum lugar. Você teve a oportunidade de me observar enquanto eu atravessava o pátio arejado e amplo e subia as escadas que levavam às salas dos comitês. Minhas passadas eram determinadas, eu mantinha a cabeça erguida, não olhava ao redor enquanto andava. Eu não parecia ter a menor ideia de que pudesse estar sendo observada e você achou isso atraente, como disse, porque isso me fazia parecer tanto confiante quanto um pouco ingênua.

Houve algum sinal, alguma pista, para mim, naquele dia, enquanto tomava meu café? Você quis saber mais tarde, instigou-me a dizer que havia pressentido sua presença, querendo que eu o tivesse notado. Não, não no café, falei, nenhum indício de minha parte. Estava pensando na maneira mais fácil de explicar a um comitê de leigos por que tantos dos nossos genes não funcionam, em oposição à codificação de proteínas. Pensava a melhor maneira de explicar quão pouco sabemos.

Nem uma pista? Absolutamente nenhuma? Você ficou um pouco magoado, ou fingiu que ficou. Como eu poderia não ter percebido você? Não, não ali, eu disse, mas, talvez, quem sabe, eu não tinha certeza, tenha sentido alguma coisa na sala do comitê.

A minha apresentação havia transcorrido conforme o planejado, e a minha manhã já estava chegando ao fim. Eu acabara de concluir a resposta a uma pergunta sobre a rapidez de evolução da tecnologia de clonagem – eles são públicos e registrados, esses comitês de investigação, de modo que têm de fazer as perguntas que representarem as preocupações dos cidadãos. Houve um breve hiato quando a presidente do comitê solicitou tempo para verificar seus papéis a fim de se certificar de que seguiria corretamente a ordem das perguntas. Um dos MPs à sua direita – seu nome era Christopher alguma coisa, segundo a placa de plástico à sua frente – fizera um gesto de frustração. Esperei pacientemente. Servi mais um pouco de água do jarro à minha frente e tomei um gole. E, ao fazê-lo, tomei consciência de uma estranha sensação, um formigamento de tensão em meus ombros e pescoço. Senti como se houvesse alguém extra na sala, atrás de mim, como se, repentinamente, o ar se tornasse denso. Quando a presidente me olhou novamente, eu a vi relancear os olhos além, para a fileira de cadeiras atrás de mim. Em seguida, ela retornou aos seus documentos, erguendo os olhos novamente para dizer:

– Desculpe-me, professora, já volto a falar com a senhora.

Ela inclinou-se para o funcionário sentado à sua esquerda.

Nunca tive uma cátedra na universidade britânica – a única época em que tive esse título foi quando dei aulas nos Estados Unidos por um ano, enquanto meu marido fazia parte de um programa de intercâmbio de pesquisa em Boston. Ela devia ter me chamado de "doutora".

Virei-me. Nos assentos atrás de mim, em duas fileiras, estavam os pesquisadores dos MPs com seus notebooks e pranchetas, os auxiliares, aqueles que estão lá para aprender alguma coisa que possa ajudá-los a subir a escada da carreira. Então, em minha visão periférica, vi que a porta de entrada no canto da sala – suavemente, sem ruído – se fechava. Alguém acabara de sair da sala.

– Obrigada a todos por sua paciência – disse a presidente, e eu me virei novamente para o comitê. – Christopher, peço-lhe desculpas, você *estava* listado como número seis, mas tenho um rascunho anterior, manuscrito, e me confundi com a minha própria letra.

Christopher quem-quer-que-fosse fungou alto e bom som, curvou-se para a frente em sua cadeira e começou a fazer sua pergunta em uma voz suficientemente alta para alardear sua ignorância em genética fundamental.

O comitê interrompeu os trabalhos para o almoço cerca de vinte minutos mais tarde. Fui solicitada a participar depois da pausa, embora tivéssemos coberto a maior parte da minha área. Eles só estavam jogando no seguro, para não correrem o risco de voltar a me convocar mais tarde durante a semana e ter que pagar mais um dia dos meus custos. Funcionários e pesquisadores dirigiram-se para a porta de saída, enquanto eu me levantava e guardava meus papéis. Vários MPs já haviam se dirigido à sua saída particular, e o resto do comitê confabulava em voz baixa. A única repórter no banco da imprensa fazia anotações em seu bloco.

O corredor do lado de fora estava agitado – aparentemente, todos os comitês haviam suspendido os trabalhos mais cedo para o almoço –, e eu fiquei parada por um instante, imaginando se descia para o café do pátio ou deixava o prédio. Um pouco de ar fresco vai ser bom, pensei. Comer no mesmo café com os membros e seus convidados já há muito tempo havia perdido o sabor de novidade. Enquanto eu hesitava, o corredor esvaziou-se um pouco e, em um dos bancos do lado oposto, havia um homem. Estava sentado e falava tranquilamente a um telefone celular, olhando para mim. Quando ele viu que eu o havia percebido, encerrou rapidamente a conversa e logo enfiou o celular no bolso. Continuou olhando para mim enquanto se levantava. Se já nos conhecêssemos, seu olhar poderia estar dizendo *Ah, é você*. Mas não nos conhecíamos e então ele dizia algo inteiramente diferente – mas ainda assim com um elemento de reconhecimento. Retribuí o olhar e tudo foi decidido naquele instante, apesar de eu não ter entendido isso por muito tempo.

Esbocei um sorriso, virei-me para descer o corredor e o homem alinhou seus passos a meu lado, dizendo:

– Você foi muito eloquente lá dentro. Você é boa em explicar temas complexos. Muitos cientistas não conseguem fazer isso.

– Já fiz muitas palestras – respondi – e já tive que dar muitos depoimentos a instituições de financiamento ao longo dos anos. Você não pode correr o risco de fazê-los se sentirem idiotas.

– Não, certamente não seria uma boa ideia...

Eu não sei disso ainda, mas o homem é você.

Caminhávamos um ao lado do outro, como se fôssemos amigos ou colegas de trabalho, e a conversa entre nós era tão fácil, tão natural – um transeunte teria presumido que nos conhecíamos há anos – e ao mesmo tempo minha respiração ficou ligeiramente mais curta e eu me senti como se tivesse soltado uma camada de pele, como se algo, simplesmente os anos talvez ou uma reserva natural, tivesse desaparecido de mim. *Santo Deus*, pensei, *isso não acontece comigo há anos.*

– Você não fica nervosa antes de prestar depoimento?

Você continuou a falar comigo de maneira absolutamente normal, e eu o segui normalmente.

Descemos as escadas para o térreo e, sem que nenhum de nós em particular conduzisse o outro, ou assim eu pensei, atravessamos o pátio, até as escadas rolantes que descem para o túnel que leva ao prédio principal das Casas do Parlamento. A escada rolante era estreita, estreita demais para permitir que ficássemos um ao lado do outro, e você fez um gesto para que eu passasse primeiro. Tive a oportunidade de olhar para você, de observar seus grandes olhos castanhos, seu olhar franco, seus óculos de aro de metal um pouco retrô, ou talvez apenas antiquados, não consegui chegar a uma conclusão, cabelos castanhos rebeldes, ligeiramente ondulados, com alguns fios grisalhos. Calculei que você devia ser alguns anos mais novo do que eu, mas não muito. Era bem mais alto do que eu, mas a maioria das pessoas o é. Como eu estava um degrau abaixo de você na escada rolante, naquele momento você parecia bem mais alto do que eu. Você sorriu para mim como se estivesse reconhecendo a tolice de tudo aquilo. Quando chegamos ao fim da escada, com uma única passada larga e firme, você voltou a ficar a meu lado, acompanhando meus passos. Você não era extraordinariamente bonito, mas havia algo atraente na maneira como andava, com suavidade e confiança. Vestia um terno escuro que parecia, aos meus olhos inexperientes, caro. Sim, havia algo em sua postura, no jeito de andar, que era atraente, uma espécie de graça masculina. Seus movimentos eram relaxados, você parecia descontraído, à vontade consigo mesmo – eu podia imaginá-lo mantendo a mesma postura em uma quadra de tênis. Tinha certeza de que você não era um MP.

– E então, você fica? Nervosa, quero dizer.

Foi somente quando você repetiu a pergunta que percebi que tinha havido um silêncio entre nós enquanto descíamos a escada.

– Não – respondi. – Não com essas pessoas. Sei muito mais do que elas.

– Sim, imagino que sim. – Você reconheceu meu conhecimento com um ligeiro aceno da cabeça.

Atravessamos o túnel em silêncio, passando pelo leão e pelo unicórnio de pedra, um de cada lado, até alcançarmos a colunata. Foi muito curioso. Caminhávamos, as pessoas passavam por nós, estávamos descontraídos juntos, de forma bastante familiar – e no entanto ainda não havíamos nos apresentado. Sem nomes, sem formalidades – esse era o modo que você conhecia, vejo agora. Estávamos pulando etapas, estabelecendo que as regras usuais não se aplicavam e não se aplicariam a nós. Tudo isso só percebi em retrospecto, é claro.

Quando entramos na parte da colunata exposta a céu aberto do Jardim do Palácio Novo, estremeci e cruzei os braços. Parecia natural virar à esquerda, atravessar a Porta Norte e entrar no Grande Hall. Estava cheio naquela hora de almoço – estudantes, turistas circulando. Estávamos na parte aberta ao público do complexo parlamentar. À medida que atravessávamos o vasto salão de pedra, víamos, à nossa esquerda, as filas de visitantes por trás de cordas, à espera de acesso às galerias das Casas: um grupo de mulheres idosas, dois homens em capas de plástico, um jovem casal muito junto, voltados um para o outro, com as mãos enfiadas nos bolsos de trás dos jeans de cada um.

Na extremidade oposta do salão, paramos. Olhei para trás, para a porta que levava novamente para fora, o ar branco emoldurado como um quadro. Quantas vezes na vida chegamos a sentir atração instantânea por alguém que acabamos de encontrar, os olhos fixos um no outro, a súbita e esmagadora convicção de que este é alguém que estamos destinados a conhecer? Três, quatro vezes, talvez? Para muita gente, isso só acontece ao subir a escada rolante de uma estação ferroviária ou em uma loja de departamentos, enquanto a outra pessoa desce a escada rolante do outro lado. Algumas pessoas nunca chegam a ter essa experiência.

Eu me virei para você, e você olhou novamente para mim. Foi tudo.

Você fez uma breve pausa e, em seguida, indagou:

– Você conhece a Capela da Cripta? – Seu tom de voz era leve, coloquial.

Sacudi ligeiramente a cabeça.

– Gostaria de ir até lá?

Eu estava à beira de um precipício. Sei disso agora.

– Claro – respondi, descontraída, imitando seu tom. Reproduzindo o mesmo tom, costuma-se dizer. Fazemos isso o tempo todo.

Você inclinou ligeiramente a cabeça em minha direção.

– Venha comigo – falou.

Ao se virar, você colocou a mão em meu cotovelo, o mais delicado dos toques sobre meu casaco, direcionando-me, quase sem fazer contato. Mesmo depois que retirou a mão, continuei sentindo a pressão de seus dedos. Juntos, subimos os largos degraus de pedra na extremidade do imenso salão. No topo da escada, sob a glória dos vitrais do memorial, havia uma guarda de segurança, uma mulher corpulenta de cabelos crespos e óculos. Deixei-me ficar para trás enquanto você se aproximava e se inclinava para falar com ela. Não pude ouvir o que disse, mas ficou claro que você estava brincando com ela, que a conhecia muito bem.

Ao caminhar de volta para mim, você segurava uma chave presa a um retângulo de plástico preto.

– Lembre-me de devolvê-la a Martha ou vou ter sérios problemas – você pediu.

Viramo-nos. Eu o segui por um conjunto menor de degraus de pedra, passando por algumas grades de ferro preto até uma pesada porta de madeira. Você a abriu com a chave. Entramos. Ela se fechou atrás de nós com uma *batida* seca. Estávamos no topo de outro conjunto de degraus de pedra, agora muito estreitos, de uma escada em caracol. Você passou à frente. No fundo do vão da escadaria havia outra porta pesada.

A Capela da Cripta é pequena e ornamentada, seus arcos se curvam como galhos baixos de árvore, o teto é recoberto de arabescos dourados. Há grades de ferro forjado em padrões elaborados em frente ao altar e um batistério decorado com uma fonte – os membros do Parlamento têm permissão para batizar os filhos ali, você me diz, ou se casar. Não tem certeza sobre funerais. As paredes e o piso da capela são de azulejos, as colunas são de mármore. Parece um lugar pesadamente decorado, mas secreto – talvez por ser uma igreja subterrânea: adoração oculta.

Caminho pela nave e, ao fazê-lo, o vazio do lugar dissipa qualquer ideia de consagração. Não há bancos de igreja, apenas fileiras de cadeiras empilháveis. Parece abandonada. Meus passos ecoam. O ponto principal de uma igreja é que qualquer pessoa pode entrar a qualquer momento – esta é mantida trancada e aberta apenas para MPs. Você me segue pela nave, devagar, a distância, as solas de seus sapatos em passos macios. Ouço o contraste com o som agudo dos meus próprios saltos. Embora eu esteja de costas, você continua a falar comigo sobre a capela, como seu nome verdadeiro é Capela de St. Mary Undercroft, mas todos a chamam de Capela da Cripta. Suas paredes receberam muitas camadas de argamassa ao longo dos séculos, mas, no incêndio de 1834, o reboco caiu e a riqueza de sua decoração foi revelada, nada menos que grandes relevos esculpidos em cenas de martírio. E lá, acima de nós – ainda estou de costas, mas você me convida a olhar para cima – um santo queimado, outro afogado... São Stephen, santa Margaret, você explica. Você mostra as gárgulas pagãs. Barbárie, penso, barbárie medieval. Lembro-me das férias que eu e meu marido passamos no norte da Espanha, onde cada pequena cidade parecia lembrar-se da Inquisição com seu próprio, muitas vezes ilustrado, museu da tortura. Mármore, azulejos, cantaria, inscrições em latim, todo aquele ritual da Alta Igreja – não, não sinto qualquer resquício de contemplação espiritual aqui, apenas uma leve curiosidade intelectual e – o que é isso, pergunto-me, girando devagar em um dos calcanhares... Percebo, enquanto me volto, que estou fazendo isso porque há silêncio. Estou me virando porque você não está mais falando, não há mais ruído de pés nas lajes. Já nem consigo ouvir sua respiração.

Você não evaporou. Não desapareceu, não se escondeu atrás de uma pilastra ou no batistério. Você está parado, imóvel, e está olhando para mim.

Também olho para você e sei, sem que qualquer um de nós diga nada, que este é o ponto em que o momento irá aflorar.

Seus sapatos, o som da sola dos seus sapatos, se movem, ecoam, aproximam-se. Quando você me alcança, ergue uma das mãos ligeiramente e é completamente natural que eu corresponda e também levante minha mão. Você a toma na sua. Você se apodera de mim. Você me conduz de volta pela nave, para os fundos da capela.

– Quero lhe mostrar uma coisa.

Passamos para trás de um biombo e ali há outra porta de madeira pesada, agora estreita e muito alta, em forma de arco.

– Entre primeiro, é um pouco apertado aí dentro – você diz.

Abro a porta – com algum esforço, é muito pesada. Por trás dela, há um pequeno quarto com um teto bastante elevado. Imediatamente à minha frente, há um armário metálico de um azul brilhante, como um armário de arquivos, mas com uma grande variedade de botões e luzes elétricas. Ao lado, encostados a uma parede, estão um esfregão apoiado no cabo e uma escada de metal portátil. Para a esquerda, dezenas de grossos cabos elétricos revestidos de borracha estendem-se para cima, desaparecendo no teto.

– Este lugar era utilizado como quarto de material de limpeza – você diz, ao entrar atrás de mim.

O lugar é tão pequeno que você tem que se pressionar contra mim para podermos fechar a porta.

– Pronto – você fala.

Na parte de trás da porta, há uma pequena fotografia em preto e branco de uma mulher e, sob ela, uma placa de latão. Emily Wilding Davison. Estou virada para a placa, olhando para ela, de costas para você, que está logo atrás de mim, muito perto, tão perto que posso senti-lo, ainda que você não esteja me tocando. Você ergue a mão por cima de meu ombro e aponta para a placa. Seu hálito agita meus cabelos enquanto você fala.

– Ela se escondeu aqui na noite do recenseamento, 1911 – você diz.

– Sim, conheço essa história – falo rapidamente, sem me virar, apesar de não conseguir me lembrar dos detalhes. É a história de uma sufragista. Pertence a mim, não a você. Emily Wilding Davison jogou-se sob os cascos do cavalo do rei durante o Epsom Derby. Ela morreu para que mulheres como eu, que vivem neste país no começo do século XXI, possam usufruir de todos os seus direitos sem ter que lutar por eles. Votamos, trabalhamos, esperamos que nossos maridos descarreguem a lava-louça. Não temos que dar aos nossos maridos tudo que possuímos quando nos casamos. Nem sequer temos que nos casar com eles se não quisermos. Podemos dormir com quem quisermos – dentro dos limites de nossa própria moralidade pessoal, naturalmente – tal como os homens. Ninguém mais nos arrasta para a praça da aldeia e nos apedreja, ninguém mais coloca instrumentos de tortura de metal em nossa boca por falar demais, nem nos afoga em um lago porque um homem que rejeitamos nos acusou de ser bruxa. Certamente, agora, estamos seguras, nesta época, neste país, estamos seguras.

Quando me viro para você, suas mãos seguem para cada lado de minha cabeça, seus dedos se entrelaçam em meus cabelos, e eu levanto as mãos e as coloco, de leve, na parte superior de seus braços enquanto você inclina minha cabeça delicadamente para trás, e fecho os olhos.

Beijamo-nos – sua boca macia, cheia, todas as coisas que as bocas devem ser –, e percebo que eu sabia que isso ia acontecer desde o instante em que coloquei os olhos em você no corredor do lado de fora da sala do comitê. Era apenas uma questão de como e quando. Você dá um passo à frente e se encosta em mim, de modo que sou pressionada contra a parte de trás da porta. A compressão lenta do meu corpo pelo seu tira o ar de meus pulmões e sou levada de volta, pela primeira vez desde os meus vinte e poucos anos, a uma vertigem desenfreada que só se sente quando um beijo é terno, mas tão esmagador que você mal consegue respirar. Não posso acreditar que estou beijando um completo estranho, penso, e sei que a minha descrença é metade da emoção. Não serei eu quem vai se afastar – continuarei beijando-o até você parar, porque esta sensação é completamente absorvente: silenciosa, os olhos fechados, todos os meus sentidos concentrados no roçar de nossas línguas. Todo o meu ser se resume em minha boca.

Então, depois de um longo tempo, você faz algo que me cativa completamente quando penso sobre isso mais tarde. Você faz uma pausa. Para de me beijar, afasta o rosto, e quando abro os olhos, vejo que você está olhando dentro deles. Você ainda tem uma das mãos com os dedos enredados em meus cabelos. A outra mão está apoiada em minha cintura, e você está sorrindo. Nenhum de nós fala, mas eu sei o que você está fazendo. Está examinando o meu rosto, como uma forma de verificar se tudo está bem. Sorrio de volta.

Ainda não sei quem foi o responsável pelo que aconteceu em seguida. Foi você, eu ou nós dois ao mesmo tempo? Minhas mãos se movem para baixo – ou você as empurrou para baixo? – onde o couro grosso de seu cinto se prende a uma fivela. Tento tirar o cinto, mas meus dedos tremem, o couro é rijo e inflexível, recusando-se a se mover da fivela. Você tem que me ajudar. Há outro momento desajeitado, quando você começa a puxar o meu decote. Ainda estou com o casaco e você não percebeu que, por baixo dele, não estou usando saia e blusa, mas um vestido. Você para e tira os óculos, largando-os no bolso do casaco e, enquanto o faz, eu me inclino, abro o zíper e tiro uma de minhas botas. Em seguida, inclinando-me outra vez, desajeitadamente porque ainda estou usando a outra bota de salto baixo, deslizo uma perna para fora da meia-calça e da calcinha. Quando você entra em mim, a sensação de pele contra pele é de delicada eletricidade, como a estática que se obtém de roupas recém-lavadas. A única parte nua de nossos corpos, o único ponto em que minha pele está em contato com a sua é dentro de mim. Ficamos calados.

Mesmo agora, a lembrança deste momento tem o poder de me congelar, no meio de um gesto, seja ele qual for, e me fazer ficar olhando fixamente a meia distância, ainda perplexa ante a facilidade, a naturalidade com que algo que sempre me pareceu tão carregado de tabu ou convenções pudesse acontecer com o simples descarte dos impedimentos físicos de nossos corpos. Em um minuto, estamos nos beijando, e só isso já me parece extraordinário, no seguinte, estamos fazendo sexo.

Não gozo. Estou confusa demais. Acho que gosto, mas gostar não é a palavra certa. O que sinto é a mesma excitação ofegante que imagino que as pessoas sintam quando estão em parques de diversão, onde é possível ter prazer com o medo porque o perigo é ilusório; por mais medo que sinta, você está seguro. Eu vou com você. Sigo você. Estou terrivelmente assustada, mas sinto-me completamente segura. Nunca me senti assim antes.

Em seguida, ficamos parados por alguns momentos. Seu corpo ainda está pressionado contra o meu. Percebo que nós dois estamos ouvindo com atenção. Pergunto-me quantas chaves haveria para aquela capela. Estamos tentando ouvir o som de passos em um piso de azulejos, ou vozes. Tudo está em silêncio. Simultaneamente, exalamos ligeiramente, algo entre uma tosse e uma arfada de divertimento. Isso o afasta de mim. Você recua um passo, pressionando-se para trás no espaço minúsculo, coloca uma das mãos no bolso, recupera os óculos e em seguida me entrega um lenço de algodão. Você sorri para mim e eu retribuo o sorriso em agradecimento, colocando o lenço entre as pernas enquanto você se abotoa.

Você tem que ser o primeiro a deixar o pequeno quarto. Pego minha bota e o sigo. Atravesso a capela, desgrenhada e mancando, a meia-calça e a calcinha ao redor de um dos tornozelos, uma das botas na mão, um lenço de algodão enfiado entre as pernas. Você pega uma das cadeiras para mim e me ajuda a sentar, como um paramédico ajudando uma vítima de acidente de trânsito. Você recua um passo, fitando-me com um ar divertido, as sobrancelhas erguidas, e eu me levanto um pouco, largo a bota no chão para poder usar as duas mãos e puxar a calcinha e a meia-calça para cima, atrapalhando-me um pouco porque a perna da meia que foi tirada estava do avesso, e agora obviamente eu me sinto ridícula e isso me faz lembrar como, em todos os primeiros encontros, o despir é quente e sedutor, mas o tornar a vestir em geral é um constrangimento. Já faz tantos anos desde que tive um primeiro encontro, que já havia me esquecido completamente disso.

Quando me sentei novamente, você se ajoelhou a meus pés, sobre um dos joelhos, e pegou a bota do chão. Tenho um pensamento momentâneo e envergonhado de que a meia-calça que estou vestindo naquele dia não é nova. Em seguida, você enfia a bota no meu pé, fecha o zíper, ergue os olhos para mim com um sorriso, ainda segurando minha panturrilha com as duas mãos, e diz:

– Serve!

Sorrio também, coloco uma das mãos em seu rosto. Adoro o fato de você estar assumindo o controle porque agora estou tremendo. Você percebeu e posso ver pelo sorriso e seu rosto que isso o agrada. Você estende uma das mãos, coloca-a atrás da minha cabeça e puxa meu rosto para baixo, em sua direção, para um longo beijo. Meu pescoço dói depois de um momento, mas eu gosto, porque você está me beijando como se ainda me desejasse, e ambos sabemos que isso é desnecessário agora.

Em seguida, você se afasta e diz:

– É melhor devolvermos aquela chave a Martha.

Olho em volta à procura da minha bolsa e percebo que ela ainda deve estar no pequeno quarto – eu nem sequer me lembro de tê-la largado.

– Minha bolsa – digo, gesticulando. Você vai buscá-la para mim, depois fica parado à minha frente, observando enquanto eu remexo dentro dela. – Só um minuto – falo.

Procuro minha necessaire de maquiagem. Não tenho um estojo de pó compacto, mas a sombra antiga, que nunca uso, tem um pequeno espelho na tampa. Eu o seguro à minha frente e examino meu rosto em minúsculos círculos, como se estivesse procurando uma pista quanto ao tipo de pessoa que sou. Encontro o batom e o aplico levemente, esfregando os lábios. Sair da Cripta com um batom pesadamente reaplicado seria um pouco óbvio demais, penso, e fico surpresa com essa perspicácia. Alguém poderia até pensar que faço isso o tempo todo.

Quando levanto, minhas pernas ainda estão tremendo. Durante todo o tempo, você esteve me observando com uma expressão irônica no rosto, como se o divertisse ter me deixado tão desconcertada, observar o quanto estava sendo difícil me recompor na pessoa que se sente capaz de enfrentar o mundo lá fora. Você consulta o relógio.

– Tempo para um rápido café? – pergunta, mas o tom em que diz isso me sugere que só está querendo ser bem-educado.

Tenho a presença de espírito – e mais tarde me felicito por isso – de dizer:

– Na verdade, tenho algumas coisas para resolver fora do prédio e à tarde vou continuar minha apresentação.

Você faz uma careta de decepção, mas em seguida o celular toca em seu bolso e você o retira, vira-se de costas para mim, verifica a tela, pressiona alguns botões... Quando se volta para mim outra vez, posso dizer que, para você, o encontro está terminado. A mensagem que acabou de receber o fez pensar na próxima coisa a ser feita.

Enquanto caminhamos em direção à porta, nossos passos agora ruidosos e determinados, o barulho de duas pessoas saindo, peço:

– Espere um segundo.

Você está um pouco à minha frente e posso ver que a parte de trás de seu casaco está amarrotada. Aliso-o para baixo com uma das mãos, dois golpes rápidos e eficazes. Você olha por cima do ombro quando faço isso e esboça um sorriso.

– Obrigado – diz, mas é um agradecimento distraído.

Você segura a porta aberta para mim ao sair. Eu a atravesso, mas, em seguida, dou um passo atrás para permitir que suba as escadas à minha frente. Você precisa emergir no mundo antes de mim, para que eu possa imitar a sua descontração, observá-lo enquanto você devolve a chave a Martha e, em seguida, me despedir de você e girar nos calcanhares. Conforme subimos as escadas, constato que seu casaco ainda está amassado e penso que, na próxima vez que vir um homem com casaco um pouco amassado, me lembrarei de hoje e me perguntarei o que andou fazendo. O que acontece é que a próxima vez que verei este mesmo terno cinza caro será no banco dos réus do Tribunal Número Oito, no Tribunal Penal Central, Old Bailey, EC1.

2

Na manhã seguinte, estou sentada à mesa da cozinha, lendo o jornal local gratuito, que é entregue em nossa porta uma vez por semana, quando meu marido entra se arrastando pesadamente. Ele também tem dificuldade de ficar completamente desperto pela manhã, e nenhum de nós gosta de falar. São pontos em comum como esse que mantêm um longo casamento – não se trata de ser a alma gêmea um do outro ou de ter o mesmo nível intelectual: o que importa é se ambos ficam satisfeitos com não mais do que uma troca de grunhidos durante o café da manhã.

Ele já está vestido. É sinal de que vai começar o dia cedo, e fico grata por isso porque minha cabeça ainda está cheia dos acontecimentos da Capela da Cripta e da noite de insônia que se seguiu. Quero ficar sozinha para refletir um pouco, convencer-me do quanto ainda sou normal. Meu marido caminha um pouco às cegas até a chaleira e prepara uma caneca de chá para si mesmo, murmurando:

– Quer mais chá?

Faço um sinal negativo com a cabeça. Ele leva sua xícara para o andar de cima. As tábuas do assoalho rangem no primeiro andar e eu o ouço caminhando por seu escritório, diretamente acima da cozinha. Em seguida, ouço-o usando a escova de dentes elétrica no banheiro ao lado. Sei que, quando for ao andar superior, encontrarei a caneca de chá em cima da escrivaninha ou ao lado da saboneteira da pia, o chá esfriando, intocado. Dez minutos mais tarde, ele desce as escadas, volta à cozinha, anda até mim, baixa a cabeça. Ergo a minha em resposta e ele me dá um beijo de despedida, um beijo ausente, de lábios secos. Ele sai para o hall de entrada, volta outra vez.

– Eu lhe dei as chaves do carro?

Olho para ele e respondo:

– Casaco marrom.

– Ah – ele retruca, lembrando-se do que vestia quando chegou em casa no dia anterior. Meu marido não é tão distraído como isso o faz parecer. Contrário à mitologia popular, os cientistas raramente são indivíduos mentalmente dispersos, de olhos febris e cabelos arrepiados. A razão para ele caminhar sem pressa até a cozinha e perguntar pelas chaves do carro não é por ele próprio ser incapaz de localizá-las. É para me lembrar de que, após tantos anos de casamento, ele ainda me ama. E eu lhe digo onde elas estão a fim de lembrá-lo de que ainda o amo.

Uma das melhores coisas de trabalhar por conta própria é o silêncio na casa que se segue ao eco da batida da porta da frente.

Dou um suspiro injustificável e tiro o telefone do bolso do roupão. Vestir-me será um extra opcional esta manhã. Procuro no Google "clínica particular de saúde sexual". Não tenho a menor intenção de ir à minha clínica local, onde quer que seja, e ficar sentada em uma sala de espera por duas horas, com uma dúzia de adolescentes chorosas.

Marco uma consulta. Mentalmente, percorro uma lista de tudo para o qual devo fazer exames, começando com aftas, passando por sífilis, gonorreia etc. e terminando com HIV, apesar de que o teste me dirá apenas se eu era HIV positivo antes de ontem e, se eu quiser ter certeza, terei que fazer novo exame em doze semanas. Sei que não vou fazer outro. Em doze semanas, já estará esquecido, acabado. O mais provável é que até mesmo esta primeira consulta seja desnecessária. A única razão para eu querer fazer os exames é poder felicitar-me por ser tão racional. Ao menos, não tenho que me preocupar com gravidez – há três anos, deslizei tranquilamente pela menopausa, sem calores, sem drama. Minha menstruação foi ficando gradualmente mais fraca, depois parou. Também não tenho que me preocupar com a saúde sexual do meu marido. Ele e eu não temos relações sexuais há quase três anos. Marquei a consulta para dali a dez dias a fim de ver se tenho algum sintoma antes de ir. É bem possível que eu a cancele.

Jogo fora as borras de chá, coloco a caneca na máquina de lavar louça, pego uma xícara e a pequena cafeteira do armário e me dirijo à geladeira para o café. Enquanto a cafeteira resmunga, recosto-me contra a bancada da cozinha e envio uma mensagem ao meu marido, lembrando-o de verificar a licença do carro, já que de qualquer modo eu vou pegar uma nova para o meu automóvel hoje de manhã. Nós nos preocupamos com os carros um do outro desde que nossos filhos saíram de casa. Ao menos, não recorremos a gatos.

Levo três dias para me sentir usada. Nada mau, penso comigo mesma. Nada mau mesmo. Um certo grau de queixume surge apenas porque tenho que ir a Westminster na sexta-feira, não às Casas do Parlamento, mas para me encontrar com um colega do Instituto Beaufort para o café da manhã. Normalmente, só vou ao escritório às segundas e terças-feiras – sou o que é chamado de diretor associado honorário, o que, estranhamente, significa que eles acreditam que melhora o status do instituto ter meu nome e fotografia na primeira página interna de seu folheto. Pedi a meu colega, um homem enfadonho chamado Marc, para me encontrar do lado de fora das dependências do instituto. Se eu entrar no escritório, não vou conseguir sair pelo resto do dia.

Voltar à região de Westminster me faz lembrar de que não fui convocada de novo – por você, quero dizer. Nem desejada, nem requisitada, nem sequer procurada.

Marc é gerente de Recursos Humanos, o que significa que teve o senso de humor removido cirurgicamente. Ele quer discutir a possibilidade de eu cobrir a licença-maternidade de uma colega. Desisti de trabalhar em tempo integral no Beaufort porque não aguentava mais ir e vir do trabalho todos os dias. A ideia de ter que fazer isso novamente pelos próximos seis meses me faz querer bater a cabeça na borda da mesa do restaurante enquanto ele me fala dos termos e condições.

Ao emergir da minha reunião de café da manhã, penso que devia ir direto para casa e enfrentar a deslizante pilha de papéis sobre a minha mesa. Em vez disso, decido que, como há um pouco de sol fraco de fim de inverno e é sexta-feira, posso muito bem passear até as Casas do Parlamento. Quando chego lá, contorno a praça do Parlamento, vou até a ponte Westminster e paro para me encostar à balaustrada de pedra e observar os turistas erguendo seus iPads para o Big Ben. Um homem no final da ponte está tocando gaita de fole. Gaivotas gritam estridentemente, fazendo o acompanhamento. Quando me canso de ver os turistas, viro as costas para eles e olho para baixo, para o rio. Penso em você se ajoelhando aos meus pés, calçando minha bota. Lembro-me de colocar a mão em seu rosto e de seu sorriso com a ternura do gesto. Quero que aconteça de novo, muito embora ainda não tenha certeza do que tenha sido, e percebo que todas as minhas reações racionais – minha consulta na clínica, minha atitude adulta em relação a todo o acontecimento – são uma farsa. Não consigo parar de pensar em você, na pressão do seu corpo contra o meu, lentamente me deixando sem ar enquanto nos beijamos contra a porta fechada. Minha cabeça ficou girando a semana toda.

Tola, penso. Você nunca mais vai vê-lo outra vez, acostume-se com a ideia. Processe-a. Se você o tivesse rejeitado na capela, ele teria exigido seu nome e número de telefone e a teria perseguido como um míssil guiado pelo calor durante toda a semana. Mas você não o fez, não é? Você aceitou. Ele provavelmente não lhe dedicou sequer um pensamento transitório.

Estou apenas tentando adivinhar, é claro. Não sei nada sobre sexo casual. Durante toda a minha vida, sexo sempre foi o início de algo. Os animais não fazem sexo casual porque eles entendem apenas o imperativo biológico – embora se possa argumentar que isso torna casual todo sexo deles, se tivermos uma visão antropomórfica da questão. O desejo humano de sexo casual é uma interessante experiência na colisão entre gratificação e interesse pessoal genético. Você pensa demais, meu primeiro namorado gostava de me dizer, este é o seu problema. Ele era um machista filho da mãe – provavelmente ainda é.

Vejo a água cinzenta do Tâmisa deslizar por baixo da ponte Westminster, fluindo silenciosa e inexoravelmente para o mar. Os animais não pensam mais na argumentação lógica por trás do acasalamento do que a água sobre o seu desejo de fluir correnteza abaixo. Um grupo de turistas a meu lado grita, alegremente, em espanhol. *Idiota*, fala uma vozinha divertida em minha cabeça. Você foi usada, o que esperava? Um buquê de flores mais tarde? Aprenda com a experiência.

Estou sendo tão adulta a respeito disso, lidando tão bem com a questão, tão racionalmente, que deixo o rio para os turistas, atravesso a rua e caminho para a entrada da Portcullis House, muito embora não tenha nada a fazer ali naquele dia. Passo pelo primeiro conjunto de portas giratórias de vidro e fico por ali até ver um guarda de segurança que reconheço – a mulher corpulenta que me revistou na terça-feira. Estou usando as mesmas botas. Ela sorri para mim e eu meneio a cabeça.

– Não sou esperada hoje, só queria saber se por acaso alguém entregou um cachecol na terça-feira?

Ela se inclina sobre o aparelho de raios X. Está entediada, não há filas, fica feliz em ter com quem conversar.

– Como ele é?

Penso em meu novo cachecol de lã, perfeitamente dobrado na prateleira de cima de nosso armário.

– É cinza, com uma listra branca.

Enquanto digo isso, olho através das vidraças para o café do pátio e para a escada curva que leva às salas dos comitês, como se houvesse a mais remota chance de você estar passando por ali naquele momento.

Ela coça a orelha e franze o nariz.

– Se você o tivesse deixado aqui, de qualquer modo, teria ido para o escritório, mas não me lembro de ter visto nenhum. Você pode enviar um e-mail para eles. Eu poderia fazer um registro, mas levaria uns dez dias para passar pelo sistema interno.

– Ok, obrigada.

Volto para o frio. O sol fraco não é páreo para a brisa gelada que sopra do rio, mas fico parada nos degraus por vários minutos, olhando ao redor, como se estivesse à espera de alguém. Meu Deus, você é patética, penso.

É sexta-feira. Nenhum empregado autônomo trabalha em uma sexta-feira, embora finja que trabalha. Resolvo caminhar até Piccadilly. Talvez vá a uma livraria ou à Royal Academy. Talvez simplesmente vá para casa, nos subúrbios, que é o meu lugar.

Da rua da ponte, Bridge Street, entro na praça e passo diante das Casas do Parlamento, onde mais turistas se revezam para posar ao lado dos sisudos policiais armados, postados na entrada reservada aos MPs e onde manifestantes contra a guerra permanecem de pé em frente às suas barracas do outro lado da rua. A alguns passos daqui, fica o local por onde saí na terça-feira, minhas pernas ainda tremendo, para andar a esmo por alguns minutos antes de voltar à entrada da Portcullis House para a sessão da tarde. Estou revivendo os momentos posteriores. Continuo andando, passo pelo feio prédio do Centro de Conferências Rainha Elizabeth e continuo até Storey's Gate. Decido atravessar Birdcage Walk e contornar a extremidade do St. James's Park, um parque que sempre me parece diferente cada vez que o atravesso. Desta vez, noto os cisnes, a casa de João e Maria, a pomposa fonte – Senhor, como é óbvio. Tento não me sentir saudosa. Afinal, eu não mereço. Tento apreciar a minha própria cidade como turista. Penso como raramente faço isso, passear um pouco sem destino.

A minha vida é, normalmente, uma cacofonia de prazos e limites. Depois de atravessar o Mall, subo os degraus até o Carlton House Terrace e viro à esquerda na Pall Mall para cortar a St. James's Square. Eu poderia me sentar na praça por um tempo, mas está frio e é muito perto do meu escritório. Subo a Duke of York Street, procurando um café – estou bem perto de Piccadilly. Agora que estou longe das imediações das Casas do Parlamento, posso parar para tomar um café sem sentir como se o estivesse perseguindo, rondando perto de onde você poderia estar. Vou me sentar em algum lugar e fingir que estou verificando meus e-mails no celular, enquanto observo outras pessoas e avalio seus níveis de determinação em comparação aos meus. Farei isso até não conseguir mais enganar a mim mesma, depois então irei para casa.

Na metade da subida, à esquerda, há um pequeno lugar italiano com serviço de garçonetes e uma mesinha redonda em uma dessas janelas projetadas para fora, perfeita para os meus propósitos. Uma sineta antiquada emite um toque dissonante quando empurro e abro a porta. Está agradavelmente quente ali dentro. Não há nenhuma música tocando. Alguém até deixou um jornal dobrado sobre a mesa para mim.

Sento-me e imagino o que eu faria se o visse passar pela janela. Eu nem poderia sair correndo do café e chamá-lo pelo nome. Não sei o seu nome.

Por que eu? Isso é o que eu realmente gostaria de saber. Por que eu?

Enquanto estou perdida neste diálogo interior divertidamente inútil – um diálogo sem angústia, devo dizer, ainda me sinto sendo muito racional sobre a coisa toda – uma mulher do lado de fora da janela do café parou para ter uma discussão com o motorista de uma van verde estacionada junto ao meio-fio. A mulher está dizendo algo em tom ríspido e o motorista da van está recostado em seu banco, com o braço grande e forte pendurado para fora da janela. Ele está fumando e olhando diretamente para a frente e, pelo movimento de seus lábios, xingando violentamente a mulher.

Ele deve fazer isso o tempo todo, penso, e por ele eu quero dizer você, é claro, não o motorista da van. Estou pensando em sua tranquila confiança, a lentidão de seus movimentos, a ausência de ansiedade ou precipitação de sua parte. Você sabia exatamente o que estava fazendo. Pergunto-me com que frequência você faz isso. Pergunto-me se será um jogo – você tenta e consegue fisgar uma por semana talvez? Penso em todos os gabinetes dos MPs, os intermináveis corredores, vestiários, toaletes, cubículos. Talvez – e este pensamento, apesar de todas as minhas tentativas de ter uma atitude madura, me faz estremecer – você seja membro de uma espécie de clube em algum site na web, onde todos competem para ver quem pode reivindicar o mais absurdo e improvável encontro: no meio do dia no coração da mais antiga democracia do mundo. A pontuação deve ser muito alta. A questão é que, e isso é apenas vaidade – ou otimismo – de minha parte, eu de fato tenho a sensação de que você age com um certo grau de discriminação. Não acredito que você faça sexo no estacionamento de um supermercado em Essex. A lenta graciosidade dos movimentos, a gentileza com que você se conduziu, mesmo quando possuía uma mulher que nunca tinha visto antes: não houve nada de ríspido ou sórdido no que fez. Você olhou dentro dos meus olhos, você me beijou depois, você se ajoelhou a meus pés para calçar minha bota. Você é um homem promíscuo que gosta de sexo arriscado com mulheres estranhas nos locais mais inesperados, mas você certamente é muito educado.

Não estou sugerindo que, moralmente, haja qualquer diferença entre o que fizemos e os atos de pessoas que realmente *fazem* sexo nos estacionamentos dos supermercados em Essex. Não há a menor diferença. Os trabalhos em pedra, os mosaicos, o mármore – apenas tivemos um cenário de mais classe do que as moitas de uma cerca viva e uma fileira de grandes latas de material reciclável, só isso.

Enquanto estou pensando nisso, noto que a mulher desapareceu e a van verde está se afastando do meio-fio, o motorista ainda articulando palavrões. Conforme a van se afasta, vejo que do outro lado da rua, na calçada em frente, há um homem de terno azul-marinho de riscas finas, parado, olhando para mim através da janela do café. O homem é você.

Seis meses mais tarde, após o acidente de carro e nosso subsequente rompimento, quando estamos reunidos por breves instantes e deitados na cama do apartamento vazio em Vauxhall, você me falará desse encontro, que me viu nas câmeras de segurança na entrada da Portcullis House, que desceu para a entrada enquanto eu estava parada do lado de fora e decidiu me seguir. Você percebeu, assim que desci os degraus da entrada, que eu estava andando sem um objetivo definido. Você estava poucos metros atrás de mim quando atravessei a praça do Parlamento. Em certo ponto, quando atravessava St. James's Park vagarosamente, eu me virei e olhei ao redor, e você achou que eu poderia tê-lo visto, então se deixou ficar um pouco para trás. Quando ficou claro que eu não o tinha visto, você se aproximou de novo e assumiu o risco de caminhar muito perto de mim, conforme eu subia tranquilamente a Duke of York Street. Eu não me virei novamente. Você me viu entrar no café e sentar-me, depois resolveu aguardar um pouco para ver se eu ia me encontrar com alguém. Ficou parado do outro lado da rua, na entrada de uma loja, e, embora eu tenha olhado pela janela – na verdade, fiquei contemplando a rua pela janela – durante todo o tempo ali sentada, eu não o vi. *As pessoas veem o que esperam ver*, você diz. Você gostou de ficar me observando, afirma. Excitou-o ficar me observando, quando eu não sabia que você estava lá.

E eu disse a você que a principal razão de não o ter visto foi porque estava perdida em meus pensamentos sobre você. Isso o deixou imensamente satisfeito. Era o que tinha imaginado. Você soube, segundo me disse, pela maneira como meu olhar era fixo, pelo ar pensativo e pelo jeito de minha boca, que eu estava pensando sobre o que tínhamos feito na Capela da Cripta. A arrogância dessa presunção me irritou e, então, rolei na cama dando as costas para você. Tentei voltar atrás, alegando que, afinal, não estava pensando em você naquele dia no café, que pensava na introdução que eu tinha que escrever para um novo livro didático universitário, uma coleção de ensaios com uma abordagem bem abrangente à biologia molecular. Você sabia que eu estava mentindo. Rolou para cima de mim, prendeu meus braços acima da cabeça com uma das mãos e cravou os dedos da outra na parte macia da minha cintura até eu admitir que estava pensando em você, você, você...

Depois de ter admitido isso, com gritinhos e implorando por misericórdia, abraçamo-nos por um longo tempo, até eu levantar um dedo, traçar a curva do seu ombro e perguntar:

– Mas como é que você *sabia* que eu estaria em Westminster naquele dia?

– Só tive um pressentimento, só isso – você disse, encolhendo o ombro ligeiramente. – Apenas uma sensação de que talvez valesse a pena ir até lá. – Olhei-o. – Ou talvez... – você acrescentou, virando-se, apoiando a cabeça em uma das mãos, o cotovelo dobrado, fitando-me com uma naturalidade estudada –, ou talvez eu tenha ficado observando as câmeras de segurança naquela entrada todas as manhãs desde terça-feira, na esperança de esbarrar com você... – Enquanto eu continuo olhando para você, seu rosto se torna sério. – Ou talvez eu tenha pedido a alguns amigos meus para me avisarem se você passasse pela segurança.

Olhei-o, e seus olhos ainda estavam sérios, me encarando até você notar uma sombra de dúvida genuína atravessar meu rosto. Então, você abriu um sorriso e disse:

– Só estou brincando! Foi coincidência...

Estamos seminus quando essa conversa ocorre. Já se passaram seis meses e todo um mundo de acontecimentos após o encontro sobre o qual estamos discutindo, aquele em que vejo você parado do outro lado da rua depois que a van verde vai embora.

Vejo você do outro lado da rua e imediatamente posso sentir o maior, o mais amplo sorriso abrir-se em minhas feições, e o vejo espelhado no sorriso que você está exibindo para mim, embora o tráfego cruze de um lado para outro entre nós. Você quebra o sorriso somente para olhar de um lado para outro antes de atravessar a rua.

E, em seguida, você está lá, no café comigo, descontraído em seu terno azul-marinho de risca (paro um instante para refletir que não parece tão elegante quanto o cinza). Na verdade, você preenche o pequeno café. Seu sorriso por si só poderia preenchê-lo. Dentes e olhos, é isso que eu percebo em você hoje.

– Pois bem – você diz, enquanto puxa a cadeira e se senta à minha frente à pequena mesa redonda. – Então, afinal de contas, você vai me pagar um café.

Viro-me para convocar a garçonete. Será durante esse encontro que pergunto, a primeira de várias vezes:

– Então, o que você faz exatamente?

Na ocasião, você encolheu os ombros.

– Serviço público, tudo muito maçante, cuidando dos bens parlamentares, lubrificando as rodas para os que estão no poder...

É uma pergunta para a qual eu nunca tenho a mesma resposta duas vezes.

Estamos no pequeno café há uma hora e meia. Tomamos um segundo café após o primeiro, o que seria suficiente para me deixar acelerada e estranha mesmo sem a sua companhia. Você me azucrina com perguntas sobre mim mesma. Onde eu moro? Gosto do meu trabalho? Há quanto tempo sou casada? Já fui infiel antes? Você parece particularmente interessado nessa última. Quando digo "*Não exatamente*", você me acusa de estar sendo evasiva. Quase todas as pessoas que embarcam em um caso se encontram, se apresentam, descobrem um pouco sobre cada um e em seguida entregam-se ao sexo desenfreado. Nós parecemos estar fazendo o contrário.

Lanço um olhar contundente à larga aliança de ouro em seu dedo de casamento.

– E quanto a você...? – Assumo a defensiva. Não vejo por que a questão deva recair apenas sobre um dos lados. Já estabelecemos que cada um tem dois filhos, embora os meus sejam adultos e os seus não, mas agora estou pedindo algo um pouco mais específico.

Você sorri.

– Acha que estou prestes a dizer que minha esposa não me compreende? – Seus lábios cerrados se torcem num esgar. – Não, não vou dizer isso. Ela me entende muito bem.

Percebo que estamos estipulando os termos.

– Meu marido e eu provavelmente nos casamos um pouco jovens demais – digo –, mas eu não me arrependo, apenas talvez quando o fizemos. Quando eu me casei, não com quem me casei.

Estamos, evidentemente, estabelecendo que nenhum de nós está procurando um paraquedas. Inexperiente como sou, reconheço a importância dessa negociação e o significado do fato de que nós dois a consideramos importante.

– Como é a sua mulher? – pergunto, e imediatamente percebo que ultrapassei a linha de demarcação. Como é tênue a linha entre a conversa e a bisbilhotice.

Você adota um olhar ligeiramente distante.

– Diga-me uma coisa que você nunca contou ao seu marido, apenas uma coisa.

Hesito e você diz:

– Algo inofensivo, se quiser.

– Detesto seu corte de cabelo – respondo –, sempre detestei. A questão é que ele não tem nenhuma vaidade e eu gosto disso nele. Ele não precisa de elogios e afagos o tempo todo, simplesmente segue em frente. De muitas maneiras, ele não tem nenhuma consciência de si mesmo. E, apesar de eu achar isso até admirável, olho-o e fico desejando que adote um bom corte de cabelo, mas ele sempre o usou assim, seu cabelo é muito liso e um pouco comprido demais, de modo que parece simplesmente desabado. Parece um pouco tarde demais para dizer-lhe isso depois de trinta anos.

Você inconscientemente abre um sorriso e passa a mão pelos próprios cabelos castanhos e grossos, revelando fios grisalhos por baixo, e me ocorre que você provavelmente é muito vaidoso, talvez até tinja os cabelos na parte de cima. Se meu marido fosse vaidoso eu não gostaria, mas como ele não é, sua vaidade é, no mínimo, apenas mais uma de suas adoráveis qualidades. É por isso que tenho tentado perguntar sobre sua esposa – não escapou à minha percepção que você se desviou da pergunta. Não é que eu queira bisbilhotar, pelo contrário, realmente preferiria que apenas fingíssemos que nossos casamentos não existiam. Estou tentando saber como sua esposa é porque preciso de munição. Quero me armar com qualidades opostas. Seja o que ela for, eu quero ser o oposto. Diga-me que ela gosta de azul e nunca mais usarei azul novamente.

Por fim, saberei como sua esposa é, mas no que acho que poderíamos chamar de circunstâncias infelizes. Ainda que eu me inclinasse a ser razoável a respeito dela no começo de nossa relação, o que aconteceu mais tarde acabou de vez com a racionalidade dos dois lados. Na verdade, a primeira vez que a vi foi quando eu estava de pé no banco das testemunhas em Old Bailey, dando depoimento em nosso julgamento comum.

Foi somente mais tarde, depois que eu sucumbi e disse a verdade ao tribunal. Estou no meio de uma frase, mas ainda falo de forma hesitante, respondendo a uma pergunta sobre o apartamento em Vauxhall, explicando como nossas discussões foram inócuas na única ocasião em que fomos capazes de passar algumas horas juntos lá.

Quando a interrupção ocorre, é tão inesperada que eletriza o tribunal.

– Vagabunda... cadela nojenta! Maldita *cadela*!

No começo, a exclamação parece vir do nada, do céu talvez, e, enquanto registro o choque nos rostos do júri à minha frente e o assombro indignado do juiz, olho à minha volta. O grito veio da galeria para o público, que fica à minha direita, mas para trás de mim, erguida no alto, perto do teto. Viro-me e vejo que, na frente da galeria, há uma loira de óculos grandes, sentada na fileira da frente, não muito longe de Susannah. O rosto da mulher é uma máscara de ódio. Ela me olha com o veneno palpável de alguém que vem se contendo há muito tempo.

– Nojenta, nojenta, vagabunda, *maldita*... – É como se ela achasse que estava resmungando para si mesma, mas não conseguisse deixar de enunciar os impropérios.

O juiz se inclina para a frente e fala incisivamente com o funcionário do tribunal de justiça, que já tem um telefone ao ouvido e balança a cabeça para o juiz. A porta para a galeria do público se abre, e dois guardas de segurança – uma atraente jovem negra, com um rabo de cavalo, e um homem branco, forte e corpulento – entram. Enquanto o homem aguarda na parte superior do curto lance de escadas que leva até a fileira da frente, embaixo, a jovem desce, inclina-se por cima de Susannah e diz num tom sibilante, gesticulando para a mulher loura:

– Senhora! Senhora!

A loura, sem dizer nada, levanta-se, sobe os degraus batendo os pés e é expulsa da sala do tribunal.

E esse, como você sabe, será o primeiro e único encontro que jamais terei com sua mulher.

Ainda estamos conversando no café na Duke of York Street, mergulhados em nossa mútua troca de confidências, quando você se recosta para trás em sua cadeira e diz, abruptamente:

– Tenho que ir agora.

Se tiver verificado seu relógio, você o fez muito disfarçadamente. Sinto-me desanimada porque não tive nenhum aviso, ou talvez porque tenha pressentido que é assim que sempre será.

Você extrai um telefone do bolso.

– Me dá o seu número.

Você digita conforme eu digo o número em voz alta, em seguida pressiona *Chamar*.

No bolso do casaco, meu celular vibra duas vezes.

– Agora, você também tem o meu – diz de maneira eficiente, trabalho concluído.

Enfia o telefone de novo no bolso e me olha. É um longo olhar, um olhar que faz uma pergunta e recebe a resposta que deseja.

Também olho para você e digo, suavemente, de forma séria:
– Isso vai mesmo acontecer?
– Oh, sim – você responde de pronto, olhando para mim enquanto se levanta.
– Ligo para você mais tarde – acrescenta.

Você se inclina ligeiramente, olhando pela janela do café, agarra meus cabelos na nuca e inclina minha cabeça para trás em um gesto rápido e possessivo que faz algumas partes das minhas entranhas se derreterem, rápida e docemente, sorvete de framboesa, acho. Você planta um beijo úmido e firme em meus lábios, vira-se e vai embora.

Você está tirando o telefone do bolso para fazer uma chamada antes mesmo de meus olhos o perderem de vista mais abaixo na rua. Enquanto eu ainda estou olhando para fora da janela, a garçonete se aproxima silenciosamente, como se estivesse à espera, e coloca a conta em um pires na mesa, diante de mim. Olho à volta e vejo que o café se encheu de gente para o almoço e que um casal está em fila de espera à porta. Abusei da hospitalidade.

Enquanto me levanto, colocando o dinheiro para nossos cafés no pires e automaticamente enfiando o recibo no bolso, tiro meu casaco do encosto da cadeira, visto e o abotoo, amarro o cinto e agito os cabelos. Mentalmente, já estou escrevendo outra carta para você.

3

Querido X,

    Você me perguntou se eu já tinha sido infiel ao meu marido antes e a resposta honesta, nos termos em que você colocou a questão, era não, mas quando respondi "Não exatamente…" não estava sendo evasiva. Embora o breve incidente em que estou pensando não tenha chegado nem perto de sexo, na verdade teve significado para mim. Seu significado veio em relação a você.

    Não é o meio da noite. É o meio do dia, a segunda-feira seguinte, para ser mais precisa. É a segunda-feira depois do nosso café de sexta-feira, mas a primeira oportunidade que tenho para escrever meus pensamentos. Nós nos encontramos apenas duas vezes, mas, ao que parece, estamos tendo um caso. Estou trabalhando em casa hoje – estarei no escritório na terça e na quarta-feira desta semana. Tenho mil coisas para fazer, mas em vez disso estou escrevendo outra carta para você. Acabamos de nos falar por telefone por mais de meia hora. E no minuto em que paramos de conversar ao telefone – você na verdade me perguntou o que eu estava usando – vim para o andar de cima, abri o *VATquery3* e comecei outra carta. Mas as cartas são longas, escrever é mais lento do que falar, e falar é mais lento do que pensar, e parei de escrever quase imediatamente. Recosto-me na cadeira. Através da janela do escritório, nuvens gordas se movem com uma velocidade incrível pelo céu pálido, como nuvens que marcam lapsos de tempo em um filme. Ouço um esvoaçar contra a vidraça da janela e um pássaro, um estorninho, pousa no parapeito, me vê olhando para fora e fica paralisado por um instante, a cabeça virada para o lado e um único olho redondo me fitando com o que parece ser ceticismo. Ele bate as asas e vai embora. Tenho a sensação de que todas as minhas cartas para você estão destinadas a permanecer inacabadas, mas eu ainda preciso enunciar o que vai em minha mente, e assim fico pensando no resto desta e sei que mais tarde estarei confusa: pensei, disse a você ou escrevi? Tudo está se misturando em minha cabeça.

Até conhecer você, eu não era o tipo de mulher a lançar a precaução ao vento, com base no princípio de que as coisas lançadas ao vento têm por hábito voltar e explodir em nosso rosto, como qualquer pessoa que já tenha tentado jogar as cinzas de um pai ou de uma mãe do topo de um penhasco provavelmente já descobriu (como eu descobri, aos oito anos de idade, mas essa é uma outra história). Portanto, não, eu não tinha tido um caso antes de conhecer você, mas houve um pequeno incidente, há cerca de três meses. Por que preciso lhe contar essa história? Preciso que você saiba que, quando disse "Bem, não exatamente…", eu não estava sendo evasiva, embora você tenha compreendido dessa forma. Preciso que saiba disso por razões de ego. Preocupa-me saber o quanto foi fácil para você fazer sexo comigo. Eu poderia ter dito o quanto foi fácil para você me seduzir… mas a sedução sugere um processo de persuasão ao longo da passagem do tempo. Você simplesmente foi em frente e eu o segui sem pestanejar – não foi necessária nenhuma persuasão.

Preciso que saiba que isso não foi normal para mim e que, se você tivesse tentado um ano antes ou um ano mais tarde, ou simplesmente quando eu estivesse em outro estado de espírito, isso jamais teria acontecido. Você me pegou no momento exato em que eu estava pronta para isso. Não é que eu poderia ter dito não em outra ocasião. Eu nem mesmo teria percebido que você estava fazendo a proposta.

E preciso que você saiba o início de outra história, é claro, e de como a sra. Bonnard foi capaz de dar uma impressão tão ruim a meu respeito no tribunal. Teria sido o começo, aquele dia? Não sei – o foco implacável da visão retrospectiva, as infindáveis perguntas, o que aconteceu comigo depois, naquela ocasião, foi inevitável? Quando se é um ser humano racional, com livre-arbítrio e poder de ação, existe tal coisa como um ponto sem volta?

Tenho cinquenta e dois anos. Tenho status e seriedade – quer dizer, quando não estou com a calça em volta dos tornozelos em uma capela isolada sob as Casas do Parlamento. Atingi uma fase na carreira em que minha opinião é valorizada, remunerada, e foi assim que, em um dia chuvoso de dezembro, três meses antes de você e eu nos encontrarmos, eu estava correndo por uma rua escorregadia, ladeada por grandes blocos de edifícios, ligeiramente atrasada, a caminho da banca de uma apresentação de três horas de seminários de alunos de mestrado na Cidade Universitária. Era meu segundo ano como membro externo da banca examinadora em dois de seus programas de pós-graduação, o que neste caso significa que, no final do período letivo do inverno, eu tinha que observar enquanto um grupo de cientistas em potencial apresentava os resumos de suas teses em andamento. Aquela manhã em particular, uma segunda-feira, foi a primeira ocasião em que encontrei este grupo e a primeira vez que entrava nas novas instalações do departamento, embora conhecesse os dois professores que me acompanhavam desde o ano anterior, George Craddock e Sandra Doyle. Eles me encontraram no saguão do novo edifício principal. Estava atrasada, mas me atrasei ainda mais ao parar para pegar um café no caminho – tinha uma vaga lembrança do ano anterior de que não tinham me oferecido café. Essa sempre é uma questão complicada quando se é convidado para um evento de manhã. Será que vão lhe oferecer café ou você vai chegar com um copo de isopor na mão, tendo desembolsado £2,60 desnecessariamente, para ser recebido com o olhar desapontado de um anfitrião ou anfitriã que já tem a cafeteira e biscoitos, tudo pronto, perfeitamente organizado? Afinal de contas, é uma crítica implícita chegar com um copo de isopor.

Naquela ocasião, subi correndo os degraus, afobada e molhada da pressa e da chuva, sem ter parado para o café, afinal, e soube, assim que entrei no novo prédio, que isso tinha sido um erro. Bem à minha frente via-se uma máquina de venda automática. Nunca é um bom sinal quando há uma máquina no saguão. George e Sandra estavam sentados em um banco perto da porta de entrada, conversando tranquilamente.

– Não se preocupe – disse Sandra, ambos se levantando. – Essa moçada gosta de noitadas, todos vão chegar atrasados.

– Olá, desculpe, prazer em vê-los novamente. – Cumprimentamo-nos com um aperto de mão.

– Quer arriscar? – George perguntou, com ar de quem pede desculpas, indicando a máquina de venda de café.

Fiz uma careta. Eu quis dizer que "não", mas ele interpretou como "sim", enfiou a mão no bolso da calça e começou a sacudi-la entre as moedas soltas nas profundezas.

– Vou buscar – ofereceu-se Sandra, deslocando-se para a máquina, o dinheiro já na mão. Ela não perguntou se eu queria leite nem açúcar.

Enquanto ela foi buscar a bebida, George virou-se para a esquerda e pressionou o botão do elevador. Sandra trouxe o café em um copo de plástico, tão fino que era difícil acreditar que o líquido quente não o derretesse. Tomei um pequeno gole e estremeci.

– Lamento pelo café! – George declarou, como se tivesse feito uma tremenda piada. – Aposto que é fã de *latte*, hein?

– Tudo bem – falei, olhando para baixo, para o copo. – Gosto de fingir que sou refinada, mas na verdade sou bem fácil. – Sandra e George sorriram da forma que as pessoas fazem quando alguém com mais tempo de estrada faz uma piada sobre si mesmo. – Fácil e barata, esta sou eu.

A porta do elevador abriu-se e entramos – era pequeno e espelhado da cintura para cima. Parecia inadequado para transportar grupos ruidosos de estudantes, mas talvez eles simplesmente arremetessem em bandos escada acima.

Eu suava em meu tailleur executivo, com uma capa por cima, impossibilitada de erguer o copo de plástico porque Sandra e George tinham que ficar muito perto de mim, perto o suficiente para eu notar que George havia se cortado ao barbear o pescoço pela manhã, logo abaixo do limite de sua barba raquítica, habilmente delineada. Dezoito meses mais tarde, eu ia descobrir que seu grupo sanguíneo era O positivo.

Queria perguntar-lhes como eram os alunos, mas eles não deviam me influenciar antes de eu ouvir os resumos dos trabalhos. De qualquer modo, Sandra estava errada sobre todos eles chegarem tarde. Quando entramos na sala de aula, vinte e cinco rostos ansiosos voltaram-se para nós. Ficaram nos observando enquanto nos dirigíamos para as mesas que haviam sido alinhadas em um dos lados da sala para nós, três cadeiras, três garrafas de água sobre a mesa. George ocupou a cadeira do lado esquerdo e fez um gesto indicando para que eu me sentasse a seu lado, no meio, uma posição que confirmava meu status.

Sandra quebrou a tensão elevando a mão para os alunos e dizendo:

– Céus, todos aqui na hora ao menos uma vez, só porque temos uma celebridade hoje conosco.

Um murmúrio bem-humorado percorreu a sala e lancei um sorriso para Sandra. Permaneci de pé por um instante, de modo que todos pudessem olhar bem para mim. Coloquei o copo de café na mesa, ao lado da garrafa de água, e tirei a capa, tudo muito lentamente – George pôs-se imediatamente de pé para pegar meu casaco e pendurá-lo em um gancho atrás da porta. Olhei para os alunos.

Havia menos mulheres do que no outro programa de mestrado do qual eu havia participado como examinadora. O outro programa chamava-se Genética de Doenças Humanas, e a maioria dos estudantes era do sexo feminino – porque se tratava de salvar a humanidade, imaginei. Para este, Bioinformática, a proporção entre homens e mulheres fora invertida.

Os rapazes escalados para apresentar seus trabalhos naquela manhã estavam sentados na fileira da frente. Dois deles olhavam para baixo, para seus papéis. Os outros três – e eu soube instintivamente que eram todos amigos – fitavam-me acintosamente. Logo atrás deles, estava um grupo de jovens amontoados, reclinados relaxadamente em suas cadeiras, de forma descontraída. Não era o dia da apresentação deles. Não tinham sido sorteados. Estavam ali para assistir ao seminário de seus colegas e reunir material para a sessão de chacota que terá lugar, alto e bom som, posteriormente no corredor. As sete mulheres do curso estavam todas agrupadas no fundo da sala.

O jovem mais próximo a mim estava sentado no final das mesas sem nada à frente, e com uma das mãos repousando negligentemente na borda da mesa, recostado para trás na cadeira, pernas abertas e entrepernas em plena exibição, numa atitude tão óbvia que me deu vontade de rir. Olhei diretamente para ele por um breve instante a fim de demonstrar que eu não me sentia intimidada, e ele devolveu o olhar sem piscar.

Ele tinha cabelos escuros e grossos, pulsos sólidos, mãos grandes e carnudas. Eu já havia me deparado com esse cenário, ou similares, várias vezes antes, mas, quando me sentei, alisando a saia, e tirei minha pasta da bolsa, percebi que estava particularmente alerta para isso naquela manhã. Esses jovens, tão cheios de testosterona, eram como cachorrinhos. Não conseguiam se controlar. O que me divertia, enquanto anotava lugar, data e hora no alto do meu bloco de anotações, era o pensamento de que, se alguém, muito menos eu, sugerisse a esses rapazes que eles estavam reagindo a mim em um nível sexual, eles ficariam horrorizados – afinal, eu tinha idade para ser mãe deles. Mas, mesmo assim, eles não conseguiam conter o impulso de enfrentar o desafio. Ali estava eu, uma desconhecida, em uma situação na qual eles estavam potencialmente em exibição. Talvez, além de tudo isso, alguns deles alimentassem uma fantasia oculta de Mrs. Robinson, ou talvez alguns deles se sentissem intimidados por mulheres jovens de sua própria idade e preferissem a ideia de alguém mais maternal – mas ainda que nenhum desses fatores estivesse em jogo, havia algo neles que reagia a mim em um nível muito básico, mesmo que tudo o que eles quisessem fosse a ideia de poderem se vangloriar a respeito: *aquela especialista acha que vai acabar comigo com sua caneta, mas sou eu quem vai acabar com ela.* Era simples agressividade da parte deles; tudo não passava, na verdade, de comportamento de chimpanzé. Aquilo me divertia. Afinal de contas, eu estava a salvo e em uma posição de poder.

O garoto forte ficou me olhando fixamente pelo resto da manhã, de forma tão óbvia que comecei a me perguntar se Sandra ou George o levaria para um canto mais tarde e o repreenderia. De vez em quando, ele se inclinava e sussurrava algo para o rapaz sentado ao seu lado, um garoto menor, de cabelos claros e penetrantes olhos cinzentos. Escute aqui, garoto, tive vontade de dizer, sou velha demais para ficar ofendida por seus modos. Faz ideia de como estou acostumada com isso na minha idade? Aqueles rapazes achavam que seus corpos grandes e firmes seriam capazes de me desestabilizar – mas, na hora da verdade, por assim dizer, eu leria seus trabalhos e os avaliaria com base em seu domínio, ou não, da análise da sequência. Rapazes, rapazes, queria dizer, técnica é mais importante do que vigor.

As apresentações começaram. O primeiro foi um rapaz muito baixo, que tossiu durante todo o caminho até a tribuna. Tomou vários goles nervosos de uma garrafa de água antes de começar, mexendo ansiosamente o mouse no laptop. Por fim, o título de sua apresentação no Powerpoint foi exibido na tela atrás dele: *Uso combinado de enzimas de restrição no isolamento de cosmídeos e plasmídeos: uma nova abordagem?*

Após a terceira apresentação, houve uma pausa. A maior parte dos alunos permaneceu em seus lugares. Duas das moças saíram e voltaram com diet Cokes. Pedi licença e me dirigi ao banheiro feminino para não ter que manter conversa fiada com Sandra e George – haveria tempo de sobra para isso até o final da semana. No toalete frio e cinzento, após ter lavado as mãos, inclinei-me para a frente, para o espelho manchado, e passei a ponta do dedo indicador sob cada olho, onde havia uma mancha quase indetectável de rímel depois da minha caminhada na chuva. Reapliquei o batom. Era patético e ri de mim mesma ao fazê-lo, mas não pude resistir a esses pequenos atos de vaidade. Como somos todos tão óbvios e tolos, nós, humanos, pensei comigo mesma. Até eu. Especialmente eu.

De volta à sala, quando me aproximava de nossa mesa, George sorriu para mim e deu um tapinha na cadeira para que eu me sentasse.

– Bem, bem, mais um dia ganho – comentou Sandra.

– Ainda não – George murmurou.

Encerramos as atividades pouco antes de uma hora. George e Sandra me levariam para almoçar na sexta-feira, de modo que eu sabia que podia ir embora sem causar ofensa. Tal como aconteceu, aquela foi uma semana atribulada. Eu devia entregar minha declaração de imposto devido e foi minha primeira contabilidade anual. Preencher o formulário insensato me fez querer mastigar o braço da cadeira do escritório. E eu tinha roupas para pegar na lavanderia a caminho de casa.

Enquanto descia os degraus do lado de fora do prédio, depois de me despedir de George e Sandra no saguão, vi que o rapaz de cabelos claros estava me aguardando, encostado contra o corrimão à direita da escada, com os braços cruzados e um capacete de motociclista pendurado em um único dedo. Reduzi o passo e ele me olhou com seus olhos cinzentos. Não pretendeu que o encontro fosse acidental, esboçando um sorriso de reconhecimento para mim e afastando-se do corrimão apenas com um impulso do corpo, sem usar as mãos. Apesar de ser dezembro, seus óculos de sol estavam na cabeça, sob pretexto de que o ralo sol de inverno estava brilhando. Perguntei-me se ele se lembraria disso antes de colocar o capacete.

Ao passar por ele, fiz um ligeiro movimento da cabeça em sinal de reconhecimento e continuei descendo a rua. Ele me seguiu, caminhando rápido para me alcançar.

– Então, o que achou das apresentações?

Dei-lhe um olhar que pretendia ser severo, mas que suspeito que tenha sido meramente irônico.

– Você não espera realmente que eu diga, não é?

– Acho que todos se saíram muito bem – retrucou o garoto de cabelos claros –, embora eu ache que Sundeep não tenha conseguido realmente chegar à razão pela qual altas taxas de transferência em análise de dados transformaram a maneira como sequenciamos. Não se trata apenas de velocidade, não é?

Mantive um silêncio diplomático.

– Procuramos você no Google, é claro – ele comentou descontraidamente. – Sandra e George fizeram tanto alarde sobre você ser o membro externo de nossa banca examinadora, que, honestamente, parecia que teríamos a própria rainha. Portanto, todos nós investigamos você, e devo dizer que seu CV é realmente impressionante.

– Obrigada – falei, e achei que a minha voz destilava sarcasmo, mas se ele reparou não alterou o tom de voz.

– No fundo, você tem o meu trabalho ideal – ele continuou. – Na verdade, estava pensando se eu poderia pegar umas informações com você sobre o Instituto Beaufort. – Passamos por um grupo de seus amigos e ele levantou a mão para eles. Duas

garotas, na frente do grupo, deram risadinhas. Depois que o grupo passou, ele comentou em voz baixa, quase um murmúrio:
— Eu ficaria *extremamente* grato...
Tínhamos chegado à rua principal. O rugido dos táxis e ônibus tornou-se imediatamente perceptível. Virei-me para ele com firmeza e disse:
— Eu vou para lá – indicando para baixo da rua. Foi uma clara rejeição. O mundo da ciência, como muitos outros, tem muito a ver com patronagem, com seu professor lhe dando uma brilhante carta de referência ao órgão de financiamento certo, no momento certo, com seu chefe de laboratório lhe destinando seu próprio canto para pesquisa exatamente quando você precisa. Mas, apesar de moralmente suspeita como a patronagem é, ainda há uma convenção de que tem que ser merecida.
Ele não desviou o olhar.
— Eu ficaria muito agradecido – ele repetiu – e prometo não fazer mais nenhuma pergunta sobre o que você acha de todos os outros trabalhos, nem mesmo do meu. Você vai ver que sou bastante... – Ele deixou a frase morrer, mas a forma como a pronunciou deixou seu significado absolutamente inequívoco.
Ele parou, ainda olhando fixamente para mim com seus olhos cinzentos, bem abertos, gulosos.
— Sou muito discreto – acrescentou.
Ah, a arrogância da juventude, pensei. Vamos supor, por um instante, que eu *estivesse* disposta a ter um caso – não, refiro-me a uma rápida transa – com um rapaz com a metade da minha idade, o que o fazia pensar que escolheria ele? Eu poderia facilmente ter o rapaz corpulento de cabelos escuros, se quisesse. Ele estava muito mais próximo da fantasia de garotão para uma coroa do que seu ousado amigo ali. Pensei em dizer isso àquele

homem-criança de cabelos louros diante de mim, mas havia algo nele, a inocência em seu olhar direto, priápico, que me enterneceu, em vez de me ofender. Mas não me fez sentir lisonjeada. Sou muito realista para ser bajulada.

– Tenho um cartão – ele falou, de repente, como se tivesse acabado de se lembrar. Em seguida, o cartão já estava em sua mão e ele o estendeu para mim. Era um cartão branco simples com seu nome, Jamie de Tal, com seu e-mail e número do celular. E, no caso de eu não entender o recado, olhou-me intensamente outra vez, enquanto eu pegava o cartão de sua mão. Isso é tudo que nós, seres humanos, precisamos, apenas um olhar fixo. Os pavões abrem suas caudas em leque. Orangotangos assoviam. Mas o *homo sapiens* evoluiu ao ponto em que podemos propagar a espécie com um único olhar longo e persistente.

Devolvi o olhar por um breve instante, de um modo que esperava que fosse neutro e inexpressivo. Em seguida, olhei o cartão antes de enfiá-lo no bolso e me virar. Ele me deu um sorriso – não, foi o esboço de um sorriso. Um amplo sorriso combinado ao olhar penetrante teria sido repulsivo, de forma que esse foi um sorriso cuidadoso. Virei-me, mas não consegui resistir a olhar para trás enquanto me afastava. Ele estava lá parado, sem qualquer pudor, na esquina da rua, fitando-me com aquele meio sorriso no rosto e, criatura vaidosa que sou, também esbocei um sorriso em resposta.

Sei o que você está pensando. Só isso? É isso que ela chama de quase ter um caso? Em seus termos, não parece muito, não é? Você pode ter um coito completo nas Casas do Parlamento e ainda é duvidoso se você consideraria isso um caso. Um olhar persistente de um garoto na rua, é isso?

Bem, não foi bem isso. Eu não liguei para Jamie de Tal, mas quero que saiba que pensei muito seriamente em fazê-lo

– planejei, visualizei, até ensaiei fazer isso. Tomei banho para ele naquela noite, me vesti para ele na manhã do dia seguinte. Não sei o que reflete pior em mim – minhas razões para considerar chamá-lo ou minhas razões para não fazê-lo. Os motivos a favor: seria uma vingança interessante e adequada contra meu marido (mais sobre isso em outra ocasião). Seria uma transa, ou uma série de transas, sem complicações – Jamie perderia o interesse com bastante rapidez, eu tinha certeza. Afinal, ele não se sentia atraído por mim como indivíduo – apenas ainda não tinha pegado uma coroa. E eu aprenderia algo sobre o que há algum tempo tinha curiosidade. Quando jovem, uma parte importante da excitação para mim fora a contemplação de meu próprio corpo. Adorava longos banhos, banhos de sol, manter minha pele sedutora. Eu não era uma beldade, mas ainda assim fora narcisista, no sentido de que todas as mulheres jovens são ensinadas a ser narcisistas, toda vez que viram a página de uma revista ou assistem à TV. Desde que tive filhos, ganhei peso, envelheci, só tinha feito sexo com meu marido e, portanto, ainda era capaz de ver o meu corpo através dos olhos dele, como ele o recordava, não como ele realmente era. Se fizesse sexo com esse rapaz, eu seria despojada dessa ilusão. Eu me veria através dos olhos dele – se sequer o deixasse olhar. Provavelmente ia querer fazer no escuro ou, melhor ainda, permanecer totalmente vestida. Talvez ambos.

O que me interessaria: seria a contemplação do corpo *dele*, sem dúvida belo o suficiente para me excitar ou eu ainda precisava me sentir bonita para alcançar qualquer espécie de abandono? Seria capaz de inverter a equação? Poderia me tornar voyeur?

Pensei tudo isso sentada no metrô de volta para casa e tenho que lhe dizer que, no momento em que o trem parou na minha estação, eu já havia cometido infidelidade muitas vezes em minha cabeça e já estava imaginando o que vestir no dia seguinte, a fim de excitar ainda mais as fantasias de Jamie com uma mulher mais velha. Nada disso reflete bem sobre mim, mas desconfio que minhas razões para acabar não ligando, para manter o cartão de Jamie em minha escrivaninha sem nunca usá-lo, refletem algo ainda pior. Covardia, naturalmente, o simples medo de que eu tivesse lido os sinais de modo errado, de que fosse apenas uma velha senhora que se deixava lisonjear facilmente pelas atenções de um cachorrinho ansioso – essa foi a primeira razão. Mas houve também a questão de que isso pudesse acabar com meus dias como examinadora externa – podendo até merecer um parágrafo em um tabloide, pensei: quebra de confiança. Mas, em última análise, o que me fez resistir foi a ideia de que eu teria que dar o primeiro passo. Eu tinha os seus contatos, mas ele não tinha os meus. Nunca dei o primeiro passo em minha vida. Simplesmente não conseguiria tomar a iniciativa.

No dia seguinte, eu estava de volta ao mesmo edifício. Jamie fez sua apresentação e foi sólida, em vez de esfuziante. O rapaz moreno e corpulento continuou a olhar fixamente para mim e seus amigos aglomeravam-se a sua volta, impressionados com sua ousadia, mas no final da semana eu já estava cansada daqueles jogos e pensei: ah, deixe-me em paz, deixe-me fazer meu trabalho. Estava cansada até mesmo do olhar obstinado e amistoso de Jamie. No almoço com George e Sandra na sexta-feira, analisamos a atuação dos alunos, em ordem alfabética, e todos concordávamos. As duas óbvias estrelas eram um rapaz chamado Pradesh e uma das garotas, Emmanuella. Ambos haviam escolhido temas originais, mas não tinham confiado apenas na originalidade para ganhar pontos, uma falha comum entre alunos de pós-graduação. Tinham sido cuidadosos e metódicos e apresentaram o trabalho com calma e eficiência. Havia em jogo uma prestigiada vaga de estágio no final do ano, e Pradesh ou Emmanuella a obteria. Isto é, se, antes disso, um deles ou ambos não fossem aliciados por um programa de doutoramento, o que muitas vezes acontecia com os alunos de mestrado mais talentosos. Perguntei-me se teria sido isso o que tornara a atitude dos rapazes da fileira da frente tão óbvia. Talvez no fundo eles já soubessem que não eram as estrelas; que, apesar de toda sua ambição e astúcia, estavam destinados a um emprego de técnico ou de professor em uma escola técnica ou, na melhor das hipóteses, em uma universidade pouco qualificada. Duvidava muito que alguma instituição prestigiada de pesquisa como Beaufort aceitasse um rapaz como Jamie. Talvez ele quisesse transar comigo porque na verdade sabia que eu já tinha – simplesmente por ser quem eu era – acabado com suas ambiciosas pretensões.

Na ocasião em que escrevi essa segunda carta para você, eu não tinha nenhuma ideia de como aquela manhã na universidade e você se tornariam ligados no tribunal, como uma linha seria traçada, tão fina e tênue quanto o fio que liga uma teia de aranha ao pilar de um portão. Os fios que uma aranha tece são feitos de proteínas, de seda proteica de aranha, para ser mais precisa. A viscosidade desses fios se deve a gotículas ao longo do comprimento de cada um deles, e o mais interessante a respeito dessas gotículas é a forma como são sensíveis à força que qualquer objeto possa aplicar na tentativa de se livrar deles. Então, se uma gotícula toca uma superfície inanimada, por exemplo, irá apenas aderir. Mas, quando essa mesma gotícula é tocada por algo que tenta escapar, ela se torna emborrachada, expandindo-se atrás do objeto que tenta escapar, a fim de continuar agarrando-o, quase como se o estivesse perseguindo, pode-se dizer. Não havia nenhuma relevância, mas tudo foi feito para que adquirisse relevância, como quase tudo o que eu já tivesse feito, tudo entrelaçado em uma narrativa, para nos colar, como moscas em uma teia de aranha.

4

Na próxima vez que você e eu fizemos sexo, como você pode ou não se lembrar, foi em um toalete desativado no final de um corredor nos fundos da cantina dos funcionários da Câmara dos Comuns. Primeiro, tomamos chá com bolo na cantina, que fica no térreo e tem vista para o rio, mas cheira, como toda cantina de funcionários, a legumes requentados.

É fim de tarde e lá fora a luz já começa a enfraquecer. O céu é cinza. O Tâmisa patina e desliza de maneira oleosa. Na outra extremidade da cantina, um grupo de pessoal da cozinha relaxa ao redor de uma mesa, em seus casacos brancos e aventais azul-marinho, fazendo uma pausa após a correria da hora do almoço. Sentamo-nos perto da janela e você divide um pedaço de bolo de cenoura em dois, meticulosamente, com um garfo de plástico. Quando deixo metade da minha metade, você acaba com tudo sem nenhum comentário. Por baixo da mesa, um de seus joelhos encontrou os meus, recatadamente pressionados juntos para o lado, e se intrometeu entre eles. No que diz respeito a preliminares, é simples, mas eficaz.

Depois de meia hora, deixamos nossa mesa e nos encaminhamos para o fundo da cantina, atravessamos a área reservada aos MPs, separada por uma cortina, e passamos por uma porta de madeira com letras douradas em relevo anunciando SEM SAÍDA. Ela leva para o lado esquerdo, por um luxuoso corredor. Passamos por uma sala com a porta aberta, você para e dá uma espiada para dentro. É o tipo de sala que pode ser um gabinete ou escritório, mas que está sendo usada como um depósito temporário. Há caixas de arquivo nas prateleiras que cobrem uma das paredes. Em uma mesa logo na entrada da porta, há uma fileira de luminárias de escrivaninha de metal, com cúpulas de vidro verde, cerca de vinte delas. Você dá um passo atrás, de volta ao corredor. Por algum motivo, a sala não serve. O toalete desativado fica depois de uma outra curva, no final de um corredor que é um beco sem saída e, para um toalete, ele é bastante elegante, com painéis de madeira e carpete. Os diversos suportes em alturas diferentes são úteis para apoio, descubro. Durante o período de silêncio de absorção mútua, você segura meu queixo, envolve-o com sua mão e vira meu rosto delicadamente na direção de um grande espelho.

– Olhe no espelho – você diz.

No começo, tento desviar o rosto, mas você o segura com mais firmeza e diz:

– Olhe.

E eu olho e nos vejo, ambos parcialmente vestidos, desgrenhados e desalinhados, o músculo firme de sua coxa, a minha própria, branca e macia, levantada, meus olhos arregalados, com um ar de incredulidade, e você pressiona o lado de seu rosto contra o meu, ainda segurando meu queixo, e sussurra em meu ouvido:

– Não é bonito? Você é *linda*...

No dia seguinte, esqueço meu telefone quando saio para almoçar com Susannah em Harrow-on-the-Hill e, quando chego em casa, encontro seis chamadas perdidas e quatro mensagens de texto suas, começando com "*Bom-dia...*" e terminando com: "*Então, vai ser o tratamento do silêncio, não é? O que foi que eu fiz para merecer isso, diga-me, por favor.*" Quando ligo para você, encantada e rindo, para explicar, você exige saber quem é Susannah (minha mais velha amiga), onde fomos para o almoço (o novo Malaysian), se ela é bonita ou não (um "sim" muito enfático) e se ela gostaria de um *ménage à trois*. (Curiosamente, nunca pensei em perguntar.)

Durante todo o dia, nossas mensagens continuam. Eu já tivera um caso a três? (Não, nunca.) Se tivesse, preferiria com outro homem ou com uma mulher? (Não tenho a menor ideia.) Qual o lugar mais estranho em que já fiz sexo? (Como a minha vida tem sido sóbria...)

No dia seguinte, mando uma mensagem para você enquanto espero na plataforma da minha estação de metrô de superfície. Estou a caminho de uma apresentação no Fundo de Desenvolvimento de Combate ao Câncer sobre alterações propostas para a legislação de financiamento. Estou empolgada com nossas conversas do dia anterior, empolgada com o que estamos fazendo. Minha mensagem é animada: *Ei, você. Na cidade hoje, Charing Cross. Almoço?* Você não responde, mas depois de algum tempo meu trem se torna subterrâneo. Saio na Leicester Square, em vez de mudar para a Linha Norte, com tempo de sobra para caminhar até a sede do Fundo de Desenvolvimento na Strand, inteiramente à espera de que uma resposta sua surja no meu telefone. Nada. Desligo e ligo o telefone outra vez. Nada ainda. Enquanto continuo andando a passos largos, finjo para mim mesma que isso não me aborrece. Você é um homem ocupado. Tudo bem. Também sou ocupada. Ainda não está muito claro para mim o que é que você faz que o mantém tão ocupado, mas e daí? Você também não sabe nada sobre o que eu faço. Mas isso me incomoda. Por que você é tão evasivo sobre o seu trabalho? Funcionário público? Você não se parece com nenhum outro funcionário público que eu conheça, e eu conheço muitos.

Quando entro no local da apresentação, deixo meu telefone na mesa, à minha frente, no modo silencioso, e de vez em quando olho para ele. Nada. A palestra será dada por uma mulher jovem do Ministério da Saúde, que está de pé à nossa espera, conforme vamos chegando pouco a pouco. Quando acha que é hora de começar, ela tosse, olha para nós, em seguida bate a caneta esferográfica contra o copo de água à sua frente na tribuna.

– Muito bem – ela diz animadamente.

Ela se posiciona junto ao estande e nos fala das iminentes mudanças na política de financiamento do sistema nacional de saúde, devido à nova lei, que, no momento, está em lenta tramitação pelo Parlamento. Mais tarde, teremos a oportunidade de lhe fazer perguntas e algumas das questões serão hostis, já que os cientistas são tão resistentes a mudanças quanto qualquer outra espécie de pessoas. Há cerca de trinta e cinco cientistas na sala, alguns representando instituições, como eu, outros provenientes de universidades, todos os quais podem ser afetados pela nova legislação. Conheço cerca de metade das pessoas na sala, embora tenha preferido me sentar sozinha, nesta manhã em particular. Não me sinto inclinada a manter conversa fiada.

Na pausa para o café, eu lhe envio nova mensagem de texto. *Ei, homem ocupado, deixe-me saber de uma maneira ou de outra. Tenho outros planos para mais tarde.* Não tenho nenhum plano para depois da apresentação e não estou particularmente ocupada naquele dia, mas você não sabe disso. Estou irritada. Talvez eu tenha me equivocado ao sugerir um almoço. Talvez eu devesse ter dito: *Que tal uma rapidinha...* Isso teria suscitado uma resposta.

Após o intervalo para o café, a sessão de perguntas e respostas se inicia, mas estou tão irritada com o seu silêncio que não consigo ouvir o que está sendo dito, e com a distração vem um grau de insegurança que me faz olhar para a eficiente jovem à minha frente e, como uma experiência, tento imaginar como você a veria. Antes do que aconteceu entre nós, eu teria observado que ela era atraente e não teria mais pensado no assunto. Quando se tem uma filha adulta tão linda quanto a minha, você nunca consegue se ressentir de mulheres jovens e bonitas. Afinal de contas, você sabe o que as espera. Sabe como se sentem inseguras sobre sua beleza, como são vulneráveis por dentro. Você se sente protetora em relação a elas, muito embora ficassem horrorizadas se pensassem que precisam de proteção. Esta manhã, porém, olho para esta jovem mulher através de seus olhos – através dos olhos de um homem com um irreprimível desejo sexual. (Diga-me, meu caro, é difícil ser esse homem? O mundo está cheio de jovens adoráveis, afinal, e para qualquer lugar que se volte, você é bombardeado com imagens de disponibilidade feminina. A vida não se torna um perpétuo tormento?) Observo-a como você poderia observá-la e como alguns dos homens na sala provavelmente a estão observando também. Ela está vestida com o uniforme da jovem e promissora servidora pública – a nova geração, quero dizer: calça preta, blazer bem ajustado combinando, camisa em tom pastel decotada, revelando a insinuação de uma curva generosa – o traje de uma mulher que, no momento, tem tudo e não vê razão para que algum dia deixe de ter. Seus cabelos são cor de mel, em camadas, bem cortados. Balançam quando ela move a cabeça. Ela me parece despretensiosa, confiante de que sua inteligência e diligência são suficientes para cumprir a tarefa rotineira de apresentar fatos a uma sala repleta de cientistas – vários dos quais têm o dobro de sua idade ou mais –, confiante de que é nossa igual em termos intelectuais. Ela parece ser uma jovem que jamais exibiria um sorriso afetado ao anunciar suas realizações, como as mulheres da minha geração ainda são – para nossa vergonha – propensas a fazer; uma jovem que sente, muito justificadamente, que nada tem a provar. Quando termina sua fala e passa às perguntas, metade de mim quer aplaudir e metade de mim quer chorar.

Olho para ela e imagino ser você. Imagino ignorar o trabalho que ela investiu em sua apresentação, ou ser capaz de vê-lo apenas através de uma névoa de desejo sexual. (É isso que é ser um homem? Estou realmente curiosa.) Eu o imagino desejando-a tanto – ou muito mais – do que me desejou. Ocorre-me que você jamais levaria uma linda e jovem mulher como esta a um toalete desativado ou a tomaria pela mão até a Capela da Cripta, levando-a para dentro de um pequeno cômodo que serve de depósito de material. O que ela pensaria de um homem de meia-idade que desse esse passo? O pensamento me deixa inquieta, mas nesse momento o homem a meu lado levanta a mão e diz:

– Não tenho certeza se estou de acordo com esse último ponto. Penso que deveríamos votar, levantando as mãos, para ver quem nesta sala tomaria uma decisão como essa, sem o parecer de especialistas.

A jovem palestrante levanta as sobrancelhas para nós, e seu olhar interrogativo nos convida a votar. Meus colegas se entreolham. Franzo a testa, como se não tivesse certeza de nenhuma opção. Com grande esforço, empurro você para a parte de trás de minha mente.

Caminho de volta, lentamente, para a estação de metrô da Leicester Square, o celular na mão. Verifico-o uma última vez antes de descer as escadas. Eu poderia enviar uma nova mensagem ou telefonar, mas, em vez disso, estou voltando para casa a fim de puni-lo. Você vai me mandar uma mensagem quando eu estiver no metrô, querendo realmente almoçar, mas não obterá resposta. Você vai ligar para o meu telefone somente para ir direto para a caixa postal. Você vai praguejar por ter perdido uma oportunidade. Talvez você se pergunte o que estou fazendo, com quem estou.

O vagão em que entro está menos lotado do que o habitual e eu consigo me sentar, desabando no assento com um suspiro. Em frente a mim estão três meninas adolescentes, mascando chicletes, numa confusão de rabos de cavalo, brincos de argola e dentes, gritando e empurrando umas às outras. Observo como são barulhentas e bonitas, e penso na minha filha e em suas amigas naquela idade, cheias de ruído, de luz e de lealdade umas com as outras. Penso na jovem servidora pública e em como, sim, o mundo está de fato cheio até a borda de mulheres jovens como essa, que provavelmente enlouquecem homens como você com o fato de que nunca poderão tê-las.

Lembro-me de que você me chamou de bonita. No toalete desativado, você me disse para olhar para o espelho e eu sorri diante de nosso mútuo desalinho e de nossa aparência, semivestidos e grudados pela virilha, sensuais e ridículos ao mesmo tempo. Tentei desviar a cabeça, timidamente, mas você segurou meu rosto e virou minha cabeça de novo, delicadamente, sussurrando: "Não é bonito? Você é *linda*..." Sentada no metrô, eu me recordo disso com uma ponta de desespero. Tento ser calma e positiva, pensar nos meus melhores pontos – meu cabelo ainda é cheio, meu pescoço ainda é liso. Linda? Estou com cinquenta e dois anos de idade. Sua tola, penso então. Você tem duas qualidades principais aos olhos dele: sua disponibilidade e sua disposição.

Da estação, volto para casa a pé, arrastando-me pesadamente: ainda nenhuma chamada ou mensagem sua. A casa está vazia, graças a Deus. Evito o espelho enquanto penduro o casaco e chuto os sapatos para um canto. Sua tola. Sua barriga é mole e cheia, seus seios, murchos – você tem a figura de uma daquelas balas no formato de bebê. Você acha que qualquer homem em seu juízo perfeito, qualquer que seja a idade, realmente *escolheria* você? Não seja idiota. Ele vê algo em seus olhos, só isso, e não é beleza. É consentimento.

Vou para a cozinha e vasculho os armários e a geladeira – um bolinho de arroz, um pouco de homus que já passou da data de validade, algumas uvas e um iogurte. Como em pé, encostada à bancada de granito. Coloco o celular na mesa da cozinha a fim de parar de olhar para ele quatro vezes por minuto. Por fim, vou ao armário que chamamos de despensa e encontro uma velha lata de cerveja, em temperatura ambiente, com poeira ao redor da borda. Despejo-a em um copo alto e adiciono cubos de gelo, o que faz o conteúdo do copo espumar como uma experiência de laboratório – ainda assim, penso, é uma ideia melhor do que abrir uma garrafa de vinho tão cedo no dia. Pego minha cerveja quente e espumante, as pedras de gelo tilintando, e vagueio até a sala de estar, ainda em meu tailleur de trabalho, e deixo-me afundar no sofá. Fico mudando de canal, de um insuportável programa diurno de televisão para outro, algo que normalmente nunca faço.

Por fim, vou para o andar de cima e abro uma nova carta para você, mas não vou além de uma linha.

Querido X,
Acho que não consigo continuar com isso.

Sou fria no dia seguinte, quando você telefona. Você não oferece nenhuma explicação para o silêncio do dia anterior e eu estou determinada a não perguntar. Pelo modo como você fala comigo, alegre e descontraído, posso ver que ontem foi ontem, você estava ocupado e não via razão para oferecer explicações ou desculpas. E quanto a hoje?, você quer saber. Onde estou? Admito que terei que ir à cidade mais tarde e você diz Ótimo, podemos nos encontrar para tomar um café por volta das três horas, naquela confeitaria na esquina de Piccadilly, logo depois do Fortnum's. Se eu for boazinha, você diz, vai me deixar comprar-lhe um bolo.

Você está atrasado. Entra, distraído, ainda claramente remoendo algo em sua cabeça, suspirando, sorrindo para mim, dizendo, enquanto se senta:

– Espere só um minuto, já vou falar com você.

Então, você tira três telefones e verifica um por um antes de devolvê-los, um a um, de volta aos bolsos. Nunca conheci ninguém que parece possuir tantos dispositivos eletrônicos como você. O que é que você faz, exatamente, e por que é sempre tão evasivo?

Você para e olha para mim. É um hábito seu que acho tanto emocionante quanto perturbador. No ponto exato em que você parece distraído e eu me sinto livre para observá-lo, você para o que quer que esteja fazendo e olha para mim, me flagrando no ato, revertendo nossa interação. De repente, não sou eu que estou observando você – é você que está me observando observar você, o que é uma questão inteiramente diferente.

– Eu só estava pensando – digo, antes que você possa perguntar –, que nunca conheci ninguém com tantos dispositivos móveis de comunicação quanto você. Para que servem todos eles? O que é que você faz exatamente?

Você me lança um olhar penetrante.

– Sabe de uma coisa, é realmente estranho que você deva me perguntar isso neste exato minuto.

– Por quê?

– Porque – você retruca – eu tenho algo para você. – E levanta um dedo em um gesto que significa "Me dê um minuto", inclina-se e pega sua pasta. Com um duplo movimento de ambos os polegares, faz os fechos se abrirem com um estalido e, apesar da minha resolução em ser fria, sinto um arrepio de excitação quando penso onde mais esses polegares estiveram recentemente, o que mais andaram tocando. Você abre a maleta, mas o lado das dobradiças está voltado para mim, de modo que não consigo ver o interior. Você tira algo de dentro, bate a tampa, fechando a pasta e colocando-a de volta no chão.

Você o põe sobre a mesa entre nós: um celular pequeno, barato. Olho para ele e você o empurra por cima da mesa.

– Comprei a mesma marca que você já tem, de modo que não precisa de um carregador diferente.

Olho fixamente para o objeto.

– É para você – fala –, um presente. Sei que não é exatamente um par de brincos de pérola ou uma compilação em CD de sucessos românticos dos anos oitenta, mas é todo seu.

Eu o pego.

– Para que serve? – pergunto, estupidamente.

– Acho que tradicionalmente é usado para fazer chamadas telefônicas e enviar mensagens, mas suponho que você possa fazer malabarismos com ele, se quiser, ou usá-lo para calçar a perna de uma mesa desequilibrada ou...

– Ah, está bem, espertinho... – digo, encantada por termos atingido um estágio em que podemos caçoar um do outro.

– Mas, falando sério – você me fita –, pode mantê-lo seguro?

Levanto as sobrancelhas para ele.

– Você está um pouco lenta de compreensão hoje, não é? – você diz. – Olhe, é um sistema pré-pago. Ele funciona como qualquer outro celular, exceto que este é exclusivamente para uma única finalidade.

Pego o telefone e viro-o na mão, como se ele pudesse de repente transformar-se em uma pequena pistola.

– É para ligar para mim – você fala, inclinando-se para a frente em sua cadeira. Você abaixa a voz e olha de um lado para outro. Eu não tenho a menor dúvida de que a conversa se tornou grave. – Você encontrará um número na lista de contatos, um número novo. Eu tenho um igual. De agora em diante, você liga para mim nesse número e somente nesse número, está bem?

Olho para você.

– Está bem – concordo suavemente.

– Já tem algum crédito, mas você vai ter que recarregar mais cedo ou mais tarde. Quando o fizer, vá a uma loja na cidade, longe de sua casa ou do local onde você trabalha. Nunca vá à mesma loja duas vezes.

Quero fazer uma pilhéria, voltar à brincadeira, mas, por sua expressão, fica claro que seria inadequado. Você quer que eu compreenda que está falando sério.

Os telefones nunca foram descobertos pela acusação. Você pegou o meu de volta no carro, no dia em que aconteceu, e se livrou dos dois, eu nunca descobri onde, em algum bueiro, talvez, ou em uma lixeira. Talvez os tenha enterrado. Talvez agora mesmo, esses telefones se encontrem juntos sob a terra em um jardim ou num parque em algum lugar. É o que eu teria feito, se sua eliminação coubesse a mim.

– Qual é seu e-mail? – pergunto. Parece uma pergunta estranha, quando você acaba de me dar um telefone pré-pago, mas as cartas que escrevo para você me vêm à mente e eu penso quanto do contato humano atualmente se dá via e-mail e como é curioso que nós não façamos isso. Afinal, você deve ter um e-mail de trabalho.

Você sacode a cabeça.

– E-mail deixa rastro – você diz.

– Por que alguém iria se importar? – pergunto, com uma risadinha de ceticismo. Estou me divertindo com tantos subterfúgios, mas realmente, penso, tudo isso não seria um pouco arrogante? É lisonjeiro para nossa percepção de nós mesmos, suponho. Acrescenta adrenalina ao que estamos fazendo. Mas não é realmente necessário, é?

Você se encosta um pouco para trás em sua cadeira, olha ao redor, inclina-se para a frente outra vez. Olha seriamente para mim, depois indaga:

– Seu marido é desconfiado?

Uma súbita imagem de meu marido me vem à mente, como o encontrei no último domingo à noite, por volta das nove horas, em seu escritório, a cabeça inclinada sobre a escrivaninha. Na ponta mais distante da mesa estava a salada que eu tinha levado para ele duas horas antes. Eu entrara em seu escritório silenciosamente para recolher o prato. Com um aceno de mão, ele indicou que podia levá-lo, fazendo um gesto rápido com o polegar para cima para dizer *Estava ótimo, obrigado*, sem perceber que na verdade não havia comido o que estava no prato. Desconfiado? Meu marido? Se estivesse trabalhando em um novo artigo, eu podia convidar um time de rúgbi para uma rodada de sexo grupal no hall de entrada que ele não ia perceber.

– Não, ele não é desconfiado – respondo.

– E se ele encontrasse isto em sua bolsa? Qual seria sua história para explicar?

Solto um pequeno suspiro irônico.

– Ele jamais mexeria na minha bolsa! Nunca em um milhão de anos!

– Qual seria a sua história? – você insiste.

– Olhe – falo, sorrindo –, nós simplesmente não temos esse tipo de casamento, graças a Deus. Não bisbilhotamos a bolsa um do outro. Não verificamos as faturas dos cartões de crédito um do outro. Nunca fizemos isso. Nem mesmo quando... bem, em nenhuma circunstância. Eu simplesmente nunca faria isso, nem ele. É... é... – busco a palavra certa. – Bem, é indigno. Se ele encontrasse este celular em minha bolsa, a conversa seria: "Que diabos você estava fazendo vasculhando a minha bolsa?"

– Olhe – você solta um pequeno suspiro de impaciência. – O ponto da questão não é qual a probabilidade de que este telefone seja descoberto, o ponto é: caso improvável de ser descoberto, qual é a sua história? Ela tem que estar na ponta da língua, imediatamente. Se a inventar na hora, haverá uma pausa, por mais momentânea que seja, e insegurança em sua voz, e nessa pausa seu marido será capaz de dizer que você está mentindo.

– Você não conhece... meu marido.

Você me olha como um cansado professor de matemática olharia para um aluno brilhante, mas teimoso, que deliberadamente se recusa a entender cálculo.

– Está bem, está bem. – Levanto as mãos. – Direi que um dos meus colegas de trabalho deixou-o na minha mesa durante uma reunião e que tenho andado com ele na bolsa há tempos e que preciso me lembrar de devolvê-lo.

– Isso é bom – você diz –, pois explicaria por que razão você o tinha na bolsa há algum tempo. Há meses seria ainda melhor. Guarde-o em um compartimento, um compartimento com zíper. Depois diga que teve a reunião há meses. Seu colega achou que tinha perdido o telefone e cancelou-o, e foi por isso você não teve pressa em devolver. Devia estar na sua bolsa há meses. Você simplesmente não pensou mais no assunto. Assim, se ele verificar sua bolsa regularmente e o encontrar mais de uma vez, você está coberta.

Não consigo conter um sorriso diante da idiotice daquilo – a ideia de meu marido verificando minha bolsa até mesmo uma única vez, quanto mais várias vezes, mas estou distraída pelo infinitamente agradável pensamento de... *meses*. Ele disse meses. Ele está pensando que isso pode durar meses e meses.

Nesse ponto, bem apropriadamente, meu celular toca, quero dizer, meu celular normal. Estava verificando meus e-mails enquanto esperava por você e o telefone está sobre a mesa, à nossa frente. A tela se ilumina, eu olho para baixo e, sobreposta a uma foto de meus filhos um ao lado do outro na formatura de minha filha, está a palavra *Bloqueado*.

Eu a ignoro, tomo um gole do meu café, e você olha para mim e diz, com um sorriso tenso:

– Por que não atende?

Dou de ombros.

– É uma chamada bloqueada. Será uma chamada de trabalho ou spam.

Meu telefone para de tocar. Olho para baixo, para ele. *Chamada bloqueada perdida*. Após um ou dois segundos, a tela escurece.

Você se recosta para trás outra vez na cadeira, me fitando.

– Não quer saber quem era?

Dou uma pequena risada.

– Não, estou falando com você. Se for importante, terão deixado uma mensagem.

Você pega meu telefone e olha para ele.

– Nenhuma mensagem ainda.

– Bem, talvez entre em um minuto. Se isso não acontecer, é porque não era importante. Recebo isso o tempo todo, você não?

– O quê?

– Chamadas bloqueadas perdidas. – Isso é verdade. Tenho recebido muitas mais nos últimos meses, por algum motivo. Quando atendo, não há ninguém lá, apenas o espaço vazio de uma falha na conexão. Meu número de telefone deve ter acabado em algum tipo de lista de spam, como acontece com endereços de e-mail de vez em quando.

Você franze um pouco o cenho.

– Com que frequência você as recebe?

Dou de ombros novamente.

– Várias vezes por semana. Às vezes, uma mensagem do trabalho aparece mais tarde, de vez em quando no dia seguinte, o que é realmente irritante. Às vezes não é nada. Algumas vezes foram cinco ou seis em seguida, depois nada por uma quinzena. Por quê? Não é algo tão incomum, é?

Você me ouve muito atentamente, mais atentamente do que eu pretendia, pois não era algo que estivesse me incomodando. Como todo mundo, recebo mensagens de spam, de companhias de seguro oferecendo-se para me ajudar com indenizações de acidentes que eu não tive, chamadas telefônicas de pessoas querendo me vender uma nova versão do celular assim que acabei de atualizá-lo, e-mails de generais do exército americano querendo depositar centenas de milhares de dólares em minha conta ou fundações médicas oferecendo-me uma extensão de pênis. Catálogos de roupas são despejados aos montes em minha porta, três folhetos por dia de pizzarias. Quantas pizzarias pode haver na zona oeste de Londres? Todos somos assediados, a cada dia, por correspondência indesejada e lixo eletrônico, assediados por solicitações não específicas, disparadas para todos os lados, indiscriminadamente. A estranha *chamada bloqueada perdida* não me parece causa de alarme.

Você fica parado e me ouve com expressão de injustificada gravidade, eu penso.

– Quando foi a primeira chamada? – você pergunta.

– A primeira em que não houve mensagem, você quer dizer, quando eu imaginei que se tratava de spam? – Dou de ombros. – Depois do Natal, eu acho, do Ano-Novo... Olhe, não é uma...

– Não fui eu, então – você diz, com um sorriso aborrecido.
– Deve ser um amante secreto anterior a mim.

Ah, sei... penso, compreendendo de repente. Dou-lhe um sorriso caloroso e meneio um pouco a cabeça e, apesar de você não devolver o sorriso, fico feliz, porque é dois a zero para mim esta tarde. Estou sentindo a mesma sensação de prazer inesperado que senti quando você disse *meses*. Você está com ciúmes. Como chamada bloqueada não atendida é o tipo de coisa que você faria, está presumindo que as chamadas bloqueadas perdidas que estou recebendo devem ser de alguém como você. Adoro os homens, penso. Não sou nenhuma determinista biológica, mas os homens... eu amo os homens. Você me dá um olhar franco, o cenho ligeiramente franzido, e, diante de sua patente contrariedade, as inseguranças que senti no dia anterior se evaporam. Vou ter que inventar jogos para mantê-lo interessado? Não é o meu estilo. Mas, de qualquer modo, nada disso é o meu estilo.

Pego o celular pré-pago e o viro na mão. É bem menor do que o meu telefone normal. Vai caber num compartimento da minha bolsa sem qualquer dificuldade.

5

Por um período de seis semanas, continuamos, você e eu, em uma espécie de névoa estonteante. Nós nos encontramos para fazer sexo. Nós nos encontramos para tomar café. Nunca nos encontramos para almoçar porque você está ocupado demais para o almoço e nunca nos encontramos para jantar porque não podemos nos encontrar à noite. Não tenho a menor ideia do que você gosta de comer. Talvez você não coma nada. Não sei de que filmes você gosta, nem que livros lê, nem se já tocou algum instrumento musical. Fazemos sexo, tomamos café, conversamos. Não falamos realmente de nossa vida doméstica. Nunca falamos o nome de meu marido ou de sua mulher. De vez em quando, conversamos sobre relacionamentos de modo geral ou de antigos amores, mas temos principalmente um tópico de conversa e apenas um: nós, nós mesmos, o que estamos fazendo, o que estamos pensando e sentindo um sobre o outro.

Entre um encontro e outro, fico enlouquecida de desejo e escrevo carta após carta para você em meu computador. Sou grata a você por ter banido o contato por e-mail entre nós, porque no espaço de algumas horas depois de escrevê-las, fico doente de vergonha com o que revelo sobre mim mesma, com minhas modestíssimas tentativas de parecer calma, controlada e analítica, enquanto revelo exatamente o oposto. Nem sempre consigo administrar bem as coisas em minha cabeça.

Um dia, combinamos um encontro fora da Portcullis House, um prédio pelo qual agora sinto uma certa afeição. Já passa da hora de final do expediente – você está trabalhando até tarde por algum motivo –, mas ainda me mantém esperando meia hora e, quando chega, não pede desculpas, como sempre, e posso ver que o motivo de seu atraso, qualquer que seja, ainda está em sua mente. Você esboça seu meio sorriso e não fala. Está bem, penso. Eu também não vou puxar conversa. Talvez minha mente também esteja cheia.

Descendo os degraus, viramos à direita, em direção à estação Westminster do metrô. Há um pequeno café ali que já usamos antes, com dois banquinhos junto à janela. É hora do crepúsculo, faz frio para a época do ano – grupos de turistas trêmulos, vestidos de maneira demasiado otimista, aglomeram-se, bloqueando a calçada. Vamos abrindo caminho entre eles. O cubo prateado da entrada do metrô engole e vomita imagens. Já estamos quase alcançando o café, quando você toma meu braço e me faz girar para voltar na direção de onde viemos.

– Vamos caminhar ao longo do rio. – É a primeira coisa que você me diz.

Viramos a esquina, passamos de novo pela entrada de Portcullis House. Do outro lado do rio, a London Eye acende-se a intervalos com brilhantes luzes azuis, uma roda-gigante girando lentamente contra o céu púrpura e cinzento. Ainda em silêncio, caminhamos pela margem do rio, sem pressa, passando pelas fileiras de ônibus de turismo estacionados e vazios. Depois deles, as multidões de visitantes se diluem e a rua se torna mais desimpedida. Passamos pela entrada dos fundos do edifício atarracado, de tijolos vermelhos, que é a sede da Polícia Territorial, com o poste de iluminação no exterior que sempre me faz sorrir – o antiquado poste de iluminação da polícia, os seriados *Dixon of Dock Green*, *Z-Cars*... O crime nunca compensou naquela época, não em preto e branco, não quando você tinha que mexer com o botão para limpar as distorções da tela de seu aparelho de televisão embutida em um móvel de mogno. Agora, tudo é em alta resolução e cores brilhantes, imperdoavelmente instantâneo em sua clareza – você pode ver os poros dos apresentadores de notícias por baixo da maquiagem laranja. Também há muito mais ambiguidade hoje em dia, notei recentemente. Atualmente, o crime compensa, sem dúvida. Bem, agora, neste minuto, andando ao lado de um homem com quem eu não deveria estar, sinto que compensa.

Caminhamos lentamente, passando pela entrada dos fundos do Savoy e seguindo em frente, saindo da terra dos turistas e entrando na terra dos prédios do governo. Após alguns minutos – ainda não nos falamos –, chegamos aos Victoria Embankment Gardens, afastados da rua e do rio, uma fina faixa de parque com um único caminho que serpenteia em meio aos jardins, cercado de bancos. Na crescente escuridão, temos os jardins só para nós. Na rua, ainda visível por entre os arbustos que o crescimento da primavera decididamente não cobriu de folhas, táxis pretos, caminhões, automóveis passam roncando em uma névoa de poluentes interiores da cidade e, para além do tráfego, o rio se apressa em acompanhá-los. Passamos por um laguinho retangular de lírios à nossa direita. Uma placa atrás dele avisa: *Perigo: águas profundas*. Um pouco tarde demais para isso, penso.

Poucos metros mais à frente, está a estátua da mulher chorando. Já passei por ela antes. É uma estátua que chama a atenção. Há um pedestal de pedra comum com um busto de bronze em cima: Arthur Sullivan, 1842-1900, o tipo de homenagem que você vê por todos os parques de Londres, os filantropos, compositores, escritores, generais, exploradores e educadores esquecidos, os vitorianos que nos construíram. Mas esta é diferente, pois se apoiando contra a pedra está a figura de uma jovem em tamanho natural, também fundida em bronze. Ela está desviada dos transeuntes, chorando contra o pilar, um braço acima da cabeça, estendendo-se para cima, e o outro dobrado, de modo que ela possa enterrar o rosto nele. Seu corpo perfeito, esbelto, repousa numa atitude de absoluto desespero.

Paro. Você para também e, ainda sem falar, olhamos para a jovem mulher de bronze, a curva de seus seios altos e firmes – ela está despida da cintura para cima no modo clássico, é claro –, as vestes reunidas ao redor dos quadris, os cabelos parcialmente presos, caindo em cachos pelas costas. Seu desespero é o desespero da juventude, penso. Ela é toda estudante do primeiro ano que acordou em uma manhã de domingo e se lembrou que, na noite anterior, naquela festa, o rapaz que ela amava foi embora com o braço ao redor de outra. É alguém que acha que o desespero é um país onde ela entrou, como um deserto onde morrerá de sede. Lembro-me da mágoa de amor nessa idade, o quanto era devastadora. Essa dor é possível agora?, eu me pergunto. Tenho cinquenta e dois anos. Qualquer pessoa na minha idade sabe que tudo passa. Se a natureza transitória dos nossos sentimentos significa que a verdadeira mágoa de amor é impossível, então onde é que isso deixa a felicidade?

Algo a respeito dela nos fez parar e olhar. Ainda mal nos falamos. Você dá alguns passos pelo lado do pedestal e lê a inscrição. Eu me aproximo, fico a seu lado e olho para ela enquanto você lê em voz alta.

A VIDA É UMA BÊNÇÃO?
SE ASSIM FOR, DEVE ACONTECER
QUE A MORTE, QUANDO ELA CHAMAR,
DEVE CHAMAR DEMASIADO CEDO.

Pelo meio do poema, correndo do topo do pedestal até quase a metade, vê-se uma longa faixa de limo verde.

– É com a morte que ela está transtornada – murmuro. – Sempre achei que fosse o amor.

– De acordo com o poema, é um pouco uma situação em que não há vencedor, na verdade – você diz. – Ou a vida é uma bênção, quando então todos nós devíamos estar chorando porque a morte vai chegar e estragar tudo, e em breve. Ou então, bem, ou então a vida não é uma bênção, afinal de contas, apenas um assunto triste e velho.

Olho para você.

– De que lado da questão você está?

Tento não soar séria demais quando faço essa pergunta.

Você me fita, sem se deixar enganar por meu tom zombeteiro. Em seguida, estende a mão e toca uma pesada mecha de meus cabelos que pende para um lado de meu queixo, torcendo-a entre os dedos.

– Eu? – você indaga, me encarando. – Eu? Acho que vida é uma bênção.

Nós nos movemos um para o outro. Suas mãos seguram os lados do meu rosto, as palmas ásperas e quentes contra minhas faces frias e macias. Levanto o rosto para você e fecho os olhos.

Sem falar, deixamos a mulher que chora para trás e em poucos instantes chegamos à borda dos jardins. A estação Temple do metrô está profusamente iluminada, a banca de flores e o café do lado de fora não estão particularmente movimentados – o pico da hora do rush já passou, está quase escuro. Logo depois da entrada do metrô, viramos à esquerda, em uma rua estreita chamada Temple Place, que leva para longe do rio. A Temple Place se estreita ainda mais e se transforma na

Milford Lane, que termina em um minúsculo pátio, com uma entrada de tijolos através da qual posso ver apenas uma fileira de degraus de pedra.

– Pode-se chegar à Strand por lá? – pergunto. Nunca passei por ali antes.

– Sim – você responde. – Vai sair logo abaixo do Tribunal de Justiça.

Mas não é justiça nem as luzes brilhantes da Strand que você tem em mente. Você se volta para mim. Uma de suas mãos vai para trás de minha cabeça, os dedos entre meus cabelos, a outra para o meu ombro. Você puxa minha boca na direção da sua. Ao mesmo tempo, pressiona o corpo para a frente, forçando-me a tropeçar para trás contra a parede, logo à direita da entrada para os degraus. Deixo escapar um suspiro involuntário.

Você para e olha em volta – um olhar atento que agora sei que significa que você está fazendo o que havia se referido anteriormente como *uma avaliação de risco*. À sua direita – meu lado esquerdo –, há um prédio, mas nenhuma janela dá para nós. Do outro lado – sigo seu olhar para cima – há uma câmera de segurança, que não está virada para nós, mas apontando para cima de outra ruela. Você me beija, rapidamente, com firmeza, depois move um pouco a cabeça para trás para poder continuar a olhar de um lado para outro, enquanto desliza a mão por dentro do meu casaco, separando as minhas coxas.

– *Ah...* – suspiro, mas desta vez é mais um gemido do que um suspiro, mais profundo, mais ressonante.

Nesse ponto, ouve-se o ruído de sapatos no calçamento de pedra, aproximando-se depressa. Afastamo-nos com um salto, meu casaco volta para o lugar, eu deixo escapar uma arfada divertida e assustada, enquanto um rapaz de terno desce os degraus de pedra e entra no pátio, passando apressadamente por nós sem sequer um olhar, em direção à estação do metrô. Você está de costas para mim agora e o pátio não tem iluminação, de modo que é somente quando você se volta para mim outra vez, um sorriso no rosto, que eu vejo que você está segurando um cigarro entre dois dedos.

– Não sabia que você fumava! – Minha voz está ofegante por quase termos sido descobertos.

– Não fumo – você replica, colocando o cigarro de volta no bolso. – Sempre carrego um no bolso esquerdo. Explica todo tipo de coisas: por que você está do lado de fora, por que está perambulando à toa, e você pode se aproximar de uma pessoa para pedir fogo, se for preciso. Jornais também são bons. Ninguém olha para alguém que esteja lendo o *Evening Standard* na rua e se pergunta por que razão ele está ali de pé. É apenas alguém que está lendo o jornal.

Mais passos no calçamento de pedra, saltos altos desta vez, duas jovens em saias elegantes e casacos descem os degraus juntas, conversando. Uma delas me lança um olhar ao passar, um olhar desdenhoso, como se ela pudesse pensar mal de mim, caso se desse ao trabalho de sequer pensar em mim.

Você toma meu braço.

– Vamos – você diz. – Eu tinha pensado em entrar em você, mas está muito movimentado por aqui.

De volta ao metrô, você se vira para mim e diz:

– Muito bem.

Então, percebo que você está planejando me deixar aqui para pegar o metrô e ir a outro lugar. Experimento um momento de confusão – de repente, você parece estar com pressa de ir embora. Mas, se tivéssemos conseguido ficar a sós no pátio há pouco, lá atrás, você não estaria pensando em ir embora às pressas neste momento em particular. Estaria concentrado em mim.

– Sim, claro – concordo. – Vou ficar aqui. Até logo, nos falamos amanhã. – Viro-me rapidamente. Estou determinada a ser a primeira a ir embora.

Não dou mais do que um ou dois passos quando você me alcança e segura meu braço.

– Ei... – você diz.

Paramos, de frente um para o outro. Eu abaixo os olhos para os seus sapatos. Que espécie de jogo idiota estamos jogando? Nós dois somos de meia-idade. É ridículo. Nós somos ridículos.

– Você já esteve lá antes, não é verdade? – balbucio, e é somente então que percebo que é isso o que está me incomodando. Pensava que estávamos passeando calmamente ao longo de Victoria Embankment, mas você sabia exatamente aonde estávamos indo. Você tinha um plano. Talvez tenha se atrasado deliberadamente para me encontrar porque pensou que haveria uma chance melhor de usarmos aquela passagem quando estivesse mais escuro.

Você suspira. É um suspiro que me faz sentir infantil.

– Olhe... – você fala, e eu espero.

Não vou ajudá-lo desta vez, fingindo que encaro isso com tanta displicência quanto você. De repente, eu me recuso a facilitar as coisas.

– Sabe, você já me conhece... – você diz. Levanta a mão e passa pelos cabelos. Sua expressão é um pouco suplicante. À nossa volta, as pessoas passam apressadamente de um lado para outro, pessoas que estão atrasadas para chegar em casa. Ninguém olha para nós.

– É isso, é isso o que você faz? – pergunto, mantendo o tom deliberadamente leve. Não quero fazê-lo entrar em pânico e mentir para mim.

– Bem, sim – você diz. – É o que eu faço, é o que eu sempre...

– O que, é algo assim como uma mania?

– Sim, é isso, é a minha mania. É o que me excita, eu acho. Estacionamentos, toaletes, ao ar livre, não sei. Acho que... – você ergue a mão, num gesto de desamparo.

Há um milhão de perguntas na minha cabeça, a começar por: "Sua mulher sabe? Você faz isso com ela, ou já fez?" E continuando com: "Então, quantos casos você já teve antes de mim?"

Você encolhe os ombros, como um menino, olha para mim e faz uma careta.

– É que eu acho... não sei, é a aventura, suponho, o fator de risco, não sei. Olhe, acho que é uma espécie de vício, uma espécie de adrenalina. Muita gente faz isso ou outras coisas do mesmo tipo. Todo mundo quer correr riscos às vezes, não? Vejo as pessoas com quem trabalho e é apenas uma questão de saber de que forma elas gostam de correr riscos. Um dos meus colegas voa de parapente nos fins de semana. Ele quebra a clavícula toda vez que aterrissa. Ele tem quatro filhos. Pelo menos, eu não salto de penhascos.

Não, penso, um pouco amarga, *você apenas pede aos outros que o façam*. Estamos parados na entrada da estação Temple do metrô, no escuro da noite, e está mais frio do que devia estar nesta época do ano. Ocorre-me que não estou excitada pela possibilidade de ser descoberta – ao contrário, na verdade. O que me excita é a ideia de um quarto de hotel, lençóis brancos e frescos, travesseiros fofos e macios, luz mortiça, espelhos que somente nós podemos ver, anonimato e privacidade, estar num lugar onde ninguém pode me encontrar, mas tudo o que digo é:

– Bem, acho que essa é uma conversa que teremos que ter em outra hora.

– Vamos tê-la agora – você insiste, e eu sorrio por dentro, porque se há uma coisa da qual eu tenho certeza é de que não existe nada mais provável para mantê-lo comigo do que a ideia de que eu possa estar retendo informações. Lembro-me do que Susannah me disse uma vez: *Há um certo tipo de homem cujo charme reside em sua previsibilidade.* Gostaria de repetir esta observação para você, mas desconfio que a consideraria ofensiva.

– Ande, fale. – Você se inclina em minha direção.

Meneio um pouco a cabeça, mas com um leve sorriso.

Você levanta um dedo e dá uma suave mas decisiva cutucada em minha testa.

– Então? O que é? Neste momento, o que é que está se passando aí dentro?

Olho em volta.

– Estamos muito perto. – Refiro-me à área onde você trabalha e que há uma chance de que alguém que você conheça passe por ali. Mas estou tergiversando. Não me preocupei com isso quando nos beijamos em Victoria Embankment Gardens, e estávamos ainda mais perto.

Você cruza os braços e me fulmina com os olhos, bancando o interrogador.

– Bem, então é melhor você me dizer o que se passa em sua mente, ou poderemos ficar aqui um bom tempo.

– O que significa *isso*? – pergunto, e até mesmo para os meus próprios ouvidos, parece uma pergunta muito fraca. – O sexo de risco, o que significa?

Para seu crédito, você leva a pergunta a sério. Encolhe os ombros.

– Não significa nada, acho que não. É apenas o que eu gosto, como algumas pessoas gostam de fazer sexo de manhã, outras gostam de vestir-se bem e outras preferem no chuveiro. Alguns gostam de calda de chocolate, não sei. Não significa nada.

Um grupo de mulheres de salto alto, equilibrando-se a caminho de alguma diversão, passa tão perto de nós que você tem que segurar meu cotovelo e puxar-me suavemente para o lado, mas ainda ninguém olha para nós. Somos apenas um homem e uma mulher tendo uma conversa antes de cada um seguir seu caminho.

Estou numa espécie de impasse. O que eu realmente quero saber é se você levou alguma outra mulher por aquela viela, como fez comigo agora mesmo, e estou achando que a resposta é sim e que da última vez você foi mais bem-sucedido porque já era mais tarde. Mas não posso fazer essa pergunta sem parecer insegura e em um instante você vai adivinhar que eu estou me sentindo insegura de qualquer modo e de repente não suporto essa humilhação. Existe apenas uma maneira de desviar sua atenção, então digo:

– Quer saber qual é a minha fantasia?

– Claro.

– Ser abduzida por um alienígena.

Seu olhar se transforma em *O quê?*

Sorrio e balanço a cabeça.

– É verdade. Fantasio que fui sequestrada por alienígenas e estou numa cama branca, redonda, completamente nua, é claro, e há uma espécie de sacada ao redor da cama, e em toda a volta e na sacada estão os alienígenas, todos olhando para mim, nua; homenzinhos com cabeças pontudas.

– Você está inventando isso.

Rio dele.

– É, sim, é uma fantasia.

– Não, quero dizer que você está inventando isso agora mesmo. Está caçoando.

Meneio a cabeça.

– Não estou, acredite, honestamente, é no que eu penso com bastante frequência. Sabe, estou na cama branca redonda, e no meio é quente.

– *Cabeças pontudas?*

– Eu sei, bastante óbvio, hein?

Você levanta a mão e coça a parte de trás da cabeça.

– Não sei, mas por algum motivo achei que a fantasia sexual de uma das maiores cientistas analíticas da nação seria algo um pouco mais sofisticado.

– Sofisticado como fazer sexo em becos durante a hora do rush?

Uma breve pausa.

– Um a zero.

Estamos sorrindo um para o outro, a tensão foi quebrada. Eu o convenci de que sou igual a você nesse tipo de provocação. Consegui me desviar de um momento de humilhação.

O orgulho é uma coisa terrível. É o que me faz me afastar de você nesse momento, quando tudo o que eu realmente quero fazer é caminhar ao longo do rio, de mãos dadas, depois ir até South Bank, sentar-me no bar do Royal Festival Hall e ouvir um pouco de jazz se alguém estiver tocando, depois jantar em um restaurante em algum lugar, nossos joelhos roçando uns contra os outros por baixo da mesa. É o orgulho que me faz deixá-lo sem sequer perguntar se tal cenário é possível. Eu queria tanto fazer isso que não posso suportar a ideia de ser rejeitada. Meu marido está em um concerto esta noite. Eu poderia ficar fora a noite toda, se quisesse. Talvez você também pudesse. Talvez você tenha vindo em direção ao metrô porque simplesmente presumiu que eu tinha que estar em casa. Talvez estejamos prestes a perder a rara oportunidade de uma noite inteira juntos, porque nenhum de nós vai levantar essa opção, nenhum de nós querendo ser aquele que está disponível.

– É melhor eu ir – digo, virando-me.

Você nem sequer tenta me dar um abraço casto, público, mas levanta a mão em despedida, me deixando ir. Paro no saguão do metrô para recarregar meu cartão Oyster, na esperança de que possa me seguir, mas você não vem, é claro. É tudo o que posso fazer para não me lançar rua abaixo, embora eu sequer saiba em que direção você vai, se está indo para casa ou voltando para o escritório, para uma reunião de negócios em outro lugar, uma festa de despedida de alguém do trabalho, uma noite com os amigos ou... se encontrar com outra mulher, talvez, agora que a noite caiu e as vielas estão escuras e vazias. Não tenho a menor ideia e nenhum direito de perguntar.

Quando atravesso a roleta, o telefone que você me deu toca no meu bolso e eu o pego. Você me mandou uma mensagem: *Quando chegar em casa, me envie uma foto do que você faz quando pensa nos homens de cabeça pontuda. Por favor!* Sorrio a despeito de mim mesma, pois sei que tenho que aceitar os fatos como eles são e tentar achar que a vida é uma bênção – confusa, às vezes, e frequentemente frustrante, mas uma bênção.

Naquela noite, acordo cerca de uma hora depois que eu e meu marido fomos dormir. Ele está de costas para mim, do seu lado, roncando suavemente. Posso apenas divisar seu vulto pela claridade verde emitida pelo relógio que lança a hora em dígitos grandes no nosso teto. Nós dois gostamos de uma suave luz elétrica enquanto dormimos, o legado de todos aqueles anos em que deixávamos uma luz ao nível do chão e nossa porta aberta para o caso de uma das crianças acordar à noite. O edredom deslizou para baixo e suas costas largas, salpicadas de sardas, estão expostas. Os cabelos começando a rarear na parte de trás da cabeça me fazem sentir protetora. Sorrio comigo mesma ao pensar como é difícil fazê-lo se mexer às vezes, particularmente na primeira hora de sono. Meu marido mergulha na inconsciência com a mesma segurança e rapidez com que um mergulhador de águas profundas entra no mar.

Estou transando com um espião.

Isso explica tudo: a facilidade com que você se move em torno do Palácio de Westminster; a maneira como é quase sempre dono de seu próprio horário, mas de repente é chamado às pressas a negócios urgentes; seus períodos de silêncio. Explica por que você é viciado em adrenalina, por que quando me deseja você é capaz de me importunar com telefonemas ou mensagens e me quer absolutamente *naquele momento*, mas em outras ocasiões parece quase indiferente. Explica sua extrema dissimulação, cuja intensidade sempre me pareceu muito além da necessária por um simples caso de adultério – a questão do telefone pré-pago, o banimento de qualquer contato por e-mail, o melodrama de nossos arranjos. Talvez seja assim que alguém conduz um caso amoroso quando está acostumado a se ver envolvido com questões de segurança nacional.

Agora sei por que você quer saber tanto sobre mim, mas revela tão pouco sobre si mesmo; por que sempre parece convencido a ponto da arrogância de que pode me convencer a fazer qualquer coisa que você queira, da maneira mais simpática possível, é claro; por que sabe muito sobre câmeras de segurança e como camuflar-se na rua. Com todos esses pensamentos vem uma emoção eletrizante – é empolgação, medo ou alguma estranha combinação dos dois? Se você for um espião, então o que acontece se achar que estou retendo informações? Você pode rastrear a localização do telefone que me deu? Você baniu qualquer contato por escrito entre nós para me proteger porque sua associação comigo poderia colocar-me em risco? O que vai acontecer se... – e esse pensamento parece novo, fresco, recém-saído do ovo – *o que vai acontecer se eu quiser sair*?

Meu marido murmura no sono, vira-se de frente para mim, murmura outra vez, vira-se de costas. Penso na gravidade da expressão em seu rosto quando me deu o celular pré-pago. Será que interpretei totalmente errado o que estamos fazendo, quero dizer, quem ou o que você é? Existe alguma chance de você ser vingativo ou perigoso, que meu marido pudesse estar em risco, talvez até mesmo meus filhos? Este pensamento faz meu coração bater com força e tenho que respirar profundamente e dizer a mim mesma: *Não seja idiota... ninguém está em risco...* Estou no meio da noite, tudo é desproporcional no meio da noite. É um fato bem conhecido.

Racionalize, penso, então. É apenas sexo. Vai se extinguir assim que esse homem perder o interesse e, quando você tiver percorrido todo seu repertório de locais favoritos, ele certamente o fará. Esse é o tipo de homem que ele é. Vai durar três meses, no máximo. Seu orgulho vai ficar ferido e seu coração um pouco partido, e você vai achar que merece. Vai andar um pouco por aí com o olhar perdido, depois sacudir a poeira e tudo vai voltar ao normal. Isso é tudo o que vai acontecer.

Devo sentir mais culpa ou menos culpa porque você trabalha para o serviço de segurança?, eu me pergunto. Mas, em seguida, compreendo que a culpa não é algo que precise ser removido da minha cabeça. Na verdade, não.

Ela simplesmente está ausente. A verdade é que – e isso não é algo do qual me orgulhe – sinto que mereço isso. Eu mereço você. Durante vinte e oito anos, fiz tudo o que me era solicitado, trabalhei com afinco e sustentei minha família, amei meu marido, criei meus filhos. Dei minha contribuição à sociedade. Reciclo os jornais toda semana. Isso não vale algum crédito? Estou racionalizando como um homem, penso comigo mesma. Isso é exatamente o que um homem diria a si mesmo uma noite depois de ter seduzido a secretária. Ninguém jamais vai ficar sabendo, ninguém vai se magoar. Mas eu não seduzi meu secretário. Escolhi cuidadosamente, embora eu não soubesse, na ocasião, que estava escolhendo. Estou fazendo isso com um homem que tem os meios e a motivação para assegurar que nunca seremos expostos. Não persegui uma mulher jovem e vulnerável, sobre quem eu tenho algum tipo de autoridade. Não me aproveitei da minha posição e me deixei envolver com alguém que me adora, nem me apaixonei e tive um desprezível caso de amor de dois anos, envolvendo enganar por completo a pessoa com quem vivo. Fiz minha barganha. Estou transando com um espião. Ele gosta de correr riscos, gosta de perseguição e novidade. Pode parecer perigoso mas, na verdade, não poderia ser mais seguro.

Lá de fora, no jardim, vem o uivo curto, áspero, de uma das raposas urbanas que vivem por aqui. Depois, silêncio.

6

É difícil para mim falar sobre o que aconteceu em seguida, amor. Isso não vai surpreendê-lo, eu sei. Nesse ponto da história, faço uma pausa, na minha cabeça, no meu coração também – sinto-me lenta e trêmula, tensa, da maneira como alguém que tem pavor de aranhas se sentiria ao pairar no limiar de um quarto onde sabe que elas devem estar. Há lugares aonde não quero ir – ou, para ser precisa, um lugar específico para onde não quero ir – mas estou tentando ser honesta, por mais doloroso que isso seja. Estou tentando dizer a mim mesma que, se eu puder enfrentar isso, se puder contar, como se fosse apenas um acidente de carro que um dia aconteceu comigo, tudo estará bem. Sim, é isso mesmo, contar como se fosse um acidente de carro, contar como eu estava dirigindo ao longo da pista central de uma autoestrada, olhando pelo espelho retrovisor da direita porque havia um carro prateado assustador se aproximando rapidamente na faixa de ultrapassagem e eu achei que poderia ser perigoso. Receava que, ao me ultrapassar, ele se desgarraria para a minha pista, e exatamente quando eu estava de olho no temerário carro prateado, imaginando até que ponto poderia ser perigoso, um automóvel familiar aparentemente inofensivo veio para cima de mim pela esquerda, de pista lenta, e bateu em mim.

Acidentes de carro acontecem o tempo todo, todo mundo sabe disso, um fato comum, tão comum que já nem chama atenção. Entretanto, por mais frequentes que possam ser, ninguém acredita que algum dia poderá acontecer consigo. Se você dirige há anos com segurança, tem a ilusão de que acidentes de carro são tragédias de outras pessoas, até mesmo que talvez sejam mais prováveis de acontecer com algumas pessoas do que com outras, que, de alguma forma, elas devem ter sido um pouquinho negligentes ou incompetentes, se não absolutamente estúpidas. Mas não irá acontecer com você. Você simplesmente não consegue imaginar-se como vítima.

Voei pelo ar, girando incontrolavelmente no bloco de metal em que estava presa, e nem tenho tempo de perceber que o resultado provável, quando meu carro em cambalhotas atingir o solo, é que ele, eu e tudo o mais vamos explodir em chamas.

Assim que você entrou no café naquela noite – na noite em que aconteceu –, vi que você estava com um humor perigoso.

A luz do café é marrom e mortiça, mas, antes mesmo de você me ver, reconheço a expressão em seu rosto. Seu estado de espírito é sempre adoravelmente óbvio, acho. Eu o vejo aproximar-se da mesa onde estou à espera. Como de costume, você está atrasado. Olha ao redor quando alcança o centro do café. Você me vê, mas seu olhar é cego: você está irritado com alguém, com outra pessoa, não comigo, mas não consegue disfarçar. Isso já aconteceu antes, e sei que nossa conversa vai ser tingida de agressividade de sua parte e de uma espécie de zombaria defensiva da minha. Sou decidida a resistir nessas ocasiões. Às vezes, você faz uma observação depreciativa, breve e inesperada, sobre sua mulher. É a única vez que você é desleal em relação a ela: "É melhor eu não me demorar", você pode dizer, "ou vou estar em apuros *novamente*..." Nessas ocasiões, sinto-me dividida. Seria errado de minha parte incentivar essa deslealdade – e considerando-se as longas horas que você trabalha, estou certa de que merece cada grama de problemas em que está metido. Você falou muito pouco sobre ela, mas tenho certeza de que ela não é uma mulher irracional. Em tais momentos, apesar de eu ser louca por você e de nunca ter me encontrado com ela, um certo grau de solidariedade feminina se estabelece. Ao mesmo tempo, há uma parte de mim, pequena e mesquinha, que se alegra, que quer dizer a você: *Confie em mim, seja desleal comigo, eu não vou trair sua confiança e isso vai nos unir.* Mas seria uma estratégia de curto prazo. Compreendo isso instintivamente, apesar de ser nova no jogo da infidelidade. Qualquer pequena vantagem que eu possa ganhar encorajando-o a ser desleal com sua mulher, no final ricocheteará em mim. É um pouco tarde para tentar reivindicar superioridade moral, tendo em vista o que estamos fazendo, mas sinto que eu devo ao menos fazer o melhor possível para não compor meu status como... como o quê? Uma mulher fácil? Um encontro barato? Como é que isso funciona em sua cabeça, meu querido? Você é realmente tão tradicional? Há mulheres do tipo esposa e mulheres do tipo amante em sua cabeça? E, em caso afirmativo, você não estaria um pouco confuso? De muitas maneiras, eu não poderia ser mais tradicional ou tipo esposa. Se tivéssemos nos conhecido e nos casado quando éramos jovens, eu estaria em casa agora, e, quando você voltasse duas horas mais tarde do que disse que voltaria, não tenho dúvida de que, comigo, você também estaria *em apuros*.

Encontramo-nos em um café atrás da igreja de St. James, um daqueles cafés que gostam de se disfarçar como sala de estar. Você se deixa afundar na poltrona em frente à minha, tira um de seus telefones do bolso de seu volumoso casaco de lã, o verifica e o devolve ao bolso. Olha para mim, sorri, mas posso ver que você não está ali comigo. Desta vez, é alguma coisa do trabalho, penso, não a mulher em casa. Você saiu do escritório para me encontrar, deixando algo importante por resolver.

Estou a caminho de uma festa do corpo docente na universidade. O chefe da Divisão de Ciências vai se aposentar e está dando uma enorme festa, com todos os funcionários, examinadores externos selecionados, como eu, e vários cientistas de instituições privadas e órgãos de financiamento. O chefe da Divisão de Ciências é casado com uma comerciante de vinhos franceses e dona de um serviço de bufê, de modo que as expectativas para a festança são extraordinariamente altas para uma festa informal de professores. Já faz algum tempo que não vou a uma festa e estou ansiosa para isso. Sugeri este café porque você ainda não me viu bem-vestida, apenas em minhas roupas de trabalho. Esperava impressioná-lo com meu glamour, mas, apesar de tê-lo avisado por mensagem que estaria vestida para uma festa, você ainda nem notou.

– Quer que eu peça um café para você? – indago, numa voz que pretende ser gentil e compreensiva, mas que para meus ouvidos soa condescendente.

Você não parece perceber que está sendo tratado com condescendência, ou se o faz, está distraído demais para se importar.

– Americano, com um pouco de leite – responde, nenhum agradecimento ou reconhecimento. Tira um dos telefones do bolso outra vez e imediatamente começa a verificar seus e-mails. É difícil saber o que fazer nesses momentos. É da natureza humana, diante de tal comportamento, tornar-se irritado e exigente, mas, dos muitos papéis que gostaria de ter na sua vida, o de amante petulante é o último, de modo que eu me levanto e me dirijo ao balcão. Depois de ter feito o pedido, olho para trás, para você – está digitando algo no telefone. Pago e olho para trás novamente, ainda no balcão, esperando o café. Você está colocando o telefone em um bolso interno do casaco – repentinamente você olha para mim e me vê observando-o de onde eu estou, e lá está ele: esse sorriso fulgurante. Sei que o que quer que o estava incomodando foi resolvido e que pelos próximos minutos ou pelo tempo que tivermos você é meu.

Volto-me novamente para o balcão quando o barista coloca o café à minha frente, pego-o e, em seguida, começo a fazer meu caminho de volta para você, dando voltas por entre as mesas repletas. Não olho para você, mas sei que está olhando para mim. Agora tenho sua atenção. Abro caminho pelos espaços apertados entre as cadeiras com um balanço dos quadris para os lados. Sei que o vestido que estou usando me favorece, o fino tecido preto drapeado e pregueado nos lugares certos. Sei que ele me faz parecer voluptuosa em vez de rechonchuda e que isso é algo que você está observando. É uma questão estranha e arbitrária essa de fazer você me notar. Eu estava usando exatamente o mesmo vestido quando você entrou no café, mas sua mente estava longe daqui, em outro lugar. Agora, de repente, estou recebendo o foco total de sua atenção, e quanto mais você olha mais eu meneio os quadris e quanto mais eu meneio os quadris mais você olha. Quando chego à nossa mesa, já estou molhada, somente de ser observada por você, e seus lábios estão entreabertos quando coloco o café à sua frente.

– Você sabe que ele é bem recatado... – observa você, indicando o vestido com um sinal da cabeça. Ainda nenhum *obrigado*.

– Acha mesmo? – Sorrio.

– Bem, sua mensagem dizia traje *de festa*. É mais comprido do que eu esperava, mangas longas, mas esse... – Seu olhar se demora no amplo espaço acima do meu decote. Por algum motivo, essa parte de mim não envelheceu. Ainda não surgiram as manchas marrons e as linhas enrugadas que algumas mulheres têm, embora eu tenha certeza de que não vão demorar a aparecer.

Levo meu próprio café aos lábios e tomo um gole, olhando para você por cima da xícara ao fazê-lo. Você me observa atentamente. Deixo a minha xícara no pires e aguardo você falar.

Você se inclina para a frente na cadeira.

– Vá ao toalete e tire a calcinha.

Olho para você, espantada. Você mexe a cabeça em um pequeno gesto: *Vai*.

Levanto-me da cadeira com a mesma incrédula mistura de irritação e aquiescência que senti quando fui pegar seu café enquanto você verificava seus e-mails. O que eu sou? O que você pensa que eu sou?

No toalete feminino, faço xixi, depois faço o que sou solicitada a fazer.

O que sou eu? Olho no espelho enquanto lavo as mãos. Minha calcinha está embolada na bolsa.

Quando saio do toalete, você está me observando e continua a me observar conforme abro caminho entre as mesas. Você me olha de cima a baixo e ergue as sobrancelhas. Eu me sento e abro a bolsa. Você espia dentro da bolsa, sem sequer olhar à volta para ver se estamos sendo observados, enfia a mão na bolsa, pega a calcinha embolada e fecha a mão sobre ela. Você levanta a mão e olha a calcinha por um breve instante, antes de enfiá-la no bolso do casaco.

– Um fio dental. Fácil acesso, hein? Vestido recatado, mas uma calcinha fio dental por baixo. Ótimo.

Finjo indignação, embora soubesse que era isso o que você faria.

– Devolva – falo, num tom sibilante, olhando à volta. As outras mesas estão bem próximas à nossa, mas estamos um pouco mais baixos porque estamos sentados em poltronas e o murmúrio das conversas é suficientemente alto para não sermos ouvidos.

– Não – você responde, olhando-me nos olhos.

– Devolva – repito, com uma mistura fácil de riso e insistência.

– Você está usando meias que prendem na coxa, não está?

– Está quente esta noite... – Dou uma risada, mas um pouco sem jeito, porque a verdade é que coloquei essas meias para você, já sabendo exatamente que seria este o cenário.

– Vá à festa sem calcinha. Vagueie por lá e somente eu e você saberemos. Mas os homens vão ficar como cachorros. Eles vão perceber alguma coisa em você, mas não conseguirão saber exatamente do que se trata.

– Você nem mesmo vai estar lá.

– Ainda assim, vou saber.

– Devolva.

– Está bem, daqui a pouco. Só a estou sequestrando por um tempo... Está bem?

Você enfia a mão em um bolso para pegar seu telefone e por um minuto penso que você vai verificar seus e-mails novamente, mas você aperta alguns botões e, em seguida, o estende para mim.

– Isso foi o que eu fiz na minha hora de almoço hoje de manhã, pensando em você.

Meu querido, nunca admiti isso para você porque não queria desanimá-lo, mas vídeos nunca funcionaram para mim. Dizem que os homens são estimulados por imagens, as mulheres por palavras. Não sei se é verdade. Gostei de algumas das imagens. Gostei da foto que você me enviou certa vez, colocando o celular no painel do carro e tirando uma foto de si mesmo, com um ar irritado, preso em um congestionamento de trânsito. Não sei por que razão gostei tanto daquela foto, mas gostei. Foi a combinação do ar ao mesmo tempo zangado e sensual com o fato de você querer compartilhar isso comigo, que estava aborrecido por estar preso em um engarrafamento.

É extraordinário o que pode ser excitante. Sua simplicidade, foi isso que me excitou naquela noite no café. Não foi o vídeo – mas sua singela crença de que o que era excitante para você também era para mim e que isso era tudo de que precisávamos. Sua excitação profunda e descomplicada: seu jeito prepotente combinado à sua necessidade. Você parecia um bebê às vezes. Tinha que ser o que você queria, na hora em que você queria, ali e agora. Eu o desejava tanto naquele dia porque estava gostando de ser devassa ou gostando de satisfazer seus desejos? Na verdade, há algumas coisas que a investigação científica ainda tem que explicar.

Cerca de meia hora mais tarde, digo:

– Tenho que ir. Tenho que chegar antes dos discursos.

– Vai se divertir? – você pergunta, repentinamente mal-humorado.

– Pode apostar que sim – respondo. Estou num clima otimista e alegre, e isso é evidente, embriagada com seu desejo por mim, antes mesmo de chegar à festa e tomar qualquer bebida alcoólica. Ainda não sei como pegar minha calcinha de volta.

– Venha – você diz, e se levanta da cadeira. – Vamos dar uma volta.

Deixamos o café e eu me viro na direção de Piccadilly, mas você se volta na direção oposta, rumo ao sul, e começa a descer a Duque of York Street. Eu o alcanço e olho para você, mas você parece novamente distraído. Mais adiante, você para, bem perto de onde tomamos nosso primeiro café e eu me pergunto se você vai fazer uma observação sobre isso. Então, você começa a andar novamente, caminhando a passos largos, sem mesmo olhar para ver se estou atrás. Eu o alcanço, um pouco sem fôlego. Você olha em volta, em seguida, fica parado na beira da calçada por um instante, inclinado para a frente, prestes a atravessar a rua. Um táxi dobra a esquina e você estende a mão para barrar meu caminho. Depois que ele passa a toda velocidade, você atravessa e eu o sigo.

Do outro lado, você desce uma ruela que termina num beco sem saída. Embora esta seja uma área movimentada, com bebedores de começo da noite se embriagando por trás das janelas de vitrais de um pub na esquina, não há nada nesta rua lateral – nenhum pedestre e nenhum carro, já que o estacionamento no local é proibido. Também não há entradas para os prédios – os fundos dos dois blocos de edifícios dão para a viela, com suas portas duplas para carga e descarga. Não há maçanetas nas portas. Elas são abertas por dentro para receber mercadoria, apenas isso.

Sei qual é sua intenção – ficou evidente assim que entramos neste pequeno beco sem saída. Há o vão de uma porta, a meio caminho, à esquerda. Você me empurra para ele, as minhas costas contra a porta, pressionando-se contra mim, de modo que ficamos abrigados, fora da vista de qualquer pessoa que caminhe pela rua principal. Somos avistados apenas pelos fundos do prédio de escritórios atrás de você, que você inspeciona por um instante e conclui que é seguro, antes de se virar e pressionar sua boca contra a minha. Ao fazê-lo, você levanta a saia do meu vestido e sua mão é firme e quente e, bem, o que posso dizer? Você sempre soube qual botão apertar.

Em seguida, você está dentro de mim, e eu não acredito que estamos fazendo isso, em Piccadilly, na hora do rush, com milhares de pessoas passando apressadas a alguns metros de distância.

Depois, você pressiona sua boca contra a minha novamente, por um breve instante, e me devolve a calcinha. Em seguida, dá um passo atrás, verificando a ruela de um lado e de outro, enquanto eu visto a calcinha por cima das botas e das meias. Ninguém desceu a viela nesse meio-tempo, mas ficamos ali apenas uma questão de minutos. Antes de sairmos do vão da porta, você olha para mim, sorri e, em seguida, levanta o dedo indicador e o desliza pelo comprimento do meu nariz.

– Tudo bem? – você pergunta suavemente.

Balanço a cabeça numa afirmativa.

Voltamos juntos pela ruela, em direção às luzes brilhantes e à agitação das pessoas saindo do trabalho, eu um pouco instável em minhas botas de salto alto. Quando chegamos ao final do beco, olho para cima e vejo o nome em uma placa no alto: *Jardim das Macieiras*.

PARTE DOIS

A, T, G e C

7

Estar no banco dos réus no Old Bailey é como ser um membro da família real – um presidente ou o papa talvez. Sentada ali, cercada de guardas e vidro blindado, é provavelmente o mais próximo que um simples mortal pode chegar de reproduzir o estado de proteção permanente sob o qual vivem essas pessoas. As pessoas não são horríveis para você quando você é réu em um processo criminal: são amáveis, de uma forma infantilizadora. Você é o centro da preocupação de todos. Tudo gira em torno de você.

Embora o banco dos réus fique na parte de trás do tribunal, o recinto é baixo e amplo, de modo que você pode ver tudo à sua frente. A única outra pessoa cuja visão é tão boa quanto a sua é o juiz, diretamente em frente. Você e o juiz são os polos Norte e Sul do processo judicial. Você é escoltado para dentro e para fora do tribunal, e ele também. Você é alimentado, é atendido – e ele também. Ambos, você e ele, têm o poder de parar um processo, fazer objeção a jurados, contestar testemunhas – embora você tenha que fazer isso por meio de seu advogado. Há apenas uma diferença entre vocês. Ele é o Norte e você é o Sul – um é o inverso do outro, mas não há dúvida de quem é a autoridade aqui. Ele pode mandar você para a prisão pelo resto da vida. Mas você tem que tentar não pensar sobre essa parte, porque, se o fizer, enlouquecerá.

A melhor maneira de não pensar sobre isso é pensar sobre seus direitos. Seus direitos são importantes aqui, e parte do trabalho do juiz é tê-los em conta. Robert, o meu advogado, me disse que a única coisa que um juiz de direito teme é um recurso bem-sucedido. Eles não gostam sequer dos malsucedidos. É o único momento em que seu julgamento é posto em xeque. Somente por esse motivo, o juiz, por mais poderoso que seja, deve ser vigilante. Seus direitos e necessidades não devem ser ultrajados ou ignorados, de modo algum. Isso lhe dá uma sensação de poder – frágil, talvez ilusória, mas, ainda assim, poder. Então, por toda a duração do julgamento, você e o juiz não se sentem tão opostos, mas parceiros presos em uma espécie de casamento arranjado. Você passa muito tempo fitando-o, perguntando-se com quem você afinal foi aquinhoado. Ele passa muito tempo devolvendo o olhar, sem dúvida se perguntando a mesma coisa.

Durante os dias de abertura do julgamento, acompanhei a apresentação dos elementos do processo atentamente, é óbvio. Cada observação da promotoria, o comportamento de cada testemunha. Havia uma nítida diferença entre as testemunhas profissionais – peritos forenses, oficiais de polícia, a testemunha anônima – e as amadoras, os espectadores: o jovem da mercearia que viu você entrando no meu carro, a senhoria, o motorista de táxi. Os profissionais geralmente permaneciam em pé no banco das testemunhas, dirigindo-se ao juiz com grande deferência, lendo o juramento com voz alta e clara. Os amadores faziam uma pequena mesura de gratidão quando o juiz lhes dizia:

– Atrás de você há um assento dobrável, por favor, sinta-se à vontade para usá-lo...

Em seguida, sentavam-se com presteza, ansiosos não tanto para ficarem mais confortáveis, como por acharem que fazer tudo o que o juiz sugerisse devia ser uma boa ideia. Pareciam assustados, mas corajosos, determinados a cumprir seu dever.

Em um primeiro momento, à medida que cada testemunha ia falando, eu as fitava, como se pudesse ler em seus rostos meu eventual destino, como se cada declaração, por mais insignificante ou banal, pudesse ser o ponto decisivo em minha provação. Se alguém dizia algo de que eu discordava, fazia uma anotação e levantava a questão com Robert no final do dia.

Mais tarde, vim a perceber que nenhuma dessas testemunhas se mostraria crucial para o rumo que o nosso julgamento tomaria – apenas uma testemunha o seria: eu. Mas eu não tinha que prestar depoimento durante a apresentação do caso pela promotoria – a acusação não tinha o direito de me obrigar a isso. Nenhum réu pode ser obrigado a falar como parte do processo contra ele.

Mesmo durante a apresentação do caso pelo ministério público, quando esperava me concentrar cuidadosamente, sabendo que, mais tarde, teria que depor, havia tantas passagens monótonas e argumentos jurídicos quando o júri não tinha permissão de estar presente que minha atenção por vezes se deslocava momentaneamente dos profissionais e meu olhar passava para a galeria do público. Ela se manteve vazia durante parte do julgamento – houve partes do meu caso em que a galeria foi esvaziada e fechada para a testemunha anônima, é claro. Por vezes, o guarda de segurança era lento em admitir as pessoas pela manhã ou após a pausa para o almoço, e a porta só se abria completamente quando os procedimentos já estavam em curso. Susannah me disse mais tarde que havia muita espera em torno de um vão de escadas de concreto. No primeiro dia em que veio, ela foi barrada, como muitos são, por causa da norma de que telefones celulares não são permitidos na galeria e não existe nenhum armário ou escaninho onde deixá-los. Um guarda da segurança lhe disse que, se fosse ao café do outro lado da rua, o proprietário tomaria conta de seu celular pelo pagamento de uma libra.

Susannah esteve na galeria quase todos os dias – ela usou metade de suas férias anuais a fim de me apoiar. Ela também tinha um caderno de anotações. O júri deve ter notado sua presença e provavelmente presumiu que ela fosse minha irmã ou uma prima, e como ela é o mais próximo que já tive de um parente, para mim estava tudo bem. Minha mãe morreu há muitos anos e quase não vi mais meu pai depois que ele se mudou para a Escócia com sua nova mulher – apenas uma vez a cada alguns anos. Eu e ele nos falamos por telefone por um expressivo total de três vezes enquanto eu estava em liberdade sob fiança. Meu irmão mora na Nova Zelândia. Então, era apenas Susannah lá em cima, entre os estudantes e os aposentados, e um ou outro espectador com ar abobalhado, cujo papel não consegui identificar.

Ninguém veio por você, amor, que eu saiba – com exceção de sua mulher naquele dia em que ela causou perturbação da ordem e se viu banida do tribunal desde então. Isso me fez pensar em sua vida, quer dizer, ainda mais do que já tinha pensado. Muitas das perguntas que eu tinha foram respondidas durante o nosso julgamento, inclusive muitas que eu resolvera achar misteriosas para meus próprios fins. Durante o nosso julgamento, você ganhou um nome e tornou-se concreto, essa foi uma de suas muitas ironias.

Às vezes, eu olhava para Susannah e notava os assentos vazios ao seu lado. Eu imaginava minha família ali. Meu marido, meu filho, minha filha – Guy, Adam, Carrie. Sentia muita falta deles. Sentia um vazio por dentro com a ausência deles. O fato de haver lhes implorado para se manterem longe do julgamento não me fazia sentir menos sua falta, ao contrário. Eles não são as vísceras desta história, os três – eles não são o drama, a questão de vida ou morte, mas são seu coração pulsando. São as pessoas do meu dia a dia. Eu os inspiro e expiro a cada respiração. Quando as horas forem somadas no final, eles serão tudo o que interessa.

Você me perguntou certa vez como Guy e eu nos conhecemos, e eu encolhi os ombros ao responder "Na universidade", como se isso explicasse tudo. Mais tarde, me senti culpada por ter dado pouca atenção à sua pergunta. É uma resposta fácil, afinal de contas. O namorado e a namorada da universidade às vezes continuam juntos e se casam, às vezes não – faz parecer que eles não têm coragem nem imaginação.

Aconteceu apenas duas semanas após o início de meu primeiro ano na universidade, quando pus os olhos em Guy, no café do prédio de ciências. Éramos uns dez estudantes amontoados ao redor de uma única mesinha, bebericando café instantâneo em copos de plástico. Na época, as mulheres eram raras nos cursos de ciência e havia apenas três em torno da mesa naquele dia. As outras duas já haviam se tornado verdadeiras amigas, compartilhando a satisfação de seu status de minoria.

– Então, quem é você? – perguntou-me uma das garotas autoconfiantes, do outro lado da mesa, diante de todos. Já havíamos nos encontrado antes, mas meu nome não tinha sido registrado. Os rapazes se sentavam relaxados em suas cadeiras, alguns se balançando para trás, os braços abertos. À minha frente, do outro lado da mesa, estava um jovem de ombros largos, alto e esbelto, com longos cabelos lisos e testa ligeiramente franzida, folheando sua pasta de anotações. Eu o havia notado logo que nos sentamos e senti, sem saber por quê, que as outras garotas também o tinham percebido. Em parte, devia-se ao seu tamanho, mas principalmente à sua indiferença. Os outros meninos se exibiam um pouco para nós, falando em voz alta, fazendo algazarra, jogando biscoitinhos inteiros na boca, cutucando o nariz.

– Yvonne – respondi às garotas autoconfiantes, sentadas lado a lado, à direita do rapaz grande e silencioso. – Yvonne Carmichael.

– Yvonne. – A jovem que tinha feito a pergunta inclinou a cabeça para o lado. Levantou a mão esquerda e puxou uma espessa mecha de cabelos escuros e brilhantes por cima do ombro, enroscou-a em um dedo, depois a atirou para trás outra vez.

– Tenho uma tia chamada Yvonne.

Dois dos rapazes riram estupidamente.

– Yvonne Carmichael? – O rapagão levantara os olhos de suas anotações.

Balancei a cabeça, confirmando.

– Você ganhou o Prêmio Jennifer Tyrell.

Balancei a cabeça novamente.

– O que é isso? – quis saber a outra garota, em voz bem alta, inclinando-se para a frente em sua cadeira e olhando duramente para o rapagão.

Ele olhou para mim e levantou as sobrancelhas, convidando-me a responder.

– É um prêmio para ensaios de ciência, para alunos do último ano do colégio. Os pais de Jennifer Tyrell instituíram o prêmio.

Jennifer Tyrell fora uma aluna de graduação em ciência particularmente brilhante, em Glasgow, que morrera em um acidente rodoviário em seu primeiro ano. Seus pais haviam criado um prêmio nacional de ensaios em seu nome, a fim de encorajar as jovens a estudar ciência. Era um prêmio bastante obscuro, administrado por um instituto educacional de Londres e conhecido apenas pelos coordenadores de ciências dos alunos de último ano do colégio em todo o país. Quando ganhei o prêmio, por um ensaio intitulado "De camundongos e moléculas", fui agraciada com dois parágrafos no *Surrey and Sutton Advertiser*.

– É um prêmio muito concorrido – comentou o rapagão. – Aberto apenas a mulheres. Yvonne Carmichael.

– Isso é tão machista – disse uma das meninas autoconfiantes.

Os rapazes ao redor da mesa balançavam a cabeça com entusiasmo, mas eu não estava prestando a menor atenção a eles. Olhava para o rapaz grandalhão, observando a ênfase colocada em meu nome.

Ao final do primeiro período letivo, já me encontrava em uma posição consolidada dentro do nosso grupo social: implausivelmente, eu era a namorada de um membro da fraternidade Alpha Male. Guy dificilmente era Alpha no sentido tradicional – ele era corpulento, mas absolutamente desinteressado por quase todas as formas de esporte – e, no entanto, sua concentração no trabalho e seu ar de genuína indiferença afetavam os outros rapazes tanto quanto a mim. Todos pareciam dominados por ele.

Muitas vezes, eu era a única garota durante um fim de semana na casa da fraternidade que compartilhavam, e um deles aproveitava quando podia falar comigo a sós para fazer confidências sobre a garota em que estava interessado e pedir conselhos.

Quando Guy e eu nos separamos por dois períodos letivos durante o segundo ano, nada menos do que três deles me fizeram propostas, mas eu sabia que isso só tinha a ver com o status de Guy. Eles não queriam transar comigo, queriam humilhá-lo. É uma das coisas que as mulheres acham difícil de compreender – o papel da competitividade masculina na atração sexual para eles. É difícil para nós pensarmos em nós mesmas como um prêmio: assim como é difícil, a seu próprio modo, pensarmos em nós mesmas como presas.

Guy e eu nos casamos no verão seguinte à nossa formatura e eu já estava grávida no outono. A maioria das pessoas presumiu que a gravidez tivesse sido acidental, ou mesmo a razão para termos nos casado, mas Adam foi um bebê muito planejado, assim como Carrie pouco tempo depois. Discutimos o assunto longamente. O melhor, decidimos, era ter os nossos dois filhos em rápida sucessão enquanto estávamos ambos trabalhando em nosso doutorado. Assim, poderíamos combinar a redação de nossas teses com a absorvente tarefa de criar filhos pequenos e ambos estaríamos na escola durante nosso pós-doutorado.

Guy concluiu seu doutorado em três anos e o meu levou sete. Engraçado.

Lembro-me do dia em que ele me telefonou, todo entusiasmado, extremamente satisfeito, incapaz de guardar a notícia para si mesmo até chegar em casa. Ele tinha algo a me dizer: fora nomeado chefe do laboratório.

Adam e Carrie tinham nove e oito anos na época. Eu os havia apanhado na escola umas duas horas antes, mas em seguida os levara às lojas, de modo que tínhamos acabado de chegar em casa. Carrie estava se desfazendo em lágrimas porque sua melhor amiga tinha declarado que não era mais sua amiga. Parecia uma questão existencial. "Eu *não* sou mais…", ela dizia chorando. Adam estava curvado sobre uma caçarola no piso da cozinha, batendo ovos com uma colher de pau e sujando tudo à sua volta. Eu tinha dito que ele podia batê-los para mim enquanto eu falava com seu pai ao telefone. Íamos comer ovos mexidos com torradas. Era o que comíamos quando Guy não chegava em casa a tempo para o jantar – reprise do café da manhã.

Olhei para o chão. Bem, íamos comer o que sobrasse de ovos mexidos na panela depois que Adam tivesse espalhado metade pelo linóleo. Morávamos em um apartamento de dois quartos no primeiro andar, sem carpete no corredor. O casal no apartamento acima do nosso era de recém-casados que brigavam incessantemente, os berros estridentes de um casal cuja aversão mútua extravasava das discussões para cada aspecto de suas vidas. Às vezes, deitada acordada à noite, ouvindo-os andando ruidosamente e atirando farpas um contra o outro, sentia como se a infelicidade se infiltrasse do apartamento deles para o nosso através do teto, como umidade.

Carrie estava sentada em uma cadeira, ainda choramingando como um gato, em longas lamúrias que subiam e desciam, já tendo ultrapassado a fase aguda do sofrimento, mas querendo minha atenção mesmo assim. Adam tentava resgatar uma gema de ovo do chão com a colher de pau, para colocá-la de volta na panela. Ele tinha o temperamento de uma criança bem mais nova. Eu sabia que ele estava prestes a arremessar a colher pela cozinha, por onde ela daria cambalhotas no ar antes de bater contra a parede acima da cabeça de sua irmã. Estava assistindo a essa cena com o telefone no ouvido, quando Guy me contou que tinham acabado de lhe oferecer o emprego de seus sonhos:

pesquisador chefe. A verba chegara naquela manhã mesmo. Ele tinha financiamento para contratar um pesquisador com pós-doutorado e dois PhDs, todos trabalhando sob seu comando. Ele era o capitão do seu próprio navio. O laboratório era seu. Inspirei silenciosamente e disse que era uma notícia maravilhosa, incrível e exatamente o que ele merecia.

No fim de semana seguinte, tive um ataque histérico tão estridente quanto os do casal do apartamento acima do nosso e falei a Guy que eu nunca seria capaz de concluir a proposta de tese em que estava trabalhando a menos que ele levasse as crianças para passear durante toda a tarde do domingo; e ele o fez, sem objeções. Isso foi o que ele jamais entendeu: sim, ele me daria tempo para trabalhar quando eu o exigisse, mas meu tempo era considerado como pertencente a toda a família a menos que eu indicasse que o queria só para mim. O tempo dele era considerado pertencente a si mesmo e ao seu trabalho, a menos que eu exigisse que ele fizesse uma concessão.

Mesmo os bons maridos não entendem a questão. *Qual é o problema?*, indagam tristemente, tentando fazer a coisa certa. *É só você pedir...*

A alegria de Guy na época, isso é tudo de que me lembro – e como era difícil para mim disfarçar o azedume. Ele tinha tudo o que sempre quis. Chefe de laboratório, acesso à maior Biblioteca de Ratos do mais prestigioso instituto de pesquisa de câncer do país.

– Você não ia acreditar no estoque que eles têm – contou-me. – Cada estirpe, cada combinação. Você devia ver o índice. – O responsável pela Biblioteca de Ratos o acompanhara orgulhosamente em uma visita. A pesquisa de câncer sempre foi a área mais bem financiada para os bioinformáticos, ainda é. – Os ratos estão disponíveis.

E ele tinha a mim e dois lindos filhos, e estava sempre muito ausente para achar que minhas preocupações com o comportamento de Adam não passavam de ansiedade materna. Guy era otimista naqueles dias, e a seriedade de seu entusiasmo contagiava nossa vida diária. Só depois que tínhamos dado os nomes de Adam e Carrie aos nossos filhos, ele colocou as iniciais deles juntas com a sua e me apelidou de Timmy – o nome de uma gata que tinha tido quando criança. A, C, G e T – as letras de uma cadeia de DNA.

– Os nucleotídeos estão reunidos outra vez! – declarava quando chegava em casa.

A primeira vez que ele disse isso, eu achei bastante espirituoso.

Mas aqui está o que você nunca consegue entender a respeito de filhos naquela idade – apesar de saber que é verdade, você está tão absorvido com eles que não consegue fazer sua cabeça cansada perceber: eles crescem. Param de atirar colheres sujas de ovos pela cozinha ou de se lamentar sobre os melhores amigos. Começam a se esconder de você, preparam-se para sair às escondidas sem que você perceba, de maneira sorrateira, e acabam por sair de casa definitivamente quando eles – e somente eles – acham que chegou a hora. Um dia, você está soluçando de autopiedade enquanto faz ovos mexidos e fingindo para as crianças que tem um cisco no olho. No outro, se vê parada no meio do quarto de seu filho segurando a toalha da natação de que ele tanto gostava quando tinha quatro anos, que você acaba de desencavar de um armário, pressiona o rosto contra ela e chora, porque ele e a irmã já cresceram e saíram de casa, e você não consegue acreditar que não foi mais paciente, mais amável, mais atenta para perceber como este momento chegaria depressa.

Guy e eu estávamos sozinhos novamente, bem mais jovens do que os nossos pares. Você poderia pensar que teríamos usado esse tempo para nos reaproximarmos como casal, como fazem alguns aposentados, mas naturalmente estávamos longe de nos aposentar. Nossas carreiras estavam no ápice.

Possivelmente, foi por isso que só fiquei sabendo da amante do meu marido quando ela foi até nossa casa no meio da noite e danificou meu carro. Provavelmente, ela queria destruir o carro dele, mas o dele estava na garagem, o meu estacionado em nossa pequena entrada de cascalhos, bem diante de nossa ampla janela projetada para fora da sala de estar. Ela entrou pelos pequenos portões de ferro, arrancou os limpadores de para-brisa e destruiu duas janelas laterais – acho que ela foi muito tímida, apesar de sua ira, para não destruir o para-brisa, ou talvez estivesse com medo do barulho que faria. Do jeito que foi, não ouvimos nada – nosso quarto tem vista para o jardim dos fundos, embora alguns dos vizinhos devam ter sido perturbados; teria sido bom se um deles tivesse chamado a polícia.

Só fiquei sabendo do ocorrido no café da manhã. Eu estava no quarto. Ainda estava trabalhando em tempo integral no Beaufort e naquele dia ia fazer entrevistas para contratar um assistente de pesquisa. Eu passava uma blusa que achava que me fazia parecer competente e rigorosa. Guy já tinha se vestido e descido para preparar chá para nós. Ele voltou para cima sem trazer nada, pálido como um fantasma. Ficou parado na porta do nosso quarto. Olhei para ele e nossos olhos se encontraram da maneira que os olhos se encontram quando há alguma informação importante a ser trocada. Meu primeiro pensamento foi *Adam*.

Ele viu meus olhos se arregalarem, assustados, e sacudiu a cabeça, *não, não é isso*. Em seguida, levantou as duas mãos, como se quisesse se proteger de socos, embora tudo que eu estivesse fazendo fosse ficar parada com a tábua de passar entre nós, ainda de roupas íntimas, meia-calça e saia.

– Olhe – ele deu batidinhas suaves no ar –, olhe, apenas fique aqui em cima, está bem?

Eu não fazia a menor ideia do que ele estava tentando dizer.

– Olhe – ele repetiu –, você vai ter que confiar em mim. Apenas... fique aqui em cima.

Ele se virou e saiu, fechando a porta muito suavemente. Eu ainda segurava o ferro. Olhei para o relógio ao lado da cama, como se ele pudesse estar exibindo respostas, mas tudo o que dizia era 7:10. Tenho que sair de casa em vinte minutos, pensei. Por falta de imaginação, continuei a passar a blusa.

Tinha acabado de tirar o ferro da tomada quando ouvi vozes lá embaixo. Fui até a porta do quarto e a abri um pouco. A primeira voz era a de Guy, baixa, conciliadora, a segunda era uma voz feminina, alta, nervosa. A nossa porta da frente bateu.

Deixei o quarto e saí suavemente para o patamar da escada. O patamar estende-se até a frente da casa e tem uma pequena janela quadrada com vista para o caminho de entrada da garagem – afinal, eu ainda estava obedecendo o pedido de permanecer no andar de cima. Guy estava de pé ao lado de meu carro, agitando os braços. À sua frente, havia uma jovem de casaco vermelho e jeans. Sua figura era esbelta. Uma vasta cabeleira escura caía em seu rosto e pelo movimento de seus ombros ela parecia estar chorando.

Guy desapareceu de vista, na direção da casa. Ouvi a porta da frente se abrir novamente, o barulho de chaves, a porta bater. Novamente do lado de fora, ele abriu os pequenos portões e gesticulou indicando a calçada. A jovem saiu docilmente e ficou ali parada, observando enquanto ele entrava no meu carro, batendo a porta do motorista ao entrar, dando marcha a ré e saindo. Uma vez estacionado na rua, ele voltou a passos largos pelo caminho de cascalhos e abriu a porta de nossa garagem.

Ainda era de manhã cedo, em plena luz do dia, mas com um pesado orvalho sobre a grama. Lembro-me de pensar que eu não teria tempo para o café da manhã, nem mesmo para uma xícara de chá. Durante todo aquele tempo, a jovem permaneceu parada na calçada. Eu não podia ver seu rosto e ela não parecia ter nenhum tipo de bolsa. Tinha as mãos enfiadas nos bolsos, os ombros virados para dentro, como se estivesse com frio. Achei que devia ter mais ou menos a mesma idade de nossos filhos.

Meu marido tirou seu próprio carro da garagem, deu marcha a ré. Uma vez na rua, ele abriu a porta do passageiro e a mulher, ainda com a cabeça abaixada, inclinou-se como se fosse entrar no carro, em seguida pareceu mudar de ideia e empertigou-se, sacudindo a cabeça. Ela apontou para trás, para a nossa casa, e disse alguma coisa com uma vozinha alta e fina, mas não consegui distinguir as palavras. Com isso, Guy abriu a porta e saltou do carro, o motor ainda em funcionamento. Quando ele avançou para a frente do carro, vi, para meu espanto, que seu rosto estava enfurecido. Segurando a mulher pela parte superior do braço, ele a empurrou sem a menor cerimônia para o banco do passageiro, batendo a porta depois que ela entrou e voltando furiosamente para o lado do motorista. Essa pantomima me chocou mais do que qualquer outra coisa. Guy nunca fora temperamental.

    A mulher sentada no banco do passageiro ainda mantinha a cabeça abaixada e, pareceu-me, ainda soluçava. Guy não falou com ela enquanto engatava a marcha e dava uma pequena ré, antes de sair agressivamente para o meio da rua. Deixando meu carro estacionado na rua, a porta da garagem e os portões abertos, meu marido e a jovem partiram.

    Se essa sequência de eventos houvesse sido menos extraordinária, talvez eu tivesse tirado conclusões mais rapidamente, mas tudo me parecia tão estranho que meus processos normais de pensamento não funcionaram plenamente. A emoção mais forte que senti enquanto olhava para o carro que se afastava foi preocupação com aquela jovem estranha que aparecera de repente em nossa casa tão cedo, claramente com alguma espécie de aflição. Foi somente quando meu olhar se deteve em meu carro que vi a janela lateral quebrada. Era o vidro dianteiro, do lado do passageiro. Havia vidro quebrado no banco – eu podia ver de onde estava, embora só tenha descoberto a janela quebrada do lado do motorista quando desci para investigar. Vidro quebrado. Acordei um pouco da minha surpresa e comecei a formar uma hipótese.

    Isso pode soar estranho para quem não é dedicado ao seu trabalho, para quem não está acostumado a ser a metade de um casal igualmente dedicado ao trabalho, mas antes de descer vesti minha blusa recém-passada, o casaco do meu tailleur e peguei a pasta. No andar de baixo, até onde eu podia perceber, tudo estava normal, fora o fato de que as chaves do meu carro não estavam no gancho sob o espelho no hall de entrada. Enfiei os pés em meus sapatos pretos. Peguei um guarda-chuva no cestinho de vime no armário onde guardamos os guarda-chuvas. Dei duas voltas na chave ao trancar a porta atrás de mim. Fechei a porta da garagem e enfiei a chave pela fresta na parte inferior, onde uma das pranchas de madeira está danificada, que é onde sempre a guardamos. Fechei nossos pequenos portões de ferro ao sair. Olhei para o meu carro danificado. Guy partira em seu próprio carro, mas com as minhas chaves no bolso. Eu não tinha a menor ideia de onde o chaveiro sobressalente poderia estar e, de qualquer modo, não tinha tempo de esperar que um mecânico viesse e consertasse a janela. Só havia tempo suficiente para caminhar até a estação. Eu realmente não podia me dar ao luxo de me atrasar naquele dia.

Enquanto esperava pelo trem em nossa estação, olhei para o meu celular, como se olhar para ele fosse produzir uma chamada telefônica com explicações de Guy. Uma imagem veio à minha cabeça: meu marido dirigindo, furioso e silencioso. O silêncio é seu modo padrão quando está com raiva, e a razão pela qual eu ficara tão surpresa de vê-lo empurrar a jovem para o banco do passageiro. Em seguida, pensei na jovem esbelta em seu casaco vermelho, soluçando ao se sentar no carro de Guy. Quando meu trem chegou e eu me juntei aos outros passageiros na plataforma, chegando para a frente, minha hipótese tomou forma, usando a pouca evidência que tinha sobre o que havia observado. Em seguida, foi testada por uma contra-hipótese e, então, tornou-se firme. Adivinhei tudo.

Mais tarde, naquela noite, em casa, Guy me contou a história completa e descobri que meus palpites tinham sido agradavelmente precisos. Refugiei-me nisso. Havia passado o dia inteiro fazendo entrevistas, de forma que, embora eu e ele tivéssemos trocado algumas mensagens de texto enquanto eu estava no trabalho, não tínhamos tido oportunidade de conversar e eu pensei, em retrospecto, acho que foi isso que me salvou da histeria e possivelmente salvou nosso casamento. Tive tempo para pensar em uma estratégia.

Isso eu sabia. Era capaz de perdoar um caso do meu marido. Considerava abaixo dos meus poderes de lógica, da minha inteligência, ser vingativa ou possessiva. Mas não o perdoaria se ele mentisse para mim após os acontecimentos daquela manhã. Não perdoaria ser tratada como uma idiota.

Uma de suas mensagens dizia que ele estaria em casa até as seis horas e que íamos "conversar". Minhas entrevistas haviam acabado às 3:30 e eu deveria ter ficado no trabalho para discutir os candidatos com meus colegas. Mas disse que tinha algo a resolver com urgência e fui embora. Eu era a avaliadora sênior naquele dia e eles concordaram sem nenhum questionamento.

Assim, fui capaz de garantir que chegaria em casa primeiro. De certa forma, esperava que meu carro tivesse sido rebocado ou que houvesse uma notificação da polícia no para-brisa, mas ele estava exatamente como eu o havia deixado naquela manhã. Em casa, tirei o tailleur e, em seguida, estranhamente, fiz alguns trabalhos domésticos. Prefiro não pensar na lógica por trás disso. Talvez houvesse uma parte de mim sentindo-se mais ameaçada do que eu estava preparada para admitir, uma parte de mim que queria tornar a nossa casa o mais arrumada e acolhedora possível. Ou talvez fosse um simples desejo de restabelecer a ordem, ter o piso de nogueira da cozinha varrido, os sapatos guardados, o fogão de aço inoxidável reluzente de tão limpo. O que quer que fosse, no momento em que ouvi a chave de meu marido na porta, eu estava pronta, sentada à mesa da cozinha, de leggings e camiseta longa, listrada, os cabelos presos no alto da cabeça com uma travessa e a boca iluminada com um pouco de brilho labial, nada demasiadamente óbvio. Havia uma tigelinha de azeitonas, uma garrafa de vinho tinto aberta e duas taças, tudo esperando na mesa. Queria deixar claro que eu não cozinhara. Não tinha ido tão longe.

Quando Guy entrou na cozinha, parecia um homem que precisava mais dormir do que conversar. Barbado, as feições prostradas e abatidas, o casaco desalinhado, desabotoado. Ele parou na porta e analisou a cena – a garrafa de vinho aberta, eu esperando, vestida de modo descontraído e tentando arduamente não parecer ansiosa. Ele largou os dois conjuntos de chaves de carro na bancada a seu lado e suspirou, mas percebi que minha estratégia havia sido correta.

– Tire o casaco – falei, enquanto erguia a garrafa e servia o vinho.

Ele voltou para o hall de entrada, retornou, sentou-se e ergueu sua taça de vinho, tentando não parecer muito grato por ele, pensei.

Eu disse, suavemente:

– Acho que é melhor você me contar toda a história.

– Não seja paternalista comigo – ele falou, enquanto recolocava a taça sobre a mesa.

Permiti que um pouco de ironia se insinuasse em minha voz.

– Considerando-se que o meu carro está lá fora, com as duas janelas destruídas, agora não deve ser o melhor momento para você tentar mostrar superioridade moral.

Ele olhou para mim, não mais do que um momento, e depois falou:

– Ela é PhD no laboratório ao lado do meu.

O resto foi muito perto do que eu havia imaginado, exceto a duração do caso. Vinha acontecendo há dois anos. Isso doeu, tenho que admitir. Dois anos durante os quais não tive nenhum sinal, nem a mais leve suspeita. Mas as coisas entre eles andavam mal há algum tempo. Ela se tornara possessiva, questionando-o sobre sua amizade com outras PhDs e pesquisadoras. *É claro que sim*, pensei, quando ele referiu-se a isso. Os parceiros dos infiéis são os mais desconfiados e inseguros de todos, pois sabem que seus amantes são capazes de todo o tipo de mentiras. Por que razão ela confiaria em suas juras?

Ela começara a ligar para o seu celular durante a noite e a deixar mensagens quando ele estava desligado, por vezes vinte ou trinta de uma vez. Às vezes, ela falava, às vezes, tocava música a todo volume junto ao telefone. Às vezes, ela estaria em um clube e haveria risos e conversa ao fundo. Ele me contou essa parte com certa estupefação, mas era evidente para mim que ela estava tentando fazê-lo ficar com ciúmes. Então, na noite anterior, ela havia deixado uma mensagem às três horas da manhã, dizendo: "Estou indo aí. Não aguento mais. Estou indo até você agora." Ela fizera parte do caminho de ônibus, desde seu apartamento em Stroud Green, em seguida, caminhou vários quilômetros pelos subúrbios para chegar à nossa casa.

– Deve ter levado horas... – comentei.

Ele pegou a mensagem em seu celular de manhã enquanto caminhava em direção à porta da frente para recolher o leite – sim, incrivelmente nós continuamos a ter entregas neste fim de mundo. Recebemos um litro diariamente. Ele abriu a porta e encontrou-a toda encolhida, uma bola de angústia banhada em lágrimas, em nossa varanda. Ela havia andado toda aquela distância e destruíra meu carro no caminho da entrada, mas ficara com medo de tocar a campainha.

Fora nesse momento que ele subira ao andar de cima e me dissera para ficar onde eu estava. Ao voltar lá para baixo, ela havia entrado no hall. Eles discutiram. Ele a levou para fora, tirou seu carro da garagem e, em seguida, levou-a de volta para casa em absoluto silêncio. Do lado de fora do apartamento, ela chorou copiosamente enquanto ele lhe dizia, muito friamente, imagino, que, se ela criasse um caso como esse outra vez, ele nunca mais falaria com ela enquanto vivesse.

Àquela altura, algum tempo depois de termos aberto uma segunda garrafa, ele olhou para mim.

– Adianta alguma coisa eu dizer que sinto muito?

– Eu sei que você sente muito – falei, e era verdade.

Alcançamos uma espécie de intimidade naquela noite, uma euforia mútua por ter conseguido lidar com o drama daquela confissão – mas o que se seguiu, as semanas e meses que se seguiram, foi bem longe da euforia.

Eu sabia que ele ia acabar com o caso, mas também sabia que levaria algum tempo. Ele era uma pessoa gentil demais para ser brusco com uma jovem desesperada, que gostava dele e por quem ele havia se permitido ter uma queda, apesar de sua vulnerabilidade e juventude. Ele era grande amigo do supervisor dela – ela poderia ter criado um caso contra ele, se optasse por encarar a situação dessa forma. Mas estava apaixonada. Não queria sua cabeça em uma bandeja, queria seu coração. Estou certa de que, no começo, ela o tinha, mas seu afeto começara a definhar quando ela se tornou carente, grudenta, infantil. Depois de algum tempo, ele teria sentido não paixão, mas um forte e incômodo senso de responsabilidade. Apesar de me ter dito que estava tudo acabado – e eu acreditava nele –, sabia que teria que haver aquele período doloroso, triste, que existe no final de qualquer relação, em que se permanece junto mais tempo do que deveria a fim de se desencantarem um com o outro, para fazer com que ambos se sintam aliviados quando tudo finalmente termina. Eu sabia que esta parte seria difícil para todos nós, mas particularmente difícil para mim, porque não havia nada que eu pudesse fazer, além de sentar-me à margem, trabalhando em minha atitude virtuosa e compreensiva e esperando que ele percebesse o quanto eu era virtuosa e compreensiva. Afastar-me era tudo o que eu podia fazer.

Mas houve uma coisa que eu fiz durante esse período que não devia ter feito. Contei a Carrie, nossa filha. Não planejei fazer isso, mas aconteceu de ela me telefonar quando eu estava deprimida. Guy não estava em casa, ficara até mais tarde no departamento para revisar artigos, disse, mas eu sabia que ele estava com *ela*, e já haviam se passado três meses desde o incidente com as janelas do meu carro e eu ainda estava à espera de que o caso se extinguisse sozinho. Carrie havia ligado para confirmar que viria para casa naquele fim de semana.

– Vai ser tão bom... – falei, mas minha voz falhou.

– Mamãe, o que foi?

Houve uma pausa enquanto eu engolia as lágrimas, e ela acrescentou:

– O papai está aí? – ela perguntou.

– Não... – respondi, antes de acrescentar debilmente: – Ainda não chegou.

– Vocês andaram discutindo de novo?

– De novo? – repeti, um sorriso na voz, apesar de as lágrimas estarem escorrendo pelo meu rosto. Minha Carrie, tão jovem, tão sábia. Ela morava com outro jovem cientista, chamado Sathnam, e, de certa forma, estava noiva dele. Nós o adorávamos e queríamos que se casassem, mas eles haviam dito que não poderiam até que a piedosa avó dele tivesse morrido. Guy e eu só queríamos que eles fossem em frente com o casamento, para nos dar netos. Achávamos que Carrie, então, voltaria para nós.

– Si... im – ela disse, lentamente. – Quando Sath e eu estivemos aí no feriado, vocês implicaram um com o outro de sexta-feira à noite até segunda-feira à tarde.

– É mesmo? Foi por isso que você não voltou mais aqui?

– Não – ela respondeu. – Nós andamos muito ocupados, mas eu fiquei preocupada.

– Você não contou nada ao Adam, não é?

– Mamãe, eu não sou idiota.

Temos um acordo tácito, Guy, Carrie e eu. Adam tem que ser protegido a todo custo.

Fiquei surpresa ao saber que minha filha achava que seu pai e eu não estávamos nos dando bem ultimamente. Eu não tinha notado. Ocorreu-me que talvez esse fosse o problema, que, de alguma forma, Guy e eu tivéssemos passado a ser indelicados um com o outro sem sequer perceber.

Víamos muito pouco nossos filhos adultos naquela época. Adam em Manchester, Carrie em Leeds. Eles estão na casa dos vinte anos, costumávamos dizer um ao outro, confortando-nos com a lembrança da pouca atenção que dávamos aos nossos respectivos pais nessa idade. Eles vão superar isso, dizíamos, quando tiverem suas próprias famílias e perceberem o valor dos avós, ou quando se mudarem novamente aqui para o sul, ou quando se aposentarem... Mas nós sentíamos a falta de ambos, Guy e eu. Tínhamos que fazer esforço para não ligar para eles com muita frequência, para não lhes perguntar a cada telefonema quando eles nos visitariam outra vez.

E, assim, contei a Carrie que seu pai estava saindo com outra pessoa. Guy ficou furioso comigo mais tarde, com razão, e de repente foi como se o erro que eu tinha cometido em envolver nossa filha quase contrabalançasse o erro que ele havia cometido, tendo um caso.

Conversamos com Carrie juntos, em sua visita seguinte. Ela veio sem Sathnam. Nós nos sentamos à mesa da cozinha, nos demos as mãos por cima da mesa e lhe explicamos que havíamos resolvido tudo, que queríamos que ela soubesse que estava tudo bem, que ela não devia sentir que tinha que nos proteger, não dizendo o que realmente achava ou ocultando qualquer outro problema que pudesse estar atravessando.

Em seguida, lhe perguntamos, como sempre acabávamos lhe perguntando, se ela tinha tido contato com Adam ultimamente. Somente no Facebook, ela respondeu. Então, inesperadamente, acrescentou:

– Lembram-se do que ele costumava fazer quando vocês dois brigavam, quando éramos pequenos?

– Todo casal briga – Guy disse. – Somos humanos.

Coloquei minha outra mão em seu braço, para silenciá-lo.

Carrie olhou dele para mim.

– Ele costumava ir para trás do sofá, agachar-se, colocar as mãos sobre os ouvidos e gritar...

– Eu sei – disse –, eu me lembro.

– Ele continuou a fazer isso até bem mais tarde do que seria normal, quero dizer não quando ele era um bebê, mas com dez ou doze anos, não é mesmo?

Guy e eu olhamos um para o outro, e todos nos calamos.

– Até mais velho do que isso – admiti, por fim. – Até bem mais velho.

Levamos tempo demais para reconhecer que havia algo de errado com Adam. Adolescentes. Toda a literatura diz a mesma coisa, uma única coisa – que o que quer que seja que estejam fazendo, dê um tempo a eles, dê-lhes uma folga, é normal. E, é claro, tudo começou muito lentamente, sua incapacidade de sair da cama todas as manhãs, recusando-se a fazer a lição de casa, matando aula na escola... Houve uma ocasião em que ele raspou a cabeça em estranhas diagonais e depois se trancou no banheiro, gritando para o espelho e chutando a porta. Houve outra ocasião em que ele voltou de uma visita à rua principal e atirou seus fones de ouvido pelo hall de entrada sobre mim, dizendo-me que as pessoas ouviam a música que ele estava ouvindo quando passavam por ele e riam porque achavam que era uma música muito idiota. Não houve um determinado momento em que admitimos para nós mesmos o quanto estávamos preocupados. Tudo começou a conta-gotas e a cada nova gota nos convencíamos de que não era nada demais e, obviamente, era. Quando ele começou a passar o dia inteiro na cama, recusando-se a deixar o quarto ou a abrir as cortinas, nosso primeiro pensamento foi *são drogas, ele está usando drogas*. Lembro-me do dia em que Guy e eu revistamos o quarto dele. Era uma noite de verão e, ao contrário do habitual, ele tinha feito o esforço de sair com amigos. Entramos quase na ponta dos pés, entreolhando-nos. Era como qualquer quarto de adolescente, camisetas espalhadas pelo chão, uma mistura de limpeza e sujeira. Duas gavetas da cômoda estavam abertas, revelando um emaranhado de meias e cuecas que parecia ter sido embolado antes de ter sido enfiado lá e do qual emanava um cheiro familiar a qualquer pai ou mãe. O espaço acima de sua cama era coberto com fotos de amigos ou fotos de garotas que ele havia recortado de revistas de adolescentes, algumas delas com os cantos soltos onde a fita adesiva não aderira. Seu velho violão, com uma corda arrebentada, apoiava-se contra uma das paredes. Achei que estava perto demais do aquecedor e mudei-o de lugar, depois me lembrei que estávamos fazendo uma busca secreta em seu quarto e coloquei-o de volta onde estava antes.

Ele havia levado sua guitarra atual quando saíra. Nós sabíamos que ele fumava baseados, é claro, e que também teria levado sua lata de fumo e pacote de papéis com ele. Seu roupão estava pendurado na parte de trás da porta do quarto. Havíamos permitido que ele grafitasse a porta com tinta spray, felicitando-nos com a ideia de que, se era algo que lhe permitíamos fazer em casa, isso diminuiria a possibilidade de fazê-lo em um arco ferroviário, dependurado de uma ponte, enquanto um amigo dopado com cetamina o segurasse pelos tornozelos – não fomos os únicos pais, em sua escola, cujo filho chegara em casa com o jeans manchado com a delatora tinta cinzenta antiescalada. Tiramos o roupão do gancho, revistamos os bolsos e encontramos outro pacote de papéis e alguns resquícios de tabaco, juntamente com pedaços de lenço de papel, apenas isso. Virei um dos bolsos do lado do avesso. O interior estava revestido com uma fina película branca, onde o tecido do forro se dissolvera durante a lavagem. Inclinei-me, levei o bolso ao nariz e cheirei. Nada. Empurrei o bolso para dentro outra vez, virei-me para Guy, encolhi os ombros e sorri.

Olho para trás, para aquela noite, agora, e lembro-me de como ficamos aliviados quando nossa busca se revelou infrutífera, como discutimos, levemente, em tons silenciosos, sobre se o jeans tinha sido deixado amontoado no chão ou na cama, porque depois de tê-lo revistado não conseguíamos nos lembrar exatamente e queríamos deixar tudo como estava antes. Conversamos, rindo sorrateiramente, como o melhor seria arrumar o quarto, depois agir como se estivéssemos indignados com ele quando chegasse em casa. *Nós não podíamos mais aturar aquilo!* Fomos para baixo, abrimos uma garrafa de vinho e bebemos com entusiasmo, enquanto discutíamos como era bom que nosso filho, afinal, provavelmente não era um demônio drogado. A amarga ironia daquela noite: se soubéssemos o que estava a caminho em vez disso, teríamos ficado exultantes em descobrir alguns farelos de tabaco em uma caixa de fósforos num dos bolsos daquele surrado jeans favorito ou naquele velho roupão azul, pendurado na parte de trás de sua porta grafitada.

Assim, sento-me no banco dos réus no Tribunal Número Oito, no Old Bailey, olho para os lugares vazios na galeria do público e sinto-me ao mesmo tempo grata e deprimida com as ausências ali. Persuadi Carrie e Guy a levar Adam para o Marrocos por quinze dias, no caso de algum repórter tentar encontrá-los. Consegui vender a ideia para eles como uma medida de proteção para Adam, em vez de para todos eles. Guy não vai ficar toda a quinzena, eu sei. A, T, C e G, a hélice dupla. Ninguém jamais me chamou de Timmy, com exceção de Guy, e já faz muito tempo que não me chama assim.

Estou sempre lá, naquele banco dos réus, todas as manhãs, assim como você, antes de a galeria do público ser aberta. Estamos lá antes que o júri seja admitido, antes que o juiz chegue. Temos que estar presentes para que os trabalhos do tribunal possam começar, nada pode acontecer sem nós e, por isso, temos que ficar sentados e observar os advogados entrarem, folhearem seus papéis, suspirando, caminharem à bancada uns dos outros, apoiarem os cotovelos sobre as pastas de arquivos de seus adversários e dizerem coisas, como "Fiz reservas para

Val D'Isère, afinal de contas". Temos que ficar sentados e assistir enquanto os funcionários chegam para verificar se tudo está em ordem, antes de dizerem ao juiz que estamos todos prontos e à espera. E temos a oportunidade de olhar para a galeria do público, vazia, e nos perguntarmos quem estará nela hoje, pois qualquer pessoa pode, é claro, desde que deixe o celular em casa.

Por que você não teve ninguém por você, amor? Nunca tive a oportunidade de lhe perguntar. Por que nenhum irmão, irmã ou amigo leal? Você ordenou-lhes que se afastassem, como eu disse à minha família? Há tantas perguntas que nunca vou ter a oportunidade de fazer.

Cerca de um ano depois que meu marido e eu tínhamos sobrevivido ao seu caso, tivemos uma briga certa noite, na cozinha. Pensei que já estivéssemos a salvo, que já tivéssemos ultrapassado o estágio de recriminação. Havíamos olhado da borda do precipício, tínhamos tomado a mão um do outro e recuado um passo. Havíamos cerrado fileiras, erguido barricadas, a ponte levadiça, inundado o fosso e tudo o mais. Talvez. Talvez nossa briga naquela noite tenha acontecido porque finalmente nos sentíamos seguros de novo e podíamos nos permitir um pouco de implicância, algumas hesitantes incursões no jogo da atribuição de culpas.

Não consigo nem mesmo lembrar o que deflagrou nossa briga naquela noite, algum insignificante assunto doméstico. Mas o que quer que tenha sido, no meio de um debate de resto inócuo, eu me voltei para ele, enquanto tirávamos a mesa do jantar, vendo-me repentinamente de punhos cerrados, pressionando os nós dos dedos sobre a bancada da cozinha, dizendo, a voz entrecortada:

– Você nem sequer me disse o nome dela!

Guy parou onde estava, no meio da cozinha, com um ralador de queijo na mão, e olhou para mim, com uma expressão de espanto, seguida imediatamente por outra de resignação. Ele virou-se e sentou-se à mesa com um suspiro:

– Olhe... – disse, colocando o ralador na mesa à sua frente.

Quando voltou, minha voz era fraca e trêmula, quase um sussurro.

– Nem sequer me disse o nome dela... – repeti.

– Rosa – ele falou, e a beleza da palavra alojou-se como um pequeno pedaço de vidro em meu coração.

Depois disso, houve um longo silêncio entre nós, enquanto ele permanecia sentado e eu me movia distraída pela cozinha.

Embora não falássemos, nós dois continuávamos a discussão em nossas cabeças, o que se tornou evidente no instante em que abrimos a boca.

– Olhe, Yvonne...

– Sim, sim! Olhe!

– Eu não...

– Não o quê?

Silenciado mais uma vez, ele pressionou os lábios, evidentemente decidindo que, se eu resolvera ser irracional, ele também seria. Empurrou o ralador de queijo com um dedo e ele caiu da mesa com estardalhaço.

– Bem, você pode manter isso indefinidamente ou pode me perdoar e seguir em frente.

– Ah, ora, vamos! Você escapou dessa sem nem um arranhão, não acha?

– Santa Yvonne – ele suspirou, revirando os olhos.

– Você faria isso? – perguntei, bufando sarcasticamente.

– Faria, sim – retrucou ele, indignado. – Sim, claro que faria.

– Não, não faria! – afirmei, virando-me e abrindo a máquina de lavar-louça, que eu tinha carregado e ligado apenas alguns minutos antes. Pega de surpresa com minha ação intempestiva, ela lançou ondas de vapor e esguichou água quente. Bati a porta com força e voltei-me para meu marido.

– Se tivesse sido eu, você ia me lembrar até o fim dos meus dias. Jogaria na minha cara durante anos.

– Isso não é verdade – meu marido falou, sua voz subitamente calma e conciliatória. Ele estava certo, não era verdade. Dissera isso apenas porque foi a primeira coisa que me veio à cabeça para jogar em cima dele. – Eu teria perdoado você; teríamos conversado e resolvido. Eu amo você, você me ama, teríamos colocado Adam e Carrie em primeiro lugar, como sempre fizemos, como estamos fazendo agora. Eu não teria...

– Se importado? – murmurei. Isso aproximava-se mais do que eu realmente sentia. Guy tentava evitar uma verdadeira briga, mas eu não estava preparada para isso, ainda não. Ainda me restava um pouco mais de energia.

– Não, não é isso, é claro que eu teria me importado, apenas eu teria sido capaz de aguentar, no interesse de nos manter juntos. Não sou possessivo dessa forma, você sabe que não. Nunca fui.

Era verdade, e era admirável, mas não conseguiu fazer com que eu me sentisse bem. Parei de me movimentar pela cozinha e recostei-me contra a bancada, cruzando os braços e fitando-o com os olhos estreitados.

– Portanto, em outras palavras, você não se importaria. – Eu me odiava quando discutia desse modo.

– Eu não me importaria tanto com infidelidade física a ponto de deixar que isso estragasse o que temos juntos, não.

– E se eu me apaixonasse? E se eu me apaixonasse por outra pessoa, como você fez?

– Desculpe-me, você sabe que eu sinto muito, você sabe como estou arrependido...

E pela primeira vez nessa discussão a minha voz também se tornou um pouco mais suave.

– Não estou pedindo outra desculpa...

Dirijo-me à mesa, sento-me à frente dele, estendo o braço e tomo sua mão.

– Estou interessada, é sério, você acha que faria isso, me perdoaria? Se eu me apaixonasse realmente por outra pessoa? – Meu motivo para isso não era inteiramente intelectual. Não faria nenhum mal, pensei, que ele contemplasse a possibilidade. Ele olhou para mim.

– Não estou planejando isso – ri um pouco –, só estou interessada em saber.

Esse era sempre o jeito de despertar o interesse de meu marido, apelar para seu lado analítico.

Ele levou a pergunta a sério, pensou um pouco.

– Você poderia fazer sexo com outra pessoa – ele afirmou – e eu não ia gostar, de jeito nenhum, preferia que você não fizesse, só para registrar. Mas eu lidaria com isso não pensando no assunto. Se eu imaginasse, ia ficar com raiva, mas conseguiria não imaginar, no interesse de preservar o que temos, aquilo a que damos valor, que nós dois sabemos que é algo que vale a pena preservar.

– Mas e quanto ao amor?

Ele fez uma nova pausa, pensando, tentando ser honesto, e eu sempre amei, ainda amo, isso em meu marido: ele não tenta ser paternalista comigo, dizendo-me o que acha que eu quero ouvir.

– Sim, eu perdoaria você, se você se apaixonasse por outra pessoa – ele disse, calmamente. – Seria muito doloroso para mim, é claro, porque estou acostumado à ideia de que você me ama e só a mim, mas eu sei – ele hesitou apenas por um segundo –, sei agora que é verdadeiramente possível amar duas pessoas ao mesmo tempo. Mesmo no auge do que eu estava fazendo, nunca deixei de amá-la, nem por um segundo. Na verdade, de certo modo, estava mais apaixonado por você do que nunca, pois sabia que estava pondo em risco o que tínhamos. Sei que soa como uma desculpa, mas é verdade.

Permanecemos sentados por algum tempo após esse longo discurso. Como é o caso com muitos homens, a clareza emocional não fora seu ponto forte no passado, apesar de toda a sua capacidade de análise, de modo que fiquei impressionada com a extensão desse discurso e pela simples verdade do que ele dissera, comovida por sua capacidade de ser honesto consigo mesmo e comigo. Já não queria marcar pontos contra ele ou fazer com que se sentisse culpado. Então, exatamente quando eu já começava a me sentir amorosa com ele outra vez, ele disse algo que me fez lembrar que era, afinal, um homem, com seus defeitos, exatamente como eu era uma mulher com defeitos.

– Há realmente apenas uma coisa que eu acharia difícil de perdoar.

Fitei-o, mas ele olhava para as nossas mãos entrelaçadas, passando o polegar suavemente sobre meus dedos, acariciando-os.

– O quê? – perguntei.

– Humilhação pública.

Ele me olhou, então, e seu olhar era frio.

8

Saímos do beco e entramos na Duke of York Street. Você havia me deixado antes de ir embora – isso sempre acontece – mas não me sinto magoada desta vez, mais presunçosa do que qualquer outra coisa: estou começando a pegar o jeito. É como se, aos cinquenta e dois anos, eu tenha descoberto uma inesperada capacidade de tocar flautim ou dançar sapateado, algo que sempre esteve latente em mim, mas que eu simplesmente não havia explorado. Estou andando um ou dois passos atrás de você; enfio a mão por dentro do casaco e aliso meu vestido. Em seguida, acelerando o passo para alcançá-lo, abotoo o casaco até em cima, passo a mão pelos cabelos – os pequenos gestos que organizam a minha imagem pública novamente.

Separamo-nos na estação Piccadilly Circus do metrô, você me dando um abraço brusco, do tipo que já aprendi a esperar, quando você passa o braço por minhas costas e me puxa para você com um gesto curto e firme, seu braço agarrando-me e libertando-me no instante em que meu corpo entra em contato com o seu. É o tipo de abraço que você poderia me dar com segurança ainda que seus sogros estivessem passando por ali. Viro-me e caminho um pouco de volta pela própria Piccadilly, atravesso na faixa de pedestres e corto caminho pela Air Street. Vou levar vinte minutos para chegar à festa dos professores e pesquisadores, caminhando com mais energia do que gostaria com meus saltos altos. Uma chuva fraca começa a cair, chuva de abril, fina e encharcante. Eu não me importo – nesse momento em particular, não me importo com nada.

Estou me pavoneando, apenas um pouco, em minhas botas de salto alto – altos e finos, não as botas mais práticas, de saltos mais baixos, que eu usava quando nos conhecemos. Botas de festa, elegantes e vistosas. Olho para as pessoas que passam apressadas por mim enquanto subo a Regent Street. Quantas estarão realmente com pressa?, eu me pergunto. Quantas estarão a caminho de casa? Quantas estarão fugindo para algo ou fugindo para longe de uma outra coisa? Conheço a pressa da hora do rush tão bem, que ela já está em meus músculos. O ritmo frenético das pessoas à minha volta é contagioso. Parece impossível, a esta hora do dia, descer a rua devagar, evitar empurrões, se você entrar em um ônibus ou trem de metrô lotado. Quantas das pessoas que passam correndo por mim são felizes?, pergunto-me. Eu sou feliz. Uma vida dupla – e sou boa nisso. Talvez a estranha seja eu.

Atravessei a Oxford Street e vou ziguezagueando para o norte e para o leste pelas ruas secundárias, quando algo incomum acontece. Uma mulher caminha em minha direção, uma mulher pequena, ainda mais baixa do que eu, japonesa, em um caro vestido de seda verde e uma jaqueta curta de couro. Ela está atendendo uma chamada em seu celular, abrindo alegremente a conversa. Carrega várias sacolas de lojas no outro ombro. Depois de algumas frases, enquanto ainda está a poucos passos diante de mim, ela para repentinamente. Seu rosto se transforma numa máscara. As sacolas de compras caem de seu ombro. Seus joelhos cedem e ela desaba na calçada, soltando um grito ao cair, mas ainda segurando o telefone no ouvido.

Paro onde estou por um instante e, em seguida, me aproximo. Ela soluça e grita ao telefone, em japonês. É evidente que acabara de receber notícias terríveis. Em um minuto, ela estava andando com suas compras, no seguinte, recebe um telefonema e está de joelhos, na chuva, chorando e gritando.

Hesito à sua frente. Após um minuto, indago:

– Desculpe-me, posso ajudá-la?

Ela ergue os olhos para mim, a expressão tanto desorientada e confusa quanto indiferente, como se não conseguisse entender por que estou parada diante dela ou o que posso estar dizendo, perplexa e indignada por entre as lágrimas. Em seguida, ela volta a gritar e chorar ao telefone.

Parece obsceno ficar ali parada. Assim, passo por ela e continuo a subir a rua. Quando olho para trás, ela ainda está de joelhos, ainda chorando.

A festa já está no auge quando chego ao grupo de edifícios conhecido como Complexo Dawson – o centro de serviços administrativos da universidade e sede de vários anfiteatros. O chefe da Divisão de Ciências deixou bem claro no e-mail de convite que, embora a universidade esteja oferecendo o local, a comida e o vinho são por conta dele. Um bando de estudantes foi pressionado a fazer o serviço de garçons e garçonetes, e, quando entro no saguão, meus saltos altos produzindo um som estridente, sou recebida por uma fileira de alunos da graduação com pranchetas nas mãos, esperando para ir marcando os nomes dos convidados conforme chegavam. Isso não é comum nas festas da universidade, que em geral não envolvem algo tão sofisticado quanto uma lista de convidados – em geral, copos de plástico e vinho branco à temperatura ambiente –, mas esta festa é diferente, um pouco como um espetáculo. O chefe da Divisão de Ciências dedicou três décadas à educação e agora está inexoravelmente passando para o setor privado. Um homem alto, de óculos grandes, ele está de pé no saguão, ao lado dos alunos com pranchetas, recebendo os convidados, um sorriso fixo no rosto.

– *Yvonne...* – diz quando entro, e dá um passo à frente para me beijar em ambas as faces.

Depois de algumas cortesias com o chefe da Divisão de Ciências, desço o corredor que leva ao Salão de Eventos, o centro do Complexo Dawson. À esquerda, há uma fileira de recém-montados cabideiros metálicos para as pessoas pendurarem seus casacos. Os cabideiros já estão cheios, sobraram apenas alguns cabides de metal espremidos na ponta do suporte com bilhetes de rifa colados neles com fita adesiva. Estou junto a um grupo de pessoas, esperando para pendurar meu casaco, quando uma estudante alta, vestida com uma camisa preta e calças jeans pretas, aproxima-se, segurando uma bandeja de taças de vinho.

– Dra. Carmichael... – Ela para e me oferece a bandeja. Não a reconheço e ainda não coloquei o crachá com meu nome, mas devo ter feito parte de sua banca examinadora, então sorrio e pego uma taça.

– Oh, obrigada, como vai? – indago.

– Muito bem. Vou começar no Vicenzi Centre no outono.

Agora eu me lembro, uma americana inteligente, seu doutorado foi sobre traços de personalidade perceptíveis resultantes de susceptibilidade condicional devido a variantes do gene SERT, transportador de serotonina.

– Isso é ótimo, boa sorte.

– Obrigada. Mal posso esperar.

Atrás dela, caminhando pelo corredor, vejo dois homens calvos, um alto e um baixo.

– Aquele é o professor Rochester? – pergunto, olhando para o mais baixo. A pergunta é retórica, pois tenho certeza de que é ele. Tomo um gole de vinho, que bate em meu estômago vazio. Eli Rochester administra Glasgow. Em meu campo, ele é Deus. Olho para ela.

– *Rochester* está aqui...

A aluna se inclina para a frente, levantando uma sobrancelha impecavelmente delineada. Ainda não consigo lembrar seu nome, mas me lembro agora de que eu gostava muito dela, de sua inteligência sarcástica.

– *Todos* estão aqui, dra. Carmichael – ela murmura, afastando-se.

Avanço lentamente em direção ao cabideiro, desabotoando meu casaco com a mão livre enquanto o faço, e o homem à minha frente diz de modo familiar, virando-se:

– Pronto, deixe-me pegar isso.

Por um momento, não tenho certeza do que ele quer dizer, depois vejo que está olhando para minha taça de vinho.

– Obrigada – agradeço.

– Yvonne – ele diz, uma nota de advertência na voz, enquanto pega a taça da minha mão e fica parado, esperando enquanto eu tiro o casaco e encontro um cabide de arame disponível. – Eu editei seu ensaio. – Ah, sim, ele é um editor científico. Na verdade, fiz muitos trabalhos com ele, mas foi principalmente por e-mail.

– Harry! – exclamo. – Como vai?

– Bem, bem...

Enquanto Harry e eu descemos o corredor juntos, percebo que alguma coisa em mim está acesa esta noite. É estranho a forma como essa espécie de narcisismo atrai as pessoas. Pergunto-me se é por causa da taça de vinho em minha mão, do número de pessoas que me cumprimentaram entusiasticamente antes mesmo de eu chegar à porta, ou a presença de tantos colegas ilustres em meu campo – o que, obviamente, lisonjeia minha decisão de comparecer à festa. Sim, são todas essas coisas. Mas também é você. Simplesmente fiz algo que a maioria das pessoas nesta festa jamais sonharia fazer, que eu mesma nunca teria sonhado fazer antes de conhecê-lo. E fiz sem ser apanhada, consegui levar isso a cabo com sucesso. Mais tarde, voltarei para a bonita casa que partilho com meu marido, mas aqui estou eu em uma festa cheia de profissionais bem-sucedidos em meu campo e, adivinha, *eu sou um deles*. Esta é a minha vida. Há cinco minutos, parece-me, eu era um dos alunos com uma bandeja de taças de vinho, ansiosos para trocar algumas palavras com um professor da minha área. E agora, aqui estou eu, como num passe de mágica as pessoas vêm até mim e estou levando um ou dois minutos para me lembrar de seus nomes.

Quando chego ao final do corredor, já terminei minha primeira taça de vinho. Separo-me de Harry quando entro no Salão de Eventos apinhado de gente. É cedo, mas já existe uma atmosfera instigante no recinto, as pessoas em sua segunda ou terceira taça, os risos e as conversas atingindo o teto alto. Talvez seja a combinação de cenário mundano com o volume de álcool e participantes – é como uma festa de Natal no escritório, todos bêbados ou se embebedando, todos se comunicando. Os cientistas não costumam se soltar com frequência, mas quando o fazem é à potência n.

Descubro um grupo de pessoas que conheço, pesquisadores do antigo instituto de Guy, mas me deixo ficar para trás por um minuto, inspecionando o salão. Eles vão perguntar por que Guy não está aqui – está dando uma palestra em Newcastle – e, então, perguntarão como vai meu trabalho. Não quero ficar presa a pessoas que conheço demasiadamente cedo.

Abro caminho ao redor da sala, depositando meu copo vazio e pegando outro cheio enquanto prossigo e, de repente, vejo-me ao lado do ilustre professor Rochester, mas ele está rodeado de seguidores e parece absorto em uma profunda conversa com um deles. Afasto-me, levantando meu copo em segurança acima dos cotovelos das pessoas, deslizando de lado pelo meio dos corpos, enquanto vou negociando os espaços.

– Yvonne! – É Frances, uma técnica com quem já trabalhei no Beaufort. Gosto muito dela. Ela está na casa dos sessenta anos e não há nada que ainda não tenha visto.

Abraçamo-nos por um breve instante. Ela se inclina para a frente a fim de sussurrar um pouco alto em meu ouvido:

– *Quanto* você acha que isso custou?

– *Milhares...* – grito em resposta. No clima atual, o chefe da Divisão de Ciências não teria ousado gastar nem um centavo do dinheiro da universidade.

– Venha – ela diz. – Vamos fazer um circuito pelo salão. Vamos ver se conseguimos encontrar algo para comer...

Mais dois copos de vinho descem pela minha garganta enquanto caçamos.

Com certeza, deve haver hordas de estudantes com salgadinhos, não é? Não há nenhum à vista, embora, ocasionalmente, para nossa frustração, vislumbremos pessoas com algo preso entre os dedos, levando-o à boca. Não comi nada desde o sanduíche na hora do almoço e já estou me sentindo zonza, mas, que diabos, todo mundo na festa está claramente indo na mesma direção. É esse tipo de festa. Se necessário, gasto quarenta paus em um táxi de volta para casa. Não tenho nada urgente amanhã de manhã e não me importo de pagar caro por um táxi se for por uma noitada grátis.

– Você sabia que vai haver *dança* mais tarde...? – grita Frances, acima do burburinho, conforme passamos por um aglomerado de bacteriologistas da Suécia. Sei que são bacteriologistas porque estão gritando furiosamente uns com os outros sobre as experiências de Meselson e Stahl. Essas experiências foram realizadas em 1958 e os bacteriologistas continuam a discutir sobre os resultados. Acho que um deles pode ser alguém com quem tive uma briga efêmera na página de cartas da revista *Nature* há uns dois anos.

– Você deve estar brincando... – sussurro, mas Frances não me ouve, já que minhas palavras são abafadas pelo guincho estridente de um sistema de som que vem do lado do salão. Fazemos uma careta e nos viramos. Em seguida, ouve-se um som *oco e retumbante* quando alguém no estrado elevado na outra extremidade do salão bate no microfone para testá-lo. Meu Deus, os discursos, penso, esvaziando minha taça e olhando ao redor em busca de outra cheia antes que eles comecem. O diretor da Divisão de Ciências raramente usa uma única palavra quando pode usar vinte e oito.

Por volta das dez horas, a noite se torna nebulosa. Olho meu relógio e penso que deveria ligar para Guy e avisá-lo que vou chegar mais tarde do que disse, então me lembro de que ele está em Newcastle. O convite da festa dizia até a meia-noite, mas eu não imaginara que ficaria tanto tempo – agora parece que ficarei aqui até o amargo fim. Sinto-me confusa com a bebida, enjoada e insegura – bêbada demais para beber, mas também bêbada demais para parar. Faz muito tempo desde que me embebedei assim. Anos. Confraternizei com cientistas de pesquisa, perdi Frances em algum lugar ao longo do caminho e dei um breve "olá" a Eli Rochester, que, para meu espanto, lembrava-se de ter me encontrado no Simpósio de Bioinformática, em Chicago, há seis anos. De repente, com uma sensação perturbadora e desagradável enquanto estou ali parada, me ocorre que os saltos das minhas botas são mais altos do que estou acostumada e que na verdade eu devia levar minha taça de vinho lá para fora agora mesmo.

Espreito pelas longas janelas para o pátio nos fundos do salão principal, que está cheio de fumantes. Enquanto estou ali parada, olhando e pensando em me unir a eles, alguém toca meu cotovelo por trás, eu me viro e me deparo com George Craddock olhando-me com um sorriso radiante.

– Oh, olá – cumprimento, animada e aliviada em ver um rosto amigo. – Sandra está aqui? – Não sei por que sempre suponho que eles vêm como um par simplesmente porque trabalham juntos.

– Ela foi embora há algum tempo – ele responde. Levanta a taça em direção ao pátio. – Eu a vi antes, mas não consegui chegar até você. Está indo lá fora?

Eu realmente, realmente, preciso me sentar.

– Boa ideia... – respondo, e sigo na frente.

George e eu saímos e nos sentamos no muro baixo de tijolos. Ele usa uma camisa de mangas compridas com um padrão de pequenas flores – um tipo de camisa de grife. Cai bem nele. Ele tem um maço de cigarros na mão, tira um e me oferece. Estupidamente, embriagadamente, o levo aos lábios e, em seguida, inclino-me para a frente, para a chama do isqueiro que ele aproxima de meu rosto. Parece um lança-chamas e eu inalo profundamente. Depois, sento-me ereta antes que queime as sobrancelhas. Tenho um acesso de tosse.

– Eu sabia que você fumava às escondidas! – ele diz.

Meneio a cabeça, rindo um pouco.

– Não, não fumo, juro!

– Fuma, sim – ele insiste. – Você é uma dessas pessoas que pensa que não é o cigarro que dá câncer, é entrar em um jornaleiro e comprá-los.

George é definitivamente mais divertido depois de uma ou duas bebidas, penso.

– Meu Deus, como os discursos foram horríveis, não? – ele diz.

Lançamos uma invectiva contra as autoridades da universidade e aqueles que os financiam, a começar com o reitor e terminando com nosso atual ministro da Educação. George sempre me pareceu um pouco conservador e fico surpresa ao descobrir que ele concorda comigo sobre os problemas atuais no financiamento do ensino superior. Por mais que os professores como ele reclamem, porém, o nosso campo continua bem financiado, em comparação com as artes – penso como é muito mais fácil o caminho da carreira da minha filha do que o do meu filho – e discutimos como o chefe da Divisão de Ciências provavelmente tem algumas ilusões bastante românticas a respeito do setor privado. Sim, há muito mais dinheiro circulando, mas também o meio é muito mais brutal. Aqueles financiadores esperam resultados.

Ficamos fora, no pátio, por um longo período de tempo. Mesmo sem o casaco, não sinto frio. Em certo ponto, um grupo de pessoas se junta a nós, conversa um pouco, em seguida vai se dispersando. Os estudantes que estão servindo vinho não trazem as garrafas ao pátio, mas George vai até lá dentro e enche nossas taças algumas vezes. No interior do prédio, as luzes se tornam esmaecidas e a música começa a retumbar. Infelizmente, as luzes não estão suficientemente fracas para eu deixar de ver os bacteriologistas suecos se soltarem.

Frances se aproxima, enquanto George está pegando outra bebida para mim e diz:

– Tenho que ir, querida, estou completamente bêbada.

– Eu também – digo. – Já estou indo também.

– Então, até semana que vem – ela se despede. – Não vá acabar dançando, hein?

– Sem chance.

George volta com minha taça cheia mais uma vez e, quando ele a estende para mim, eu me levanto cambaleando um pouco.

– Sabe, acho que eu não devia beber mais – digo.

– Você provavelmente está certa – ele concorda. – Vamos embora? Eu a acompanho até o metrô.

– Claro, está certo... – digo, abrindo a bolsa e percebendo que minhas chances de localizar o bilhete que eu tinha arrancado do cabide de metal quando pendurei meu casaco são iguais a zero.

Então, há pontos em branco. Lembro-me de estar no corredor. Lembro-me de me esforçar para tirar o casaco do cabide. Lembro-me de George segurando minha bolsa enquanto visto o casaco, colocando-o sobre os ombros, mas sem me importar em abotoá-lo. Lembro-me do som dos meus saltos altos quando atravessamos o saguão e lembro-me de George dizendo:

– Só tenho que pegar minha pasta em meu escritório.

Lembro-me de reclinar para trás, apoiando-me contra a parede do elevador e fechando os olhos.

Em seguida, George e eu estamos caminhando por um corredor escuro. O Complexo Dawson foi construído nos anos sessenta, e acima das salas principais do piso térreo, de tetos altos, há um aglomerado de escritórios mal iluminados. Em determinado ponto, meu ombro raspa na parede de blocos de cimento vazados. George me segura pelo braço.

– Venha – ele diz, de forma amável, divertida. – Você precisa sentar-se um pouco.

Dentro do escritório de George, ele fecha a porta atrás de nós com um pé e se dirige à sua mesa. Há um pequeno sofá de dois lugares ao longo da parede oposta e eu me deixo cair sobre ele, casaco aberto. Oh, droga, penso, há anos não fico tão bêbada. Eu devia ter comido alguma coisa no café com você e, enquanto penso isso, a lembrança de você e do que fizemos anteriormente me vem à cabeça e dou um pequeno sorriso para mim mesma, pensando em todos os ilustres cientistas no andar de baixo e como circulei pela festa, com meu emprego e todos os meus títulos. *Ah, se eles soubessem...*

George acende uma pequena lâmpada em sua escrivaninha e se entretém com alguns papéis, colocando-os em uma surrada maleta castanha. Em seguida, ele clica no interruptor da chaleira elétrica, no canto da mesa. Ele se vira e tenho consciência de que olha para mim, mas deixo a cabeça cair para trás, contra o sofá. Quando me sento direito novamente, ele caminhou até o interruptor perto da porta e desligou a luz do teto. A luz em sua escrivaninha é turva. A chaleira está fazendo um som borbulhante.

– De que você está sorrindo? – indaga, e algo no tom de sua voz me deixa pouco à vontade, mas, antes que realmente tenha tempo de registrar esse pensamento, ele já se ajoelhou à minha frente, no chão diante do sofá, e colocou sua boca na minha.

Ah, que merda... penso, *ah, caramba...* Coloco as duas mãos contra seu peito e o afasto muito delicadamente. Sinto-me mortificada por ele.

– Olha, me desculpe, não – falo, dando uma curta risada. Como fui estúpida dando-lhe essa impressão. Meu Deus, como sou idiota. – Eu sinto muito... A minha vida já está muito complicada do jeito que está.

Ele se senta um pouco para trás, sobre os calcanhares. Também estou sentada ereta a essa altura e seu rosto está muito perto do meu. Ele inclina a cabeça de lado.

– Como vai Guy? – ele pergunta. Ele sabe o nome do meu marido. Bem, é claro, suponho que deveria saber, todos nós trabalhamos na mesma área, mas até onde eu saiba eles nunca se conheceram.

– Bem... – respondo.

– Ele sabe que você está transando com outra pessoa?

Olho para ele, a barba aparada, os óculos de aros finos – semelhantes aos que você usa –, o sorriso simpático. Estou confusa, muito confusa e muito bêbada, para mostrar o ridículo da pergunta, se quiser desmentir de forma convincente.

Seu sorriso se alarga, seu rosto ainda está perto do meu.

– Que outro motivo você teria para descrever sua vida como complicada...?

Meneio a cabeça, ainda perplexa com o rumo inesperado que este encontro tomou. Não digo nada, apenas meneio a cabeça.

– Sempre achei que você devia ser insaciável – ele diz, a voz baixa e sombria, mas ele ainda está sorrindo, e eu ainda estou confusa. Então, ele me bate.

Há uma explosão dentro da minha cabeça – é como se o golpe tivesse acontecido dentro da minha cabeça – e, depois, um momento de irrealidade aturdida, seguido por uma fração de segundo de inconsciência. Dou um ganido de dor e descrença, enquanto o impacto me arremessa, de lado, para fora do sofá. Meu ouvido esquerdo está tilintando. E então estou no chão, com a cabeça contra o sofá, e ele está em cima de mim.

Seu peso me prende para baixo e ele está grunhindo com o esforço. Sinto uma dor no tornozelo e percebo que ele está pressionado contra a perna de metal, quadrada, da mesa em frente ao sofá. Não posso acreditar que isso esteja acontecendo.

George Craddock olha para mim enquanto me fode. Ele ainda mantém os óculos.

– Se levantar a cabeça do sofá, bato em você outra vez – ele diz.

Ele se empurra para dentro de mim com força e minha cabeça se move para cima, mas é um movimento curto, involuntário, e não uma tentativa séria de me levantar ou de resistir.

Ele me bate no rosto outra vez, um tapa forte, com a mão espalmada. Minha cabeça salta para trás. Entendo o recado. Uso os músculos do meu pescoço para pressionar a cabeça contra o sofá. Fecho os olhos e coloco as mãos sobre o rosto.

Parece que aquilo continua por muito tempo, mas na verdade só pode ter sido uma questão de minutos. Depois de algum tempo, ainda empenhado no que está fazendo, ele diz:

– Por que está cobrindo o rosto com as mãos?

Não respondo. Mantenho as mãos sobre o rosto, retesando todos os meus músculos para permanecer o mais imóvel possível, apesar do que ele está fazendo. Quero proteger meu rosto.

– Tire as mãos do rosto – ele ordena. Quando eu não me movo, ele repete, a voz baixa, ameaçadora. – Eu disse, tire as mãos do rosto... – Ainda não me movo. Sou como uma tartaruga que se recolheu para dentro do casco ou um ouriço que se transformou em uma bola.

Ele arranca minhas mãos do rosto e as prende para um lado, com uma das mãos envolvendo meus pulsos. Com a outra mão, ele me bate outra vez.

Depois disso, eu começo a implorar.

– Por favor... – peço. Quando ele não para, tento usar seu nome. – George, por favor... por favor... – digo.

– Por favor o quê? – ele pergunta. Meus olhos estão abertos agora e eu estou olhando para cima, diretamente para seu rosto. Ele está sorrindo para mim. – Por favor *o quê?*

Quando eu não respondo, sua expressão endurece e ele levanta a mão para trás, no ar. Eu me contraio o máximo possível.

– Por favor, não me bata – suplico.

É a resposta certa. Ele sorri para mim novamente e abaixa a mão. Seus movimentos se intensificam, e ele abaixa a cabeça até ficar perto da minha, o rosto pressionado contra a borda da almofada do sofá, ao lado de onde a parte de trás de minha cabeça está pressionada. Vejo o oval branco de luz na mesa em frente, fitando-me de cima. Vejo a cadeira giratória em frente à escrivaninha e sua surrada maleta de couro ainda aberta, em cima da cadeira, os objetos normais da sala. Ele murmura alguma coisa, ritmadamente, contra a almofada do sofá, empurrando-se dentro de mim com um vigor desesperado. Depois de algum tempo, ele se deita, imóvel. Ainda está usando o crachá da festa e o fecho de metal pressiona-se dolorosamente em meu peito.

– *Merda...* – ele diz, e, então, desliza para fora de mim, pequeno e flácido. A sensação de seu pênis roçando em minhas coxas me faz estremecer. Conforme ele se levanta, consigo me erguer um pouco sobre os cotovelos. Ele permanece ajoelhado por alguns instantes, entre as minhas coxas, a calça abaixada, a camisa e o casaco soltos, o rosto brilhante de suor. Ele brinca consigo mesmo devagar, enquanto sorri para mim. Então, diz, num tom de voz camarada...

– Muito vinho, eu acho... desculpe...

– Você me *bateu*... – falo.

Ele ainda sorri quando se levanta. Pega sua maleta da cadeira giratória e a deixa cair no chão, onde ela aterrissa de lado.

– Achei que você ia gostar. – Ele parece satisfeito consigo mesmo, e em seguida acrescenta: – Gostei de ouvir você implorar.

Eu me levanto para o sofá, onde fico sentada por um ou dois instantes. Estou tremendo dos pés à cabeça. Meus dentes estão batendo.

Ele ainda está olhando para mim.

– É melhor não descer ainda, hein? – ele aconselha. – Ainda há muita gente por lá.

Enquanto me observa, começa a se tocar outra vez, segurando o membro entre o polegar e o dedo indicador.

– Aqueles garotos... – diz. A manipulação está funcionando. Santo Deus, penso, estamos indo para uma nova rodada. Ele se levanta da cadeira e se aproxima de mim. – Abra a boca.

Já passa de uma hora da manhã quando ele adormece, por breves instantes, seu braço descansando em cima do meu pescoço. Permaneço parada por um longo tempo antes de tentar me mover e, quando o faço, ele acorda imediatamente. Tomo o cuidado de sorrir.

– É melhor eu ir... – digo, descontraidamente.

Estou assumindo o risco de que, tendo dormido um pouco, sua adrenalina tenha se exaurido. Ele deve estar cansado.

Avaliei corretamente.

– Sim, suponho que sim – ele fala sonolento. – Vai ter um pouco de dificuldade de explicar isso em casa, hein? – Agora, seu tom de voz é claramente desagradável, o que é menos ameaçador do que aquele sorriso. Vai dar tudo certo, continuo repetindo para mim mesma, desde que você tenha realmente muito cuidado agora, ele não vai espancá-la de novo.

Ele se levanta e arruma as roupas, depois se abaixa e pega sua maleta, endireita-a, coloca-a sobre a mesa, abre-a e examina o conteúdo.

Estou quase certa de que está acabado, mas não tenho certeza, por isso mostro-me muito calma, quase casual, e digo, enquanto me levanto, aliso o vestido, abotoo o casaco e ajeito os cabelos, os joelhos batendo:

– Bem, até qualquer hora.

– Vou descer com você – diz ele.

Tranca a porta do escritório atrás dele e eu espero no corredor enquanto ele o faz. Tudo parece ter um ar de irrealidade agora. Quero chegar em casa e a melhor maneira de conseguir ir para casa é agir da maneira mais normal possível. Fico parada a seu lado enquanto esperamos o elevador. Dentro do elevador, recosto-me contra a parede e cerro os olhos. Quando os abro, ele está olhando para mim e sorrindo. A porta do elevador se abre e saímos rapidamente para o saguão deserto. Ao longo do corredor, há alguns retardatários conversando, mas as portas duplas para o Salão de Eventos estão abertas e posso ver que está profusamente iluminado e vazio, exceto pelos estudantes que se movem por ali com sacos plásticos de lixo, pretos. Rezo para não ver ninguém que eu conheça. Quando atravessamos o saguão, George Craddock toma meu braço, segurando-o pelo cotovelo.

– A essa hora, já perdemos o metrô – fala. – Vamos dividir um táxi.

Lá fora, a chuva começou novamente, fina e fresca. Paro na calçada, cambaleando com o choque. Após alguns minutos, um táxi preto, com sua luz amarela acesa para diante de nós. George Craddock fala com o motorista e ouço o motorista responder:

– Só estou indo para o sul agora.

O táxi vai embora, George vira-se para mim e diz:

– É proibido recusar passageiro, sabe. Poderíamos denunciá-lo. Ele estava com a luz acesa.

Como por mágica, outro táxi para e George abre a porta de trás, fazendo sinal para que eu entre. Obedeço. Ele fala com o motorista, depois entra e senta-se a meu lado.

No táxi, encolho-me no canto, o mais longe possível dele, o rosto virado para o outro lado. Não nos falamos, enquanto o táxi acelera pela noite de Londres. Estou sem fala. As ruas estão vazias de tráfego. A chuva parou. A noite agora é negra e límpida. Edifícios surgem e ficam para trás. Os postes de luz piscam sobre mim. Após algum tempo, fecho os olhos.

Somente quando estamos atravessando Wembley é que me ocorre que ele não deve descobrir onde eu moro. Abro os olhos, viro-me para ele, com um arremedo de sorriso.

– Meu marido ainda deve estar acordado, me esperando – digo.

– Tudo bem – ele diz –, vou descer primeiro de qualquer forma.

Prosseguimos por mais alguns minutos.

– Que sorte que moramos na mesma direção – ele comenta. Em seguida, acrescenta: – Não moro longe de você, em linha reta.

Sinto-me nauseada.

– Você não sabia disso, não é? – continua. Em seguida, ele se inclina para a frente e dá uma pancadinha na divisória de vidro. O motorista desce o vidro.

– Pode me deixar neste cruzamento aqui – fala George.

O motorista para logo antes de um sinal que está amarelo. Um cachorro solitário atravessa calmamente a rua à nossa frente, magro, trotando, a cabeça abaixada. George abriu o cinto de segurança e levantou o traseiro do banco, a fim de poder enfiar a mão no bolso. Com o motor do carro roncando em ponto morto, ele remexe na carteira e deixa cair uma nota de dez libras e algumas moedas sobre o assento atrás de mim.

– Pronto. – diz. – Não vai ser a metade, mas você está indo mais longe do que eu.

E, então, ele se foi.

O táxi se move novamente. Expiro muito lentamente, fechando os olhos outra vez.

Ainda estou de olhos fechados quando o táxi para em frente à minha casa. O motorista deve ter me perguntado qual a rua em algum ponto do caminho, mas não me lembro. Minha cabeça está cheia de espaços em branco. Os espaços em branco são tantos que não sobra lugar para mais do que a necessidade do momento presente, que é pagar o motorista, entrar em minha casa, trancar a porta atrás de mim, subir para o andar superior, entrar embaixo do edredom e me esconder.

Pego o dinheiro de George Craddock do assento a meu lado, saio do táxi, bato a porta. O motorista abriu a janela. Eu lhe entrego o dinheiro de George, levanto a bolsa e remexo dentro dela, procurando a carteira.

– Só um instante...

O motorista me observa o tempo todo. Minhas mãos tremem. Depois de um momento, ele diz:

– Quer recibo, querida?

– Sim, por favor – respondo. Aja normalmente e tudo ficará normal.

Dou-lhe mais algum dinheiro, ele me dá o troco e o recibo, olha para mim enquanto o faz, depois diz pensativo:

– Muito bem, querida, boa-noite, então.

– Obrigada, para você também – digo, virando-me e me afastando.

Minha casa está às escuras. Entro pela porta da frente e, embora Guy esteja ausente, paro no hall de entrada, escutando. Não acendo a luz, mas há um pouco de claridade da rua filtrando-se pelos painéis de vidro acima da porta da frente, iluminando fracamente os objetos familiares, o suporte onde colocamos os guarda-chuvas, a mesinha lateral com o vaso de cristal que compramos na Sicília. Sei que se ficar ali por mais tempo meus joelhos cederão e, então, caminho pela casa. Em seguida, lembro-me de que não passei a corrente na porta da frente, então, volto e faço isso. Entro na sala, acendo a luz, verifico se as janelas estão bem trancadas e fecho as cortinas. Percorro toda a casa, aposento por aposento, fazendo isso em cada um deles, verificando as janelas várias vezes. Vá para a cama, penso. Simplesmente entre debaixo do edredom, vá para a cama.

No banheiro, tiro as escovas de dentes do copo onde ficam e encho-o de água. Encho-o e bebo três vezes. Não olho para a minha imagem no espelho acima da pia.

No quarto de dormir, tiro as roupas, deixando-as no chão ao lado da cama. Ainda bem que Guy está em Newcastle. Deito na cama, depois me levanto outra vez, pego a cadeira da frente da penteadeira no canto e a coloco contra a porta do quarto, apesar do espaldar da cadeira não alcançar a maçaneta. Volto para a cama, desligo o abajur da mesinha de cabeceira, puxo a coberta até os ombros, tremendo dos pés à cabeça. Meu último pensamento, antes de resvalar para a inconsciência é: *Como pude ser tão idiota?*

Depois de cinco horas, desperto subitamente e sei de maneira instantânea o que me aconteceu na noite anterior. Deixo-me cair debaixo do chuveiro. Abro toda a água, bem quente, e sinto finas agulhas me pinicando, esfrego-me com força, várias vezes, até minha pele ficar vermelha e irritada. Depois de limpa e mais calma, continuo debaixo da água escaldante por muito tempo, deixando-a escorrer pelas minhas costas enquanto apoio a testa contra os azulejos brancos e lisos. Se eu não contar a ninguém, penso, calmamente e com clareza, posso fazer com que tudo desapareça.

Somente quando estou no andar de baixo, enrolada em um roupão felpudo, preparando café, é que verifico o telefone. Minha bolsa está sobre a mesa da cozinha. Não me lembro de tê-la deixado ali na noite anterior, mas de qualquer forma me lembro de bem pouco do que fiz depois que entrei em casa.

Há uma mensagem de Guy. Chegou às 11:58 da noite anterior. *A palestra correu bem. Espero que a festa tenha sido boa. Mande uma mensagem dizendo que chegou bem em casa. Estarei de volta lá pelas 18 horas.* O relógio da cozinha marca 7:20. Digito uma resposta. *Desculpe-me, só agora vi sua mensagem. A festa foi muito concorrida, um pouco maçante. Que bom que a palestra foi bem. Até logo.*

Depois, fico sentada por um instante, com o telefone na mão. Penso em ligar para meu marido. Ele provavelmente ainda estará dormindo em seu quarto de hotel em Newcastle. Meu telefonema iria acordá-lo. Imagino-o franzindo levemente as sobrancelhas ao pegar o telefone, perguntando-se o que poderia ser para eu estar ligando tão cedo. Eu me imagino contando-lhe o que aconteceu. Eu o imagino ligando para a polícia. Imagino a polícia vindo a esta casa, dois policiais uniformizados, os rádios crepitando furiosamente no peito. Imagino-os levando-me a algum lugar.

Imagino-me em uma sala nos fundos de uma delegacia, deitada de costas, nua da cintura para baixo, meus joelhos erguidos. Talvez meus pés estejam em estribos. Haveria frios objetos de metal e um homem, talvez uma mulher, que não sorri porque seu único objetivo é investigar, buscar provas. E o que essa pessoa iria encontrar lá, meu amor, meu querido X, quando sondasse e raspasse com os instrumentos de sua profissão? O que seria encontrado entre os vestígios de meu agressor? Um outro DNA agachando-se e mergulhando, mas incapaz de se esconder? Você. Iria encontrar você. O beco Jardim das Macieiras, isso é o que ele encontraria. Coloco meu celular de volta na bolsa.

9

Permaneço em minha cozinha por duas horas, enrolada no roupão felpudo, sentada com as pernas em cima da cadeira mais próxima – uma caída lá como se estivesse quebrada, a outra dobrada – tomando café e olhando fixamente para a parede, trêmula e dolorida, incapaz de me mover. De vez em quando, tenho que me remexer um pouco, porque estou ficando dormente. Isso me faz encolher de dor.

Às 9:30, meu telefone toca. Retiro-o da bolsa, vejo que é Guy e ignoro a chamada. Ele deixa uma mensagem alegre, repetindo as informações do seu texto da noite anterior. A palestra foi realmente muito bem. Espera que a festa tenha sido boa. Vai querer saber tudo sobre a festa. Ele acha que talvez tenha que ir direto para o escritório e terminar um trabalho quando voltar, será que me importo? Terá que fazer isso porque havia esquecido que deveria se encontrar com Paul para um drinque às oito. Deixo que se passem vinte minutos e, em seguida, envio-lhe uma mensagem de texto. *Desculpe, estava no chuveiro. Sem nenhum problema. Acho que peguei uma virose, portanto vou ficar em casa hoje. Não se preocupe com esta noite, vou dormir cedo.*

Depois de ter enviado a mensagem, lembro-me de que eu deveria me encontrar com Susannah esta tarde. Susannah sem dúvida vai me perguntar sobre a festa. Ela me conhece melhor do que qualquer pessoa no mundo. Não conseguiria vê-la sem contar-lhe, portanto não posso vê-la. Também lhe mando uma mensagem de texto.

Depois de enviar a mensagem, continuo sentada com o telefone na mão por alguns minutos, fitando-o, como se esperasse que, encarado por um longo tempo, ele se transformaria em outro objeto – uma pérola, talvez, ou um rato, que saltará da palma da minha mão. Já que você não contou, vai ter que continuar a não contar. É simples assim, penso. É simples assim para sua vida se tornar uma mentira.

Por volta do meio da manhã, vou ao andar de cima, devagar, como uma inválida, subindo um degrau de cada vez, com uma careta a cada passo, agarrando o corrimão e notando a lividez de meus dedos, as veias nas costas de minha mão. Levo minha bolsa comigo e deixo-a cair sobre a cama. Ao lado da cama, está o monte de roupas amassadas que usei na noite anterior: o meu melhor vestido, as meias finas, minha calcinha fio dental – acesso fácil – e o sutiã combinando. Vou ao guarda-roupa, pego uma sacola de plástico e enfio todas as peças dentro dela. Amarro bem as alças, depois escondo a sacola no fundo do guarda-roupa. Mais tarde, algumas semanas mais tarde, enfiarei a sacola dentro de outra e a depositarei em uma caçamba de lixo em uma saída para compras em Harrow. Ela desaparecerá na caçamba de lixo. Meu vestido favorito, minhas melhores roupas de baixo que raramente usei, minha persona de festa, desaparecidos para sempre.

Deito-me na cama, em cima do edredom, e me curvo em uma bola. Fico ali deitada por muito tempo, observando o quarto silencioso – o abajur na mesinha de cabeceira com a crosta de poeira na borda da cúpula. O tapete, que é novo. A pesada cômoda onde Guy guarda suas roupas de baixo e camisetas – é um pouco grande demais para o espaço entre as duas janelas onde a colocamos. Eles formam o tecido da minha vida, esses objetos. Nem presto atenção neles. Tenho tremores, como se estivesse gripada. Não vai durar para sempre, penso, alguns dias, só isso. Não me refiro aos tremores. Quero dormir, mas não consigo.

Por volta do meio-dia, ergo-me parcialmente na cama, coloco alguns travesseiros atrás de mim e recosto-me contra a cabeceira.

Meu estômago está vazio, oco, sinto-me nauseada, mas sei que não adianta tentar comer. Puxo minha bolsa para mim e desta vez verifico meus dois telefones – mantenho o pré-pago em um bolso com zíper dentro da bolsa. Há quatro mensagens de trabalho no meu celular comum. No pré-pago, há uma chamada perdida, mas nenhuma mensagem no correio de voz. Também há uma mensagem de texto.

Ressaca? Teve uma boa noite? Sente minha falta?

Estou tão machucada e carente que as lágrimas me vêm aos olhos ao ver suas palavras – saber que você está pensando em mim, perguntando-se como terá sido a minha festa, um pouco ciumento, talvez, porque ainda não lhe telefonei hoje de manhã para fazer um relato da minha noite.

Digito uma resposta. *Ressaca. Tive uma noite ruim. Sinto muito a sua falta.*

Depois de pressionar Enviar, continuo sentada por algum tempo com o telefone na mão, fitando-o, desejando que ele toque. Se você suspeitar que algo aconteceu, ligará imediatamente, pressionando-me. Rezo, fracamente, de modo infantil, para que você telefone. "O que você quis dizer com uma 'noite ruim'?", perguntará.

Você não telefona. Tomou a palavra *ruim* apenas como o oposto de *boa*. *Ruim* no sentido de maçante, cansativa, muito embriagada... Estou decepcionada. Eu esperava mais de você.

Afinal de contas, você é um intérprete experiente, e não é comum para mim dizer que algo foi ruim. Ainda estamos extasiados um com o outro – normalmente, estamos eufóricos quando nos falamos. Mas talvez haja alguma coisa o incomodando agora, enquanto continua a fazer o que quer que tenha que fazer, algum sentimento de que nem tudo vai bem comigo? Penso nisso, tento imaginar onde você possa estar, com quem está, o que está fazendo. Penso em você numa espécie de reunião de estratégia, discutindo posicionamento de agentes (dá para ver como sei pouco sobre o que você faz) em volta de uma mesa quadrada, com algumas canecas de café instantâneo e um prato de biscoitos quase vazio. Não, concluo, você não achou que houvesse alguma coisa errada. Eu o conheço bastante bem agora para saber que qualquer indício de informação sonegada de minha parte faria você me ligar na mesma hora. Minha mensagem foi suficientemente bem-humorada para desviar sua atenção e estou terrivelmente decepcionada com o sucesso da minha estratégia.

Devolvo os dois telefones à bolsa, deito-me e encolho-me de lado outra vez. Começa por dentro, como um soluço seco, como uma série de minúsculas bombas de profundidade que fazem meu estômago sacudir. Após alguns instantes, as lágrimas começam a jorrar e não param mais.

Consigo cochilar um pouco. Desço, vagando de um aposento a outro. Verifico se a corrente de segurança ainda está na porta da frente. *Não muito longe, em linha reta.* Não consigo comer, mas tomo uma xícara de chá.

É meio da tarde quando você telefona. Olho fixamente para o telefone em minha mão enquanto ele toca e meu coração está despedaçado, porque eu o quero tanto que acho que vou morrer, literalmente. Deitar-me e morrer, se não falar com você. Mas sei que assim que atender o telefone e tiver uma conversa normal, flertar com você, então estaremos a quilômetros de distância um do outro, tão longe quanto estou de Guy ou você de sua mulher. Mas eu me sinto fraca e ferida, por isso, em vez de fazer o que deveria fazer – não atender sua ligação e enviar uma mensagem alegre como fiz antes –, eu atendo. Estamos na metade de um dia de trabalho. Você deve estar ocupado. Se eu mantiver a conversa curta, animada, e fingir que também estou ocupada, você nunca ficará sabendo. Então, terei o fim de semana para me recuperar, recompor minhas forças.

Você se lembra dessa conversa, amor? Está gravada em minha lembrança como se tivesse sido marcada com ferro em brasa.

– Olá, Ressaca – você diz alegremente –, como está se sentindo?

– Bem. – É tudo o que digo, apenas uma palavra, desprovida de entonação.

Há uma pausa de um segundo na linha, em seguida, você indaga, a voz baixa e séria:

– O que há de errado?

Quando termino de lhe contar, há outra pausa na linha, depois você diz:

– Você tem alguma marca no rosto?

– Não – respondo –, ele usou a mão aberta.
– Em algum outro lugar?
– Tenho alguns hematomas nas coxas, marcas de dedos. – Faço uma pausa. – Acho que estou ferida por dentro, internamente... e acho que tenho uma laceração anal.
Você não faz uma pausa, nem prende a respiração.
– A contusão nas coxas é bom, lacerações anais são muito comuns em sexo anal consensual. Alguma lesão traumática, manchas nos punhos?
Pergunto-me como é que você sabe fazer todas essas perguntas.
– Não – respondo. – Ele não me imobilizou. Não precisou. Em vez disso, ele me bateu. Eu não lutei, eu não... – Desato a chorar.
– Yvonne... – você diz, e a sua voz tem uma profundidade, uma suavidade, que eu nunca tinha ouvido antes. – Yvonne... você está indo muito bem... Você agiu muito bem, agora ouça. Quer que eu mande algumas pessoas aí para pegar uma declaração? Elas podem chegar aí em uma hora.
– Pessoas?
– Policiais. Haverá dois deles, um homem e uma mulher, ou duas mulheres. Eles têm unidades especializadas agora. Não é mais como costumava ser.
– Não – respondo.
Você faz uma pausa.
– Tem certeza?
Pela primeira vez desde o que aconteceu, eu me sinto capaz de pensar.
– Você sabe tão bem quanto eu que isso não pode ir a tribunal.

Então, faz-se um longo silêncio entre nós, enquanto reconhecemos a verdade do que eu disse, as consequências para nós dois. O silêncio é longo, como um banho quente. Sinto-me muito próxima de você.

Por fim, você diz, simplesmente, sinceramente:

– Santo Deus...

– Tudo bem – falo, fungando corajosamente. – Eu estou bem.

– Não – você retruca –, não está nada bem, e você também não está bem.

– Vou ficar.

– Onde está seu marido?

– Guy está voltando de Newcastle. Ele vai chegar mais tarde hoje. Vai se encontrar com um velho amigo. Disse a ele que estou doente. Provavelmente, vou dormir no quarto de hóspedes, costumamos fazer isso quando um de nós está doente.

– Vai ser capaz de agir normalmente com ele amanhã de manhã?

– Sim, simplesmente vou estar doente.

Na verdade, temos um fim de semana agitado, mais agitado do que de costume, socialmente. Teatro com amigos no sábado, um almoço de domingo com a irmã de Guy que vive em Pinner. Não consigo imaginar como é que vou suportar tudo isso, mas vai me manter distraída, ou talvez eu esteja doente o suficiente para simplesmente ficar na cama.

– Você sabe que, se pudesse ficar com você agora, eu iria – você afirma.

– Sim, eu sei. – Posso perceber, por seu tom de voz, que você está se preparando para encerrar a conversa. Tento pensar no que poderia retardá-lo.

– O que é que você vai fazer neste fim de semana? – Isso quebra uma de nossas regras tácitas. Você e eu nunca perguntamos um ao outro sobre o que fazemos quando estamos em casa, com nossos cônjuges, como se traçar essa linha, essa lealdade, de certo modo torne aceitável o que estamos fazendo, como se tudo o que precisamos fazer para nos justificar para nós mesmos seja compartimentalizar.

– Vamos receber algumas pessoas para jantar esta noite. – É a primeira vez que ouço você usar o pronome plural: "nós", como em *eu e a minha esposa*. – As crianças têm o clube de teatro no sábado de manhã. Talvez os leve para ver um filme mais tarde. Acho que vai ser bom, mas vou querer falar com você.

Isso foi o suficiente. Faz-se uma outra pausa, em seguida, consigo emitir um som fraco, irônico, para lhe dizer que estou sorrindo um pouco.

– Você não entrou nessa exatamente para isso, hein? – O que eu quero dizer é que as coisas ficaram repentinamente sérias agora e que isso nunca esteve nos planos. Não posso sequer imaginar fazer sexo com você no momento. Não posso imaginar jamais fazer sexo outra vez. Será que já lhe ocorreu as consequências disso para nós?

– Eu entrei nessa por você.

10

Na segunda-feira, nos encontramos para uma caminhada por perto da King's Cross. Marcamos ali porque você tem algo a fazer nas proximidades, não diz exatamente onde, nem o quê. Você só dispõe de meia hora, me diz. Estou esperando ao lado do jornaleiro em frente à estação principal e eu o vejo primeiro, emergindo da multidão na passagem. À minha frente, um adolescente faz um estranho rodopio, uma dança, virando os braços lentamente, como as hélices de um avião. Por entre os braços em movimento, nossos olhos se encontram, nos fitamos longamente, conforme você se aproxima. Você me segura pelo braço, delicadamente, e me puxa em sua direção. Em seguida, beija o topo da minha cabeça.

Nós nos viramos e caminhamos pela frente da estação, afastando-nos dela, sem nenhuma discussão sobre a direção a tomar, atravessamos o movimentado cruzamento e começamos a subir a Caledonian Road devagar. Por alguns minutos, há um confortável silêncio entre nós enquanto caminhamos. Penso que gostaria que pudéssemos nos dar as mãos e, em seguida, no mesmo instante em que desejo isso, você toma meu braço e o passa pelo seu, puxando-me para perto de você. Caminhamos assim por cerca de cem metros. Estamos longe da principal área de negócios da estação, mas este trecho da rua ainda é inconfundivelmente a área de King's Cross – cafés, bares, sex shops. Passamos pelo Centro Bangladesh e, do outro lado da rua, um grande albergue, com jovens fumando do lado de fora e camas beliche apoiadas contra as janelas, os edredons amontoados contra as vidraças como nuvens do lado errado do vidro. Poucos metros mais adiante, um rapaz moreno em um agasalho cinza de capuz senta-se, descansando no degrau da varanda de uma casa com pintura cor-de-rosa. Ele fuma e tem uma espessa cabeleira escura, um brinco de ouro e um bebê no colo, empoleirado sobre um joelho. Quando passamos, o bebê me dá um sorriso bonito, mostrando toda a gengiva. Retribuo o sorriso. O jovem pai vê seu bebê sorrindo, e olha para mim, radiante de orgulho.

Estamos passeando, como um casal em um drama de época, Jane Eyre e Rochester talvez, ou Elizabeth Bennet e Mr. Darcy. Eles não discordavam muito? Você e eu nunca tivemos uma discussão. Não tivemos a oportunidade. Sinto uma tristeza perversa por nunca termos tido uma briga. Isso acontece, provavelmente, com qualquer caso amoroso que dure algum tempo. Deve haver um ponto em que os dois se permitam ficar irritados um com o outro de vez em quando, da mesma forma como fazem com seus cônjuges, um ponto em que qualquer caso deixa de ser adultério e se torna bigamia. É um ponto que nunca vamos atingir.

Viramos para a esquerda quando a rua faz uma curva e terminamos caminhando ao longo da Wharfdale Road. Em seguida, ainda sem qualquer discussão sobre a nossa direção, subimos a York Way, até chegar ao canal. Paramos e olhamos para baixo. A água é preta, mas o vento a agita em ondinhas encimadas por minúsculos reflexos de neon azul. Entre os juncos que revestem as margens, um pato magro, solitário, cisca esperançosamente. Três barcos estreitos estão ancorados em fila, logo depois dos juncos. Um deles tem uma cadeira de braços parafusada em cima, de frente para o sol fraco.

Você indica um banco vazio no caminho para reboque de barcos e descemos os degraus, devagar, ainda de braços dados. Quando nos sentamos, deixo minha mão cair de seu braço e você não a reclama de volta, embora tenhamos nos sentado suficientemente perto para nossos quadris se tocarem através dos casacos.

– A que horas é a sua reunião? – indago, inutilmente. Parece estranho não puxar conversa quando há tanta coisa que não teremos tempo de dizer.

– Daqui a pouco – você responde. Um ciclista passa devagar por nós, tocando a campainha enquanto desaparece na escuridão embaixo da ponte.

Falamos um pouco sobre nosso fim de semana e nossos horários para a semana seguinte. Não discutimos o que aconteceu – achei que poderíamos, na verdade eu teria gostado, já que você é a única pessoa com quem posso falar sobre isso, mas tenho tanto medo de onde tal discussão possa levar, que não levanto a questão. Meia hora não é nada e, como não é hora de discutir qualquer coisa em profundidade, não discutimos nada. Trinta minutos. Já devemos ter usado metade desses minutos, apenas nos encontrando, caminhando um pouco e achando um lugar para parar. Tenho medo do tempo, esta tarde. Um caminhão estrondeia pela York Way, seu ronco um súbito rugido, e eu me encolho. Tenho medo de tudo.

É bom ver você, porém mais tarde, por razões que não saberei explicar, sentirei que este encontro não foi um sucesso. Você parece distraído – talvez seja o pouco tempo de que dispomos. Você tem um hábito intrigante quando está pensando com afinco. Faz-me sorrir, às vezes. Seu olhar se torna concentrado, mas, de certa forma, vago – eu quase posso ver os dentes das engrenagens rodando em seu cérebro. Lembra-me de como, quando meus filhos tinham três ou quatro anos, eles muitas vezes conversavam consigo mesmos quando refletiam sobre alguma coisa, sussurrando seus pensamentos em voz alta. Não estou dizendo que você seja assim tão transparente, é claro – ao contrário, já que, na verdade, essa ausência em seus olhos o deixa inteiramente opaco. É simplesmente porque, embora não possa saber o que se passa em seus pensamentos, sei que algo se passa. Alguma coisa está acontecendo.

É muito duro este seu olhar. Não é afetuoso, nem compreensivo. Você não está pensando em mim.

Você se inclina para a frente no banco e descansa os cotovelos nos joelhos, olhando pensativamente à frente. Em seguida, vira-se para mim e me encara por alguns segundos, depois diz:

– Você contou a alguém sobre nós?

– Não!

Há indignação em minha exclamação. Era sobre isso que você estava pensando?

Você continua a me encarar.

– Ninguém? Tem certeza? Nem uma confidência no final da noite com sua amiga Susannah, uma conversa durante uma garrafa de vinho?

– Não contei a ninguém.

A única confissão que fiz foi ao meu computador – está tudo lá, disfarçado, escondido, e ninguém usa aquele computador a não ser eu. E compreendo que foi por isso que comecei a escrever esse relato, para me impedir de contar a Susannah. O que acontece entre mim e você tem sido tão extraordinário, tão diferente do que é característico em mim, que eu teria explodido se não tivesse escrito.

Quero abandonar esta linha de questionamento. Não me agrada.

– E você? – pergunto. Você me olha de relance.

– Não, não disse a ninguém.

– A quem você contaria se fosse contar a alguém, apenas se? – O tom levemente animado em minha voz tem um viés de desespero. Sei que não há a menor chance de você ter um confidente. Estou perguntando porque me ocorreu que não faço a menor ideia de quem sejam seus amigos ou mesmo se você tem algum. Alguém como você pode ter amigos ou você meramente tem colegas? Se você compartimentalizar, então isso significa que estou, e sempre estarei, presa em meu próprio compartimento em sua cabeça. Nunca serei geral ou onipresente. Nunca estarei realmente presente para você.

A minha pergunta foi tão idiota que você nem sequer responde – esse é um traço irritante que você possui, ignorando o que considera insignificante ou tolo em minha curiosidade a seu respeito.

As engrenagens continuam girando.

– Precisamos ter um acordo – você diz, estendendo o braço e tomando minha mão, segurando-a entre as suas no colo. Você a aperta, de leve, uma pressão mínima dos dedos, enquanto nós dois olhamos fixamente para a frente.

Na margem oposta há um reluzente prédio de escritórios. Uma coleção de sacos plásticos brancos desliza pela superfície do canal, soprados pelo vento.

– Preciso saber que, se algum dia lhe perguntarem sobre mim, você dirá o seguinte: nós nos conhecemos na Câmara dos

Comuns. Conversamos algumas vezes e nos tornamos amigos. Tenho pedido seu conselho porque meu sobrinho está terminando o colégio e está interessado em uma carreira em ciência. Somos conhecidos, amigos, se quiser, porém nada mais. Se algum dia você for interrogada de forma pormenorizada, então se atenha à verdade dos encontros, precisamente, a hora, o local, que tipo de café etc., mas deixe de fora o sexo. Nós nos encontramos de forma pouco frequente, o que torna a relação inócua, sem o sexo, quero dizer. Você pode fazer isso?

– Claro que sim! – respondo, mas minha voz é fraca e triste. Quero que você continue a se concentrar em mim, no que aconteceu comigo, mas você está, naturalmente, suponho, pensando no futuro, no que poderá acontecer se eu mudar de ideia e denunciar o ataque à polícia, em como você poderá ser exposto no tribunal se alguém investigar a minha vida. Você está pensando em seu casamento, na sua carreira. Não o culpo por isso. É uma das coisas que gosto em você, que é discreto e deseja proteger sua vida familiar, porque eu quero fazer o mesmo e ficaria horrorizada se você se sentisse de forma diferente. Mas a parte frágil de mim se sente desiludida. Essa parte de mim quer que você me coloque em primeiro lugar, aqui e agora, quer que você diga que vai procurar George Craddock e dar-lhe uma surra, independentemente das consequências.

O rosto dele está diante do meu, eu o vejo o tempo todo. Vejo os alunos percebidos de relance no final do corredor, quando deixamos o edifício, movendo-se em torno do salão de eventos com seus sacos de lixo de plástico preto. Por que razão essa imagem vem à minha mente o tempo todo? Não compreendo por que essa visão está gravada em minha mente. Ocorre-me o quanto eu quero que George Craddock seja punido fisicamente. Este é um pensamento novo. Nunca desejei isso a ninguém. O que eu quero é que ele se sinta ferido e com medo. Quero que alguém faça a ele o que ele fez a mim – aproximar-se amigavelmente, em um pub talvez, passar a noite bebendo e conversando, e em seguida, no estacionamento, no escuro, dar-lhe uma surra e sodomizá-lo – e depois fingir que não há nada de errado e que ele gostou. Não estou fantasiando sobre Craddock ser detido e humilhado no tribunal ou jogado na prisão – não estou (e, como se verá, nunca estarei) fantasiando sobre o devido curso da aplicação da lei. Fantasio sobre ele de quatro em um estacionamento, com as calças nos tornozelos, soluçando de medo e dor, procurando às cegas seus óculos quebrados sobre o piso áspero de asfalto.

Cuidado com o que você deseja, minha tia costumava dizer, sombriamente. Tia Gerry tinha uma visão pessimista da vida, mas, como foi ela quem acabou criando a mim e a meu irmão quando não esperava, afinal, talvez ela tenha esse direito. Tenha cuidado. Você estava pensando no futuro, mas muito à frente do que eu poderia ter imaginado. Eu devia ter lhe dado mais crédito.

Você vai embora primeiro, é claro, afastando-se a passos largos do banco para sua reunião, ou seja lá o que for, e eu continuo ali sentada por algum tempo, um orgulho inútil garantindo que eu não observe você subir os degraus para a rua – mas não resisto e olho para cima, bem a tempo de ver você descendo a York Way, na calçada acima de mim, já ao celular. Consulto o relógio e digo a mim mesma que ficarei ali sentada ainda uns quinze minutos, não mais do que isso. Depois, não sei o que vou fazer. Atirar-me nas águas escuras do canal, talvez, juntamente com o pato, as algas verdes flutuantes e os sacos plásticos insuflados.

Nunca falei com Susannah sobre você. Guy e eu conhecemos Susannah quando éramos estudantes. Ela foi amiga dele primeiro, depois minha e, mais tarde, nossa madrinha de casamento – eu me recusei terminantemente a chamá-la de dama de honra. Ela usou um terninho de cetim, com calças largas e um casaquinho justo, o que acentuava sua altura, sua figura esbelta. Tudo que eu invejava nela estava aparente naquele dia: as maçãs do rosto, o cabelo curto, escuro, a pele morena. Ela costumava rir quando eu lhe dizia que queria ser elegante como ela.

– Quando se é tão alta quanto eu, é realmente fácil adquirir uma imerecida reputação de elegância. Tudo o que se tem a fazer é ficar parada.

Certa vez, quando havíamos nos embriagado, ela confessou que sempre quis ser "baixa e bonitinha" como eu. *Bonitinha...?*

Por alguns anos após nosso casamento, apesar ou talvez por causa de sua beleza, Susannah permaneceu solteira, muitas vezes vindo à nossa casa em uma sexta-feira à noite. Eu fazia Guy colocar as crianças para dormir, para que ela e eu pudéssemos ficar sentadas, comendo pretzels e bebendo vinho, enquanto o jantar estava cozinhando. Muitas vezes ela suspirava e falava de algum homem. Guy e eu amávamos essas histórias, mas nos sentíamos culpados por isso, vivendo seus romances indiretamente, como se ela fosse nossa telenovela pessoal. Conhecemos uma procissão de pretendentes ao longo dos anos. Cada relacionamento durava um ou dois anos. Houve aquele alto que a chamava de "patroa", beliscando sua bochecha e, para meu horror, a fazia responder com um sorriso idiota. Houve o judeu mais velho, aquele que tocava piano e era louco por ela. Ela o deixou – inexplicavelmente, a meu ver – exatamente quando eu me perguntava onde poderia comprar o chapéu para o casamento. Em seguida, houve o holandês taciturno, que quase não dizia uma palavra – ela me garantiu que ele era o melhor amante que já tivera, muito atlético, disse. Então, quando estávamos todos com vinte e oito anos, ela conheceu, numa conferência, um colega doutor, chamado Nicholas Colman, dois anos mais novo do que ela, mas encantador e maduro, bom com os nossos filhos quando nos visitava.

Tudo parecia tão óbvio. Comecei a pensar como, se eles logo dessem um passo à frente e tivessem filhos rapidamente, poderíamos todos sair de férias juntos. Susannah e Nicholas Colman de fato se casaram e logo tiveram um filho: Freddie, meu afilhado, como um primo para meus dois filhos. Então, quando Freddie tinha três anos, logo após Susannah ter sido promovida a consultora, Nicholas Colman fraturou-lhe o maxilar esquerdo. Até hoje, quando ela vira a cabeça sob certa luz, pode-se ver, se você olhar de perto, uma pequena assimetria em suas feições. Quando ela sorri, uma sombra quase indetectável atravessa seu rosto. Você tem que conhecer seu rosto muito bem para perceber.

Ela levou mais três anos para deixar Nicholas Colman após o incidente com o maxilar. Somos ensinadas a resgatá-los, ela me disse certa vez. Isso nos é ensinado assim que aprendemos a ler. Podemos transformar a fera em um príncipe, se o amarmos bastante. E, ela disse, você sabe instintivamente o quanto vai ser ruim quando você for embora, então fica sempre adiando a decisão. Você acha que, enquanto estiver com eles, será capaz de controlar um pouco a situação, mas sabe que, assim que você sair, estará correndo um perigo real.

No final, fomos Guy e eu que chamamos a polícia, após um incidente em que Nicholas Colman apareceu em nossa casa e bateu à porta por uma hora e meia enquanto as três crianças estavam no andar superior. Guy não estava em casa quando ele começou. Susannah e eu ficamos sentadas na cozinha, amedrontadas, dizendo coisas como "Ele vai parar logo". Mas ele só parou quando Guy voltou para casa. Guy nos disse mais tarde que, enquanto subia nosso curto caminho de entrada, Nicholas Colman virou-se, sorriu, estendeu a mão e cumprimentou-o: "Tudo bem, companheiro?"

Por dois anos depois disso, Susannah e seu filho Freddie passaram as férias conosco. Graças a Deus, Nicholas Colman saiu de cena após o processo judicial e o mandado de segurança. Freddie saiu-se muito bem. Estudou direito em Bristol e agora fazia uma espécie de especialização contábil, algo a ver com finanças corporativas e, embora vá terminar sua formação estendida com enormes dívidas, já está claro que, dentro de alguns anos, ele será capaz de nos ressarcir com o triplo do nosso investimento. Às vezes, tenho que fazer força para não desejar que meu próprio filho fosse mais como Freddie. Nunca admiti isso para ninguém.

Susannah sempre teve uma queda por Guy. Eles flertam um com o outro escandalosamente. É uma permanente piada entre nós. Ela acha que eu tenho sorte em tê-lo. Eu também acho, é claro, mas me irrita ver como é fácil para um homem parecer bem para aqueles que o observam de fora de uma relação. Ele não bate em você, não é alcoólatra, é bom com as crianças – todas estas coisas são ditas para as mulheres até mesmo por outras mulheres, como forma de salientar a sorte que têm. Guy marca pontos apenas por não me bater. Pergunto-me se alguém alguma vez disse a Guy: "Vamos encarar os fatos, ela não bate em você, não é alcoólatra e é muito boa com seus filhos. Você devia ser grato."

Portanto, não, não confidenciei a Susannah, mas não foi para me proteger, proteger você ou mesmo Guy. Foi para protegê-la.

Levanto-me do banco e caminho devagar de volta à estação de King's Cross. Tenho que caminhar lentamente, uma vez que ainda dói – é porque está cicatrizando, o que repuxa a pele. Entro na estação principal porque sei que em algum lugar ali dentro haverá uma filial da Boots e acho que seria uma boa ideia comprar uma garrafa de água e algo para comer, além de um pouco de vaselina.

Demora cerca de dez dias para o período inicial de choque e negação se dissipar – dez a quinze dias. Durante esse período, não como, não durmo. Tomo banho frequentemente. As duas imagens permanecem em minha cabeça: seu rosto no meu, os alunos andando pelo salão como fantasmas, ao longe na distância, sem me ver passar. Guy está ocupado no trabalho, o que é bom. Susannah envia-me alguns e-mails, perguntando-me quando vamos nos encontrar e eu fico protelando. No trabalho, estou no piloto automático. Felizmente para mim, tenho bastante tempo de serviço para parecer ocupada, sem ter que explicar a ninguém o porquê. Tudo o que tenho que fazer é ser um pouco brusca com as pessoas à minha volta e elas me deixam em paz. Nos dois dias em que vou a Beaufort, peço à minha assistente pessoal – quer dizer, a que compartilho com outros dois colaboradores – para segurar minhas chamadas enquanto eu estiver trabalhando. Ela não questiona e se torna protetora em relação a mim. Eu a ouço dizer para alguém ao telefone: "A dra. Carmichael tem que estabelecer prioridades, sabe..." Ela é o tipo de assistente que gosta de bloquear chamadas. Se fosse de sexo diferente e mais forte, teria dado um excelente leão de chácara de boate.

Estou à minha mesa no Beaufort quando recebo o e-mail. Passaram-se dez dias do ataque. Mais tarde, achei que foi sorte eu estar no trabalho. Apesar de ter meu próprio escritório no instituto, as divisórias são de vidro da altura da cintura para cima e fico visível a qualquer pessoa na área externa aos escritórios e, por isso, sou forçada a fingir.

Minha caixa de entrada já está aberta e eu a estou percorrendo, quando o toque de chegada de um novo e-mail soa e, lá no topo, surge um pequeno envelope amarelo ao lado do nome: George Craddock. Na linha do assunto, lê-se: *Palestra próximo mês.*

Fico paralisada em minha cadeira, imóvel, exceto pela respiração que se acelera asperamente em minha garganta.

> Yvonne – apenas para confirmar a data de nossa palestra em Swansea no mês que vem. É na quinta-feira, dia 28. Sugiro que nos encontremos em Paddington e façamos a viagem juntos. Se nos encontrarmos às 14 horas, teremos tempo de sobra. Confirmarei em breve os horários dos trens. O valor da passagem é £300, mais despesas. É possível ir e voltar no mesmo dia, mas talvez devamos reservar um hotel.

A palestra de Swansea, ele me apresentando e, em seguida, presidindo uma discussão sobre processos de avaliação, foi uma possibilidade que havíamos discutido na última vez que atuei como examinadora externa para ele e Sandra, mas não havíamos acordado uma data, nem confirmado a palestra; era apenas algo que ele me perguntara se eu estaria interessada. Meu coração bate com força, minhas mãos tremem. Parece que meu couro cabeludo está esmagando meu crânio.

Se estivesse em casa, teria me levantado e fugido do computador, corrido para o térreo, para a minha cozinha, ou simplesmente saído de casa, ou me trancado no banheiro talvez, e sentado-me na tampa do vaso sanitário, como costumava fazer na escola durante o recreio, em vez de enfrentar a turbulência do playground. Mas estou no trabalho, em um instituto onde sou pesquisadora bem-conceituada, competente. Sei que devo agir com rapidez, mas inequivocamente. Tenho de fazê-lo saber que, apesar de não ter mandado policiais com algemas à sua porta, não vou fingir que não aconteceu. Caso contrário, nunca mais vou conseguir me livrar dele. Clico em *Responder*. Digito muito rapidamente.

Não vou a Swansea. Por favor, não entre em contato comigo novamente.

Antes de clicar em *Enviar*, olho para aquelas duas palavras por um longo tempo. Eu não devia escrever "Por favor". Devia estar lhe afirmando, não suplicando. "Por favor" foi o que eu disse, repetidamente, durante o ataque e de nada me serviu. Mas se eu deixar "Por favor" de fora, a frase se torna um imperativo, um comando, e isso pode enfurecê-lo. Ocorre-me, com grande impacto, e é um pensamento sóbrio e simples, que estou com muito medo dele, com um medo visceral – da maneira como eu tinha medo de cães quando era pequena e era capaz de fazer um desvio de oitocentos metros da escola só para não passar pela casa de um vizinho que eu sabia que tinha um cachorro.

Ele sabe sobre você. Ele tem algo contra mim. Não estamos seguros. O medo lutava com minha educação, minhas conquis-

tas, minha política: o medo venceu. "*Por favor*" não foi retirado. Clico em *Enviar*, em seguida bloqueio seu endereço de e-mail. Ligo imediatamente para você. Você pega o telefone e eu digo rapidamente, em voz baixa:
— Sou eu, recebi um e-mail.
Faz-se uma pausa na linha e, em seguida, você diz:
— Vou ter que ligar de volta. Onde você está?
— No escritório.
— OK, ligo para você agora mesmo.

Agora mesmo acaba significando duas horas. Já excluí o e-mail, mas relato o conteúdo para você, bem como minha resposta. Você diz:
— Ótimo.
— Onde você está? — pergunto. Uma bebida depois do trabalho seria bom, muito bom; uma bebida alcoólica, um copo muito grande de vinho branco, muito seco, muito gelado. Não bebi nada desde aquela festa, a ideia me fazia sentir náusea, mas de repente tenho vontade de tomar um drinque com você. Talvez possa até mesmo flertar com você. Estou começando a achar que é importante que eu faça isso logo. Preciso tentar voltar ao que era antes.

Há uma pausa microscópica, depois você diz:
— Leytonstone.

Não acredito em você. Acho que respondeu que está nos arredores da cidade para que eu não lhe pergunte se podemos nos encontrar depois do trabalho.
— Você fez muito bem — elogia. — Se ele entrar em contato com você outra vez, avise-me.

– Está bem – falo, decepcionada.
– Ligo para você mais tarde – diz você, e desliga.

Não tenho notícias suas por dois dias. Quando entra em contato comigo, o faz por mensagem de texto. Mais algum e-mail? Deixo passar uma hora antes de responder. No começo, apenas digito *Não*. Em seguida, olho um pouco para essa resposta e mudo para *Nada*. Você responde imediatamente. *Ótimo x*.

Isso não é suficiente, penso. Não basta.

No dia seguinte, recebo uma chamada perdida de você. Eu a ignoro. Estou em uma conferência de um dia chamada "Vias metabólicas e o imperativo comercial". Conferências científicas não são conhecidas por seus títulos espirituosos, embora o programa de palestras do Instituto Beaufort tenha alcançado uma breve notoriedade graças a mim quando, não tendo conseguido atrair muitos interessados para uma série intitulada "Mulheres na Ciência", mudou o título, por minha insistência, para "Sexo na Ciência", e viu os alunos acorrerem em bandos. A primeira coisa que faço quando chego ao local de "Vias metabólicas" é varrer o anfiteatro à procura de George Craddock, apesar de medicina comercial não ser sua área e as chances de ele estar ali serem mínimas.

Esquadrinho o lugar cuidadosamente, como alguém que tem medo de bombas ou de incêndio verificaria as saídas de emergência. Somente quando tenho certeza de que ele não está ali é que me sento em um dos bancos e abro a pasta de papelão que me deram, abaixando a cabeça sobre ela.

Há um bufê de almoço em um corredor lotado. Veem-se sanduíches em travessas ovais de papel laminado, pequenos triângulos alternando pão branco e de centeio, com uma variedade de recheios, todos eles exsudando maionese. Há algumas coxas de frango recobertas com uma pasta muito pegajosa de cor marrom. O homem com quem estou conversando, um diretor da Universidade de Hull, tem seis dessas coxinhas empilhadas em seu prato de papelão. Ele percebe que eu observo seu prato.

– Fora os carboidratos... – ele diz, em tom de desculpas, balançando a cabeça para a pilha.

– Ei, Ivonne...

Viro-me e vejo que Frances está junto ao meu cotovelo. Ela olha para o homem com as coxas de frango.

– Somos colegas – ela fala, a título de explicação. – Trabalhamos juntas no Beaufort. Frances Reason.

– Oh – ele exclama, a boca cheia, levantando a coxa parcialmente comida, como se sinalizasse uma alternativa para a conversa, e afasta-se.

– Tenho tentado falar com você. Rupa está no modo Rottweiler. – Ela se refere à minha assistente. – Como foi o resto da festa? Não foi horrível? Foi tão ruim que senti que não tinha escolha senão ficar bêbada como um gambá. Me senti péssima no dia seguinte. E você?

Nesse ponto, alguém esbarra em mim por trás na tentativa de passar por nós. Aproveito a oportunidade para derrubar suco de laranja sobre mim – uma tarefa bastante fácil, já que meu copo está precariamente equilibrado porque eu seguro um prato de papelão vazio na mesma mão.

– Droga – digo a Frances. – Com licença. – Viro-me e largo meu copo e meu prato na mesa.

Dirijo-me às escadas. O toalete feminino fica a um lance de escadas acima, mas há três pessoas na fila do lado de fora. Continuo subindo as escadas. Continuo a subir, subir, indefinidamente, agora quase correndo, sem fôlego, até chegar ao andar mais alto do prédio, o quinto andar, que está deserto. Abro uma porta de madeira com uma portinhola redonda e, por trás dela, há um corredor curto e largo com um toalete desativado ao lado de um elevador. Entro no toalete, que é de azulejos frios, fecho a porta com a trava. Em seguida, dobro-me ao meio, apertando o estômago, e digo em voz alta para mim mesma:

– Não consigo fazer isso sozinha.

Quando finalmente consigo me recompor, a palestra das duas horas já está em andamento. Ao deixar o toalete desativado, a porta bate atrás de mim. Não há ninguém por ali. Ao final do corredor há uma janela do chão ao teto, mas é feita de vidro fosco, de modo que não consigo ver lá fora. Caminho pelo tapete marrom úmido até alcançá-la e apoio a testa contra o vidro. Preciso da anestesia de sua superfície dura e fria.

Pego meu celular pré-pago e ligo para seu número. Porque eu preciso de você. Não espero que você atenda, mas você o faz.

– Oi – falo.

– Oi – você responde. – Você está bem?

– Não – digo, sem drama. Não é como se houvesse alguma coisa que você pudesse fazer, e esse pensamento cai sobre mim como um manto grosso colocado delicadamente sobre a minha cabeça, o conhecimento de que não há nada que você possa fazer.

– Oh, meu Deus... – você diz. – Oh, meu Deus...

11

Estou em um minimercado perto da minha casa quando você liga. Passou-se uma semana desde o incidente do e-mail e o meu colapso na conferência de um dia. Desde então, cancelei o maior número possível de compromissos e fiquei em casa. Assim, aqui estou eu, bolsa em um ombro e uma cestinha de compras na outra mão, parada em frente às prateleiras de jornais e revistas, fitando a capa de um tabloide, que traz a foto de um famoso jogador de futebol, um homem de família, um modelo para a juventude de hoje. Ele foi detido. A manchete é escandalosa. Afinal, isso vende jornais.

Está em toda parte. Em cada novela de televisão, noticiário, nas conversas. Está à minha espera quando entro na seção da Costcutter local para comprar leite e alface. No momento em que você decide me ligar, estou paralisada no corredor entre as gôndolas e acabo de concluir que não aguento mais. Estou prestes a arrancar os jornais da prateleira e atirá-los ao chão. Vou dar um soco no pobre empregado da loja que virá correndo para me deter.

– Olá – digo a você. Agora compreendo as origens da expressão *meu coração estava na boca*. Na verdade, estava na minha garganta, acho, e não somente meu coração, mas todos os meus órgãos internos; é como se estivessem enfiados sob meu queixo. Não consigo respirar.

– Escute. – Sua voz é enérgica. – Há uma pessoa com quem eu quero que você fale.

– Está bem... – digo lentamente.

– Ele é policial – avisa. – Especialmente treinado, um daqueles sobre quem lhe falei...

Eu o interrompo.

– Eu já lhe disse que não posso, você sabe que não posso... – Estou parada no supermercado local, no corredor dos jornais e revistas, sibilando ao telefone com meu amante. – Você sabe por que eu não posso. Nós simplesmente não podemos, é isso.

– Apenas fale com ele – insiste. – Ele terá prazer em nos dar alguns conselhos informais. Já fiz um resumo do caso, e ele pode ajudá-la a discutir as opções.

Pressiono o telefone contra o ouvido. Penso no quanto estou cansada de conversas telefônicas com você – não cansada delas, suponho, mas cansada das limitações. Ligações telefônicas, cafés – é tudo o que somos, e já não é suficiente. Uma mulher empurrando um carrinho de supermercado passa por mim com um empurrão, depois de bater em meu calcanhar com uma das rodas, e em vez de pedir desculpas. Lanço-lhe um olhar venenoso. Ela o devolve na mesma medida. O mundo está cheio de agressividade e dissabores, e estou prestes a acrescentar a isso meu descontrole, perdendo a cabeça na Costcutter.

– O que aconteceria se ela descobrisse? – pergunto. – Sua mulher.

O que aconteceria, se você fosse uma testemunha no tribunal e tudo sobre nós viesse a público, e não apenas o sexo, mas o tipo de sexo, onde e quando?

– Ela me botaria para fora de casa – você diz simplesmente.

– Você perderia tudo.

E, então, você diz, sem floreios ou ênfase:

– Se você quiser levar o caso aos tribunais, eu irei ao banco das testemunhas e darei meu depoimento sobre o que você me contou. Isso se chama comunicação precoce. Necessariamente, não significa comunicação à polícia, você pode reportar um crime a qualquer pessoa e isso vale. Você relatou o crime a mim. Vou ao banco das testemunhas e conto isso.

– Tudo sobre nós virá à tona.

– Não necessariamente. Afinal, ninguém sabe a nosso respeito.

Sim, sabem, penso. George Craddock sabe sobre nós. Ele não sabe a sua identidade, mas sabe da sua existência e você pode ter certeza de que será a primeira coisa que ele vai mencionar quando for interrogado. Não lhe contei o que disse a ele. Estou envergonhada demais. Ter traído você dessa forma, estupidamente embriagada, e com tais consequências – como posso admitir isso? É a única coisa que eu já escondi de você.

– Você perderia tudo – falo. – Seu casamento, sua casa, talvez até seu emprego... – Eu amo você, acho. Mas não digo isso. – Não se trata apenas de proteger você, mas de proteger a mim mesma, minha família, minha casa e também meu trabalho.

– E agora você está dizendo isso para que eu não me sinta mal sobre o fato de que você não pode ir ao tribunal por minha causa.

Apesar de tudo, sorrio, enquanto me afasto dos jornais e revistas para o setor das frutas e verduras. Tenho que colocar o telefone na curva do pescoço enquanto pego um pé de alface com uma das mãos e jogo na cesta que estou segurando na outra.

– Vamos apenas nos encontrar com meu amigo para um café – você sugere. – Não pode fazer mal algum.

Mas nos fez algum mal, mais tarde.

Encontramo-nos na loja de uma conhecida cadeia de cafés, no West End. Você e eu chegamos primeiro. Dessa vez, você está à minha espera quando entro. Já está sentado a uma pequena mesa redonda com três cadeiras, dois cafés em copos de isopor em cima da mesa e um pedaço de bolo de cenoura. Olho para você e você me olha de forma terna e suave.

– Bolo de cenoura – digo. Você sorri.

Não falamos sobre a discussão que estamos prestes a ter. Tinha imaginado que você iria estabelecer algumas regras, o que podemos ou não podemos dizer – afinal de contas, ainda é vital que ninguém saiba sobre nós. Mas é como se nós dois sentíssemos a necessidade de ser um pouco normais. Falamos sobre o que assistimos na televisão na noite anterior.

Quando o amigo chega, fico um pouco surpresa, embora eu não soubesse o que devia esperar. Ele estende a mão e se apresenta como Kevin. É um homem baixo, rijo, de terno azul-marinho. É jovem, mas tem cabelos ralos e um bigode escuro. Ele me parece o tipo de homem que normalmente é gentil e bem-educado, mas que poderia, se a situação o exigisse, ser um verdadeiro canalha.

Ele e você se cumprimentam com um sinal de cabeça, e tenho a sensação de que vocês são mais respeitosos conhecidos do que amigos. Pergunto-me se, talvez, você tenha lhe feito algum favor no passado e agora ele o está retribuindo.

– Quer que eu peça um café para você? – pergunto, olhando em volta enquanto ele se senta.

Ele meneia a cabeça.

– Não, obrigado, desculpem, não tenho muito tempo.

– Obrigado por ter vindo, Kev – você diz, serenamente. Percebo que não haverá nenhuma conversa fiada, nenhuma camaradagem. Será como uma discussão de negócios. Sinto-me grata.

– Quer me contar as circunstâncias? – pergunta Kevin, olhando para mim. Aprecio o uso que ele faz do eufemismo, sabendo que não vou ser capaz de enfrentar essa discussão a não ser que eu mesma faça um uso extensivo desse recurso. Deixo de lado a parte sobre nós, naturalmente, tudo sobre nós e nosso encontro no beco Jardim das Macieiras. Você disse a Kevin que eu sou alguém que você conheceu por meio de seu trabalho nas Casas do Parlamento, alguém que o procurou em busca de conselho, apenas isso. No entanto, pergunto-me se Kevin teria adivinhado qualquer outra coisa entre nós – afinal, ele é um sargento-detetive. Se o fez, não dá nenhum sinal disso.

Os eufemismos. Como parecem suaves.

– Ele me virou de costas – contei em determinado ponto, e Kevin abaixou o olhar discretamente.

Mantenho-me calma, consigo falar com clareza, os olhos secos. Ocorre-me, rapidamente, como a minha calma, a falta de lágrimas, contaria contra mim se eu estivesse apresentando uma queixa oficial. Eu me dissocio da situação durante esse depoimento. Vejo-me fazendo um relato, apresentando informações da mesma maneira como apresentaria um artigo científico em um congresso ou simpósio. Ao final, fico em silêncio. Há uma longa pausa enquanto vocês dois aguardam um pouco, para terem certeza de que terminei. Respiro fundo, depois olho para Kevin.

– Preciso que seja absolutamente honesto sobre o que acontecerá, se eu levar o caso aos tribunais, quero dizer. Preciso de todos os fatos antes de poder tomar uma decisão. – Surpreendo-me ao usar esta frase, já que, até agora, eu estava convencida de que a decisão já fora tomada. – Não sou o tipo de pessoa que ia querer que você usasse de tato. Por favor, apenas me diga.

Há uma pausa, então você diz a Kevin, como se para melhorar minha exigência de honestidade.

– Ela teve lesões.

Kevin inclina a cabeça para um lado, franze a testa.

– Alguma lesão incapacitante? – ele pergunta. – Contusões nos pulsos? – É a mesma pergunta que você fez.

– Ele não me imobilizou – respondo. – Não precisou. Eu estava bêbada. Tudo aconteceu muito rápido.

– Bem, de qualquer modo, lesões não significam nada, a não ser que haja um registro delas – Kevin diz. – A menos que você tenha sido examinada por um profissional e elas estejam registradas. E mesmo quando temos as lesões, se o homem alega ter sido sadomasoquismo consensual, é muito difícil provar o contrário.

– Mas se ele tivesse quebrado meus ossos, então teríamos uma chance?

Kevin leva a pergunta a sério.

– Sim, mas o fato de que você estava bêbada ainda contaria contra você. O álcool é uma bênção para a defesa.

Não respondo porque quero que Kevin continue... Preciso ouvir tudo o que ele tem a dizer.

Kevin inclina-se para a frente em sua cadeira.

– A primeira coisa que o advogado dele irá fazer, assim que ele for acusado, será contratar um detetive particular. Algum segredo em seu passado?

Mantenho o olhar fixo em Kevin. Não olho para você. Ele continua.

– Buscas na internet, interrogar amigos, familiares, colegas de trabalho, começa assim. Se não houver nada em sua vida atual, começarão a trabalhar em seu passado, começando por levantar sua história sexual, todos os seus antigos namorados. Estarão à procura de qualquer pessoa que diga que você gosta de ser espancada ou que gosta de força bruta. Qualquer vídeo de sexo, fotos topless, esse tipo de coisa.

– Pensei que não pudessem mais fazer isso.

Kevin dá uma pequena risada, sem humor.

– Eles podem fazer qualquer coisa. Se são desafiados, tudo o que têm a fazer é dar uma razão para o juiz de que aquilo é relevante para a defesa. Por isso, qualquer ex-namorado que diga que você gosta de força bruta...

– Não vão encontrar nenhum. Eu não gosto.

– Seu marido... – Kevin olha para a minha aliança de casamento.

– Eles irão atrás do meu marido?

– Possivelmente. Podem colocar um detetive particular atrás dele também. Digamos, por exemplo, que seus ferimentos tivessem sido registrados por um profissional médico, e nesse caso eles podem tentar alegar que foram causados não por seu cliente, mas por seu marido. Um ataque de ciúmes, esse tipo de coisa.

Tenho uma breve visão de Guy no banco de testemunhas no tribunal.

– Alguma doença mental na família?

Olho para ele.

– Você tem um histórico de qualquer tipo?

Ambos estão olhando para mim.

– Não.
Kevin olha para você e, em seguida, novamente para mim.
– Nenhuma doença mental ou depressão?
– Membros da família, não eu. – Há outra pausa enquanto você e ele esperam que eu explique melhor. – Minha mãe suicidou-se quando eu tinha oito anos. Ela teve uma longa história de depressão, provavelmente exacerbada pelo nascimento dos filhos. – Não olho para você, mas posso senti-lo observando-me atentamente. – E, quando tinha dezesseis anos, meu filho foi diagnosticado com transtorno bipolar, seus episódios maníacos foram bastante graves. Desde então, ele passou três períodos em instituições. Ele está vivendo em um albergue em Manchester agora, está tomando medicação, eu acho, e indo muito bem. Mas não mantemos um contato regular, o que é uma preocupação... – Quando começo a falar de Adam, não quero mais parar. É por isso que tento não falar dele em conversas cotidianas, comuns, porque não consigo discutir meu filho usando generalizações. Quem souber sobre ele tem que saber a história toda, como tem sido terrível para todos nós, como isso quase chegou a destruir a nossa família, como eu abriria mão do meu trabalho, venderia nossa casa e viveria em uma vala se isso curasse Adam. Não posso dizer nada disso na sua frente, nem na frente desse jovem detetive, de modo que paro repentinamente.

Kevin olha para você como se buscasse uma pista do quanto ele pode ser direto ou provocador. Em seguida, diz delicadamente:

– A depressão maníaca é hereditária, não é? Sua mãe, seu filho...

– Na verdade – respondo –, o vínculo genético não está comprovado, não é mais do que uma tendência. Fatores ambientais podem muitas vezes... muitas vezes é, bem, ninguém sabe realmente.

– Então, você mesma nunca ficou doente?

Permito-me um sorriso sarcástico.

– Bem, fiz terapia por alguns meses, em meus vinte e poucos anos, mas não fizemos todos? – Olho de você para Kevin, mas nenhum dos dois devolve o sorriso. – Eu era jovem, as crianças eram pequenas, meu curso de pós-graduação não estava indo bem... apenas o de sempre... – Ambos permanecem em silêncio. – Tive uma breve crise de depressão pós-parto depois que minha filha nasceu, mas foi... foi, bem, simplesmente passou depois de cerca de seis meses, eu nem sequer...

Kevin cerra os lábios.

– Os agentes de investigação criminal são obrigados a comunicar à defesa qualquer coisa que descubram durante o curso das investigações que possa auxiliar a defesa. Chama-se divulgação. – Divulgação é algo que mais tarde se tornará crucial para o nosso destino, mas não da maneira como está sendo discutida aqui.

– E quanto a ele?

Kevin dá de ombros outra vez.

– Não funciona ao contrário. A defesa não precisa divulgar qualquer coisa que eles saibam sobre seu cliente. A única obrigação da defesa é livrar seu cliente da acusação.

Faço uma pausa.

– Meu marido não pode saber – digo. – Nem meus filhos. Eles também não podem saber. Meu filho é frágil. Não podemos ter nossa vida exposta no tribunal.

– Ah! – diz Kevin. Nesse ponto, uma mulher com uma criança num carrinho para perto da nossa mesa. Ela procura alguma coisa em uma sacola de plástico pendurada em uma das alças do carrinho.

– Pronto, aqui está – ela diz para o ar acima do carrinho, inclina-se e coloca um coelho de plástico azul no colo da criança amarrada à cadeira do carrinho com cinto de segurança. Aguardamos que se afastem antes de continuar.

– Você se enquadra em uma categoria que a minha unidade chama de vítima que tem muito a perder – Kevin diz de uma forma descontraída, neutra. – As vítimas mais jovens frequentemente são mais fáceis de se convencer a ir aos tribunais. Para ser franco, não sabem o que as espera e não perguntam. Porém, as vítimas mais velhas, mulheres profissionais, você sabe, elas perguntam. Existe toda uma discussão dentro do Serviço de que não deveríamos contar. Alguns acreditam até que devíamos estar servindo às vítimas com a convocação de testemunhas, forçando-as a ir ao tribunal. De outra forma, nunca vamos obter grandes índices de condenação.

Ele vê o alarme em meu rosto.

– Nunca faríamos isso, não com alguém como você, de qualquer modo. Às vezes, fazemos isso com violência doméstica, quando sabemos que da próxima vez ele vai matá-la.

– Eles vão soltar os cachorros contra mim. – Digo isso sem autopiedade. – E contra a minha família.

Durante toda essa discussão você se manteve em silêncio, mas agora se inclina para a frente e fala calmamente, sério:

– Mas você *tem* direito ao anonimato.

– Bem, é verdade que estranhos não lerão o seu nome no jornal – Kevin diz. – Mas qualquer membro da família que seja relevante para a defesa pode ser convocado a depor, bem como todos os seus colegas de trabalho que estavam na festa, é claro.

Penso em como, naquela festa, estava quase todo mundo que eu admirava em minha vida profissional, todos, de Frances, do Instituto Beaufort, ao professor Rochester, bem como um bando de gente que também conhece Guy. Penso como, se isso for aos tribunais, nunca mais ninguém vai falar sobre como eu fui a primeira pessoa a ser aceita na experiência Wedekind. A minha geração é a que passou do sequenciamento manual verbalmente, em pares, sentada em banquinhos nos laboratórios por horas a fio, à colocação de amostras diretamente em computadores de um milhão de dólares, do tamanho de máquinas de lavar roupa industriais. Somos os pioneiros em sequenciamento de proteínas – trabalhei com uma equipe que nomeava genes conforme eram descobertos, nomes que vão durar tanto quanto a própria ciência. Mas, se eu levar isso aos tribunais, apenas uma coisa será lembrada a meu respeito. Não importa as hipóteses que formulei ou as descobertas que fiz, não importa o que eu conseguir realizar, passarei o resto de minha vida profissional sendo definida não pelo o que eu tenho feito, mas pelo que foi feito a mim. Serei a mulher no caso de estupro de George Craddock. Nunca serei nada mais.

– Por que eles ainda podem fazer isso? – Um tom de desespero penetra minha voz, apesar de ser uma autoindulgência indigna de mim.

– Se a questão for consentimento, então você poderia argumentar que a defesa não tem escolha. O fato de você ser uma pessoa de boa reputação ajuda bastante. Essas garotas de conjuntos habitacionais... – Ele sacode a cabeça. – Garotas assim, saindo para beber...

Sinto-me nauseada.

– As pessoas que defendem esses casos... – digo em voz baixa.

Kevin encolhe os ombros.

– Não há falta delas.

Segue-se um longo silêncio. Você e Kevin me observam, atentamente, à espera. Sinto uma enorme onda de desalento se derramar sobre mim. Em uma última tentativa para não me afogar nela, pergunto:

– Em sua opinião, quais seriam as nossas chances?

Kevin franze os lábios outra vez.

– No tribunal? – Ele olha para você, depois novamente para mim, como se, pela primeira vez, se perguntasse até que ponto ele devia ser honesto. – Bem, esses casos são notoriamente difíceis de provar...

Esses casos, penso amargamente. Eu sou um desses casos.

– E este em particular seria muito difícil. Você estava bêbada. Você passou a noite com ele. Portanto, a maioria das pessoas chamaria isso de um estupro cometido durante um encontro.

Ao ouvir essa expressão, encolho-me, visivelmente. Kevin faz uma breve pausa, depois continua.

– As lesões poderiam ajudar se houvessem sido registradas, mas sem isso são inúteis. E se houver alguma coisa em seu passado, qualquer prova de desonestidade ou mentira ou, pior ainda, quaisquer alegações prévias desse tipo, se já aconteceu com você antes, suas chances são nulas.

Ocorre-me que você também deve ter dito a Kevin para ser honesto. Fico agradecida.

Mais uma vez, faz-se um longo silêncio.

– Obrigada por ser tão franco comigo. Obrigada por ter vindo – digo. Quero amenizar um pouco a atmosfera antes que ele vá embora. – Você é frequentemente solicitado a fazer isso, quero dizer, a dar conselhos informalmente?

Ele dá um sorriso enviesado em resposta.
– Mais vezes do que poderia imaginar.
Ele pega a pasta do chão a seu lado e a coloca no colo. Está se preparando para sair. Olha para você, hesita por uma fração de segundo, depois lhe pergunta calmamente:
– Quer que eu registre esta conversa?
Você olha para ele e, quase imperceptivelmente, meneia a cabeça.
Minha gratidão para com Kevin me faz querer detê-lo. Sinto uma súbita necessidade de mostrar-lhe que sou uma pessoa de ação, não apenas uma vítima. Olho para ele. Deve ter trinta e poucos anos, imagino. Provavelmente, vivendo com a namorada. Eu a imagino como uma enfermeira, talvez, ou uma professora, talvez um amor de infância. Nenhum filho ainda, por falar nisso. Ambos gostam de comida pronta para viagem em uma noite de sexta-feira, um filme em DVD. Fazem churrasco no fim de semana. Vão à loja Homebase aos domingos para comprar prateleiras e conversam sobre se deveriam ir a Chipre no verão. A seu próprio modo, subentendido, eles se amam muito.
– Como você faz isso? – pergunto. É uma pergunta genuína. – Este tipo de trabalho, quero dizer. – Imagino que haja áreas muito mais fascinantes na polícia em que ele poderia se envolver. Esquadrão de homicídios, drogas, serviço secreto. Em vez disso, ele gasta seu tempo com isso, com pessoas como eu.
Ele parece surpreso, como se a questão nunca houvesse lhe ocorrido.
– Entrei para a polícia a fim de pegar criminosos – responde simplesmente.
– Você não entra em depressão? – pergunto.
Ele leva a questão a sério.

– Não quando estou fazendo meu trabalho, não quando estou lá fora, ou interrogando. No tribunal, porém, às vezes. Você faz todo esse trabalho, e você entra pensando que o caso está sólido, e então... bem.

– Sabe – digo com um suspiro, pensando em voz alta –, acho difícil acreditar que alguém possa querer me destruir, isso parece ridículo? É só que... sei o que aconteceu, sei que estou dizendo a verdade e, depois do que aconteceu, como é que alguém poderia querer me destruir? Eu simplesmente não posso imaginar que alguém queira me depreciar, me tratar mal, depois do que aconteceu.

Como a minha vida havia sido privilegiada até então, penso, para que eu me sinta dessa forma. Para ele, devo soar tão ingênua a ponto de parecer idiota.

Kevin olha para mim.

– No ano passado – ele conta –, trabalhei em um caso, uma dessas garotas de quem eu estava falando anteriormente, quatorze anos de idade, instalada em uma moradia social, uma boa garota, mas com alguns problemas na escola. Foi um estupro de gangue, em um parque, havia cinco deles, homens do conjunto habitacional onde ela morava. Ela andara bebendo cerveja com eles em uma noite de verão. Eles haviam lhe dado uma cerveja forte e acho que a garota não fazia a menor ideia do quanto aquela lager é forte. Para dizer a verdade, ela não era muito inteligente, furtava lojas e coisas assim. Eles eram cinco e cada um teve a sua vez, no meio dos arbustos. Havia muita gente passando pelo caminho a alguns metros de distância, mas ela estava aterrorizada demais para gritar, petrificada que alguém pudesse vê-los e espalhar a fama de que ela era uma vadia, ela disse. Cinco deles, o que significa que no tribunal havia cinco advogados de defesa. Com quinze anos de idade, ela fica no banco das testemunhas por cinco dias seguidos, e esses cinco advogados de defesa se levantam, um depois do outro, a chamam de mentirosa, por cinco dias seguidos. – Ele para e olha para mim, um rápido olhar em que observa meu caro casaco de camurça, meu cachecol. – E isso é o que a gente faz com crianças.

Olho para você, desamparada. Você diz, suavemente:

– Obrigado, Kev, obrigado pelo seu tempo.

Kevin se levanta, estende a mão. Apertar sua mão parece-me absurdo, mas eu o faço, mesmo assim. Você faz o mesmo.

– Boa sorte – Kevin diz, despede-se com um sinal da cabeça para mim, outro para você. Então, ele se vira e deixa o café, e eu o observo descer a rua, o homenzinho no terno azul-marinho, parecendo um agente imobiliário ou um vendedor de conexões de banda larga.

Você me lança um olhar que me faz pensar que está se perguntando se estou prestes a chorar. Eu não choro. Coloco a mão sobre a mesa, você entende a sugestão e cobre minha mão com a sua, pressionando-a levemente. Permanecemos assim, em silêncio, por alguns momentos.

Depois de algum tempo, você diz:

– Você não me contou que sua mãe se suicidou.

Dou de ombros, ligeiramente.

– Ela estava quase sempre doente, desde que nasci. Fui criada pelo meu pai e por minha tia, que morava ao lado de nossa casa. Mamãe entrava e saía do hospital. Sempre pensei nela como uma pessoa doente.

– Situação difícil – você comenta.

– Foi há muito tempo. – Foi realmente há muito tempo. Penso em minha tia, que era bondosa e ágil, que estava ali todos os dias para preparar batatas ao forno e feijão, para mim e meu irmão, depois da escola, até meu pai chegar em casa do trabalho. Ela foi uma boa mãe para mim e viveu para ver meus filhos quando eles eram pequenos. Penso como a maneira de obter a atenção do meu pai era mostrar-lhe uma nota A em um círculo ao pé da página de uma redação, em como ele só demonstrava afeto fisicamente quando eu estava dormindo, entrando na ponta dos pés no meu quarto à noite para acariciar meus cabelos no escuro, e como eu me esforçava para permanecer acordada depois que as luzes eram apagadas a fim de vê-lo. Ele se casou novamente quando eu tinha dezessete anos e se mudou para a Escócia tão logo saí de casa a fim de ir para a universidade. Meu irmão era cinco anos mais velho do que eu e já tinha saído de casa para trabalhar em uma fazenda de ovelhas na Nova Zelândia. Eu sempre soube que ele iria embora assim que pudesse. Crawley nunca tinha sido suficientemente própria para aventuras ou vida ao ar livre, e o aeroporto de Gatwick ficava tentadoramente perto. Minha infância não foi particularmente difícil, considerando-se as circunstâncias, e eu me recuso a ser definida por ela. Eu me senti amada quando criança, assistida. Eu me casei com o homem certo e criei dois filhos. Construí uma vida boa para mim. Não sou a vítima de ninguém.

O peso de sua mão apoiada na minha – gosto disso. Viro minha mão sob a sua, a palma da mão voltada para cima, de modo que os nossos dedos possam se entrelaçar com força. Como sabemos pouco um do outro, penso. Na verdade, não sabemos nada: somente isso, somente agora. A vida que vivemos antes de nos conhecermos, os filhos nascidos e educados, os empregos que tivemos, os traumas, decepções e alegrias, parentes, amigos, conhecidos – as teias da nossa vida: não sabemos nada.

Eu nem sei se seus pais estão vivos ou mortos. Você e eu temos o oposto do que Guy e eu temos. Guy e eu temos léguas de conhecimento, mas nenhuma intimidade – você e eu temos uma relação intensa que existe em um vácuo.

Movo meu polegar contra o seu; o atrito é reconfortante. Suas unhas estão sempre perfeitamente lixadas e limpas – aquele toque de vaidade mais uma vez. Limpas, como limpos e simples são os nossos desejos, tão francos, e no entanto completamente expostos à má interpretação dos outros.

Por fim, digo suavemente:

– Jardim das Macieiras.

Você se inclina um pouco para a frente, apertando minha mão com mais força.

– Não havia nenhuma câmera de segurança, tenho certeza, eu verifiquei. Se você não disser nada, eles não terão que divulgar para a defesa. Não diga nada sobre o Jardim das Macieiras, não diga nada sobre nós. Ninguém tem como saber. Não há nada escrito em lugar nenhum. Não há nenhum rastro de papel e eu posso me livrar dos telefones. Ninguém pode provar nada entre nós além de sermos conhecidos.

– Eu teria que mentir no tribunal – falo – quando analisarem meus passos mais cedo naquele dia, eu teria que descrever por onde andei. Se dissesse a verdade sobre o que eu e você estávamos fazendo, ninguém jamais acreditaria em mim sobre o outro episódio. Ou mesmo que acreditassem, achariam que eu era uma vagabunda que merecia tudo o que aconteceu.

Em frente ao lugar onde estamos sentados há um grande espelho com moldura de madeira, pendurado ali, acredito, para fazer o café parecer mais amplo. Refletido nele, está o lado do balcão com sua fileira de bolos. Em frente aos bolos, estamos nós, sentados em nossa pequena mesa redonda, um homem e uma mulher de meia-idade, sem olhar um para o outro, de mãos dadas. Estamos perfeitamente emoldurados pelo espelho, a fileira de bolos atrás de nós, a iluminação branda no alto, que combina com a música suave que está tocando e com a conversa amena dos outros clientes. Nossa atitude é inequivocamente melancólica, apesar do nosso afeto físico. Parecemos um casal que acabou de concordar em se divorciar.

Acho que, se eu pudesse entrar naquele espelho, experimentar o mundo inteiro no sentido inverso, do lado de trás do vidro, tudo ao contrário, não me pareceria mais estranho do que tudo que está acontecendo agora.

12

Pelo resto daquela semana, sinto-me muito deprimida, não sei por que razão: eu devia estar me sentindo melhor, aliviada. Nada do que aconteceu vai desaparecer, de modo que agora tudo o que tenho a fazer é superar. Não que Kevin tenha me dito algo que eu já não soubesse. Acordo muitas vezes à noite. Fico olhando para o teto por umas duas horas antes de voltar a dormir. Todas as manhãs, sinto-me drogada e tenho que me esforçar para me sentar e, mesmo assim, permaneço por um longo tempo na borda da cama antes de conseguir ficar em pé. Fico sentada, curvada, com os cotovelos apoiados nos joelhos, a cabeça nas mãos. Tenho que tomar cuidado para não deixar Guy me ver fazendo isso.

Guy está ocupado no trabalho. Você também está ocupado. Você telefona de vez em quando, faz o que pode, mas, por vezes, em sua voz, ouço a tensão de quem só está tentando fazer o que deve ser feito, ouço isso na maneira como você pergunta como estou passando. Estou diferente agora. Começo a selecionar suas chamadas até me sentir bastante forte para fingir. Nas ocasiões em que pareço bem, posso ouvir o alívio em sua voz. Tomo o cuidado de encerrar a ligação antes de você e depois que desligamos, eu choro. Cancelo todos os compromissos de trabalho que posso. Tiro alguns dias de férias do Beaufort, a que tenho direito, permanecendo em contato por e-mail, fazendo uma ligação telefônica de vez em quando. Mas até mesmo chamadas telefônicas são difíceis. Não quero falar com ninguém.

Naquele fim de semana, Guy e eu vamos a um jantar. Guy e eu não somos realmente de festas e jantares – ele detesta a conversa fiada dessas ocasiões sociais e fica lá sentado com a cabeça baixa, até alguém dizer alguma coisa interessante. Quando o fazem, ele recobra o interesse, como um labrador quando percebe que vai ser levado para passear. Ir a um jantar é a última coisa que eu gostaria de fazer, mas estou me esforçando para agir normalmente.

Quando estamos nos preparando para ir, Guy me pergunta:
– Você não vai tomar banho?
Estou enfiando um vestido azul de lycra pela cabeça, feito de um tecido sintético que dá uns estalidos elétricos conforme o puxo pelo corpo.
– Está tentando me dizer alguma coisa? – murmuro, dirigindo-me à penteadeira e pegando o perfume caro que ele me deu no último aniversário. Pressiono o botão dourado do frasco, espalhando uma névoa de perfume nos pulsos.
– Não, é só que você anda tomando banho o tempo todo ultimamente.

Chegamos à casa dos nossos amigos em Harrow-on-the-Hill. A casa de Harry e Marcia é enorme: um deles é de família rica. Pessoas que não conhecemos estarão na festa e, quando nos aproximamos da porta, espero que não haja advogados. Desde a reunião com Kevin, tenho olhado as pessoas sentadas à minha frente no metrô, os bem-vestidos que devem trabalhar em advocacia, e me perguntado se são o tipo de pessoa que gostaria de tentar obter o veredito de inocente para George Craddock.

Trata-se de uma grande festa com jantar, doze pessoas ao redor de uma longa mesa oval em uma cozinha amarela com um jardim de inverno de telhado de vidro. Chegamos ao pudim sem incidentes, embora Guy me dissesse mais tarde que eu estive muito quieta a noite inteira. Então, acontece. A grande manchete no noticiário da semana é sobre um político acusado de agressão sexual por uma camareira de hotel em Nova York.

– É da mulher que eu tenho pena – diz nosso amigo Harry, o proprietário da casa em que estamos, cujos filhos adolescentes entram e saem da cozinha, dirigindo-se ao refrigerador duplo e tirando dali garrafas de dois litros de refrigerantes. Estão recebendo amigos no andar superior. Há uma criança pequena também, um bebê temporão, dormindo em algum lugar.

Ao lado de Harry, há um homem com um cavanhaque branco e fino, uma linha como uma seta apontando para cima no queixo.

– Bem, eu vi a camareira na televisão... – ele retruca, com desdém, como se isso resumisse tudo. Ele deixa a frase se perder, mas, quando vê que estamos olhando para ele, acrescenta:
– Ela mentiu para o júri.

Não conheço você, penso, fitando-o.

A mulher do homem de cavanhaque, que também não conheço, se enfurece. Ela está sentada em frente ao marido.

– Ela mentiu sobre sua condição de imigrante. Você não acha que a maioria das pessoas faria o mesmo se estivesse desesperada por um trabalho em Nova York?

O homem do cavanhaque está bêbado. Ele estende a mão para a garrafa de vinho no meio da mesa e vira sobre seu copo.

– Minha mulher sabe do que está falando – diz para o copo. – Ela é advogada da imigração. Se pegarmos um táxi ilegal para casa, ela terá outro cliente até o final do trajeto.

– Ao passo que meu marido... – a mulher começa, olhando ao redor, para nós, e sorrindo. Antes, no entanto, que ela possa ir mais além, nossa anfitriã Marcia interrompe a conversa. Ela não quer que a noite azede e eu não a culpo. Não há nada pior do que um casal trocando farpas à mesa durante toda a noite, não depois que você colocou todos os seus esforços no jantar. Gosto de Harry e de Marcia. Eles davam grandes jantares até mesmo quando seus filhos eram pequenos, na fase em que a maioria de nós dificilmente poderia se dar ao trabalho de cozinhar um ovo para hóspedes. A comida é sempre boa; o vinho, bom – eles gostam de misturar os amigos, pessoas que não se conhecem, são sempre hospitaleiros e generosos.

– O que acho tão ridículo... – diz Marcia, preocupada em tornar a atmosfera mais leve – é, honestamente, como alguém pode forçar outra pessoa a fazer sexo oral? Você simplesmente não arrancaria a coisa com uma mordida?! – Ela dá um tapa de leve na mesa ao dizer isso e olha ao redor, para nós, convidando-nos a rir. Ela tem cabelos louros com as pontas viradas para cima, desafiando a gravidade. Usa um vestido preto simples, um colar de prata na garganta. Seu marido a adora.

Sinto a respiração quente dentro de mim. Por que a cozinha está tão quente? E algo muito estranho começa a acontecer. Em minha cabeça, eu me viro para ela e faço o discurso que gostaria de fazer, sobre o quanto o comentário é estúpido e ignorante, sobre como, a menos que já tenha experimentado o medo, você não faz a menor ideia do quanto ele pode ser paralisante, sobre como é deprimente e irritante – insuportável, na verdade – que as mulheres apregoem essa porcaria ignorante, assim como os homens. E, na minha cabeça, continuo a matraquear, sem parar, sobre esse argumento, com grande velocidade e grande clareza, culminando com... mas digo a última parte em voz alta. Simplesmente sai de minha boca, não como um clímax furioso a um discurso de raiva, oh, não, mas com frieza e nitidez.

– Bem, suponho que você o faria, não é, Marcia, com seu lar perfeito, seu marido perfeito e seus malditos filhos perfeitos? Você provavelmente se deleitaria com isso.

Faz-se um silêncio perplexo e aterrador. Todos olham para mim. Estou segurando uma colher de sobremesa. Eu a remexo na mão. Marcia serviu uma espécie de pudim de limão, meu favorito. Que noite amarela é essa – paredes cor de girassol, anfitriã loura, pudim de limão.

– Bem... – Marcia retruca, ainda sorrindo, olhando ao redor, um pouco desamparada. – Bem, eu não...

Recosto-me na cadeira, fingindo descontração, e jogo a colher sobre a mesa do jantar, onde ela aterrissa com um ruído metálico.

– Sabe o que é realmente assustador, no que me diz respeito? É que você é uma mulher perfeitamente inteligente, mas nada realmente ruim jamais aconteceu a você e, apesar da sua inteligência, você simplesmente não tem imaginação para entender como é quando coisas ruins acontecem a outras pessoas. Porém, realmente a coisa mais assustadora de todas... – Eu me inclino sobre a mesa na direção dela e o veneno em minha voz é inconfundível. Ela está olhando para baixo agora, sua pele perfeita se ruborizando. – Deixam que pessoas como você façam parte do júri.

O silêncio que se segue é denso e pesado, no aposento amarelo. Estamos todos olhando para Marcia, até que ela é salva por um dos filhos adolescentes, chamando do alto das escadas:

– Mamãe! Mãe!

No carro, voltando para casa, há um longo silêncio, até que Guy diz:

– Era realmente necessário ser tão dura?

– Oh, pelo amor de Deus... – murmuro. Penso em lembrá-lo do número de vezes que ele ofendeu pessoas em festas.

– Ela é uma boa mulher... – Guy suspira levemente. – Nós gostamos dela, lembra-se? Ela não é idiota, apenas disse uma coisa idiota. É uma boa mulher.

– O que torna as coisas piores, não melhores.

Ele tem o bom senso de desistir.

Chegamos de volta à nossa casa. Nosso pequeno portão está aberto e ele entra de ré, cuidadosamente, pelo caminho da garagem; o ruído familiar do cascalho. Ele deixa o motor ligado por certo tempo, depois o desliga. Permanecemos sentados em silêncio, no escuro. Nenhum dos dois se move.

Guy está olhando diretamente para a frente. Por favor, por favor, não me pergunte o que há de errado, penso.

– Ivonne... – ele diz.

Abro a minha porta, desço com certa pressa, bato a porta atrás de mim. Quando chego à porta da frente de casa, lembro-me de que é ele quem tem a chave, não eu. Tenho que ficar esperando enquanto ele sai do do carro, devagar, tranca-o cuidadosamente, verifica se está bem trancado.

* * *

Levo mais duas semanas para decidir o que tenho que fazer e há alguns momentos sombrios ao longo do caminho. Não consigo entrar em contato com você e começo a desconfiar que você esteja filtrando minhas chamadas. Não o culpo. Você está evitando minhas ligações até que tenha tempo para uma longa conversa, porque não se sente mais capaz de ter conversas breves comigo. Estou evitando todas as outras pessoas na minha vida. Você é tudo o que eu tenho. Sinto muito.

Na Rádio 4, certa manhã, um alto funcionário do governo que está tomando parte em um debate sobre assédio sexual diz que, obviamente, ele acredita que a pena deveria ser mais dura quando se tratar de um atentado *grave*. Em momentos como esse, é difícil encontrar meu caminho em minha própria cozinha.

O inevitável acontece. Não o vejo há uma semana, nos falamos uma única vez, rapidamente. Você está com medo, eu acho, e por que razão não estaria? Também estou com medo. Espero Guy estar fora de casa uma tarde e até mesmo levo um copo de vinho comigo para o estúdio na esperança de que isso possa ajudar.

Abro o documento familiar. Meu coração parece de chumbo. Sei que ainda não posso enviar carta ou e-mail para você, agora mais do que nunca, e que se vou fazer isso por escrito terá que ser na forma ridiculamente condensada de uma mensagem de texto. Mas, se em algum momento vou saber o que dizer dessa forma condensada, então primeiro tenho que tentar dizê-lo a mim mesma.

Querido X,

Antes de começar esta carta, tentei reler as anteriores que escrevi, aquelas em que me sentia tão segura de mim mesma. Tive que parar. Foi muito doloroso para mim ver toda a extensão de minhas ilusões expressa em palavras, o modo como eu me sentia tão certa de que poderia lidar com qualquer coisa que você, ou qualquer outra pessoa, me fizesse. Nada do que eu acreditava anteriormente a respeito de mim mesma era verdade.

Como poderei sequer começar a listar as muitas ironias da minha situação atual? A principal delas é que, se eu tivesse descrito seu comportamento a um amigo, ele provavelmente ficaria preocupado comigo. A imprevisibilidade, o sexo de risco, a possessividade – tudo isso teria feito soar as campainhas de alarme para qualquer pessoa que se preocupasse comigo, como eu teria ficado assustada se uma amiga tivesse me descrito com detalhes seu envolvimento com um homem como você. E, no entanto, durante todo o tempo, enquanto eu me perguntava se você poderia, talvez, ser perigoso, enquanto eu me perguntava se meu entusiasmo por você seria emocionante ou totalmente imprudente – durante todo esse tempo, alguém aparentemente inofensivo como ele estava à minha espera, à espera de uma oportunidade.

Quando era mais jovem, eu teria medo de um homem como você. Teria me afastado imediatamente. Mas você veio para mim em uma idade em que eu acreditava que não precisava mais ter medo. De quais homens ter medo – é algo que uma menina ou mulher logo aprende, instintivamente, assim que ela tem idade para sair de casa sozinha; o homem de terno que para muito perto de você no ponto de ônibus; o homem mais velho, de lábios úmidos, que espera no meio da calçada, olhando fixamente enquanto você se aproxima; os rapazes bêbados, falando alto no pub, que gritam obscenidades na hora de serem postos para fora.

Mas agora eu sei como esses instintos podem estar errados. Agora sei que o perigo pode vir de qualquer direção, até mesmo daquele que você acredita ser tão inócuo que não há mal nenhum em ficar bêbada, em ficar sozinha com ele em um aposento, porque ele absolutamente não parece perigoso, parece? E mesmo se ele tentar alguma coisa, você acha que pode lidar com isso, não pode? Você é uma mulher madura. Tem diplomas que provam isso. Uma forte bofetada, bastou isso.

Não tenho mais medo de homens perigosos. Tenho medo de homens amáveis, comuns. Não tenho medo de ladrões ou de estranhos depois que anoitece. Tenho medo de homens que conheço.

Nesse ponto, paro e fico olhando para a tela do computador por um longo tempo. Leio o que escrevi, fecho a carta, fico grata de que ninguém mais, além de mim, irá lê-la. Em seguida, envio-lhe uma mensagem pelo celular.

Querido. O que estivemos fazendo era um jogo, mas algo aconteceu que foi absolutamente real. Sei como isso tem sido difícil para você. Paro nesse ponto, começo a chorar. *Por isso, provavelmente será melhor não mantermos contato por algum tempo.* Paro novamente. Tenho que ser categórica. *Será melhor assim. Portanto, não telefone, nem mande mensagens. Entrarei em contato quando as coisas melhorarem. Desculpe-me.* Soluço um pouco, lágrimas salgadas de autopiedade rolando por meu rosto. Tenho uma imensa vontade de me despedir com afeto, dizer-lhe o quanto o quero e preciso de você agora, mas em vez disso escrevo: *Vou pressionar "Enviar" agora, antes que perca a coragem. Meu marido está em casa, portanto isso é tudo por enquanto. Yx.*

Aperto Enviar. Em seguida, coloco o celular sobre a escrivaninha, cubro o rosto com as mãos e choro alto e forte, soluçando profundamente. Guy só chegará dentro de duas horas. Posso chorar tão alto quanto quiser.

Depois de algum tempo, paro de chorar. Enxugo os olhos na manga da blusa e vejo imediatamente que, como é uma blusa verde-clara, eu a sujei toda de rímel. Eu gostava daquela blusa, penso comigo mesma. Ora, bolas. Idiota. Bem feito. O que esperava? Eu me imagino contando toda a história a alguém – um policial ou um júri, talvez? A grande maioria das pessoas acharia que eu merecia tudo o que me aconteceu. E talvez tivessem razão. Penso nas mulheres jovens a quem isso acontece, como devem se sentir definidas por isso. Tenho cinquenta e dois anos de idade. Vivi muito e fiz muita coisa e, com sorte, viverei e farei muito mais. Tenho a estranha sensação de calma que sempre sobrevém depois de um choro longo e profundo.

Pego o telefone e olho para ele, viro-o uma vez em minha mão. Sei que não houve nenhuma resposta imediata de você porque não houve nenhum sinal sonoro ou vibração, mas mesmo assim, por via das dúvidas, olho a caixa de mensagens. Em seguida, respirando fundo, desligo o celular.

O primeiro dia sem você é doloroso de uma forma quase sutil. Imagino que fumantes que querem largar o vício devem se sentir assim, ou aqueles que fazem dietas radicais – a determinação inicial, em que a perda daquilo do qual você abriu mão é substituída pela adrenalina da negação. Em seguida, há a delicada tarefa de se atormentar, de cutucar a perda. Tinha uma amiga, no primeiro escritório em que trabalhei, Siobhan, que era propensa a infecções de ouvido. Quando contraía uma, a coceira a enlouquecia. Ela costumava tentar limpar o interior do ouvido com cotonetes, mas isso só fazia piorar as coisas, pois empurrava a irritação mais para dentro. Assim, por vezes ela se sentava à sua escrivaninha, enquanto eu a observava com horrorizado fascínio – ela enrolava um lenço de papel até formar uma ponta, umedecendo-a ligeiramente com a língua, torcendo-a sem parar, até tomar forma cônica, longa e fina. Ela era uma mulher pequena, com pele clara e ar travesso. Ela se concentrava intensamente enquanto enrolava o lenço de papel, a ponta da língua para fora da boca. Em seguida, com uma expressão de absoluta concentração, ela enfiava o lenço de papel dentro do ouvido e cutucava lá no fundo, na origem da irritação, coceira e dor. Ela me dizia que isso provocava um pequeno ruído dentro de sua cabeça. Não tinha nenhum efeito duradouro, ela já sabia antes mesmo de começar. Era apenas que, por alguns segundos, com esse pequeno movimento, a coceira temporariamente desaparecia e ela teria a ilusão do êxtase.

Da mesma forma, nesse primeiro dia, ligo o celular e o verifico a cada hora, como se quisesse remoer minha dor, para provar a mim mesma que você não responderia. E, quando vejo que você não respondeu, sinto uma combinação aguda de desagravo e pavor – cutuquei minha dor por alguns segundos. Como minha amiga com seu ouvido.

O primeiro dia acaba sendo a parte mais fácil. Mesmo no segundo dia, ainda sinto uma satisfação perversa em minha capacidade de me fazer sofrer. Digo a mim mesma que a falta de uma resposta sua justifica minha decisão. Talvez você realmente quisesse acabar com tudo, mas não se sentia capaz de fazê-lo, considerando-se as circunstâncias. Muito provavelmente você está aliviado.

Na manhã de quinta-feira, retorno à minha escrivaninha em casa, depois de ir ao banheiro, e vejo que em meu celular normal há *três chamadas perdidas bloqueadas.* Pego o telefone e olho para ele. Podem ter sido suas ou podem ser os spams que eu estava recebendo há mais ou menos um mês. Ligo o telefone pré-pago para ver se você deixou uma mensagem, mas não há nada. Desligo os dois telefones.

Por mais alguns dias, tenho a ilusão de que tenho agido certo e agir certo significa que estou melhorando. Sou benevolente comigo mesma. Tomo banho frequentemente. Sou gentil com Guy. Tento pensar o máximo possível em Guy. Faço passeios no parque. Digo a mim mesma que o pior já passou. Já é hora de deixar tudo isso para trás.

Entro no Instituto Beaufort novamente, voltando ao meu horário de trabalho normal. Há uma ponta solta a ser amarrada. Envio um e-mail a Sandra. *Olá, Sandra, apenas para avisá-la com antecedência, achei que devia lhe comunicar que não retornarei ao cargo de examinador externo no próximo ano letivo – achei que quanto mais cedo eu lhe comunicasse, melhor. Parece que vou cobrir uma licença-maternidade em horário integral aqui e, assim, estarei com a agenda cheia. Tenho certeza de que você tem uma lista, mas me avise se quiser que eu sugira alguns nomes para você. Soube que Mahmoud Labaki é muito bom, um examinador exigente. Guy trabalhou muito com ele e realmen-*

te o tem em alta consideração. Avise-me se precisar de mais detalhes para entrar em contato com ele. Até breve, espero, Yvonne.

Depois disso, envio um e-mail para Marc, em Recursos Humanos. A pessoa que ele havia encontrado para cobrir a licença-maternidade acabara de desistir, de modo que sei que ele ficará satisfeito quando eu lhe disser que posso assumir a tarefa, afinal. Ele imediatamente me envia um e-mail de resposta, encantado. Está dando certo, penso comigo mesma, isso é tudo o que posso fazer por enquanto, manter-me ocupada.

Uma semana depois da cremação de minha mãe, enquanto suas cinzas ainda estavam em uma urna bojuda numa prateleira da cozinha, meu pai chegou em casa um dia com um presente para mim: um novo estojo. Era o período de recesso escolar de fevereiro, eu não tinha aulas. Acho que minha tia deve ter-lhe dito que eu precisava de alguma coisa que tirasse minha mente do que tinha acontecido. Era um estojo de resina, para fazer pesos de papel, lembrancinhas e bijuterias. Vinha com garrafas de metal dos líquidos que precisavam ser misturados com espátulas, depois despejados em moldes. Passei todos os dias do recesso escolar fazendo coisas. Eu tinha que espalhar jornal sobre a mesa da cozinha, por insistência da minha tia, e depois despejar o líquido da garrafa grande dentro do molde. Depois de fazer isso, eu misturava algumas gotas de uma garrafa muito menor de endurecedor. Aquilo me fascinava – que algo líquido pudesse se tornar sólido pela simples adição de algumas gotas de um líquido diferente. O que causava isso? Como funcionava? Os pequenos moldes vinham em vários formatos diferentes – redondos, ovais, quadrados. Você podia mergulhar coisas no líquido – pétalas de flores (mas elas ficavam escuras), fios de cabelo, contas. O objeto mais bem-sucedido que produzi foi de forma oval, em que mergulhei uma minúscula bailarina de plástico que acho que um dia havia sido decoração de bolo. Os objetos endureciam de um dia para o outro. Ao final da semana, já tinha uma coleção deles. Andava pela casa e os escondia em todo o tipo de lugares diferentes que podia encontrar: no pequeno armário do banheiro, no guarda-roupa do meu pai, em um parapeito de janela no patamar da escada. Tinha a ideia de que eu e outros membros da minha família iriam, no futuro, encontrar os objetos acidentalmente, e ficar felizes. Entretanto, ninguém nunca comentou a respeito deles e, por fim, eu mesma esqueci, achando um ou outro muitos meses mais tarde, em uma caixa, um armário ou uma prateleira, sem terem sido encontrados, cobertos de pó.

13

A qualidade do azul que o céu tem em maio é inteiramente diferente da qualidade que tem nas outras épocas do ano. Em maio, o verão lança tudo o que tem, como se quisesse nos lembrar como é a estação: azul denso, impenetrável. Junho é mais confuso: céus turvos, aguaceiros. Em junho, somos lembrados, sim, do sol britânico, do que ele realmente é. Uma droga, na verdade. Por que vivemos nesta ilha úmida? Julho é imprevisível: faz isso de propósito. Gosta de nos dizer que pode ir para um lado ou para outro, dependendo de seu humor. Na maior parte do tempo, somos filosóficos, mas, de vez em quando, um dia ímpar, extraordinariamente quente, chega para nos dar um pouco de falsa esperança. Em agosto, uma espécie de valentia coletiva se instala. A chuva açoita no feriado bancário, mas somos britânicos, podemos lidar com isso. Nunca esperamos nada diferente. As falsas esperanças de julho, os céus turvos de junho, até mesmo o azul puro de maio – nada disso nos engana, nem por um minuto.

Foi um longo verão, meu amor.

Tento sair de casa. Vou para Beaufort mais frequentemente do que preciso, considerando-se que minha posição de tempo integral não começa até setembro. A mulher para quem estou cobrindo a licença-maternidade, Claire, está enorme, grávida de gêmeos. Quando ela caminha pelos corredores, as pessoas abrem um amplo espaço, como se tivessem medo de esbarrar nela e fazê-la disparar, como o alarme de um carro.

Londres é uma cidade de mais de oito milhões de habitantes; está apinhada de gente neste verão, mas está vazia sem você. Guy e eu mudamo-nos para a periferia de Londres para fugir disso, mas todas as nossas viagens são de volta para a cidade, como se fôssemos limalhas de ferro atraídas por um ímã. Viver na periferia de uma cidade significa que você a vê muito mais do que se você morasse bem no centro. Você tem de atravessá-la todos os dias.

Nossa estação de trem local é um terminal. "Só há um problema com o fim da linha", Susannah comentou quando nos mudamos para lá: "É o fim da linha." Quando pego o metrô para a cidade, viajo durante meia hora pela superfície, observando a densa extensão de subúrbios passando por mim, inexoravelmente, as casas que dão fundos para a linha do trem, as roupas lavadas penduradas no varal, crianças e cachorros nos pequenos quadrados dos quintais. Todos esses milhões de pessoas: de que serve qualquer uma delas, quando nenhuma delas é você? É um alívio quando o trem passa ao subterrâneo em Finchley Road. A população se reduz aos passageiros do meu vagão e eu logo sei que nenhum deles é você.

Por que, exatamente, estou me consumindo? Tivemos tão pouco tempo juntos e eu estou traumatizada demais para sentir falta do sexo. Estou sentindo falta da maneira como você se concentrava em mim. Estou sentindo falta de como o feixe de luz de sua atenção parecia criar uma barreira protetora ao meu redor, que nada mais podia penetrar. Estou sentindo falta de quem eu era quando estava com você. Talvez eu esteja apenas sentindo falta de mim mesma.

Talvez tudo se resuma a isso: o preço que temos que pagar por aquilo que fazemos é proporcional. Talvez todo aquele verão interminável se resumisse ao inverso da inebriante primavera que você e eu passamos juntos: o sigilo e a emoção do que fizemos, a euforia – e, sim, a alegria, a alegria de fazer algo que não era sensato nem lógico, apenas desejado. Então, tive que pagar. Se você entra em uma loja para tomar sorvete, tem que dar dinheiro ao homem atrás do balcão. Na verdade, não é difícil.

Quando estou no trabalho, não posso me permitir imaginar você a apenas algumas ruas de distância, seria demasiado doloroso – assim, a maneira como lido com isso é imaginar que você desapareceu, vaporizou-se. É mais fácil quando as férias escolares começam, porque sei que seus filhos ainda estão em idade escolar, de modo que você provavelmente está na França, na Espanha ou na Itália – em algum lugar. Eu o imagino em uma praia agitada pelo vento, jogando críquete com eles, lançando-lhes a bola em jogadas longas, fáceis, o braço se levantando acima dos ombros, sua camiseta enfunada nas costas com a brisa do mar, as crianças pulando e dando gritinhos, sua mulher deitada sobre uma toalha a alguns passos de distância, lendo um livro. Em setembro, ficará mais difícil de novo, mas em setembro começarei a minha cobertura de licença-maternidade, e isso, juntamente com meu trabalho freelance, significará que os seis meses seguintes serão muito ocupados.

Durante todo o verão, estabeleço falsos prazos finais. *Ao final do mês de maio, começarei a me sentir melhor* – muito bem, então, quando Guy e eu tirarmos aquele longo fim de semana em Roma, em junho, ou quando eu voltar de lá, começarei a esquecer tudo o que aconteceu, ele e você. Roma é bom. Em Roma, posso ir a pé por uma rua e não esbarrar em ninguém que eu deseje ou de quem tenha pavor. Mas minha solidão retorna com força redobrada no instante em que desço do avião, em Heathrow, no instante em que me encontro de volta na mesma ilha que você. Absurdamente, faço uma varredura das pessoas que aguardam nas barreiras do saguão de desembarque, os motoristas de táxi com seus sinais, os pais ansiosos, famílias. Será que realmente acho que você teria de alguma forma descoberto que eu estava fora do país, verificado as listas de passageiros de todos os voos que chegavam e se disfarçado de motorista de táxi apenas para poder esperar na barreira e me ver de relance? Em momentos assim, chego a sentir um leve temor pela minha própria sanidade mental.

No final de agosto, Adam vem para casa. É a primeira vez que o vemos há quase dois anos. Falamos com ele sete vezes durante esse período, apenas duas vezes mais longamente. Ficamos sabendo de sua visita quando ele envia a Guy uma mensagem no celular, na quinta-feira depois do feriado bancário. *Devo chegar amanhã para passar uns dois dias, ok?*

Meu filho não me enviou mensagem. Ele sabia que, se me mandasse uma mensagem, eu teria enviado uma resposta perguntando a que horas ele chegaria, se estaria com fome, por quanto tempo ia ficar...

Assim, Guy responde: *Ótimo. Até lá.* Em seguida, me apresenta uma longa lista de coisas sobre as quais não devo perguntar ao nosso filho. Não devo lhe perguntar onde ele está vivendo no momento. Não devo lhe perguntar se ele tem namorada. Não devo lhe perguntar se ele está tomando medicação, ensaiando com uma banda ou à procura de trabalho. Não devo dizer, daquela forma significativa que costumo fazer, "E... como você está?"

Fico em casa o dia inteiro na sexta-feira, cozinhando e fazendo a limpeza da casa. Às dez horas daquela noite, sem nenhum sinal do nosso filho, Guy insiste que devemos comer o prato que preparei em vez de guardá-lo para o dia seguinte e, em seguida, ir para a cama.

No sábado, por volta das três horas, a campainha toca. Fico no andar de cima e deixo Guy atender. Ele fará isso muito melhor do que eu.

Meu filho. Eu o ouço no andar de baixo, na minha casa – meu filho, a voz que eu conheço tão bem que poderia imitá-la, suas entonações, seu tom áspero e profundo. Forço-me a descer as escadas lentamente.

– Olá... – digo, conforme me aproximo para cumprimentá-lo.

Ele preenche o hall, o meu garoto. Ele herdou a altura e a corpulência do pai, a curva dos ombros ligeiramente voltados para dentro. Ele está usando calça jeans, tênis e um casaco verde com alguns adereços falsamente militares. Ao vê-lo, sinto-me inundada de amor e mais uma vez constato, com uma dor que me corta como um raio de luz, quantas jovens também o amariam, se ele estivesse aberto para ser amado. "Você não sabe nada", ele me disse certa vez, durante uma visita há alguns anos quando eu tentei conversar sobre isso, sobre quanto amor havia lá fora. "Nada." Mais tarde, Guy disse que houve uma garota, afinal, que contou a Adam que havia abortado seu bebê, mas Adam não sabia se a história era verdadeira.

Ele tem barba espetada no rosto – lhe cai bem – e seus espessos cabelos castanhos não estão aparados, mas deliberadamente desgrenhados, de um jeito moderno. Ele detesta quando o olho intensamente, de maneira que tomo o cuidado de lançar apenas um breve olhar, o suficiente para captar sua imagem e, em seguida, olho para os meus pés conforme desço as escadas. Ele perdeu peso, ou ganhou? Seu olhar tem aquela expressão embotada, desfocada, que tinha quando estava tomando

Carbatrol? É difícil para mim olhar para ele sem fazer um diagnóstico, ou sem que a emoção transpareça em meu rosto, o quanto sinto sua falta, o quanto estou desesperada. Assim, apesar do fato de que não coloco os olhos em meu filho há quase dois anos, tomo o cuidado de evitar seu olhar, conforme deslizo pelas escadas em sua direção.

– Olá, mãe – ele diz, e posso ouvir pelo deslocamento de sua voz que ele se virou em direção à cozinha.

Adam fica em casa por quatro dias. Ele dorme muito. À noite, em nosso quarto, Guy e eu temos conversas sussurradas em que ele, sibilando, exige que eu não faça uma única pergunta a Adam, nem uma. Acho que ele está exagerando. Adam me parece muito bem, em comparação ao que enfrentamos antes: acho que ele poderia lidar com uma pequena e leve conversa, mas me curvo à insistência de Guy.

O cheiro de meu filho em minha casa, a forma e a sombra dele movendo-se de um cômodo a outro: é o suficiente. Não trabalho enquanto ele está aqui, embora finja, ficando em frente ao computador, em meu escritório. Não posso suportar a ideia de sair de casa enquanto ele está por perto, mas depois de quatro dias relaxo um pouco e decido ir ao supermercado, deixando Guy e Adam sentados na soleira da porta dos fundos, sob um sol fraco e úmido, tomando chá em silêncio, sociavelmente, enquanto Adam fuma um cigarro enrolado por ele. Penso, conforme dirijo para o supermercado, que é uma boa ideia dar a eles um tempo a sós. Talvez Guy seja capaz de colher algumas informações que Adam não divulgaria se eu estivesse em casa.

Empurro meu carrinho para cima e para baixo pelos corredores do supermercado, enchendo-o com alimentos de que Adam possa gostar, não aquilo de que ele gostava quando era criança, mas o que imagino que ele goste agora, já que não tenho permissão de perguntar. Hambúrguer vegetariano e chouriço, massa fresca e batatas fritas no forno – minhas escolhas são ecléticas. Compro uma enorme quantidade, embora ainda tenhamos uma pilha de comida em casa das compras que fiz antes de sua chegada. Na fila para pagar, ainda acrescento um pacote tamanho família de balas de alcaçuz sortidas.

Só fico fora de casa por uma hora, mas sei assim que passo pela porta da frente que Adam foi embora. Sinto sua ausência no ar, na qualidade da luz, na quebra do silêncio pelos passos arrastados de Guy, que atravessa o hall para me receber, para pegar as sacolas de plástico das minhas mãos. Adam estava esperando eu sair de casa para ir embora. Ele queria evitar a conversa que poderia acontecer quando ele se despedisse de mim.

Olho acusadoramente para Guy. As sacolas de plástico estão muito cheias, pesadas, as alças tão esticadas que cortam meus dedos. Guy tem de soltá-las das minhas mãos.

– Eu tentei – ele diz gentilmente.

A visita e a partida do meu filho fazem tudo piorar outra vez. Continuo a me manter ocupada e, na semana seguinte, começo a cobrir a licença-maternidade. Isso ajudaria se não fosse pelas viagens de ida e volta do trabalho, quando sou forçada a pensar. Penso no meu filho, que talvez eu não o veja mais pelos próximos dois anos, em como fracassei no único relacionamento com um homem que realmente importa. Penso em Guy, em seu autocontrole, em como isso provavelmente é culpa minha, que eu deixei que isso acontecesse porque me convinha também. Penso em você e gradualmente, inevitavelmente, meus pensamentos se tornam amargos. Por que você desistiu de mim com tanta facilidade? Por que levou minha mensagem ao pé da letra?

Posso estar errada, é claro. Você pode estar sentindo desesperadamente a minha falta, contendo-se para não me telefonar porque acha que é o melhor para mim. Você pode estar pensando em mim o tempo todo. Ou pode não estar dando a menor importância a como eu estou me sentindo. Pode já estar completamente absorvido em um novo amor. Imagino os muitos tipos diferentes de mulheres com quem você poderia estar envolvido. Eu as imagino uma por uma.

Então, finalmente, acontece. E quando acontece, o pior da situação é a sua inevitabilidade, como se eu tivesse estado à espera, não me perguntando se aconteceria, apenas como e quando.

A dez minutos de caminhada do local onde vivemos, pouco antes da principal zona comercial, há um salão de cabeleireiro administrado por um italiano muito pequeno e muito bonito.

É um salão mais de estilo de rua do que se poderia esperar que uma mulher da minha idade frequentasse, mas é por isso mesmo, é claro, que eu vou. Refaço minhas luzes, reflexos, o que quer que seja, uma vez a cada dois ou três meses. O italiano, Bernardo, me fala sobre a Itália, enquanto massageia meu couro cabeludo. Ele me diz como na Itália todas as mulheres querem ter a mesma aparência. Foi por isso que ele veio para Londres, porque cada mulher é diferente. Ele emprega cabeleireiros japoneses, poloneses e coreanos, e outro italiano que paquera todos os clientes, homem ou mulher, cujo olhar fixo e aberto exige ser amado. Acho que ele pode estar saindo com uma das coreanas, mas não tenho certeza. Gosto do tom novelesco deste lugar; gosto de observar as complexidades dos relacionamentos que a equipe tem com seus clientes e uns com os outros. Gosto de ficar ouvindo as conversas. Olho para os reflexos de meus colegas clientes enquanto estou sentada com tiras de papel de alumínio dobradas em meus cabelos – seus reflexos nos espelhos diante deles se refletindo no espelho a minha frente. Nunca tenho certeza se podem me ver observando-os ou não.

Estou sentada na cadeira para a finalização. Bernardo fez a escova com o secador de cabelos – ele está cortando um ou outro milímetro, aqui e ali, sem pressa, só para me fazer sentir um pouco mais especial do que seus outros clientes. Ele está me perguntando se deveria ou não ter uma máquina de café no salão e estou lhe dizendo para não se preocupar com isso. Ele acaba de dar um passo atrás para admirar seu trabalho e eu estou virando ligeiramente a cabeça, sacudindo levemente os cabelos para ver como as camadas caem, quando olho para fora da janela do salão e vejo que, parado na rua, do outro lado do painel de vidro, olhando para dentro, está George Craddock. Ele me observa através do painel de vidro. Ele sorri.

Escondo-me no banheiro do salão de cabeleireiro por quase quinze minutos. Lá fora, Bernardo deve estar se perguntando se há algo errado. Talvez eu não tenha gostado do corte, afinal de contas, ou esteja me sentindo mal. Eu podia ligar para Guy e pedir-lhe que venha me buscar, mas teria que fingir que de fato *estava* doente e depois manter a farsa, e meu comportamento recente já tem sido bastante estranho como está. E se telefonar para Guy e ele vier, e George Craddock ainda estiver lá fora, então ele verá Guy, saberá como ele é, se é que já não sabe, estará perto dele, perto o suficiente para talvez dizer: "Olá, George Craddock, eu trabalho com Yvonne. Acho que ainda não fomos apresentados."

Não posso ligar para você. É sábado. E, de qualquer forma, não consigo ligar para você.

Por fim, sei que a minha única opção é ir embora, erguer a cabeça, por mais nauseada que me sinta por dentro, e sair do salão.

* * *

Quando chego lá fora, olho para um lado e outro da rua, mas não há sinal de Craddock. Ele poderia estar me observando, é claro, mas por alguma razão sinto que, se ele ainda estivesse por perto, teria se aproximado de mim imediatamente. É uma terrível coincidência, digo a mim mesma, isso é tudo. As grandes lojas ficam ali perto: ele podia simplesmente estar fazendo compras. Vou ter que passar a frequentar outro salão de cabeleireiro de agora em diante. Bernardo ficará intrigado quando eu não voltar.

Viro-me à esquerda e desço a rua a passos largos, afastando-me de casa, em direção às lojas de departamentos, vigorosamente, sem olhar ao redor. Se ele estiver me seguindo, então preciso saber com certeza. Ao passar pela entrada da Marks & Spencer, viro-me de repente e atravesso a porta automática. Sem olhar para trás, vou direto para as escadas rolantes, até o primeiro piso – é uma daquelas escadas rolantes que acelera quando você dá um passo, algo que normalmente acho desconcertante, mas que neste momento parece útil. No primeiro piso, caminho no meio dos clientes de sábado até o departamento de lingerie feminina. Ele não pode me seguir até aqui sem se tornar óbvio. Parcialmente escondida atrás de uma fileira de roupas íntimas esportivas e sutiãs redutores, viro-me para ver a parte superior da escada rolante. Por vários minutos, meu coração martela contra o peito, enquanto espero pelo topo de sua cabeça e, em seguida, seu rosto – o rosto que estava diante do meu – subindo e entrando em meu campo de visão.

Não acontece. Depois de mais ou menos dez minutos, viro-me e começo um lento passeio pelo departamento, pegando um ou outro artigo, devolvendo-o ao lugar. Vou continuar examinando, pesquisando, por mais algum tempo antes de sair, penso, só para ter certeza. Acabo de me virar para ir embora quando sinto o celular em meu bolso vibrar. Considero ignorá-lo, mas ainda assim o tiro do bolso interno do casaco. Há uma mensagem de texto de um número que não reconheço, que diz: *Belo corte*. Eu a excluo.

Depois disso, há uma torrente de incidentes. Começo a receber chamadas perdidas bloqueadas no meu celular quase todos os dias – às vezes uma dúzia em seguida, por vezes a intervalos, por vezes nada durante horas. Então, tudo fica em silêncio por uma semana. Em seguida, começa de novo. No trabalho, recebo outro e-mail dele, bem informal, enviado a cinco outras pessoas, inclusive Sandra, sugerindo que todos se reúnam uma noite num pub para um *brainstorm* sobre o futuro do programa de mestrado. Em um primeiro momento, fico confusa, porque bloqueei o e-mail de trabalho de Craddock, mas depois verifico e vejo que ele enviou a mensagem de uma conta de casa. Todos pressionam "Responder a todos" e duas das cinco pessoas acham que é uma ótima ideia, duas irão se possível. A resposta de Sandra lembra a George e aos demais que não serei mais examinadora externa, mas diz que espera que eu possa ir de qualquer forma para conceder a todos o benefício da minha sabedoria. Não respondo. Bloqueio também seu e-mail residencial.

Uma semana mais tarde, recebo uma mensagem no celular enquanto estou caminhando da estação do metrô de volta para casa. É de minha prima Marion, que mora em Bournemouth. Só nos contactamos esporadicamente. O texto diz: "É melhor verificar seu e-mail, você está eliminando todo mundo como spam! Espero que esteja bem. Beijos, Marion x." Chego em casa e descubro que estou bloqueada da conta do Hotmail que criei assim que passei a trabalhar como freelancer porque ela foi invadida por hackers e está enviando sites pornográficos a todos os contatos da minha lista. Minha conta no Google é mais recente, e há vários e-mails ali de pessoas que têm os dois endereços, fazendo-me saber o que está acontecendo. Algumas delas são compreensivas, outras indignadas, como se eu tivesse, deliberadamente, estupidamente, lhes enviado um link corrompido. Levo três dias para limpar a bagunça. Então, isso para.

A função de cobrir a licença-maternidade me mantém ocupada: não o trabalho em si, que conheço bem, mas o processo de me familiarizar novamente com o trabalho em tempo integral, o ritmo diferente da minha semana, o tipo diferente de cansaço que sinto – tudo isso proporciona distração. Depois de um mês no cargo, Sandra me envia uma confirmação da hora e da data da reunião no pub. Imagino George Craddock parado em seu gabinete, sugerindo: "Aliás, por que você não pergunta a Ivonne sobre o pub? Mesmo que ela não seja nossa examinadora, seria ótimo contar com sua contribuição." Envio-lhe uma resposta imediata. *Desculpe-me, mas estou atolada de trabalho! Falo com você em breve. Yx.* Em circunstâncias normais, eu teria acrescentado: *Diga olá a todos por mim*. Imagino George Craddock dizendo a Sandra com ar ingênuo: "Que pena, vamos ter que convidá-la para um drinque outro dia." Há uma centena de diferentes maneiras inocentes que ele pode tentar para fazer contato comigo. Tenho que ter uma estratégia preparada para cada uma.

A maneira como me sinto, durante este período, oscila descontroladamente de paranoia e medo devastadores a uma espécie de pragmatismo determinado. Às vezes, acho que estou em perigo – ele sabe, a esta altura, que, por razões próprias, eu não vou à polícia. E se não estou preparada para denunciar um ataque, o que o impede de presumir que não denunciarei outro? Em outros momentos, digo a mim mesma: ele é um membro útil da sociedade, presumivelmente, com muito a perder, um lar, uma família. Ele não está interessado em mim. Está apenas tentando provar a si mesmo que não fez nada realmente errado, que pode entrar em contato comigo e que eu vou aceitar, e isso reforçará sua convicção de que seu comportamento foi aceitável. Talvez ele tenha dito a si mesmo no dia seguinte: *Posso ter ido um pouco longe demais na noite passada, mas ela estava querendo.* Talvez ele tenha pensado, quando me enviou uma mensagem ou um e-mail, que fosse como uma brincadeira. *Isso vai lhe dar um choque!* Ele é um professor universitário. Tem um emprego, atua normalmente no dia a dia, presumivelmente não tem ficha criminal. Jamais sonharia em seguir uma mulher por um beco escuro à noite e arrastá-la para o meio do mato – bem, ele pode sonhar com isso, fantasiar a respeito, mas ele nunca realmente o faria. Penso em seus alunos. Pergunto-me se eles estão em risco, mas de alguma forma eu duvido. O problema de assédio a alunos é rapidamente detectado hoje em dia, na maioria das instituições, ao menos. Ele não é idiota. E, de qualquer forma, acho que o que ele mais gosta é de humilhar uma mulher que se considera superior a ele. Esse pensamento me ocorre enquanto estou sentada à minha escrivaninha – que eu de fato me considerava acima dele e que isso provavelmente era óbvio para ele.

Mas, com certeza, se eu apenas lhe der um pouco mais de tempo, ele vai desistir, perder o interesse. Para ele, é um jogo. Se eu não responder, simplesmente continuar vivendo minha vida normal, ele vai parar. Não tem sido coerente, nem imediato – algumas partes, como a invasão da minha conta do Hotmail, nem mesmo tenho certeza de que foi ele.

Acontece em um domingo. Guy está fora, em uma conferência de fim de semana em Northampton, mas acabou de me ligar para dizer que vai terminar mais cedo. Resolvo ir à delicatessen que sei que permanece aberta até às quatro aos domingos comprar alguma coisa para comer, alguns petiscos de boas-vindas: azeitonas, anchovas no azeite e focaccia ridiculamente cara. Quero recebê-lo, meu marido. Senti sua falta durante o fim de semana. Não estou me sentindo particularmente ansiosa ou deprimida nesse dia. Acho que estou indo muito bem.

Poderia ter acontecido de forma muito diferente se Guy não tivesse ligado quando o fez, se eu não tivesse saído para fazer compras. Foi graças a essa ida à delicatessen que eu o vi, mas ele não me viu.

Estou voltando para casa e, quando viro a esquina e entro em nossa rua, uma tênue garoa de setembro começa a cair. É o fim do mês e hoje, embora tenha sido ensolarado, a curva na direção do outubro começou, uma mudança na qualidade do ar. O pessoal do tempo está prevendo um verão indiano no próximo mês, outubro vai ser quente e glorioso, segundo dizem, mas, certamente, não parece assim hoje. Paro, coloco no chão minha sacola de compras e levanto o capuz da minha capa de chuva sobre a cabeça, afastando o cabelo do rosto e enfiando-o para dentro do capuz. Então, quando levanto a cabeça, vejo que, caminhando em direção à nossa casa, a menos de cem metros à minha frente, está George Craddock. Meu estômago se revira, dando voltas sem parar – não consigo pensar em nenhuma outra forma de descrever o que sinto. Enquanto o observo, ele passa em frente à nossa casa e, ao fazê-lo, diminui o passo e olha naquela direção, embora não pare.

Viro-me imediatamente e volto a passos largos pelo caminho. O que ele fará quando chegar ao final do *cul-de-sac* – fará o circuito ou voltará pelo mesmo caminho que fez? Se fizer o circuito, terei tempo de chegar à rua principal antes que ele faça o trajeto de volta e me veja. Se ele girar nos calcanhares assim que passar por nossa casa, então ele me verá, fugindo precipitadamente.

Caminho rapidamente, mas não corro. Quando chego à rua principal, desço por ela e vou direto para a estação, atravesso o amplo saguão de entrada, com seu teto alto, uso meu cartão Oyster e passo rapidamente pela roleta, minha bolsa batendo contra o quadril e a sacola de compras balançando na mão. Um trem da linha Piccadilly está bem ali, esperando por mim, as portas abertas. A linha Piccadilly leva muito mais tempo do que a linha Metropolitan para chegar à cidade e geralmente pego a linha roxa e faço baldeação em King's Cross, mas agora a linha azul vai servir perfeitamente. Assim que entro no trem, o sinal de partida começa a soar, as portas deslizam e se fecham. Somente quando estão fechadas e o trem está partindo da estação, é que eu me viro no assento para olhar para trás e ver se ele me seguiu até o metrô. Não o vejo em parte alguma.

Tomo o trem para Green Park. Desço e caminho pelo parque e, sem sequer pensar sobre o que estou fazendo, abro o zíper do compartimento da bolsa onde o telefone pré-pago que você me deu está escondido durante todo esse tempo como um amuleto da sorte, ligo e chamo o único número que tenho nele, o seu número. Para minha surpresa, ele toca. Eu esperava que entrasse direto na caixa postal. Meu coração dá um salto com o pensamento de que você deixa o telefone ligado, embora, é claro, possa haver um sem-número de razões para que o faça.

Estou parada sob uma árvore em Green Park, uma árvore grande e frondosa, as folhas começando muito discretamente a amarelar, e, quando a ligação finalmente cai na caixa postal, eu espero e presto atenção ao silêncio que se segue ao sinal sonoro. Em seguida, digo, tolamente, de forma redundante:

– Sou eu. – Desligo.

Algumas gotas de água caem da árvore, uma delas encontrando perfeitamente um pequeno espaço de pescoço nu entre a gola do casaco e meus cabelos. Sento-me em um banco, o telefone no colo. Vinte minutos mais tarde, você liga. Parece-me absolutamente natural que o faça. Eu não tinha a menor dúvida sobre isso.

– Oi – digo.

– Oi – você responde. – Aconteceu alguma coisa?

Sinto-me satisfeita com o fato de estarmos pulando a conversa fiada, os "Como você está?" e "Como foi o seu verão?". Eu não teria tolerado isso.

– Não tenho certeza – conto. – Acho que sim. Acho que tenho um problema. Desculpe-me. Onde você está?

– Vim comprar cigarros para o irmão de minha mulher – você responde. – Quer dizer, oficialmente, é o que oficialmente estou fazendo. Eu estava lá sentado, tentando pensar em uma desculpa para sair de casa, mas felizmente meu cunhado ficou sem cigarros exatamente quando precisávamos de leite, de modo que foi assim que consegui sair. Caso contrário, talvez só pudesse ligar para você daqui a uma ou duas horas. Onde você está?

– Green Park.

– Está trabalhando hoje?

– Não – digo. – Tive que sair de casa com pressa, quero dizer, eu já estava fora de qualquer modo, mas tive uma visita.

Não posso ir para casa. – E eu lhe conto tudo, tudo que está acontecendo. Atenho-me aos fatos. Eu não preciso lhe dizer como têm sido as últimas semanas. Você mais do que qualquer outra pessoa não precisa dessa explicação. Imagino que, se esta fosse uma ligação comum, eu poderia tê-lo repreendido pelo longo período de silêncio de sua parte, mas isso parece irrelevante no momento. Agora, eu preciso de você; e, agora, você está aqui. Depois que eu termino, há uma longa pausa e, quando por fim ouço a sua voz, ela é baixa e afetuosa.

– Você está bem? – você diz.

– Eu vou ficar. Vou ligar para Guy daqui a pouco. Vou inventar uma desculpa para ter vindo à cidade e então irei ao encontro dele em St. Pancras, onde ele vai descer. Então, poderemos voltar juntos para casa. – Fungo um pouco. – Tudo o que ele fez foi passar diante da casa. É perfeitamente legal, não é, passar pela minha casa?

Você não perguntou se eu tinha certeza de que era ele. Fico grata por isso.

– Até mesmo o cabeleireiro fica na rua principal. Ele poderia simplesmente estar apenas passando.

– Hummmm... – você diz. – Onde você vai estar amanhã de manhã?

– Não sei, no trabalho, suponho. Eu não quero estar no trabalho, mas não posso ficar em casa, eu não sei. Sou fácil de encontrar.

– Está bem – você diz –, isto é o que você vai fazer. Não vá para casa, como você disse. Vá a algum lugar agradável agora, vá fazer compras ou ver um filme, ligue para seu marido agora e combine de encontrar-se com ele em St. Pancras, mas aja realmente de modo normal, não deixe que ele perceba. É importante agir normalmente, quando se encontrar com ele e quando voltarem juntos para casa, consegue fazer isso?

– Oh, Deus... – Olho para o céu. Agir normalmente? Que outra coisa eu fiz nestas últimas semanas?

– Você consegue. Você é mais forte do que pensa.

– Eu sei, eu sei.

– Agora, ouça, amanhã de manhã, você pode tirar o dia de folga do trabalho, ligar dizendo que está doente ou algo assim, pode ir até Vauxhall ao meio-dia?

– Sim, claro, bem, irei no horário habitual e, depois, quando eu chegar lá, vou me sentir indisposta e irei embora no meio da manhã.

– Ok, tome o metrô para Vauxhall, esteja lá ao meio-dia e, quando descer do trem, verifique o telefone. Eu ligarei ou mandarei uma mensagem com instruções.

– Vou ver você?

– Oh, Yvonne, é claro, é claro que vai.

– Diga meu nome de novo.

– Yvonne. Você vai me ver amanhã. Vamos estar juntos amanhã de manhã.

Expiro muito lentamente, como se estivesse prendendo a respiração há doze semanas. Há um silêncio entre nós enquanto ouvimos a respiração um do outro.

Depois de um longo período de tempo, você diz suavemente:

– Tenho que ir agora. Tome cuidado hoje, faça uma coisa e outra, e fique em casa com seu marido esta noite. Amanhã você vai se encontrar comigo, está bem?

– É bom ouvir sua voz – falo.

Você faz uma pausa por alguns instantes e, em seguida, diz:

– É bom ouvir a sua voz também. – Você desliga.

Sento-me no banco, o telefone ainda na mão. Após algum tempo, levanto os olhos para o céu.

14

Chego a Vauxhall bem antes do meio-dia, emergindo do metrô para o clamor da autoestrada que cruza a cidade e leva à ponte Vauxhall. Um imenso complexo de lojas e escritórios ergue-se de um lado, com um café com mesinhas na calçada e vista para o grande cruzamento.

Sento-me em uma das cadeiras embora não peça um café; já estou ansiosa demais do jeito que estou. Diante de mim, pistas de tráfego – carros, ônibus, caminhões – espalham-se em todas as direções. O barulho estrondoso de tantos veículos é, de certa forma, insultuoso; é difícil não tomar isso de modo pessoal. Às 12:10 você me envia uma mensagem: *Onde está?* Eu respondo: *Vauxhall, perto da ponte*. Você responde. *Lado errado, atravesse o arco, Kennington Road*.

De um lado a outro da vasta interseção está o arco ferroviário de tijolos vermelhos da estação da linha principal, defrontado pela peculiar estrutura de aço que abriga a bilheteria e que um dia venceu uma espécie de prêmio arquitetônico. Tenho que aguardar que três conjuntos diferentes de sinais para pedestres mudem a meu favor, saltando depressa da segurança de uma ilha de tráfego para outra, antes de poder alcançar o arco. Depois de passar por ele, negocio mais dois cruzamentos movimentados antes de chegar ao início da Kennington Road. Tiro o celular para enviar-lhe uma mensagem pedindo mais orientação, mas você já me enviou uma mensagem. *Casaco novo? A gola lhe cai bem.* Olho ao redor e embora jamais pudesse me imaginar disposta a brincadeiras, não consigo deixar de sorrir ao fazê-lo. Verifico o outro lado da rua, de um lado a outro, levantando o celular para perguntar *Onde você está?*, quando me viro e o vejo ali, a apenas alguns passos de distância, na soleira de uma porta, observando-me com um sorriso. Surpreendentemente, sinto uma ligeira sensação de anticlímax, pois você é apenas um homem, afinal, um homem parado na porta de uma loja, de terno e óculos; estatura mediana, de compleição magra e rija, grossos cabelos castanho-claros. E tudo isso é tão público, este encontro, tão inesperado... E eu não sei o que o nosso relacionamento é agora ou como me sinto após o longo período de silêncio entre nós. Tudo isso contribui para eu não ter a menor ideia do que fazer.

Por um momento, vejo minha incerteza espelhada em seu rosto. Em seguida, você dá um passo em minha direção e diz em uma voz falsamente conspiratória:

– Venha comigo...

Descemos juntos a Kennington Road, viramos à esquerda. Do outro lado de uma rua, há um parque com, estranhamente, um pequeno curral e uma jovem montada em um cavalo, a apenas cinco minutos do barulho estrondoso da estação Vauxhall. Uma placa pregada na cerca, entre algumas urtigas altas, diz: *Não alimente os cavalos. Eles mordem.* Paro e aponto para a placa.

– Tenho algo melhor do que isso – você diz. – Olhe.

Do nosso lado da estrada, há a entrada de uma fazenda comunitária e, logo depois dela, um barracão de animais com feno e serragem e – sentada de costas para nós, olhando ao redor desdenhosamente, uma lhama branca. Mais à frente da lhama, um casal de perus desfila, empertigado, espreitando com indiferença, enquanto uma cabra arranca feno de um cocho.

– Vauxhall tem lhamas – exclamo. – Nunca soube disso.

– Acho que é apenas uma lhama.

– Eu nem sabia que havia uma fazenda aqui.

– Sou cheio de surpresas – você comenta, satisfeito, como se fosse sua fazenda, seus animais.

Caminhamos mais um pouco pela rua, viramos em uma esquina e diante de nós a rua se abre em duas estradas estreitas, bifurcando-se uma para cada lado. Espremido entre elas, há um pequeno terreno elevado, em forma de cunha, como uma fatia de queijo, povoado de casas vitorianas. Os cômodos no vértice do triângulo devem ser minúsculos. Passamos pelas casas até o final do terreno, quando você para e tira uma chave do bolso. Olho para você – eu havia presumido que íamos nos sentar no parque ou em um café. Há três campainhas na entrada. A pintura da parede está descascando. Alguém pendurou um edredom, improvisando uma cortina na janela do apartamento do andar térreo.

Você empurra a porta e uma enorme quantidade de envelopes e folhetos de propaganda se amontoa por trás dela. Quando entro atrás de você, você se abaixa para pegar a correspondência e examiná-la rapidamente, antes de atirá-la em uma pequena prateleira atrás da porta. Eu o observo fazer tudo isso em parte porque ainda não consigo acreditar inteiramente que seja você, mas também porque me parece bastante natural que seja. O corredor é pintado na mesma cor de todos os corredores de todas as casas vitorianas de Londres, que foram divididas em apartamentos de aluguel: magnólia do senhorio, é como Guy costumava chamá-la. Faz-me lembrar do apartamento que Guy e eu alugamos assim que nos casamos, aquele com o casal no andar de cima, onde criei meus filhos quando eles eram muito pequenos e Guy e eu nos esforçávamos para escrever nossas teses de doutorado, e ainda assim, às vezes, em minha espaçosa casa nos subúrbios, com seu jardim e duas macieiras com distância suficiente uma da outra para estendermos uma rede entre elas no verão, tenho que me controlar e me lembrar que não vivo mais num lugar como esse.

Você sobe as escadas à minha frente e eu o sigo. É como se fôssemos um casal.

O apartamento fica no primeiro andar e, antes de abrir a porta, você para e verifica o barato batente de madeira compensada, que apresenta alguns arranhões, como se você estivesse se certificando de alguma coisa. Suponho que este apartamento esteja de alguma forma ligado ao seu trabalho, que você está familiarizado, mas nem sempre tem acesso a ele – mas estou apenas especulando. Entramos em um minúsculo hall quadrado. Você fica parado por um instante, ouvindo com atenção. O lugar está absolutamente silencioso. Então, você entra na sala de estar e eu o sigo; um sofá baixo, de dois lugares, uma mesa de tampo dobrável junto à parede, cortinas de voal através das quais a rua lá embaixo é visível de forma enevoada. Dou alguns passos para dentro da sala e olho à volta. Um lugar barato, vazio, anônimo. Quero ficar aqui pelo resto da minha vida.

Volto-me para você e você está a poucos passos de distância, observando-me. Seu olhar é suave, tímido.

– Foi o melhor que consegui fazer... – você diz, serenamente.

Levanto os dois braços, em seguida os deixo cair novamente.

– Deduzi há algum tempo, o que você faz...

Você olha para mim.

– Tudo bem – falo –, sei que você não está autorizado a falar sobre o assunto, foi por isso que não perguntei. – Olho ao redor da sala de estar. – Imagino que seja o que vocês chamam de esconderijo.

Você vem a mim. Fica diante de mim e, muito gentilmente, abre meu casaco e o faz deslizar por meus ombros. Deixo os braços ao longo do corpo para permitir que o casaco caia, você o apanha e o joga sobre o sofá. Em seguida, olha para mim novamente e ainda muito delicadamente corre as mãos por meus braços, começando pelos ombros, terminando nos cotovelos, acariciando os dois braços ao mesmo tempo, com o mais leve e suave dos toques, através da minha blusa de algodão.

– É bastante seguro – você diz. – Estamos aqui agora, você está segura comigo.

E eu faço o que venho querendo fazer há doze longas semanas. Eu me dissolvo em você.

Mais tarde, permanecemos deitados um ao lado do outro na pequena cama de casal no quarto. Fica na parte de trás da casa, com as mesmas cortinas de voal na janela e uma vista dos fundos das outras casas – janelas, canos e calhas. Mesmo que a cama mais pareça ser para uma pessoa e meia do que para duas, ela enche o quarto. De um lado, há uma pequena mesinha de cabeceira de madeira laminada. Do outro, o guarda-roupa tem portas de correr – não seria possível ter portas abrindo para fora. O papel de parede de fibras de madeira é pintado na mesma cor magnólia do senhorio do hall de entrada. Há uma lâmpada nua pendurada do teto e um único fio de teia de aranha pendurado dela.

A luz do dia no quarto é cinza-claro, dura. Estamos deitados, nossos corpos entrelaçados, parcialmente vestidos, um edredom sem capa amontoado em uma pilha aos nossos pés – estávamos com muito calor embaixo dele. Fizemos sexo, depois conversamos – você me contou que ficou me observando pela janela do café naquele dia, no dia em que nosso caso começou com uma troca de números de telefone, apesar de já termos feito sexo àquela altura. Percebo que aquele café ficava quase em frente ao beco de Jardim das Macieiras, mas jamais poderíamos imaginar o que faríamos lá algumas semanas mais tarde e aonde isso nos levaria. Após algum tempo, nossa conversa se torna digressiva e você adormece. Continuo ali deitada, enrolada em você, de olhos abertos. Um dos meus braços está preso sob seu corpo e começa a ficar dormente.

Após alguns minutos, levanto um pouco a cabeça e vejo que você está acordado, afinal de contas, e olhando para mim. Tenho a sensação de que você estava olhando para mim há algum tempo. Removo meu braço dormente do lugar e o coloco em uma posição diferente, afastando-o alguns centímetros, de modo que possamos olhar um para o outro. Você ergue a mão e afasta meus cabelos do rosto. Um movimento involuntário de vaidade de minha parte me faz estremecer e me encolher diante da brutalidade da luz no ambiente, a luz branca e cinza que atravessa as cortinas de voal. Sorrio, mas você não devolve o sorriso. A expressão de seu rosto é solene.

– Você sabe o que vamos ter que fazer, não é? – indaga.

Eu devolvo seu olhar grave. Então, você diz, sem floreios ou retórica.

– Vamos ter que advertir Craddock.

– Como? – pergunto.

Você me puxa para você, contra seu peito.

– Deixe isso comigo.

Depois de algum tempo, você adormece outra vez, respirando profundamente entre os meus cabelos. Conversaremos quando você acordar, mas não estou com nenhuma pressa para que isso aconteça: na verdade, preciso ir ao toalete, mas não quero interromper esse momento, quero esticá-lo e esticá-lo, no pequeno quarto cinzento, esticá-lo até ficar tão fino quanto as cortinas de voal na janela ou o fio de teia de aranha pendurado da lâmpada acima de nós.

Quando estamos vestidos e bebendo café instantâneo – puro, porque não há leite nem açúcar no apartamento – no sofá vergado na sala de estar, você me conta seu plano. Faremos isso juntos, você me diz. Se houver qualquer represália, então nossa história será que eu confiei em você porque você havia me dito que trabalhava na segurança das Casas do Parlamento, porque eu precisava de orientação e não queria falar com ninguém próximo a mim. Kevin, o policial, confirmaria a história se precisássemos. Você vai descobrir o endereço de Craddock. ("Como você vai fazer isso?", pergunto, e você me lança um olhar divertido. "Essa parte na verdade não é nada difícil.") Vou pegá-lo na estação de metrô mais próxima, onde quer que isso seja, neste fim de semana, e o levarei à casa de Craddock. Você vai entrar e falar com ele. Eu ficarei no carro.

Você vê a dúvida em meu rosto enquanto olho para você por cima da caneca barata, rachada. Você interpreta erroneamente o meu olhar. Presume que estou achando que isso não será suficiente para resolver o problema, quando na verdade o que me deixa em dúvida é a perspectiva de dirigir para onde quer que Craddock more, a ideia de me aproximar dele, mesmo com você. Medo, eu acho, uma determinada espécie de medo feminino: é justo esperar que você compreenda isso? Você tem seus próprios medos, é claro, mas sei que o que estou sentindo agora é muito específico, a reviravolta nas entranhas por estar perto de alguém que esteve dentro de mim quando eu não queria que estivesse. Uma vez que uma pessoa tenha feito isso, é muito difícil livrar-se dela.

Você não compreende, eu sei. Acha que a minha dúvida é que Craddock não se sinta suficientemente intimidado com a nossa súbita aparição à sua porta.

– Eu podia telefonar para ele, anonimamente, mas não tenho certeza se isso resolveria. Ou poderia simplesmente arranjar alguém para colocá-lo nos eixos – você diz. – Conheço umas pessoas "da pesada", não seria difícil.

Meneio a cabeça.

– Ou voltamos para a polícia, voltamos para Kevin. Delatamos Craddock. Agora também podemos acrescentar assédio. No mínimo, as condições de sua fiança incluiriam a proibição de se aproximar de você.

Meneio a cabeça ainda mais vigorosamente, pensando em Adam, Carrie, Guy e na minha carreira – nessa ordem. Ocorre-me o quanto eu quero que você o enfrente, o quanto vou gostar de imaginar o medo e a incerteza em seu rosto, quando confrontado por você. *Aquele filho da mãe vai se mijar todo*, penso, e é um pensamento pequeno e malvado, que nada tem a ver com justiça.

– Sabe – você diz, com certo cuidado –, você poderia entrar comigo. – Quando meus olhos se arregalam, você abandona sua xícara de café e inclina para mim. – Você vai esbarrar com esse homem profissionalmente, mais cedo ou mais tarde, não poderá evitar. Não quer olhá-lo no rosto enquanto eu o faço morrer de medo?

– Não... – Sacudo a cabeça. – Não, não quero.

Como nossas vidas teriam sido diferentes se eu tivesse dito sim.

– Está bem, então. – Você se move no sofá, aproximando-se de mim. Pega a caneca de café da minha mão e a coloca no chão. Coloca sua boca na minha, eu sinto o gosto de café queimado quando nossas línguas se tocam por um breve instante. Você beija minha testa, segura minha cabeça nas mãos. – Está resolvido. Este fim de semana. E depois que eu tiver terminado, ele nunca mais se aproximará de você.

No fim de semana, o quente outubro que nos havia sido prometido chega finalmente. Acordamos no sábado de manhã, abrimos as cortinas e lá está ele. Guy e eu tomamos café ao sol no pátio de lajotas nos fundos da casa, eu de short, camiseta, óculos de sol, ele sem camisa, sorrindo um para o outro, de vez em quando, por cima do jornal e avisando um ao outro quando terminamos cada seção – a imagem da bem-aventurança da meia-idade. Quando entramos, vejo que a luz encheu nossa casa de poeira. Estou calma e relaxada com Guy nessa manhã, deliberadamente, pois tudo em que consigo pensar é no que você e eu planejamos fazer.

Visto-me com cuidado quando chega o momento. Digo a Guy que vou levar algumas roupas antigas para a unidade de reciclagem e que elas estão ensacadas no porta-malas do carro. Estou usando uma saia de algodão, na altura dos joelhos, com uma estampa espalhafatosa em tons de roxo e azul, juntamente com uma camiseta branca de mangas curtas e um casaco de brim. Estou com as pernas nuas e calçando sapatilhas. É uma roupa de sábado. Você nunca me viu vestida assim antes. Considero que se trata de um bom sinal de que eu ainda tenha um resquício de vaidade. Estou me recuperando, penso. É porque estou fazendo alguma coisa, em vez de ser um receptor passivo do que me aconteceu. Estou nervosa, até mesmo um pouco febril, porém mais feliz do que já estive em semanas.

Quando entro no carro, no final da tarde, Guy vem aos degraus da entrada para me acenar adeus. Dou-lhe um sorriso alegre.

Você já está esperando do lado de fora da estação South Harrow do metrô quando chego lá e também está vestido de modo descontraído: calças largas de jogging e uma camiseta cinza justa no corpo, tênis e óculos de sol, um casaco com capuz em um braço e uma grande bolsa esportiva Nike na outra mão. Este é você, penso, você em traje informal, descontraído, mas funcional e determinado. Você está parado, com os ombros para trás, olhando ao redor. Sinto um toque de desejo.

– Está atrasada – você diz, assim que abre a porta do passageiro do meu carro.

– Cinco minutos – respondo.

São apenas alguns minutos de carro, no final das contas, virando algumas esquinas, atravessando um subúrbio que as pessoas em geral têm aspirações de deixar; fileiras de lojas baixas, de quinquilharias baratas e lojas com licença para vender bebidas, um ou outro café aparentemente vazio. Você permanece em absoluto silêncio, salvo ao me dar orientações de por onde devo ir, e eu me sinto um pouco decepcionada. Imagino que você esteja se concentrando no que tem a fazer, no que vai dizer, mas eu tinha a impressão de que era algo que faríamos juntos. Após alguns instantes, você diz, na entrada de uma rua sem saída:

– Vire à direita aqui. Dirija até o final, dê meia-volta e estacione lá. – Você indica uma vaga. Executo uma manobra desajeitada e estaciono no local indicado.

Eu esperava que ficássemos sentados no carro e conversássemos um pouco, mas você se inclina e pega sua bolsa.

– Talvez ele não esteja em casa – falo.

– Ele está, sim – você responde. – Espere aqui – acrescenta, como se houvesse a possibilidade de eu fazer alguma outra coisa. Viro-me para você, esperando um rápido beijo, mas você já está saindo do carro. Observo pelo espelho retrovisor enquanto você caminha de volta para o final do beco sem saída. A meio caminho, há um pequeno mercado e, em seguida, um bloco baixo de casas baratas, quadradas. Você para em frente a uma porta preta. Sobe um degrau até ficar diante da porta e eu o vejo inclinar-se para o vão da entrada – você está tocando a campainha ou entrando por outros meios? Não consigo ver. A porta se abre e você desaparece no interior da casa. Espreito através do para-brisa para o parquímetro bem adiante do lugar onde estou parada – tudo bem após as 13 horas de um sábado. Não quero chamar atenção para o meu carro por estar estacionado de forma irregular. Olho para um lado e outro da rua, à procura de câmeras de vigilância, mas não vejo nenhuma. Ocorre-me que estou agitada – começo a entender a adrenalina do que você faz.

Você demora tanto tempo... Santo Deus, por que não imaginei que algo estava errado? Por que razão não fiz alguma coisa? Muito seria debatido sobre isso no tribunal mais tarde, como se sabe – a forma como eu simplesmente fiquei sentada no carro, esperando. Por que não tentei chamá-lo por telefone? A acusação vai me perguntar isso. Por que não saí do carro e bati à porta por onde o vi entrar? O que eu achava que estava acontecendo? Eu sabia muito bem o que estava acontecendo, a acusação vai dizer. Foi por isso que permaneci ali sentada. Foi por isso que fiquei esperando. Eu esperei porque você me disse para esperar.

Não sei quanto tempo eu espero. Ligo o rádio. As notícias vêm e vão – há um programa na Rádio 4 sobre liberdade de expressão no Sudeste da Ásia. Após algum tempo, mudo de estação para ouvir música, primeiro música clássica, depois tento ouvir um pouco de jazz, mas são só anúncios. Desligo o rádio. Mando uma mensagem a Guy dizendo que estou presa no trânsito. O sol começa a esmaecer e o céu se torna de um azul mais desbotado, depois cinza-azulado, em seguida apenas cinza e os postes de luz laranja se acendem no final da rua, embora ainda falte muito tempo para o anoitecer. Observo as pessoas que passam, uma mulher com duas crianças, uma delas no carrinho; dois jovens adolescentes. Em determinado momento, uma mulher muito idosa, usando um sari verde-esmeralda entra na rua e passa lentamente por meu carro. Ela é muito pequena, do tamanho de uma criança, sua pele muito escura e suas rugas profundas, mas noto quando ela passa pelo carro, que ela está sorrindo consigo mesma, apesar de suas mãos nodosas e sua marcha lenta e artrítica, como se estivesse perdida em alguma lembrança distante, mas infinitamente agradável.

Então, por fim, eu o vejo. Não fiquei observando a porta o tempo todo, mas acontece que estou olhando pelo espelho retrovisor porque o homem do mercado está levando para dentro as caixas de plástico marrom que estão empilhadas do lado de fora, e eu o observo, intrigada para ver quantas caixas ele consegue levar de cada vez – ele as empilha acima da cabeça.

Eu me pergunto se isso não danifica os produtos, empilhá-los dessa forma. Você emerge da porta preta, fechando-a atrás de si com cuidado. Você olha para um lado da rua, depois na direção oposta, passa a mão pelos cabelos e olha nas duas direções mais uma vez. Agora está usando o casaco sobre a camiseta, ainda carregando a bolsa esportiva. Você caminha rapidamente, mas com calma, em direção ao carro, abre a porta do passageiro e entra. Fecha a porta e, enquanto puxa o cinto de segurança sobre o peito, você diz uma única palavra.

– Dirija.

À medida que nos aproximamos da estação de metrô, você diz:

– Dobre a esquina, estacione lá.

Dobro a esquina e estaciono em uma rua lateral. Você permanece sentado por um instante, em seguida olha para um lado e outro da rua. Após um ou dois instantes, não aguento mais e pergunto:

– O que aconteceu?

Você não responde. Continua sentado, olhando fixamente para a frente, e lá está aquela expressão em seu rosto novamente, a que eu já vi antes, a que me diz que você está muito longe de mim, perdido em algum pensamento que é a principal preocupação em sua mente. *Eu estou aqui*, tenho vontade de dizer. Preciso que me diga o que aconteceu.

Ainda olhando fixamente para a frente, você estende a mão e a coloca em meu joelho, segurando-o com firmeza – não é um gesto afetuoso, nem tranquilizador.

– Preciso que se lembre – você diz, ainda olhando para a frente – do que discutimos antes... Nós nos conhecemos na Câmara dos Comuns, amigos, apenas isso, ok?

Eu não tinha escolha senão confiar em você, não é, amor? Você finalmente olha para mim.

– Me dê seu telefone.

Olho para você, em seguida estendo a mão para trás e pego a bolsa de cima do banco traseiro. Abro o zíper do compartimento interno e entrego-lhe o celular. Você o pega, inclina-se e o enfia na bolsa de lona a seus pés e, em seguida, retorna a mão para o meu joelho.

– Como vou poder entrar em contato com você? – pergunto debilmente, pois agora sei o suficiente para entender que não posso saber mais.

– Não pode, ao menos por algum tempo.

Respiro fundo.

– Vai ficar tudo bem – você diz, mas não tenho certeza de que está falando comigo. – Apenas vá direto para casa, aja normalmente, ok? Lembre-se do que eu disse, se alguém perguntar.

É nesse ponto que percebo que você está usando calça de jogging diferente – muito semelhantes às outras, da mesma cor azul-marinho, mas a faixa branca ao longo da costura lateral não existe mais. Olho para baixo e vejo que você também está calçando tênis diferentes.

Você se vira e planta aquele rápido beijo em meus lábios, recua. Beija-me outra vez, diz aquela única frase cruel:

– Lembre-se, está bem?

Em seguida, sai do carro e eu fico vendo você descer a calçada a passos largos, sem olhar para trás, relanceando o olhar de um lado para outro, a cabeça ligeiramente abaixada, os ombros um pouco encolhidos, como se quisesse repelir o crepúsculo que se avizinha.

* * *

Está escuro quando eles chegam. Como descobrimos mais tarde, é por causa da senhoria que eles chegam tão depressa; a senhoria que apareceu inesperadamente, o homem do mercado que o viu emergir do apartamento e entrar em um Honda Civic branco, e a câmera de vigilância na rua principal que identificou o número da placa do meu carro quando dirigi de volta ao metrô. Está escuro. Desta vez, estou profundamente adormecida, em um lugar muito profundo. Está tão escuro quanto o leito do oceano lá embaixo. Não estava sonhando, penso mais tarde. Era profundo assim o meu sono.

Sou acordada por pancadas na porta da frente. Temos uma antiga aldrava de bronze, mais antiga do que a própria casa. Ela produz um barulho metálico, ressonante, que ecoa pela casa. Temos também uma campainha elétrica instalada no batente da porta da frente pelos antigos proprietários, que deviam se preocupar excessivamente em não ouvir um visitante. Mas é o barulho da aldrava de bronze, três vezes em rápida sucessão, um som duro e forte, que me acorda. Há uma pequena pausa e, em seguida, mais três batidas. Depois, há o som da campainha, pressionada com força por vários segundos.

Em um instante estou parcialmente sentada, apoiada nos cotovelos, meus pensamentos acelerados, ofegando na escuridão. Fui arrancada do sono com uma pressa perigosa e imediatamente compreendo tudo e percebo que soube no minuto em que você emergiu do apartamento; eu sei o que aconteceu, sei quem está batendo na porta no meio da noite e sei por que eles estão aqui.

O relógio elétrico no teto marca 3:40 da madrugada. Consigo apenas perceber, por sua luz turva, que Guy também se ergueu em um cotovelo e está virado de costas para mim, estendendo a mão para o abajur de sua mesinha de cabeceira. Quando ele se vira novamente, seu rosto está amarrotado e com um ar de interrogação.

Novas batidas, fortes e ruidosas, capazes de sacudir as vigas da estrutura da casa, penso. Guy se levanta e veste o roupão, que está atirado em cima da cadeira de vime perto do seu lado da cama.

Novas batidas e, em seguida, a campainha mais uma vez. Ele se dirige a passos largos para a porta do quarto. É somente quando ele chega à porta e a abre que eu penso em alertá-lo, dizendo:

– É a polícia.

Meu querido Guy. Ele olha para mim, em seguida deixa o quarto e desce as escadas correndo. Percebo que, quando disse que era a polícia, ele pensou em Adam, que algo havia acontecido a Adam. Ele realmente corre. Sento-me à beira da cama com a cabeça nas mãos. Não corro a lugar algum porque sei que não se trata de Adam: eles vieram por mim.

Adam, Carrie, meus filhos... O que Guy vai dizer a eles? Estará nos jornais, ele não conseguirá manter isso escondido.

No térreo, há o clamor e o farfalhar de gente enchendo a casa, a voz indignada de Guy, pedindo explicações. Minha casa, eu trouxe isso para dentro da minha casa, meu lar – tudo virá à tona agora. Conforme os pés dos homens ressoam nas escadas em direção ao meu quarto, fico paralisada onde estou, sentada na beirada da cama. Nem sequer me levanto para vestir o roupão. Imagino Guy, ao telefone com Carrie, mais tarde naquela manhã. Eu o imagino dizendo: "Querida, você não vai acreditar, mas sua mãe foi presa."

"Por quê?" É a primeira pergunta que qualquer um fará.

PARTE TRÊS

DNA

15

O DNA me fez e o DNA me arruinou. DNA é Deus.
Quando as pessoas pensam em DNA, geralmente estão pensando em sua herança genética. Estão pensando em como possuem os olhos castanhos do pai. Quando geneticistas pensam no assunto, pensam em quão pouco sabemos, como fatores ambientais muitas vezes transformam o mais identificável dos traços genéticos em não mais do que tendências e como o inexplicável supera em muito o provável. O genoma é como um enorme lago lamacento e nós, os chamados cientistas, somos como mergulhadores, cegos, nadando lentamente sob a água, pegando objetos do lodo no fundo do lago, revirando-os nas mãos e tentando tirar a lama com dedos desajeitados, de luvas, sem saber ao certo se o que pegamos é uma pedra, uma pérola ou um botão perdido.

Mas existem alguns campos em que o DNA é certo – forense, por exemplo. O DNA é uma das poucas descobertas da humanidade que significam que não adianta mentir.

O primeiro erro que cometo, embora não o último, é mentir para a polícia que vem me prender. Você tem que ser muito idiota para ser um mentiroso – ou realmente arrogante: não sou nem um, nem outro, mas entro em pânico. Quando sou levada sob custódia, em estado de choque e nauseada, o nível de açúcar em meu sangue muito baixo, a primeira coisa que me perguntam é:

– Onde você estava ontem à tarde, sra. Carmichael?
– Levei algumas roupas para o depósito de reciclagem.

No que diz respeito ao meu relacionamento com os agentes de investigação, é uma descida ladeira abaixo a partir daí. Eles me mostram as imagens do meu carro percorrendo a Northolt Road, tomadas pela câmera de segurança e eu digo:

– Fui dar uma volta.

Meu carro foi apreendido, de modo que mais tarde eles encontram o seu DNA e uma pequena mancha de sangue de George Craddock, no piso do lado do passageiro, para onde se transferiu de uma de suas meias.

Mais tarde eu conto a verdade – ou, melhor dizendo, conto uma parte da verdade. Você é preso imediatamente, mas eu mantenho a história que combinamos: você é um conhecido em quem confiei porque estava desesperada. Deve haver uma razão para você me ter falado para dizer isso. Você sabia o que estava fazendo. Você é um espião. Você também sabe a respeito de DNA, afinal – e tampouco é idiota ou arrogante.

Não tenho certeza do que isso diz a meu respeito, mas mesmo quando me falam da morte de Craddock, eu continuo sem medo. Tudo parece tão absurdo – não que um homem esteja morto, é claro, não há nada de absurdo nisso, nem mesmo que estejam dizendo que foi você quem o matou, mas absurdo que eu tenha sido envolvida nisso. Com certeza, quando os fatos forem conhecidos, tudo terminará – é bem simples. Talvez seja isso, minha ânsia por simplicidade me mantém concentrada em uma coisa: o seu bem-estar. Quando a polícia me interroga, não estou seriamente contemplando minha própria cumplicidade – sei que sou inocente e naturalmente você também terá dito a eles que sou inocente –, eu estou pensando: *Como é que posso ajudá-lo? Mesmo que seja provado que ele é o responsável pela morte desse homem, não posso acreditar que ele tenha tido essa intenção. Como posso ajudá-lo?*

Por isso, me atenho à história. Faço o que você me disse para fazer, naquele dia no carro. Eu lhes conto o que Craddock fez, como eu procurei você em busca de conselho quando não sabia a quem mais recorrer, que tivemos uma conversa com Kevin, que eu o peguei na estação de metrô para levá-lo até a casa de Craddock naquele dia para que você pudesse ter uma conversa com ele. Durante o meu interrogatório, a detetive de terninho cinza olha para mim e pergunta:

– E como você descreveria o seu relacionamento?

Eu a encaro e digo:

– Éramos amigos.

– Apenas amigos?

Até consigo dar de ombros.

– Gosto muito dele, ele me ajudou, me deu conselhos quando eu não sabia a quem recorrer. – Olho para a mesa ao dizer isso.

Mais tarde, ela volta. Ela diz que você deu uma declaração dizendo que você e eu somos amantes, que nos conhecemos quando dei um depoimento no Comitê Especial da Câmara dos Comuns. É uma boa tentativa, mas ela não consegue me dar nenhum detalhe. Ela não diz nada sobre sexo em capelas ou toaletes desativados. Ela não menciona o beco do Jardim das Macieiras.

Eles não têm nada contra nós, nenhum registro de telefonemas porque utilizamos celulares pré-pagos, dos quais você já deve ter se livrado, nenhum e-mail – há as cartas no meu computador, que eles confiscaram no dia seguinte à minha detenção, mas se as tivessem encontrado, já teriam me confrontado com elas. Somente uma pessoa além de você e eu sabia sobre o nosso caso, e essa pessoa está morta.

Desta vez, olho a detetive diretamente nos olhos.

– Não consigo imaginar por que ele diria isso, uma vez que não é verdade.

O inspetor Cleveland é quem eles trazem para me dobrar: um homem corpulento, do tipo jogador de rúgbi, cabelos lisos e castanhos, olhos pálidos, bonito, dentes ligeiramente tortos, o tipo de homem que era popular na escola, eu diria, simples e imparcial. Ele toma cerveja com seus colegas de trabalho e cuida bem de sua equipe. Tem um ar de bondade que desmente seu corpanzil. Ele é o tipo de detetive que mulheres vulneráveis iriam querer agradar, acreditando que ele cuidaria delas. Ele se inclina para a frente em sua cadeira, cruzando os braços sobre a mesa, de modo que o paletó de seu terno sobe um pouco de seus ombros. Ele olha diretamente para mim, os olhos pálidos fitando os meus, e me pergunta como estou passando. Em seguida, diz que sente muito e me apresenta o depoimento que Kevin deu sobre a reunião que tivemos, na qual Kevin diz que ele, de fato, na ocasião, especulou se haveria algo além de amizade entre mim e você. (A palavra crucial aqui é, naturalmente, especulou.) O relato de Kevin é muito bom. Eles têm um monte de detalhes sobre o ataque, tudo registrado. O inspetor Cleveland repassa o documento comigo, educadamente, e me pede para confirmar o que aconteceu, item por item. Muito delicadamente, o inspetor Cleveland me desmonta. Ele me diz que Craddock era divorciado, com um filho, e que sua mulher, certa vez, deu queixa de abuso doméstico contra ele, mas a retirou mais tarde e emigrou para os Estados Unidos com a criança. Fala-me da pornografia que encontraram em seu computador, sobre o tipo de sites que ele acessava. Ele me fala do conteúdo desses sites com muito mais detalhe do que preciso saber. Durante todo esse tempo, o inspetor Cleveland se mostra solidário. Ele não quer me perturbar mais do que já fui perturbada. Ele só está fazendo o seu trabalho.

Quero agradar este homem. Quero desmoronar e dizer-lhe que sim, ele tem toda a razão, que pedi ao meu amante para dar uma lição no meu agressor, que foi planejado e desejado – isso é o que o inspetor Cleveland gostaria de ouvir. Choro um pouco, quando ele chega ao ponto do depoimento de Kevin, em que ele repete o que lhe contei sobre a doença do meu filho. O inspetor Cleveland diz que sabe o quanto isso deve ser difícil para mim. Ele diz que pode imaginar a raiva e o medo que senti depois do que George Craddock fez, e posteriormente a perseguição. Ele entendia perfeitamente como eu devo ter desejado que alguém lhe desse uma surra. Afinal, diz o inspetor Cleveland, se alguém fizesse isso à sua mulher é o que ele ia querer fazer.

Levanto a cabeça, assoo o nariz com o lenço de papel úmido que estive enrolando nos dedos e digo:

– Eu não sugeri isso e nem ele. Somos apenas amigos.

O inspetor Cleveland me lança um olhar decepcionado e deixa a sala.

Meu advogado se chama Jaspreet Dhillon, da Dhillon, Johnson & Waterford. Não é o advogado de plantão que me foi designado na Delegacia de Harrow; ele vem recomendado por um amigo advogado com quem Guy falou, na manhã da minha detenção, a manhã que ele passou ao telefone, ligando para todo o mundo que conhecia para descobrir o que fazer. Jaspreet – Jas, é como ele nos convida a chamá-lo – está na casa dos quarenta, usa óculos, tem aparência imaculada. Ele é o melhor, nos disseram, e nós gostamos dele imediatamente. A primeira vitória de Jas é obter minha liberdade sob fiança – ele entra em ação de imediato, arranja a audiência com o juiz, e dentro de dois dias estamos no tribunal para uma audiência de fiança. Tudo acontece um pouco rapidamente demais para mim, mas é graças a essa rapidez que não me vejo estampada em toda a imprensa e na internet: uma vez que sou acusada, tudo fica *sub judice*, ninguém pode relatar nada para não prejudicar o julgamento. Você não está em nenhuma dessas duas audiências – você será acusado mais tarde. A fiança é incomum em uma acusação tão grave, mas a minha boa reputação anterior pesa a meu favor. As condições são rigorosas. Devo continuar a residir em meu endereço normal. Ninguém mais deve residir lá durante este tempo, a não ser o meu marido. Devo me apresentar à delegacia local três vezes por semana e usar um dispositivo de identificação eletrônica durante todo o tempo. Tenho que entregar meu passaporte e pagar uma fiança de cem mil libras – vendemos nossas ações, sacamos nossas economias e pedimos empréstimos a amigos para levantar essa quantia, enquanto aguardamos a aprovação de uma segunda hipoteca sobre a casa. Acima de tudo, não devo em hipótese alguma ter qualquer comunicação com você ou com qualquer um de seus associados. A ideia de você ter associados é um pouco desconcertante, e, de qualquer forma, como eu teria qualquer contato com você, quando está trancado na prisão de Pentonville? Você não consegue sair sob fiança, é claro, está em prisão preventiva.

Guy e eu levamos Jaspreet para comer uma pizza depois da audiência de liberdade sob fiança. Nem eu, nem Guy gostamos particularmente de pizza e não temos nenhuma ideia se Jas gosta, mas nos sentimos gratos a ele e depois de vários dias sob custódia, a princípio quero estar em um restaurante. Também quero tomar um longo banho – mas vou ter que passar grande parte do tempo em casa nos próximos meses. Minha casa será minha prisão.

Nós três estamos sentados a uma mesa redonda que é um pouco pequena demais, ligeiramente amontoados. Já fizemos nossos pedidos e eu estou, na verdade, apenas entabulando conversa quando pergunto a Jas:

– Bem, então, quando eles já tiverem investigado mais, em que ponto, só estou imaginando, em que ponto as acusações são reduzidas a homicídio culposo?

Nunca achei que você pudesse ser mais culpado do que isso e eu não sou culpada de nada além de conduzir o carro para o local onde você entrou em uma luta que não foi provocada por você. Isso é o que aconteceu e certamente é o que todos vão ver, quando formos a julgamento.

Jas olha para mim e fica, de fato, paralisado. Seu copo de água gaseificada está erguido na mão, a meio caminho da boca, as bolhinhas chiando e a rodela de limão balançando de um lado para o outro.

Olho dele para Guy.

– Mas vai acabar como homicídio culposo e algum tipo de acordo, não é? – insisto. – Eles não vão desperdiçar grandes quantias de dinheiro público se ele disser que matou aquele homem, mas não tinha intenção, não é mesmo?

Jas dá um de seus sorrisos contrafeitos.

– Desculpe-me informá-la – ele diz, recolocando o copo na mesa sem beber a água e olhando para mim –, mas é muito comum a acusação se recusar a aceitar uma confissão de homicídio e insistir num julgamento de assassinato. E, então, naturalmente, o ônus da prova é diferente, eles não têm que provar quem foi responsável pela morte, apenas se havia ou não a intenção de cometer assassinato, ou... – ele faz uma pausa para dar ênfase – danos corporais graves. Isso é o suficiente para que uma acusação de assassinato seja convincente.

Guy franze a testa.

– E como isso afeta Yvonne?

A garçonete aparece segurando uma faca para carne.

– Para quem é o calzone? – ela pergunta.

– Obrigado – diz Jas, e ela coloca a faca afiada diante dele na mesa e se afasta. Jas dá um pequeno suspiro. Parece um pouco pálido. Pergunto-me se ele é asmático. – Afeta Yvonne porque, se estão dizendo que se tratava de uma operação conjunta, isso significa que ela será acusada de tudo que ele for acusado. Se aceitarem uma confissão de homicídio involuntário por parte dele, isso também será o máximo de que ela poderá ser acusada. Mas muito frequentemente eles pressionam por assassinato; quer dizer, as pessoas que sabem que têm que admitir o ato de matar geralmente tentam escapar com homicídio culposo. As penas mínimas para assassinato são, bem... vinte, vinte e cinco anos, se for com faca, trinta se houver prova de ganho financeiro. Com homicídio culposo você pode se livrar com quinze, ou até mesmo dez, dependendo das circunstâncias, naturalmente.

De modo que você pode ver como, se for acusada de assassinato, deve tentar apelar para homicídio involuntário.

Os números fazem minha cabeça girar. Não são mais reais do que as notas de quinhentas libras do jogo de Monopólio.

– Por isso, se ele for acusado de assassinato e presumindo-se que invoque inocência, o que ele vai fazer, qual será a sua defesa? – pergunta Guy, serenamente. Ele está absorvendo as informações de forma mais eficiente do que eu.

Jas dá de ombros. Ele é meu advogado, afinal de contas, não o seu.

– Bem, é impossível dizer. Nesta fase, tudo o que ele tem a dizer é "inocente" e as razões, que podem mudar conforme as coisas avançam, vão depender da orientação que ele receber. Responsabilidade diminuída, talvez.

– Responsabilidade diminuída?

– Sim, responsabilidade penal diminuída. É motivo para redução da pena, mas o ônus da prova muda. É a defesa que tem que provar a responsabilidade diminuída. Na atual circunstância, se eu fosse aconselhá-lo, alegaria perda de controle, mas teria que existir o que é conhecido como "gatilho de qualificação".

Não consigo evitar que um tom de indignação penetre em minha voz, muito embora meu marido esteja sentado bem à minha frente.

– Mas foi legítima defesa, não foi? Ele não é culpado, não é culpado de assassinato, nem de homicídio culposo, se eles se envolveram em uma briga e foi autodefesa?

Guy e Jas trocam um olhar. Em seguida, Jas diz tranquilamente:

– Sua alegação, sua defesa, Ivonne, tenho de avisá-la, essa é uma questão para ele e sua equipe de defesa. O meu trabalho é defendê-la.

Ele levanta a mão esquerda, vira-a para cima, olha para a palma, como se pudesse haver respostas ali, em seguida olha novamente para mim.

– Yvonne, mesmo que seja acusada de um crime de operação conjunta, preciso que você entenda que é hora de pensar em si mesma, pelo seu bem e pelo bem da sua família.

Guy fica em silêncio; todos ficamos em silêncio. O almoço tomou um rumo inesperado. Viemos aqui para celebrar a minha liberdade sob fiança – não devíamos absolutamente estar discutindo o caso, não aqui, não desta forma. Penso nos próximos meses, no muito tempo que haverá para essas discussões, para se preocupar com o que poderá vir a acontecer. Meneio ligeiramente a cabeça. Nesse ponto, Guy se levanta e joga o guardanapo na mesa.

– Só vou usar o banheiro antes que nossas pizzas cheguem – diz, embora normalmente ele não sentisse necessidade de explicar. Quando ele se vira, bate no bolso do casaco para verificar se seu celular está lá.

Jas e eu ficamos ambos em silêncio por algum tempo. Estamos sentados em um lugar reservado, com uma trepadeira de plástico entrelaçada a uma treliça, à guisa de divisória. Uvas de plástico verde penduram-se da videira artificial. Ele olha para mim e seus lábios cerrados esboçam um pequeno esgar. Ele remove os óculos, aperta um pouco os olhos, coloca-os novamente e em seguida diz com voz serena:

– Sei que você é cientista, mas não sei ao certo em que campo.

– Sou geneticista – esclareço. – Trabalhei nos estágios iniciais do projeto de genoma humano e depois fui trabalhar para um instituto privado chamado Beaufort. Ele orienta o governo e a indústria. Eu era muito bem paga, mas sentia falta de minhas próprias pesquisas e da liberdade. Nos últimos anos, tenho sido colaboradora, dois dias por semana no escritório, mas basicamente sou freelancer. Atualmente, voltei a trabalhar em tempo integral por um período determinado, para cobrir uma licença-maternidade.

Um pequeno sorriso e, em seguida, ele comenta:
– Você deve ser muito poderosa.

Encolhi os ombros.

– Alcançamos um certo nível em que, bem, suponho, já adquirimos sólida experiência. Você ganha pontos apenas por ter feito seu trabalho por um longo período de tempo.

– Acho que, no seu caso, Yvonne, é um pouco mais do que isso.

Jas está me fitando e percebo que ele me acha culpada de falsa modéstia. Não, não, quero dizer, você está completamente errado. Minha modéstia é 100 por cento sincera.

– Já que você é cientista – ele diz –, talvez possa me ajudar com uma coisa. Tem havido muitas experiências com chimpanzés, não é?

– Milhares – respondo –, eles são nossos primos genéticos mais próximos. Noventa e oito por cento do nosso DNA. – Tomo um gole de água e Jas faz o mesmo. – Veja bem – acrescento –, compartilhamos 70 por cento de DNA com as moscas das frutas.

Jas não sorri.

– Quase humanos, alguns dizem. Suponho que seja por isso que as pessoas ficam tão incomodadas com as experiências com eles.

Vejo que ele está se referindo a algo que se mostrará relevante para a questão em pauta, ou seja, minha defesa criminal, e que isso foi acionado pelo fato de Guy ter deixado a mesa.

– Você deve saber sobre esta experiência em particular na qual estou pensando – Jas continua. – Li nos jornais, há alguns anos, e ficou gravado em minha mente porque é particularmente cruel. Realmente me perturbou. Minha esposa e eu tínhamos acabado de ter o nosso primeiro filho, um menino, e naturalmente você mesma tem filhos, portanto conhece a sensação, a sensação que todos temos, de que morreríamos por eles. Você olha para o bebê e sabe que entraria numa fogueira por ele.

Quem teria imaginado que meu advogado poderia fazer confidências? Em nosso breve conhecimento até agora, ele havia me parecido simpático, mas frio e organizado – e sei que ele quer chegar a algum ponto. Olho para os fundos do restaurante, mas não há qualquer sinal de Guy.

– É o amor, não é? – ele diz cuidadosamente. – Puro altruísmo. Estou certo em pensar que os cientistas nunca foram realmente capazes de explicar o altruísmo?

Dou de ombros.

– Muitos cientistas lhe dirão que o altruísmo é facilmente explicado pela sobrevivência das espécies. Você é geneticamente programado para sentir que entraria numa fogueira para proteger seu filho.

– Sim, mas não estou absolutamente certo de que isso explica o amor romântico entre adultos... – ele continua.

Eu o interrompo.

– A propagação da espécie exige...

Por sua vez, ele também me interrompe:

– A simples luxúria faria isso. No entanto, o amor adulto muitas vezes envolve autossacrifício. Mesmo pais cujos filhos há muito tempo cresceram e deixaram o ninho ainda sentem um amor profundo e autossacrificante por eles. – Ele faz uma pausa, uma pausa reveladora. – Até mesmo casais, por mais improvável que pareça, podem se apaixonar. E mesmo quando não têm filhos juntos e nunca poderão ter por causa da idade ou porque... porque ambos são casados com outras pessoas, mesmo pessoas assim podem vir a sentir um amor profundo, uma vontade de proteger um ao outro, uma capacidade de sacrificar a si mesmos a fim de proteger o outro.

Agora percebo por que esta conversa só foi possível depois que Guy deixou a mesa. Como você deve ser inteligente e diplomático para atuar em direito penal, penso.

– A questão é – Jas continua –, o que essa experiência em particular, a que nunca esqueci porque, de fato, ela realmente me abalou, o que ela demonstrou é que até mesmo o mais altruísta ou abnegado amor tem seus limites. Implica que há um ponto em que todo mundo se coloca em primeiro lugar.

Jas também olha para os fundos do restaurante. Creio que nós dois estamos nos perguntando por que Guy está demorando tanto. Jas fala suavemente e devagar, sem olhar para mim.

– Foi uma verdadeira experiência, essa em que estou pensando. Alguns cientistas pegaram um chimpanzé fêmea, juntamente com seu bebê recém-nascido, e colocaram ambos em uma gaiola especialmente preparada. O piso da gaiola era de metal e tinha filamentos. Gradualmente, eles giravam um botão e o chão da gaiola ficava cada vez mais quente. Em um primeiro momento, o chimpanzé e o bebê saltaram um pouco de um pé para o outro, depois, é claro, após um curto período de tempo, o bebê chimpanzé pula para os braços da mãe, para se proteger do chão quente, e por um pouco mais de tempo, a mãe chimpanzé continua saltando pela gaiola, tentando se livrar do chão quente, tentando escalar as barras que não podiam ser escaladas. Finalmente, e fizeram isso várias vezes, eles constataram que era sempre verdadeiro: toda mãe chimpanzé faz a mesma coisa.

Ele olha para mim e, de repente, eu desejei que ele não o fizesse.

– Por fim, a mãe chimpanzé coloca o bebê no piso de metal quente e fica em pé em cima dele.

– A marinara? – A garçonete surgiu diante de nossa pequena mesa, duas pizzas na mão e uma terceira precariamente equilibrada no antebraço. Ela as coloca na mesa, uma por uma. Olho para a minha escolha, cujo nome já esqueci. Tem um ovo solidificado no meio, cercado por um enrolado disforme de folhas de espinafre e pequenos pedaços de queijo branco, que sei que farão meus dentes rangerem quando mastigá-los.

A detenção foi difícil, as audiências foram difíceis; as intermináveis legalidades, reuniões e discussões que se seguiram ao longo dos meses em que eu estava em liberdade sob fiança foram difíceis também – mas nada foi tão difícil quanto a visita de minha filha naquele fim de semana.

Carrie: como descrevê-la? Seus cabelos castanhos, lisos, cortados bem curtos, a caligrafia imaculada – ela foi o tipo de criança que esvaziava as aparas do seu apontador de lápis. Herdou isso de Guy. De mim, ela herdou a compleição física baixa, quadrada e os olhos grandes. Ela me espantava, quando pequena e agora. O que aconteceu com o bater de portas, a gritaria, a irracionalidade de adolescente e o revirar de olhos? Foi somente mais tarde, quando erguemos nossas cabeças da enorme onda devastadora que foi a doença de Adam, que percebemos – ela sempre teve que ser a filha boa.

Assim, minha filha vem nos visitar no fim de semana depois de eu ter sido presa e libertada sob fiança, e ela e eu acabamos assistindo à televisão juntas e discutindo até onde as apresentadoras de televisão têm a aparência moldada e esculpida. Ela fica lá sentada, no sofá perpendicular ao meu, as pernas enfiadas embaixo do corpo, aprumada e cautelosa como um gato. Acho que nunca vi minha filha numa atitude preguiçosa ou desleixada.

Durante a previsão meteorológica, reúno coragem e digo:

– Seu pai lhe falou sobre o que está acontecendo.

Guy não está na sala porque gasta todo seu tempo atendendo chamadas telefônicas e respondendo e-mails de amigos e parentes. Eu não estou autorizada a falar sobre o caso com quem quer que seja, naturalmente. Guy se tornou a parede entre mim e o mundo exterior.

Carrie está segurando uma caneca de chá-verde, uma grande caneca de formato tradicional, de uma lanchonete popular americana, mas enorme. Ela a comprou como presente para mim em uma famosa delicatessen, quando ela e Sathnam foram a Nova York, mas nunca a uso – é muito volumosa para mim. Eu a guardo para ela quando vem nos visitar. Minha filha toma um gole e, em seguida, me fita com seus olhos grandes, enquanto abaixa a caneca e diz:

– Sim, ele me contou.

Então, ela desvia seu olhar do meu, lentamente, com todos os cuidados que usaria para retirar o gesso do braço de um paciente. Ela volta a olhar para a televisão, levanta a caneca mais uma vez.

Todas as mães se sentem julgadas por suas filhas: é inevitável. Quando elas estão entrando na maturidade sexual, emergindo da crisálida da infância, estamos na outra extremidade do ciclo reprodutivo, murchando e ressecando. Qual adolescente ia querer se transformar em sua mãe de meia-idade? Tudo o que fazemos ou dizemos, todo vestido ou esmalte que usamos são abomináveis para elas. Somos o que elas se tornarão quando tudo tiver acabado.

Tenho tido muitas falhas como mãe – mas a meu favor eu gostaria de salientar que a única discussão que nunca tive com minha filha é a que diz: *Você faz alguma ideia do quanto foi difícil para a minha geração? Você faz alguma ideia do quanto éramos ridicularizadas e prejudicadas só por pensar que pudéssemos entrar no mundo da ciência?* Nunca disse isso à minha linda, bem-sucedida filha. Nunca presumi conhecer sua vida interior, nem a acusei de tomar como certas as liberdades que ela tem. Eu a amo muito e tenho muito orgulho dela. Sei que ela me ama também, mas existe algo em relação à emoção familiar que ela não consegue suportar, depois de tudo o que passamos por causa de Adam. Levanto as pernas e as descanso sobre uma banqueta à minha frente. A perna de minha calça desliza para cima e a vejo lançar um olhar de relance para o aparelho eletrônico no meu tornozelo, uma espécie de tornozeleira de plástico duro a que eu nunca vou me acostumar. Ela desvia rapidamente o olhar.

Mais tarde, Guy diz que ela e Sathnam estavam pensando em se casar no próximo verão, mas por causa da nossa crise puseram seus planos em compasso de espera, mas, quando eu lhe peço prova disso, ele muda de assunto e vou me trancar no banheiro, escovar os dentes furiosamente, olhar com raiva meu reflexo no espelho e cuspir na pia. Decidimos que não vamos convidar Sathnam e ela para o Natal, como geralmente fazemos – também não vamos receber amigos, talvez apenas Susannah, que tem telefonado duas vezes por dia, mas até mesmo ela... talvez até mesmo a ela digamos: *Preferimos que seja uma data tranquila este ano, apenas nós dois, é difícil.*

No Ano-Novo, recebemos a notícia de que a data do julgamento está marcada para março. Em seguida, há o inevitável atraso e outra data é definida, desta vez em junho. Quatro semanas antes do julgamento, Guy providencia para que eu tenha três sessões com um advogado, a fim de preparar-me para o que possa enfrentar no tribunal – não é o meu advogado de defesa, Robert, mas alguém especializado em preparar testemunhas. Ele também trabalha muito com a polícia e com funcionários da administração pública, segundo nos dizem. Estou sentada na bancada da janela projetada para fora em minha sala de estar quando ele chega. Tenho passado muito tempo sentada nesta bancada ultimamente. Eu a enchi de almofadas. Como quase não saí de casa durante meses a fio, ficar olhando pela janela é uma atividade importante para mim.

O advogado passa zumbindo em seu carro. Imagino que seja ele porque o carro é um elegante conversível preto, a carroceria lustrosa, a capota flexível e fosca. Não sei a marca; não sou boa com carros. O automóvel está indo rápido demais para eu ver quem está dirigindo, mas não tenho qualquer dúvida. Tem que ser ele. Ele deve ter ido dar a volta no quarteirão porque alguns minutos mais tarde, ele volta da mesma direção de onde veio pela primeira vez, porém mais devagar, como se estivesse estudando o terreno. Ele para junto ao meio-fio, estaciona, e de meu posto de observação privilegiado posso vê-lo inclinar-se para o lado, abrir o porta-luvas e tirar dali uma pequena bolsa escura. Inclino-me ligeiramente para trás, contra o batente da janela, de modo que ele não me veja se olhar na direção da casa. Da pequena bolsa, ele retira um espelho compacto, um bem antiquado, do tipo que minha tia usava, com uma tampa dourada. Verifica a aparência, alisa os cabelos.

Esta primeira sessão terá lugar em minha própria casa, segundo me informaram; as duas seguintes em sua sala de reuniões. Ele não disse, mas imagino que queria me ver em meu habitat natural. Será nas próximas duas sessões que ele será ríspido e duro comigo, pondo-me à prova, tentando me preparar para a intimidação.

Fico parada na sala de estar por alguns instantes, até ouvir a campainha, então, me dirijo ao hall. Guy surge da cozinha ao mesmo tempo e, ao fazê-lo, me lança um olhar firme, como se dissesse "estamos pagando uma nota por isso". Ele conhece a minha tendência de me tornar competitiva com profissionais de outras áreas, comportar-me como se pensasse, eu poderia ter feito seu trabalho se tivesse querido; apenas escolhi o meu. Devolvo o olhar. *Eu sei, eu sei.*

O advogado é jovem, de cabelos escuros e escorridos, óculos. Ele já tem seu sorriso inteiramente pronto quando abrimos a porta.

Sentamo-nos à mesa da cozinha, o advogado e eu, enquanto meu marido ferve água e enche a cafeteira. Tento não pensar que estou prestes a beber o que é, sem dúvida, a mais cara xícara de café da minha vida.

O advogado continua sorridente enquanto mexe o açúcar que adicionou ao seu café com nossas finas colherinhas de prata, em seguida ergue os olhos da xícara e me diz, negligentemente:

– E então, Yvonne, você é culpada?

Não gosto que ele tenha começado com um artifício, tentando me pregar uma peça, mas prometi ao meu marido que vou colaborar. Olho diretamente para ele e digo com uma voz ao mesmo tempo suave e firme:

– Não, Laurence, não sou.

Laurence, o advogado, sorri para mim, olha para o meu marido, volta a olhar para mim e diz:

– Bom, é um bom começo, não é?

Ele bate a colherinha na borda da xícara, coloca-a no pires.

– Quero isso no tribunal. Firme, mas educada, e sem o menor sinal de dúvida, está bem? Esse é realmente um bom começo.

Falamos em termos gerais sobre procedimentos do tribunal e ele nos dá algumas estatísticas deprimentes. Uma pesquisa feita em Harvard mostra que recebemos mensagens sobre outras pessoas de diferentes formas. Fizeram gráficos em formato de pizza. Quando você fala com alguém, recebe mensagens dele na seguinte proporção: 60 por cento pela maneira como olha, 30 por cento pelo modo como soa e somente 10 por cento pelo que realmente diz. Como cientista, sou cética a respeito de estatísticas, e uma parte pequena, fragmentada, de mim pensa em você e quer dizer: *Mas e quanto à maneira como uma pessoa sente e quanto ao cheiro que tem?* Só me permito pensar isso muito rapidamente. Não posso me dar ao luxo de pensar em você. Enquanto estou tomando meu café da máquina de expresso – meu sabor favorito, Guatemala – na minha cozinha, sentada à minha própria mesa com meu marido e um simpático advogado, você está em uma cela em Pentonville. Permito-me uma breve imagem de você com as roupas de prisioneiro, deitado de costas sobre um colchão fino, as mãos atrás da cabeça, fitando o teto.

– O que ela deve vestir para o tribunal?

Meu marido vai direto ao assunto. Ele sabe que não estamos pagando quatrocentas libras por hora a este rapaz esperto e inexperiente para tomar nosso café e bajular o meu sarcasmo.

– Formal, mas não muito sério e profissional – Laurence responde. – Queremos que o júri veja seu lado feminino.

– *Oh, meu Deus...* – sussurro bem baixinho. Se ele ouve, não mostra nenhum sinal. Guy me lança outro olhar.

– Uma blusa com um pouco de enfeites, digamos? – Laurence sorri para mim novamente, sempre exibindo todos os dentes.

Ninguém aconselhará *você* a usar uma blusa com enfeites, amor. Qual é o equivalente masculino? Talvez não haja nada equivalente. Talvez haja apenas um réu do sexo masculino.

– Não tenho certeza se o promotor será homem ou mulher – Laurence diz. – Mas se for homem, provavelmente o assistente designado a ele será uma mulher jovem e agradável, e ela será responsável por interrogá-la.

– Por que você diz isso? – Guy pergunta.

Laurence encolhe os ombros.

– Pela mesma razão que no tribunal sempre usam advogadas de defesa em casos de estupro. Assim, o júri pensa, bem, se essa bonita e jovem mulher está defendendo o sujeito no banco dos réus, então ele não pode ser tão mau assim, caso contrário ela não estaria fazendo isso. – Ele toma um gole de café. – É uma estratégia extremamente bem-sucedida, devo dizer.

Não consigo disfarçar o tom gélido em minha voz.

– E se você sabe disso e todos na corte sabem disso, então presumivelmente as jovens e belas advogadas também sabem disso quando são designadas para defender casos de estupro?

— Tomo meu próprio gole de café. — Isso não incomoda ninguém?

Laurence estende um sorriso contrafeito sobre sua fileira de dentes — ele não está ali para se desentender comigo. Ele fala com cuidado.

— Bem, até mesmo estupradores têm direito à defesa...
— Mesmo que isso dependa...

Guy me interrompe.

— Então, é mais provável que o júri pense que Yvonne é culpada se ela for interrogada por uma mulher?
— Sim.

Deixo escapar uma exalação curta e desvio o olhar para um lado. Meu marido e Laurence se calam, e sei que ambos estão olhando para mim. Por que me enviaram este garoto? Mais tarde, serei severamente repreendida, ele *é o mais brilhante advogado de sua turma, afiado como uma navalha.*

Após alguns instantes, o mais brilhante advogado de sua turma diz:

— Vamos fazer uma pausa? Tenho certeza de que isso não é fácil.
— Não, está tudo bem. — Ergo a cabeça das mãos. — Continuem vocês dois. Volto em cinco minutos.

Eu me levanto da mesa. Laurence alisa os cabelos para trás. Guy me observa sair da sala. Enquanto subo as escadas, agarrando o corrimão de madeira, eu o ouço levantar-se e ir fechar a porta da cozinha. Suas vozes são abafadas, mas imagino que meu marido esteja dizendo algo como: *Ela está sob um enorme estresse no momento.* Laurence balançará a cabeça compreensivamente.

No quarto, vou para a cama e deito-me de costas. Depois de um momento, ponho as mãos atrás da cabeça e fico fitando o teto.

Volto para baixo depois de mais ou menos dez minutos. Guy tem uma expressão sombria quando entro na cozinha. Olho dele para Laurence. O advogado está sentado absolutamente imóvel, olhando para a mesa. Quando me sento novamente, ele ergue os olhos.

– Seu marido, ah, Yvonne, ele me deu mais alguns detalhes.

– Contei a ele um pouco mais sobre o que esse homem fez – Guy diz, sem olhar para mim.

Laurence me olha com simpatia.

– Na verdade, eu não sabia que tinha havido, hã, tal violência e... bem...

– Você pensou que tivesse sido apenas... – Olho intensamente para Laurence e, em seguida, resolvo abandonar a questão. – Em sua opinião, isso torna a minha situação melhor ou pior?

Laurence olha para Guy.

– Só estava explicando a seu marido que, juridicamente falando, isso torna o caso bem pior. Isso lhe dá motivo. Claro, na verdade não explica por que razão seu coacusado se comportou da maneira como fez, uma vez que eram apenas amigos. Vocês não se conheciam há tanto tempo assim, não é?

– Não – respondo. A quantidade de coisas que não faz sentido é tão imensa que o ar se torna denso com elas. As coisas que não foram ditas são como morcegos voando ao redor do aposento; todos nós sabemos disso, mas ninguém vai dizer. Até mesmo Guy, meu próprio marido, não me questionou sobre a natureza da relação entre mim e você. Ele acreditou cegamente na minha palavra.

– E, é claro, é difícil saber como a promotoria vai jogar com isso, nesta fase – Laurence acrescenta. – Poderia explorar duramente a brutalidade do sr. Craddock a fim de aumentar sua motivação, ou poderia alegar que você estava mentindo a respeito de tudo, que você teve sexo consensual com o sr. Craddock e mentiu sobre o assunto a fim de prejudicá-lo.

Olho fixamente para Laurence, sabendo que ele não vai reconhecer a perigosa tranquilidade em minha voz.

– Por que eu faria isso?

Laurence encolhe os ombros.

– Quem sabe, você estava irritada com Craddock porque ele não ligou para você depois, ou algo assim. Acontece com bastante frequência.

É a leveza de seu tom de voz que considero tão ofensiva, sua familiaridade com tudo isso, sua generalização fácil e constante do que acontece *nesses casos*. Eu não sou comum, tenho vontade de dizer. Eu sou especial.

Nesse ponto, mesmo este garoto pouco intuitivo reconhece a expressão em meu rosto e tenta recuar um pouco.

– Estou apenas bancando o advogado do diabo, tentando levantar todas as possibilidades. Se vamos prepará-la, então você precisa estar pronta para tudo com que possam atacá-la e esse é um ângulo que eles podem usar. O grande problema no julgamento de casos de violência sexual é que as mulheres nunca parecem revidar, contra-atacar. – Imperdoavelmente, um tom de genuína perplexidade se insinua em sua voz. – Isso realmente torna nosso trabalho mais difícil.

Estou olhando tão ferozmente para Laurence que é apenas pelo canto do olho que vejo Guy se levantar e virar. Então, vejo que ele pegou uma faca do suporte magnético atrás do nosso fogão e agora segura a faca contra a garganta de Laurence. O advogado fica paralisado, com o queixo inclinado para cima. Ele mantém as duas mãos ligeiramente erguidas da mesa. Seus olhos se arregalam – suplicantes – para mim. Olho para Guy em estado de choque, mas não digo nada.

A voz de Guy é muito calma.

– O que está pensando agora, sr. Walton? – ele indaga.

Há um silêncio. Laurence claramente decidiu que seria uma boa ideia não responder.

– Devo lhe dizer o que está pensando? – Guy fala de modo solícito. – Gostaria de saber o que está acontecendo, neste momento, dentro de sua cabeça, quero dizer, biologicamente? – Laurence permanece em silêncio, completamente paralisado. Ele nem sequer engole em seco. Guy continua. – Eis como seu cérebro funciona em uma situação de ameaça. Vou lhe dar a versão simplificada. Em seus lobos temporais mediais, você possui um grupo de núcleos conhecidos coletivamente como amígdala. Faz parte do sistema límbico, mas não vamos nos preocupar com isso agora. Em uma situação de ameaça, a amígdala tem por função dizer-lhe, com a maior brevidade possível, para agir de forma a garantir somente uma única coisa: sua sobrevivência. Naturalmente, você também tem um córtex, que controla a lógica, mas que não funciona tão rápido quanto a amígdala, como você está descobrindo agora. Deixe-me explicar. – Guy não faz nem uma pausa para recuperar o fôlego. É como ele leciona, e eu já vi, ponto por ponto, sem interrupção. – A parte lógica de sua cabeça sabe que não há a mais remota possibilidade de que eu esteja prestes a cortar sua garganta – ele continua. – A:

muitas pessoas sabem onde você está. B: estamos na minha casa e haveria sangue por toda a parte. C: como Yvonne e eu iríamos eliminar o seu corpo? D: ela já não tem problemas suficientes? A parte lógica do seu cérebro sabe que só estou fazendo isso para provar um ponto de vista. Mas sua amígdala, a parte instintiva de você, está dizendo, na realidade, está gritando: fique paralisado, só por precaução faça o que manda seu instinto para salvar sua pele. Como eu disse, a amígdala funciona mais rápido do que o córtex, que é a forma como temos evoluído. Em uma situação de ameaça, particularmente uma situação em que somos apanhados de surpresa e não há tempo para avaliar logicamente nossas chances de viver ou morrer, estamos programados para fazer o que for necessário para garantir nossa sobrevivência. Tudo o que queremos é viver, ponto final. Em qualquer situação em que o nível de ameaça é desconhecido, a amígdala falará mais alto do que o córtex. Sempre.

Guy para de falar, mas não se move. Depois de um ou dois instantes, Laurence levanta lentamente uma das mãos e afasta o braço de Guy de sua garganta.

– Acho que já provou seu ponto – ele diz.

Guy devolve a faca ao suporte magnético e se senta. Laurence, o advogado, olha para mim. Eu devolvo o olhar. Macacos me mordam se vou pedir desculpas. Em vez disso, digo, apenas educadamente:

– Você vê, uma coisa é discutir tudo isso profissionalmente, da maneira como você está fazendo. Mas para nós há muita coisa em jogo, toda a nossa vida. – Quando ele não parece aplacado, acrescento: – Tem sido um tempo muito doloroso para nós dois.

Laurence levanta o queixo, como se precisasse esticar seu pescoço ainda intacto.

– Sim, tenho certeza de que sim.

Depois que Laurence vai embora, fecho a porta da frente atrás dele, coloco as travas e a corrente, apesar de ainda ser o início da noite. Afinal, nenhum de nós dois vai sair outra vez esta noite, nem ninguém mais virá nos visitar. Viro-me e vejo que Guy está parado atrás de mim. Nossos olhos se encontram.

– Vamos para cima – ele diz e eu entendo pela suavidade de sua voz e pela expressão de seu rosto que, neste exato instante, ele não aguenta mais. Concordo, balançando a cabeça. Ele se vira, eu o observo subir as escadas à minha frente e sei, pelo caimento de seus ombros, que ele realmente não aguenta mais, não aguenta mais ser o forte, não fazer perguntas e não aguenta mais me dar apoio.

Eu o sigo até o quarto. Ele se senta na borda da cama, de frente para mim, e coloca a cabeça nas mãos. Eu me aproximo dele, ajoelho diante dele no carpete, entre seus joelhos. Retiro suas mãos do rosto, abaixo-as e olho para elas. Seguro suas mãos entre as minhas e, de repente, me ocorre que devo lhe pedir, suplicar-lhe, pela única coisa de que realmente preciso durante tudo o que está prestes a cair sobre nós. Não sei se pedir-lhe isso quando está momentaneamente debilitado é uma boa ou uma péssima ideia, mas sei que devo pedir-lhe agora, porque é muito importante e eu talvez não tenha outra oportunidade. Isso, como se vê depois, é presciente da minha parte. Dentro de duas semanas, a polícia virá para me prender novamente. Vou ser informada de que você tentou enviar um bilhete para mim da prisão – um bilhete aparentemente bastante inócuo, mas o suficiente para contar como um potencial contato entre nós, o que é uma violação das minhas condições de fiança, embora a iniciativa não tenha partido de mim. Uma audiência será realizada, sem o meu conhecimento, e a minha fiança será revogada. Vou passar o restante do tempo de espera e toda a duração do julgamento na prisão de Holloway.

Embora eu esteja olhando para as mãos de Guy, presas nas minhas, sei que ele está olhando para meu rosto. Em todos os nossos anos juntos, nunca lhe pedi nada. Temos discutido, tenho solicitado coisas de vez em quando. Ele poderia passar o aspirador de pó na escada porque eu detesto usar o aspirador de pó; podia ser mais paciente quando está dirigindo, poderia tentar entender que eu fico mal-humorada quando tenho um prazo final a cumprir? Poderia, por favor, por nós dois, terminar o caso com sua jovem amante, de uma vez por todas...? Mas, mesmo assim, nunca supliquei. Nunca tive motivo para suplicar, como estou prestes a fazer agora.

– Guy... – digo. Raramente usamos nossos nomes. Que casal, há muito tempo juntos, o faz? Nomes são para conhecidos ou estranhos, forasteiros, significantes para aqueles que não nos conhecem de outras maneiras mais íntimas que se pode conhecer alguém.

– Há algo que eu tenho que lhe pedir. – O tom da minha voz é simples e claro. Ele não pode ter dúvidas da gravidade do meu pedido.

Ele não diz nem uma palavra.

– Tenho que lhe pedir que, por favor, independentemente de qualquer outra coisa, por favor... – Minha voz não falha, nem treme. Levanto os olhos para seu rosto. Ele está olhando para mim. Ainda seguro suas mãos. – Por favor, mantenha-se afasta-

do, quero dizer, do julgamento, por favor. Não vá ao tribunal.
– Ele me fita sem compreender, então eu acrescento: – Não há nada que você possa fazer.

Com isso, ele liberta suas mãos das minhas com um gesto irritado, levanta-se e passa por mim. Deixo minha cabeça pender, pensando que ele está prestes a sair, talvez deixar a casa, e minha voz falha.

– Por favor, Guy, converse comigo sobre isso, *por favor...*

Ele se dirige à cômoda e apoia as mãos sobre ela, abaixando a cabeça.

– Eu não ia sair do quarto. Não lhe dou as costas quando você está em dificuldades, sabe?

Continuo ajoelhada junto à cama sem responder.

Finalmente, ele diz:

– Jas disse que é importante que eu esteja na galeria. Vai mostrar a todos que estou ao seu lado. O júri notará. *O marido a está apoiando.*

– Eu sei – digo. – Sei que foi isso o que Jas disse e talvez seja verdade. – Respiro fundo. – Mas não consigo fazer isso, se você estiver sentado lá, ouvindo. As coisas que vou ter que dizer, as coisas que vão dizer sobre mim, sobre o que aconteceu. – Minha voz é quase um sussurro. – Como vou suportar isso? Como você vai suportar? Isso vai acabar conosco.

Não posso correr o risco de Guy se sentir exposto e humilhado. Se dependesse de mim, eu o enviaria para a América do Sul pelas próximas semanas. Todas as pessoas que amo, quero que elas fiquem longe de tudo isso.

Ele não responde, então eu digo:

– Não consigo falar sobre isso no tribunal, se eu achar que... Não consigo...

– Você também não conseguiu falar sobre isso em casa.
– Não.
Ele se vira então, o rosto franco, os olhos grandes e magoados.
– Por que você não me disse?! – Ele se agita num movimento irrequieto, dando alguns passos à frente e, em seguida, voltando outra vez. – Em vez disso, você recorre a um completo estranho, um homem que mal conhece, somente porque ele trabalha em segurança, um homem que você conhece tão mal que ele vai e faz isso, e agora você está envolvida, vai a julgamento com ele. Vai sentar-se em um... em um... – sua voz falha de frustração – *banco dos réus* com ele? Você correu esse risco, em vez de vir falar *comigo*?
– Eu não sabia que ele ia matá-lo. Não tinha a menor ideia.
– Isso não explica por que você recorreu a ele e não a mim.

E ocorre-me agora que a verdade é ainda pior do que a mentira que eu não posso contar. Tenho dito a mim mesma que não contei a Guy a respeito de Craddock porque eu estava tendo um caso, mas agora sei que eu não teria contado a Guy, de qualquer modo. Não teria lhe contado porque tinha vergonha e não teria lhe contado porque havia muita coisa em jogo, nosso lar, nossa felicidade, nossos filhos. Pior do que tudo – e esta é a verdade real –, sabia que meu afeto por Guy poderia não sobreviver a uma reação insensível. Se ele tivesse dito, por exemplo: "Por que você subiu ao escritório dele?", eu jamais o perdoaria. Isso teria acabado conosco, não imediatamente, mas dois, três, quatro anos mais tarde. Isso teria nos corroído irremediavelmente.

Tenho que dizer alguma coisa, assim dou a meu marido uma razão parcial por não ter confiado nele, uma razão verdadeira, mas que não é mais do que uma pequena porcentagem da verdade.

– Eu não queria que isso... – não consigo pensar em nenhuma outra palavra – o manchasse.

– *Manchar?* – Ele se vira, a voz incrédula.

– Eu sei, eu só... – Viro-me parcialmente para fitá-lo. Levanto as mãos num gesto impotente e as deixo cair no colo. – Eu só queria manter isso longe de você, só isso, longe de nossa casa, longe de nossos filhos...

Ele faz um muxoxo de desdém, apenas parcialmente convencido.

– Quero que você vá para longe, para o estrangeiro, até o julgamento terminar. Vou dizer o mesmo a Carrie no fim de semana, ela pode falar com Adam, será melhor se partir dela. Talvez mesmo umas férias, talvez...

– Eu não vou sair do país.

– Bem, talvez para eles, pelo menos, se eles concordarem em ir. Talvez Sath e Carrie levem Adam daqui, mas seria melhor se fossem vocês quatro. Só quero que todos vocês fiquem longe, isso é tão difícil de entender?

Ele me olha. Sua voz é mais suave.

– Mesmo que isso signifique que é mais provável que você seja condenada?

Devolvo o olhar e minha voz também é suave.

– Não vou ser condenada. Eu sou inocente.

16

E, assim, começa. Começa em uma segunda-feira de manhã, e, quando eu me sento na parte de trás da van que me leva da prisão de Holloway para o Old Bailey, conforme ela resmunga e sacode, para e balança, pelas ruas de Londres na hora do rush, o que eu sinto, principalmente, é uma percepção aguda da normalidade de tudo – para todas as pessoas à minha volta, quero dizer. Para as pessoas que lidam comigo, é apenas o início de outra semana de trabalho.

Dois guardas penitenciários de Holloway, um homem e uma mulher, vieram juntos na viagem, mas não há outros presos indo para o Tribunal Penal Central nesta manhã, de modo que tenho o banco ao longo de um lado da van só para mim. O interior da van cheira a desinfetante, aquele tipo forte e penetrante usado em lavatórios públicos, com uma camada espessa e adocicada de baunilha por cima, um cheiro tão forte que me dá náuseas. O motorista da van freia bruscamente a cada sinal vermelho ou cruzamento, e arranca com força quando partimos. Começo a suar – viajar de lado não ajuda. Mais ou menos na metade do trajeto, um dos guardas no banco a minha frente nota minha respiração difícil e, sem dizer nada, usa o pé para empurrar um balde plástico pelo chão da van em minha direção. Viro a cabeça.

As janelas altas da van admitem pouca luz, mas, conforme atravessamos as ruas de Londres, vislumbro partes do céu através do vidro espelhado. Uma garoa fina escorre por uma das vidraças. Fora dessa van, funcionários de escritório devem estar andando depressa, de um lado para outro; alguns com verdadeira pressa, outros apressados por hábito. Alguém pisará em uma poça e praguejará. Outra pessoa fará uma pausa para comprar café, agarrando o copo de isopor ao se afastar em grandes passadas. Ainda uma outra, ou a mesma pessoa, vai sair da calçada para a rua e será acordada pelo estrondo furioso, embora indiferente, da buzina de um táxi. A irritação da ida para o trabalho em uma segunda-feira de manhã nunca me pareceu mais sedutora. Será que alguma dessas pessoas sequer lançará um olhar para esta van conforme ela passa na rua, se perguntando quem ela pode estar levando?

Por fim, a van desce uma rampa. Entramos em um lugar escuro, paramos. No banco, onde estou sentada, sou algemada antes de poder me levantar e descer os degraus abaixados da traseira da van, um dos guardas à minha frente e o outro atrás. À medida que meus olhos se adaptam, vejo que estacionamos em uma pequena área cavernosa, sobre um círculo giratório de metal. Sou levada para as entranhas do edifício.

Qualquer que seja a grandiosidade que o Tribunal Penal Central do Old Bailey possa ter, ela não se estende à área onde os prisioneiros são mantidos. Há um balcão de recepção, semelhante aos existentes nas delegacias de polícia, onde me dão uma espécie de babador de plástico laranja com um número. Devo usar o plástico laranja o tempo todo, exceto quando subir ao tribunal, de modo que qualquer guarda que esteja de serviço possa ver num relance a qual tribunal deverei ser levada. Conforme o passo pela cabeça, reflito que não uso algo assim desde a escola primária. O guarda atrás do balcão é um homem negro, mais velho, de cabelos brancos e óculos grossos apoiados bem na ponta do nariz. Ele conversa comigo enquanto escreve em sua prancheta, seu modo é caloroso e acolhedor. Ele está acostumado a lidar com pessoas angustiadas e aflitas.

– Faremos seu exame em um minuto, querida... – diz ele.

Sorrio ao ser chamada de querida. Ele me chamará de querida todos os dias pelas próximas três semanas.

– Bem, muita gente consegue ocultar tabaco mesmo durante a revista, mas tenho que lhe dizer que, se houver qualquer resquício de tabaco, vou sentir o cheiro imediatamente e é estritamente proibido fumar aqui embaixo, está bem?

– Eu não fumo – falo.

– Ótimo – ele responde, com um sorriso aprovador, olhando por cima dos óculos, como um diretor de escola. Ele me lança um olhar fingidamente severo.

– Faz muito mal a você.

– Você fica aqui o tempo todo? – pergunto. O que eu quero dizer é você vai tomar conta de mim? Posso confiar em você?

Ele balança a cabeça.

– O tempo todo, das sete da manhã até às oito da noite, eu estou aqui. Antes de todos vocês começarem a chegar e fico aqui até o último ir embora.

Quando as formalidades da minha admissão são concluídas, sou levada por um corredor de teto baixo. É pintado em um tom creme-amarelado, como um pudim de ovos, a textura áspera do tijolo visível por baixo da emulsão. Uma placa diz: *Esta é uma área VERMELHA*, com a palavra VERMELHA em um círculo vermelho. Outra placa diz: *Você está agora na detenção de Serco...* Não tenho tempo para ler tudo, conforme passamos, mas noto a frase no final: *Todos os atos criminosos serão reportados à polícia*. Aquilo me parece um pouco cômico, mas o toque de divertimento que sinto tem um quê de histeria.

– Está quente aqui embaixo – falo a um dos guardas penitenciários, a mulher que me acompanha pelo corredor. Posso sentir minha respiração começar a acelerar. Nenhuma luz natural, paredes estreitas, teto baixo; como eles trabalham aqui, dia após dia?

A mulher é branca, de quadris largos, na casa dos cinquenta anos. Ela caminha com uma oscilação lenta, a respiração ruidosa. Enfisema, penso.

– Você devia ver quando está realmente quente – ela retruca, respirando pela boca. Ela para diante da porta aberta de uma cela.

– Temos réus andando sem roupas por aqui. Você não vai querer entrar no tribunal toda suada, não é mesmo?

Ao contrário do homem na recepção, esta agente não sente pena de nós, suponho.

Quando entro na cela, sinto um aperto no coração. É um caixote sem janelas, minúsculo, sem ar. As paredes são pintadas de amarelo e o piso de azul, numa tentativa de alegrar o ambiente, mas é completamente vazia, a não ser pelo banco de concreto ao fundo, com ripas de madeira na parte superior. Estou no subsolo, sem luz natural nem ventilação, usando um babador de plástico, em uma área que se tornará sufocantemente quente.

A porta bate, fechando-se atrás de mim. Sento-me no banco de madeira com os dedos dos pés virados para dentro, as mãos plantadas nos joelhos, inspirando pelas narinas e expirando pela boca, tentando manter a calma.

Meu advogado no julgamento, Robert, vem me ver mais tarde. Estou esperando há menos de uma hora, mas parecem dias. *Preciso me controlar*, repito a mim mesma inúmeras vezes. *Vou ficar aqui sentada, dia após dia, cada intervalo para almoço, toda manhã e toda tarde, cada vez que houver um atraso. Isso é muito pior do que a prisão. Preciso ser capaz de fazer isso. Eu não consigo fazer isso. Não consigo.*

É a mesma guarda insensível que vem me buscar. Ela me leva para uma sala de reunião idêntica à cela que acabo de deixar. Há uma mesa firmemente presa a uma estrutura de metal e cadeiras que fazem parte da mesma estrutura. Isso, imagino, é para evitar que os presos levantem as cadeiras e as atirem contra as paredes ou as quebrem na cabeça de seu advogado.

Robert já está vestido com sua toga e peruca. Quando ele se senta desconfortavelmente na cadeira de metal aferrolhada, a vestimenta desliza de um de seus ombros. E continua lá pelo resto de nossa conversa; tenho que resistir a um desejo maternal de estender a mão e puxá-la para cima. Mais tarde, quando ele está em pé no tribunal, percebo que ele permite que sua toga escorregue do ombro com bastante frequência. Passo a considerar isso como afetação de sua parte, uma tentativa semiconsciente de parecer desalinhado de uma maneira afável, cativante. *Não subestime Robert,* Jaspreet me disse. *Ele pode parecer um pouco desorganizado, mas é uma manobra. Ele é muito sagaz.*

Ele tem um arquivo enorme, que deixa cair na mesa entre nós dois.

– Algumas más notícias hoje de manhã – ele começa, e eu olho para ele. – Estão preparando acesso para a cadeira de rodas do pai. – Ele explica que o pai de George Craddock estará presente durante todo o julgamento, acompanhado de sua agente de família – são permitidos até quatro membros próximos da família da vítima no tribunal. O único que vem para a "nossa vítima", como Robert o denomina, é seu pai, que está nos estágios iniciais de esclerose múltipla. Robert continua, dizendo que não acredita que o homem esteja preso à cadeira de rodas o tempo todo, mas acha que a agente de família insinuou que, tê-lo sentado em uma cadeira de rodas no canto do tribunal durante todo o julgamento, em plena vista do júri, irá reforçar as chances de uma condenação.

– Por outro lado – explica –, é o tipo de coisa que você pode trazer à baila no recurso de apelação, elementos do julgamento que você sinta que possam ter sido prejudiciais. Sempre há um lado positivo para cada problema.

Gosto muito de Robert, com base em nosso breve conhecimento, por isso fico um pouco surpresa com o cinismo da conversa, mas me vejo também balançando a cabeça. *Nós ainda nem começamos e eu já estou pensando como eles.* Ocorre-me um outro pensamento, embora eu tente suprimi-lo assim que ele se apresenta: ainda nem começamos e ele já se referiu a bases para apelação.

Ele começa me mostrando a programação provável do dia, a tomada de posse do júri, a declaração de abertura do ministério público. Ele não acredita que haverá pausas para argumentos jurídicos no primeiro dia, mas logo eles surgirão e, para eles, o júri terá que se retirar e tudo ficará muito mais lento. Ele espera que eu entenda por que razão tudo isso será necessário. Durante esta conversa, permaneço tão calma e lógica quanto sempre tenho sido, mas a minha claustrofobia não diminui. Tire-me daqui, quero dizer a ele, *por favor*.

Quando nossa entrevista termina, Robert se levanta e pede licença. Tem que sair correndo para sua sala, verificar se sua documentação está em ordem, respirar um pouco, imagino. Ele aperta minha mão antes de ir, colocando a outra mão tranquilizadoramente sobre a minha e olhando dentro dos meus olhos. Ele tem grossas sobrancelhas brancas sobre um olhar surpreendentemente azul-claro. Sinto-me um pouco lacrimejante e tenho que lhe dar um sorriso confiante e luminoso como forma de disfarce. Ele vai embora; a guarda vem; sou levada de volta para minha cela.

Então, depois de outra espera que parece se estender por dias, chega o momento em que a porta da cela se abre e não é mais a mesma guarda de antes, mas dois guardas de réus, que param diante de mim, uma mulher e um homem, ambos em impecáveis camisas brancas. Eles sorriem para mim.

– Muito bem, então, vamos! – A mulher diz.

E eu me pergunto o que aconteceria se me tornasse histérica, me recusasse a deixar a cela. E se eu me jogasse no chão, a boca espumando, gritando? O sorriso do homem é decidido e sombrio. Ele me olha como se avaliasse – rapidamente e sem emoção – se vou ou não causar-lhes quaisquer problemas. Retornamos por um breve instante à recepção, onde retiro meu babador de plástico. Ele é colocado de volta em um escaninho identificado com o número certo, atrás do balcão, como os antigos escaninhos onde os hotéis guardavam as chaves dos quartos.

Os guardas assumem seus lugares, um à minha frente, outro atrás, e retornamos alguns passos pelo corredor estreito, cor de creme de ovos. Eles param diante de uma porta bem em frente à minha cela e a abrem, revelando um curto lance de escadas de concreto. Somente quando chegamos ao topo da escada e o guarda que vai na frente abre outra porta é que percebo, com um sobressalto de choque, que estamos prestes a entrar no tribunal. Tinha imaginado uma espécie de caminho de transição, corredores intermináveis para percorrer, uma oportunidade para me recompor, mas não, o tribunal e o banco dos réus que me aguardam ficam bem acima da minha cela, a apenas um curto lance de degraus de concreto.

Quando atravesso a porta, vejo a sala do tribunal, um recinto de paredes forradas com painéis de madeira, teto muito alto, profusamente iluminado e cheio de gente. Robert e sua assistente já assumiram seus lugares – ambos se viram e me cumprimentam com um sinal da cabeça. A assistente é uma mulher jovem chamada Claire, de quem ouvi falar, mas que não conhecia. Ela tem um amplo sorriso e uma grande quantidade de sardas. As equipes de defesa estão agrupadas, conversando em voz baixa. Há dois advogados da promotoria sentados na fileira de bancos atrás dos advogados que atuam no julgamento e, na fileira atrás deles, o inspetor Cleveland. A atmosfera é a de uma pequena estação ferroviária, cheia de conversas, agitação e expectativa, incandescente com uma luz amarela implacável. Os guardas e eu entramos diretamente no espaço do banco dos réus, que é cercado por altos painéis de vidro à prova de bala e conta com uma longa fileira de assentos dobráveis, com capas de tecido verde.

Mais tarde, há muitas coisas que observo sobre a geografia das celas e da sala do tribunal. Sempre me surpreende constatar o quanto as celas ficam perto do tribunal – em várias ocasiões durante o meu julgamento, os gritos de outros presos no andar de baixo são claramente audíveis no Tribunal Número Oito. A porta por onde o juiz irá entrar e sair fica do mesmo lado da nossa porta, em frente ao tribunal, e concluo que as dependências dos juízes – imagino tapetes macios, grandes escrivaninhas de carvalho, baldes de gelo de prata com monogramas – ficam diretamente acima de nossas celas; o mundo de perucas diretamente acima do submundo úmido ao qual agora pertenço. Enquanto os juízes almoçam juntos em uma grande mesa oval, penso, servidos pelos funcionários da corte (todos homens), como a minha refeição de avião em uma caixa de concreto diretamente abaixo deles.

Somente penso tudo isso mais tarde, bem mais tarde, no julgamento, quando há tempo de sobra para reflexão durante os muitos atrasos burocráticos e legais que, venho a constatar, fazem parte do processo. Mas, quando sento no banco dos réus pela primeira vez, não há tempo para estes pensamentos, pois, embora a luz e a agitação das pessoas sejam o que chama a minha atenção em primeiro lugar, vejo imediatamente que, já sentado entre seus próprios dois guardas, está você.

Querido, penso. *Como você está mudado*. Embora só me permita olhar para você muito rapidamente, registro tudo sobre você, e apesar de nossa terrível situação, isso parte meu coração. Você encolheu – encolheu fisicamente em todas as direções. Embora eu esteja de pé e você, sentado, é assim que me parece. Como o fato de estar em prisão preventiva o tornou menor? O paletó de seu terno – o mesmo terno cinza elegante que afaguei na Capela da Cripta sob o Palácio de Westminster – parece cair de seus ombros. Suas faces estão encovadas – embora esteja bem barbeado para o tribunal, há uma nuance acinzentada em sua pele, como se ficasse melhor de barba. Seus cabelos estão cuidadosamente penteados, um pouco grudados à cabeça, e percebo que estão rareando no topo. Já estariam rareando e eu só percebo agora porque você parece tão vulnerável? Seus olhos grandes e escuros, os olhos que me fitaram nos primeiros dias de nosso caso, esses olhos agora têm um ar vago, como se você olhasse para mim e não estivesse me vendo. Nossos olhos se encontram por um momento, mas não há nada ali.

Eu me sento no banco dos réus, um dos seus guardas e um dos meus entre nós. Deve ser uma encenação, penso. Ele sabe que não pode haver nenhuma conexão visível entre nós; isso prejudicaria ambos. Mas o vazio em seu olhar é terrível. Onde você está?

Você foi mantido nas celas Categoria A, uma área diferente da minha. Eles o trouxeram primeiro. Seu nome vem em primeiro lugar na acusação, de modo que você vai fazer tudo primeiro durante o nosso julgamento. Mesmo agora que estou sentada, não consigo resistir a tentar olhar além dos guardas para avistá-lo outra vez. Na última vez que o vi, você estava sentado no banco do passageiro do meu carro quando paramos na estação South Harrow do metrô. Eu daria tudo apenas por uma meia hora sozinha com você, antes de tudo isso começar, não para falar sobre qualquer coisa relacionada a nossas defesas separadas, apenas para poder olhar em seus olhos, tocar seu rosto.

Esse terno – o mesmo terno cinza-escuro, caro e elegante, que você usava naquele dia nas Casas do Parlamento, quando me levou para baixo, para a Capela da Cripta. Você se ajoelhou a meus pés depois, enquanto calçava e fechava o zíper da minha bota. Estou de volta àquele lugar por um momento e penso em como aquilo que fizemos juntos pareceria sórdido se fosse relatado a este tribunal. No entanto, foi tão inocente. Não magoamos ninguém com aquele ato.

De qualquer modo, penso, graças a Deus, nada disso virá à tona neste julgamento. A vergonha que sinto não é pelo ato em si, mas pela maneira como seria apresentado no contexto da acusação agora lançada sobre nós, a forma como seria usado para nos denegrir e arruinar. Como a acusação adoraria essa informação – mas eles não a têm. Sei disso, por causa da lei de divulgação. Você também terá visto os documentos da divulgação, aqueles em que o caso contra nós é descrito. Pergunto-me se seria este o motivo por que você está usando aquele terno cinza no primeiro dia do nosso julgamento. Imagino se você estará sinalizando para mim a nossa vitória a esse respeito. Ninguém sabe sobre nós e ninguém saberá. Tudo o que temos que fazer é manter o autocontrole.

Olho para os advogados que atuarão no caso para me distrair de você, e é quando acontece uma confusão momentânea de minha parte, cujo significado somente mais tarde se tornará claro para mim. Vejo a advogada de acusação e ela é exatamente como fui avisada que ela poderia ser, uma mulher jovem, de trinta e poucos anos, pequena e imaculada, cabelos castanho-avermelhados, olhar glacial. Mas ela está sentada no lugar errado, penso, franzindo ligeiramente o cenho para mim mesma. O layout do tribunal me foi explicado. Por que ela está sentada à mesa ao lado da mesa de Robert, à sua direita? Olho todo o tribunal e então compreendo. A advogada de acusação não é a mulher jovem, imaculada. A promotora é uma mulher da minha idade, corpulenta em sua toga preta, de óculos, do tipo matrona. Ela está sentada no lugar certo, no lado esquerdo do tribunal. Seu assistente é um jovem que se balança para trás na cadeira.

A mulher jovem, meticulosa, de franja castanho-avermelhada, não é, como pensei no início, a advogada de acusação. Ela faz parte da defesa – não da minha defesa, é claro. A jovem está representando você.

A porta para a tribuna do juiz se abre e a oficial de diligências entra, uma mulher de cabelos escuros e cacheados, de beca, mas sem peruca. Ela recita sua fala de praxe como uma matraca:

– Todos de pé! Todos os que têm negócios a tratar aqui hoje aproximem-se... – sua voz se torna um murmúrio, erguendo-se novamente no final – ... Deus salve a rainha.

Ela mantém a porta aberta para o juiz e, de repente, todos estão de pé. Os advogados de defesa separam-se e correm para ocupar seus lugares, o jovem assistente de acusação para de inclinar sua cadeira e se levanta com um salto. A guarda à minha esquerda me cutuca com o cotovelo, embora eu já esteja me levantando. Esse ato coletivo de deferência faz mais do que qualquer outra coisa nessa manhã para enfatizar a gravidade da minha posição, para me dizer que sou impotente diante da autoridade, de uma forma que não me acontece desde que eu era criança.

É o meu primeiro vislumbre do juiz. Ele é baixo, com um rosto enrugado, inexpressivo. Ele não apenas caminha para sua cadeira como parece desfilar, com o ar de um homem sobre quem a responsabilidade não pesa muito, um homem gratificado, mas que não se surpreende com o poder que lhe é conferido. Ele se vira e faz um sinal com a cabeça para o tribunal em reconhecimento. Os advogados da defesa e da acusação enfileiram-se diante dele, os outros advogados e os policiais fazem uma reverência e se sentam. Ele olha para o banco dos réus, eu faço um pequeno e desajeitado movimento de flexão e, em seguida, sento-me também.

O painel do júri é chamado. Os jurados entram por uma porta à esquerda e param, aglomerados, sob a galeria do público, que ainda está vazia. Este grupo de homens e mulheres comuns, em seus casacos de passeio, suas bolsas e mochilas, parece deslocado. O escrivão chama os nomes, um por um, e eu observo cada jurado, conforme ele ou ela atravessa o recinto. Todos no tribunal os observam, cada um de nós fazendo seus próprios cálculos quanto à sua eventual disposição. Será que o rapaz careca, de brinco, que fica vermelho enquanto caminha, mas mantém a cabeça erguida parece um osso duro de roer, seja alguém que talvez já tenha, ele próprio, se envolvido em uma ou duas brigas e possa admirar a capacidade de um homem de se defender? Será que a mulher de cabelos grisalhos, que parece uma assistente social, esteja predisposta a uma defesa de responsabilidade diminuída? Aquele homem branco, mais velho, de porte militar, parece alguém que acha que as mulheres são naturalmente insidiosas – mas o contrário poderia ser verdade, obviamente. Ele também pode ser dotado de um anacrônico senso de cavalheirismo que acredita que as mulheres sejam por natureza menos capazes de violência.

Assim que todos os doze jurados estão em seus lugares, há um processo de arrastar de pés e tosses, conforme eles se acomodam. A maioria deles não olha para nós, aparentemente conscientes de que todos os demais no tribunal estão olhando para eles. Todos parecem, para um homem e uma mulher, terrivelmente envergonhados de estar ali.

Em seguida, vem a tomada de posse. É exigido silêncio no tribunal, conforme cada um se levanta e faz o juramento. Todos, exceto cinco deles, juram por Deus Todo-Poderoso. Dos cinco restantes, dois juram por Alá e um outro pelo guru Granth Sahib. Apenas dois fazem o juramento laico.

O juiz faz seu discurso de abertura, sobre como o júri deve chegar à sua conclusão somente com base nas provas que ouvirem no tribunal. Ele se concentra em especial nos males de pesquisar nosso caso na internet. São advertidos quanto ao Facebook, Twitter e todos os outros sites de redes sociais, e o som de tais referências na boca de um homem usando peruca de crina de cavalo parece tão intrinsecamente cômico que um ou dois dos jurados sorriem.

Em seguida, o juiz olha para os papéis diante dele, inclina-se para frente e diz ao escrivão, educadamente:

– Parece que não tenho uma lista...

O funcionário se vira, levanta e aponta para uma folha de papel à esquerda do juiz.

– Está bem ali, meritíssimo.

– Ah, muito obrigado.

A promotora já está de pé, a de aparência matrona, grande e lenta. Mas ela parece séria e de confiança, eu confiaria nela. O juiz lhe dá o sinal para começar. Ela olha para o júri, depois diz educadamente:

– Senhoras e senhores, eu represento a Coroa neste caso... – Sua voz é bastante calma, com um suave sotaque escocês. Seu tom é sombrio, sem nenhuma teatralidade evidente ou justa ira, apenas uma lamentável confirmação da triste necessidade de todos nós estarmos ali.

"Em uma tarde de sábado de outubro do ano passado, um homem preparava uma xícara de chá em sua cozinha." O tribunal fica em silêncio. "Vivendo sozinho, divorciado há alguns anos, ele não tinha muito o que fazer nos fins de semana. Ele havia enchido seu bule de chá e colocava dois biscoitos em um prato, quando o telefone tocou. Era seu pai viúvo, telefonando de West Midlands."

Nesse ponto, a porta da galeria para o público se abre – somente agora o público teve permissão de entrar. Todos erguem os olhos quando o guarda de segurança admite a pequena multidão que entra bem devagar, timidamente. No mesmo instante, vejo Susannah. Ela me dá um sorriso melancólico. Dois rapazes com um homem mais velho entram atrás dela, alunos de direito e seu professor, suponho. Em seguida, cerca de meia dúzia do que presumo que sejam apenas curiosos.

A advogada parou apenas por breves instantes.

– Seu pai chamava-se Raymond – ela continua, e todos nós voltamos nossa atenção para ela outra vez. – Raymond foi um pregador leigo metodista, agora aposentado, e a única pessoa na vida com quem esse homem ainda tinha um contato estreito e afetuoso. O homem atendeu a ligação e perguntou, detalhadamente, como o pai estava passando. Seu pai estava... está... nas fases iniciais da esclerose múltipla, parcialmente incapacitado. Depois de cerca de dez minutos, o homem mencionou que estava preparando um bule de chá e o pai respondeu que ele devia servir antes que o chá se tornasse forte demais ou, para usar suas palavras, "demasiado fervido"...

A promotora faz uma pausa neste ponto, olha para baixo, para suas anotações, pega o copo de água à sua frente e toma um gole pequeno e contido. Em seguida, olha para suas anotações novamente antes de prosseguir, não como se estivesse procurando se lembrar de alguma coisa, mas como se estivesse lembrando ao resto de nós a gravidade da história que ela está contando. Vou observá-la fazer isso muitas vezes durante o julgamento e rapidamente passo a ver tudo como vejo a toga de

Robert escorregar de um ombro, como afetação, um tique físico cuidadosamente cultivado. Ela ergue os olhos novamente.

– O homem encerrou a conversa – ela prossegue – dizendo que tomaria sua xícara de chá e em seguida ligaria para o pai outra vez. O pai respondeu que dali a pouco pretendia ir à loja da esquina e que, se não o encontrasse, tentaria novamente mais tarde. O homem disse ao pai para tomar cuidado, já que ele não tinha muita firmeza nas pernas. Ele estava preocupado que o pai pudesse tropeçar no meio-fio.

Nesse ponto, ela faz outra pausa, porém apenas por um instante. Ela não quer parecer melodramática.

– Foi a última conversa que aquele homem teria com seu pai. Foi, na verdade, a última conversa que aquele homem teria com quem quer que seja. – Uma pequena tosse. – Isto é, qualquer pessoa que não aquela que estava prestes a matá-lo.

Fiquei tão convencida por seu tom de voz, por sua capacidade de narrar histórias, que é somente nesse ponto que me ocorre, e com veemência, que o processo já está em andamento. Não há mais X ou Y, nenhuma mitologia ou mistério pessoal: há somente provas. O julgamento de Regina vs. Mark Liam Costley e Yvonne Carmichael começou.

17

Quando a advogada de acusação, a sra. Price, iniciou sua declaração de abertura, seu tom era baixo, melancólico, como se ela realmente não quisesse estar lá, cumprindo seu triste dever. Mas quando descreve os fatos do nosso caso, sua voz se torna mais forte e ela fica um pouco mais empertigada, como se a verdade a tornasse mais alta e capaz, como se até mesmo ela, moderada como é, não pudesse deixar de sentir indignação diante da audácia de nossas alegações *de inocência*.

– Senhoras e senhores – ela diz em conclusão, olhando diretamente para o júri. – Vocês vão ouvir as defesas apresentadas neste tribunal. Vão ouvir o primeiro réu neste caso alegar que deve ser considerado inocente por razões de responsabilidade diminuída, que ele não foi responsável pelo que fez naquela tarde porque tem... – ela faz a menor das pausas, apenas o suficiente para deixar uma pequena gota de incredulidade penetrar pela fresta – ... um *transtorno de personalidade*... Também vão ouvir a defesa apresentada por parte do segundo réu, que ela é... – aquela minúscula pausa outra vez – *inteiramente inocente*, que ela nada sabia sobre as intenções do primeiro réu quando o levou em seu carro, com a bolsa contendo uma muda de roupas, até a porta do homem que a havia atacado cruelmente. Vocês vão ouvir sua alegação de que ela não tinha a *menor ideia* do que podia estar acontecendo enquanto ficou sentada no carro, fora da propriedade, esperando durante um tempo desmedidamente longo, como vocês poderiam pensar, por alguém a quem estava apenas dando uma carona. Vocês serão informados de que ela não tinha *qualquer ideia* de que alguma coisa poderia estar errada quando ele levou tanto tempo para retornar, tendo mudado de roupa e de sapatos, mas se esquecendo de mudar as meias, as meias que transferiram sangue para o tapete de seu carro. – Uma longa pausa, desta vez, para que aquelas pequenas notas de incredulidade se encontrassem umas com as outras no éter do recinto, se ligassem como átomos e formassem mais do que a soma das partes. Ela abaixa a voz em um nível. – O caso da acusação, senhoras e senhores, é que isso é... – levanta a voz outra vez – ... *um disparate*. O caso da promotoria é o de que este homicídio foi um empreendimento conjunto, discutido e acordado entre as duas partes, que eles o planejaram, friamente, com antecedência, que um executaria e o outro dirigiria o carro, tanto melhor para facilitar a fuga, que ambos tinham pleno conhecimento do comportamento da outra parte e que cada um é, por conseguinte, tão culpado quanto o outro.

Após este floreio retórico, ela faz uma pausa e olha para sua mesa, onde está uma das enormes pastas de arquivo de plástico branco, do tipo que tem fecho em argola, as mesmas que o júri e nós, no banco dos réus, temos, juntamente com outras duas grandes pastas horizontais, com encadernação em plástico ao longo do lado esquerdo. São os Meios de Prova Um, Dois e Três. Ela move as pastas pela mesa, embaralhando-as desnecessariamente, penso, para indicar que agora, enfim, estamos indo direto ao que interessa.

– Meios de Prova Um, senhoras e senhores, a que estarei me referindo como pacote de mapas. Gostaria de convidá-los a abrir na primeira página.

Na pasta, há uma série de mapas. O primeiro deles é em pequena escala: ele mostra a localização do apartamento de

Craddock, em South Harrow, e, em seguida, os locais de sua casa e da minha – cada qual com uma linha reta levando a uma margem larga que dá nossos endereços: você mora em Twickenham, eu em Uxbridge. Os mapas subsequentes são maiores em escala e mostram a localização exata do apartamento de Craddock em sua rua. Alguns dos mapas têm pequenas fotos retangulares de imagens da câmera de segurança de um lado, ligadas por outra linha reta.

A promotora apresenta os mapas para o tribunal, um a um, explicando detalhadamente quanto tempo levaria para caminhar entre um lugar e outro, quanto tempo de carro, a localização exata das estações de metrô e paradas de ônibus, a localização e os nomes das lojas próximas. "Fumaça e espelhos", Robert me diria mais tarde, desdenhosamente. "A acusação tem que produzir muitos fatos. Todos os jurados assistem à TV. Eles esperam fatos, fatos concretos, por isso a promotoria lhes dá muitos fatos, mesmo quando não são nem remotamente relevantes."

Uma vez feito isso, a sra. Price abaixa o registro de sua voz em um ou dois tons e diz ao júri:

– Senhoras e senhores, agora eu os convido a se voltar para a segunda pasta, Meios de Prova Dois, a que vou me referir como o pacote de ilustrações. – Estamos prestes a compreender por que ela começou a falar mais lentamente, tornou-se mais contida, até mesmo recatada.

"Tenho que lhes pedir que resistam à tentação de folhear essas ilustrações, já que quero explicar uma de cada vez."

A primeira ilustração é o diagrama de um corpo cor de carne, a parte superior do torso, nu e careca, como um manequim de alfaiate. Quando abro na página indicada, vejo pelo canto do olho que você não está abrindo sua pasta como eu. Você olha fixamente para a frente.

– Agora, quero apresentar-lhes as lesões sofridas pelo sr. Craddock naquela tarde de sábado, senhoras e senhores, ferimentos sofridos, como irei demonstrar, apenas alguns minutos depois que ele concluiu a última chamada telefônica para seu pai incapacitado, e das mãos do homem que vocês veem sentado no banco dos réus, com o encorajamento e o conluio da mulher sentada ao lado dele.

Marcado no corpo cor de carne do diagrama à minha frente há uma série de contusões que de alguma forma foram desenhadas ou criadas em computador, surpreendentemente exatas e naturais. Há contusões na parte superior do corpo que parecem amplas e difusas, em tom acinzentado. Há uma marca vermelha lívida na testa, uma contusão arroxeada na face. Os lábios estão lacerados, o nariz evidentemente achatado e quebrado. Há uma forte marca vermelha no pescoço.

Nas páginas subsequentes, há fotos apenas da cabeça, uma de perfil, que mostra uma orelha dilacerada, com uma parte do lóbulo descolada.

Olhando para os desenhos, virando as páginas uma a uma, a sra. Price relaciona os ferimentos sofridos por George Craddock. Em seu tronco, havia uma série de contusões consistentes com ter sido pisoteado enquanto estava deitado no chão – as impressões de solas de tênis estão claramente marcadas. Seu crânio foi fraturado – a causa da morte foi um inchaço do cérebro. Seu nariz foi quebrado. Seus lábios e sua orelha direita ambos tinham lacerações substanciais. Quatro de seus dentes da frente tinham sido quebrados.

Depois que a promotora listou essas lesões, faz-se profundo silêncio no recinto. Permaneço sentada no banco dos réus, olhando diretamente para a frente, exatamente como você. Qualquer emoção que tenha sido engendrada pelo início do nosso julgamento, o ritual do juramento, o melodrama da declaração de abertura da acusação, tudo é calado agora por isto: um homem teve uma morte horrível.

– Agora, eu gostaria de chamar a primeira testemunha, o dr. Nathan Witherfield.

A oficial de diligências sai da sala. O dr. Witherfield é mais animado do que seria de se esperar de um patologista público. Ele é alto, de feições pontudas, voz clara e comportamento ansioso. Ele lê o juramento em voz alta e confiante, e recusa a oferta para sentar-se. Seu trabalho é apenas ratificar o que a promotora acaba de nos dizer, a natureza das lesões sofridas. Como uma testemunha especializada, ele é autorizado a especular, a dar opinião de uma forma que outras testemunhas não são. Mas sua opinião parece ser não mais do que confirmar o óbvio.

– Seu nome é dr. Nathan Witherfield?

– Sim, é.

– E você é...? – Por meio de uma série de perguntas, suas credenciais são estabelecidas. Somente então ele é convidado a se voltar para o pacote do júri, o grande arquivo branco com fecho em argola.

A sra. Price se dirige ao júri.

– Gostaria de convidá-los a abrir esta pasta ao mesmo tempo, e tenho que lhes pedir que se voltem para as fotografias da divisória quatro, página doze, e uma vez mais lhes peço para resistir à tentação de folhear as páginas à frente. É importante que eu lhes explique o que estão vendo, conforme vão encontrando as fotos uma a uma.

Estalidos metálicos enchem o tribunal quando todos acionam os fechos do grande arquivo branco e, logo depois, quando todos viramos as páginas, há um grande sopro de ar, como se um bando de pássaros gigantes voasse por ali. Gaivotas, talvez. Por alguns momentos, isso abafa o zumbido monótono do ar-condicionado. A advogada dá a todos tempo para se acomodarem e examinarem as fotos. Assim como sua pasta de ilustrações, seu pacote do júri permanece fechado.

– Senhoras e senhores, peço desculpas antecipadamente se algum de vocês achar esta parte da prova angustiante. Na maioria das fotos, o rosto da vítima foi escurecido a fim de evitar os elementos mais alarmantes de suas lesões.

Estes não são desenhos. São fotografias em cores de George Craddock em seu apartamento, deitado de costas, a maior parte do corpo na sala de estar, mas a cabeça perto da cozinha. O rosto foi escurecido a fim de permitir-lhe alguma dignidade na morte, mas sua camiseta e jeans são claramente visíveis, uma perna da calça estava puxada para cima, revelando uma panturrilha branca, e em ambos os pés, meias cinza, chinelos de couro. Em torno dele está o lugar onde morava. Atrás do corpo, a abertura para a cozinha: bonitos armários brancos com puxadores de madeira, uma geladeira com freezer e um fogão a gás. Outras fotos que vemos mais tarde vão nos mostrar um sofá de couro marrom com almofadas estampadas com motivos africanos, nas cores marrom e laranja; fotos de animais selvagens na parede, um leopardo à espreita, uma águia planando; uma grande toalha branca deixada sobre o assento de uma cadeira moderna, papéis e livros espalhados pelo tampo de vidro da mesa de jantar, com uma tigela de cereais, uma caneca e uma colher ainda na outra extremidade. Atrás da mesa de jantar veem-se nichos de livros. É um bem montado apartamento de homem solteiro, uma corajosa tentativa de fazer um imóvel de aluguel em área decrépita parecer desejável. Funciona até certo ponto – muita gente em Londres vive bem pior. Mas algo me perturba neste vislumbre da vida de Craddock até que finalmente compreendo: é a tigela de cereais. Craddock era um homem respeitável, instruído, um professor com livros nas prateleiras, mas a tigela de cereais ainda na mesa no meio da tarde sugere negligência, penso.

A promotora nos convida a alternar entre o pacote de ilustrações e as fotografias no pacote do júri, a fim de examinar os ferimentos de Craddock em mais detalhes. Quando chega às lesões do pescoço, ela diz ao patologista:

– E o senhor pode me dizer, dr. Witherfield, que tipo de força teria sido necessária para causar esse nível de lesão à zona do pescoço aqui?

– Sim – responde o ansioso patologista –, teria que ser uma lesão traumática sem corte e com o emprego de uma certa força, consistente com uma sola de sapato, enquanto a vítima estava em posição de decúbito dorsal, com a face voltada para cima, no chão.

– E como o senhor pode dizer que a força teria sido considerável?

– Bem, a contusão, é claro. Sua laringe foi estraçalhada. Para acarretar esse nível de lesão, eu diria que a vítima estava imóvel no chão, enquanto a pessoa que aplicou a força, ele ou ela, talvez estivesse pulando ao pisoteá-lo.

É um som eletrizante, quase impossível de descrever em palavras. Uma espécie de "*Aaargh*", mas agudo e involuntário, ofegante, quase um gargarejo. Todas as cabeças se viram para onde o pai de George Craddock está sentado em sua cadeira de rodas, no canto mais distante do tribunal, mais próximo da porta. O juiz olha ferozmente na direção do ruído. As pessoas sentadas na galeria do público se inclinam para a frente – elas podem ouvir o barulho estranho, mas não podem ver quem o está fazendo. O resto de nós arregala os olhos. A agente de

família sentada ao lado do pai de Craddock coloca a mão em seu braço e se inclina para ele, bem perto, falando suavemente, tentando tranquilizá-lo, mas seu grito continua sem parar, de tal modo que chego a pensar, por um momento, que ele é deficiente da fala, bem como atrelado a uma cadeira de rodas, e que esta é sua única forma de expressão. Então, ele grita:
– George! George, meu filho! Georgie!
Olho para o juiz que está de cenho franzido, mas o inspetor Cleveland já está de pé e abrindo caminho até lá. Ele e os outros policiais cercam o pai de Craddock, giram sua cadeira de rodas, retirando-o da sala do tribunal, mas seu grito pode ser ouvido, desaparecendo pelo corredor conforme ele é levado. Pouco tempo depois, os trabalhos são suspensos para o almoço. A oficial de diligências grita:
– Todos de pé! – E nós nos levantamos quando o juiz sai. Os advogados reclinam-se em seus assentos, esticam os braços. Os oficiais de polícia formam um aglomerado junto à porta, conversando tranquilamente. A agente de família volta para o tribunal sem o pai de Craddock e sacode a cabeça enquanto conversa com os demais policiais. O guarda do banco dos réus a meu lado toca meu cotovelo e eu me viro para voltar para a cela sem olhar para trás, para você.

De volta ao meu caixão de concreto, com sua pintura amarela e azul, eles me trazem o almoço: almôndegas acinzentadas mergulhadas em uma poça de molho marrom sem graça. Pego alguns grãos do arroz que está ao lado. Dou uma pequena mordida em um triângulo de pão branco untado de margarina, em seguida, engasgo, e o resquício de pão sobe de novo imediatamente, como um pequeno pedaço de couro que sou incapaz de digerir. Engulo com esforço, tomo um gole de água do copo de plástico, em seguida coloco a bandeja de comida na bancada a meu lado, reclino-me para trás contra a parede de concreto e fecho os olhos, o grito estrangulado do pai de George Craddock enchendo minha cabeça, a realidade de seus atos formando uma imagem diante de mim que me parece tão obscena, tão contrária ao que eu sei de você, que mal posso compreendê-la, mesmo quando minha imaginação contorce seu belo rosto em uma máscara de ódio e fúria.

Após o almoço, sua advogada, a jovem srta. Bonnard, fica de pé para contrainterrogar o patologista. Aqui há uma anomalia do sistema que eu acho estranha – será a primeira vez que vamos ouvir qualquer defesa, o interrogatório de uma testemunha, mas ao contrário da acusação, não há nenhuma declaração de abertura neste ponto – isso virá mais tarde. Assim, quando a srta. Bonnard fica de pé, não temos nenhuma ideia de qual será sua linha de argumentação, o objetivo de suas perguntas.

O objetivo de suas perguntas permanece obscuro para mim. Ela pede ao patologista para estimar quanto tempo levaria para ocorrer a morte devido à lesão traumática sem corte que Craddock sofreu. Em seguida, ela levanta alguns pontos técnicos sobre inchaço do cérebro, estabelece que, embora ele possa estimar, na realidade a margem é muito ampla. Ela estabelece que é impossível dizer com precisão qual dos golpes que Craddock recebeu na cabeça teria causado o inchaço do cérebro – ele também teve uma lesão na parte de trás da cabeça que teria ocorrido quando ele caiu no chão.

Se, como eu penso, nesta fase, ela está tentando deixar implícito que a morte dele pode ter sido acidental, então, a minha franca opinião é de que está fadada ao fracasso – a gravidade das lesões deixa claro que foi um ataque premeditado.

O pai de Craddock está de volta ao tribunal, ainda em sua cadeira de rodas, a agente de família ao seu lado. Robert, o meu advogado, me diz mais tarde que o juiz teria advertido a polícia de que quaisquer outras intervenções por parte dele poderiam prejudicar o julgamento e que, se não se mantiver calado, será afastado do tribunal. Ele permanecerá impassível a partir desse ponto, mas sua presença é um fator influente.

Por fim, a srta. Bonnard diz:

– Obrigada, dr. Witherfield, peço-lhe que continue onde está por um momento. – Ela se vira para o juiz, faz uma ligeira mesura. – Sem mais perguntas, Meritíssimo. – Ela se senta.

Robert, o meu advogado, se levanta.

– Meritíssimo, não tenho perguntas para esta testemunha. – Ele se senta novamente.

O juiz se vira para o dr. Witherfield.

– Obrigado, doutor, o senhor pode ir. Gostaria de lembrá-lo de que não deve discutir este caso, nem a prova que forneceu, com ninguém.

O médico faz um firme sinal com a cabeça, assentindo, e desce os degraus.

Alguns dos jurados estão olhando para Robert. Eles lhe lançam olhares ligeiramente inquisidores, que serão repetidos em sua direção várias vezes durante o processo da acusação. Posso vê-los se indagando por que ele não tinha nenhuma pergunta para o dr. Witherfield. Eu mesma teria me perguntado se previamente Robert não tivesse explicado sua estratégia para mim.

– Vamos agir com cautela – ele disse. – Deixamos a outra equipe de defesa liderar, abrir fogo, por assim dizer. Isso só irá salientar que o sr. Costley é o criminoso aqui, não você. Por isso, não vamos interrogar o patologista ou qualquer das testemunhas da acusação. Você foi uma espectadora inocente, então, por que precisaríamos interrogá-las? Vamos gravar isso na mente do júri *não* interrogando.

A única testemunha que Robert chamará durante todo o meu caso sou eu.

18

O segundo dia do nosso julgamento também consiste em medicina forense. Eu não esperava que fosse dessa forma: tinha imaginado que a acusação se concentraria primeiro em apresentar nossos motivos, denegrindo nosso caráter, construindo um cenário até o nosso terrível ato. Mas não, no segundo dia, recebemos o perito em respingos de sangue.

Sou capaz de me desligar mais hoje. No segundo dia, estou deixando de ver Craddock como uma pessoa: ele é uma prova. Não creio que seja apenas por causa do meu ódio por ele: tem a ver com o processo redutivo que sua vida e sua morte sofreram. É o que acontece quando morremos: nos tornamos uma série de fatos. Somente de vez em quando é que consigo vislumbrar a realidade de Craddock, e é sempre em um detalhe inesperado. No pacote de ilustrações, há dois esboços de uma figura do tipo manequim de alfaiate, de corpo inteiro, lado a lado em páginas adjacentes. Uma delas é você, vestido com as roupas que foram descobertas em um saco plástico jogado em uma lixeira do parque a três quilômetros de sua casa. São as calças de jogging azul-marinho, as primeiras, e a camiseta cinza que você estava usando quando eu o peguei na estação do metrô naquele dia. A maior parte das manchas de sangue estava nas calças escuras de jogging, invisíveis a olho nu, mas marcadas no desenho por uma linha até um quadrado descrevendo-as. Há algumas manchas de sangue na camiseta cinza, e estas estão marcadas nos desenhos, mas também há uma fotografia ampliada da camiseta com as manchas circuladas a caneta. Elas têm uma cor acastanhada, salmão, mas são claramente visíveis.

A outra ilustração de corpo inteiro é de Craddock. Ele vestia uma camisa marrom-claro e o sangue nela é mais claramente visível – seu próprio sangue, o sangue que teria derramado de seu nariz quando foi quebrado. Quando esse desenho é discutido com o perito em respingos de sangue, observa-se que está faltando um botão, que não há como saber quando esse botão se soltou da camisa, mas, como existe uma pequena mancha de sangue claramente visível ao redor da casa do botão, isso sugere que tivesse acontecido antes do ataque sofrido por ele. Para mim, isso combina com a tigela de cereais deixada sobre a mesa de jantar o dia inteiro. Craddock vivia sozinho, era divorciado. Comprava camisas de grife, mas não se dava ao trabalho de pregar os botões que caíssem, embora não tivesse muita coisa a fazer à noite, imagino: revisar trabalhos de alunos, ver televisão, masturbar-se diante da pornografia que ele acessava regularmente em seu computador.

Mais uma vez, sua advogada, a calma srta. Bonnard, se levanta para contrainterrogar o perito. O argumento desta vez é sobre a diferença entre sangue e sangue diluído. Sangue diluído é aquele que se misturou com outro fluido, água, digamos, ou urina. Não importa se é um balde ou uma única gota, ainda conta como diluído. Há alguma controvérsia sobre se Craddock esvaziou a bexiga durante o ataque. O perito em respingos de sangue é confrontado com a relevante página do relatório do patologista que diz que sua bexiga estava vazia, mas não consegue afirmar se teria ocorrido durante o ataque ou se a vítima teria urinado pouco antes. Novamente, o argumento da srta. Bonnard é obscuro para mim. Até onde eu saiba, seu objetivo é realçar que as roupas manchadas de sangue de Craddock não foram testadas para a presença de urina, quando talvez devessem ter sido. E há também uma questão sobre se um borrão de sangue encontrado no chão estava diluído ou não. É óbvio que a srta. Bonnard não permitirá que nenhuma testemunha da acusação passe sem ser contestada – nenhuma prova da acusação deve ficar sem um ponto de interrogação pairando sobre ela.

E, mais uma vez, quando Robert, o meu advogado de defesa, fica de pé, é apenas a fim de se virar para o juiz, inclinar-se educadamente e dizer:

– Meritíssimo, não tenho perguntas para esta testemunha.

Novamente, o júri olha para Robert com ar intrigado. Desta vez, um ou dois dos jurados olham para mim.

Após os depoimentos dos peritos, há uma fileira de testemunhas que considero amadores. Juntos, eles ocupam o resto do segundo dia e todo o terceiro. Parece-me que seu principal propósito é garantir que a acusação não seja apresentada rapidamente demais. Há apenas uma testemunha para as ações de Craddock mais cedo naquele dia – o homem no mercado. Craddock foi lá naquela manhã para comprar o *Guardian* e o *Sun*, um litro de leite, vinte cigarros Malboro Light, um tubo de Werther's Originals e um pacote de salame. Pagou com uma nota de vinte libras. Recebeu as compras em uma sacola de plástico listrada de azul e branco. Colocou o troco diretamente no bolso, em vez de na carteira. Há uma imagem da câmera de vigilância mostrando-o no balcão. Abaixo os olhos quando isso é mostrado no tribunal, em dois monitores, do tamanho de telas de televisão, um em cada lado da sala, um na parede e o outro suspenso logo abaixo da galeria do público. Mesmo agora, mesmo depois de tudo isso, a ideia de vê-lo como um ser humano vivo, em movimento, me enche de repulsa, e sou levada rapidamente de volta ao que ele fez: seu rosto no meu, os estudantes com seus sacos de lixo movendo-se pelo Salão de Eventos deserto, meu rosto pressionado contra o interior da cabine do táxi a caminho de casa, o sorriso que ele me deu pela janela do salão de cabeleireiro.

Mais uma vez, o interrogatório é bastante detalhado. Em determinado ponto, a advogada de acusação pergunta ao homem do mercado:

– E como o senhor descreveria o modo como ele disse isso?

A declaração em questão é: "E vinte Malboro Lights." Tudo que fica estabelecido por este interrogatório é que George Craddock parecia completamente normal naquele dia, nem ansioso, nem receoso de nenhuma forma e, até onde se podia ver, ninguém o seguia.

Algumas testemunhas são despachadas com o que parece ser uma pressa descortês. À vizinha de Craddock, que vira meu carro descendo a rua, é perguntado:

– Quando a senhora diz que o carro estava indo devagar, quer dizer muito devagar?

A vizinha é uma mulher branca, idosa, que se vestiu bem para a ocasião, em um elegante costume azul-marinho. Sua mão treme quando lê o juramento, o suficiente para sacudir o cartão. Ela lança um olhar para o banco dos réus quando entra e novamente quando sai, mas, durante seu depoimento, olha para a frente com firmeza.

– Hã... eu diria muito devagar, sim, como se estivessem procurando alguma coisa...

A srta. Bonnard levanta-se imediatamente.

– Meritíssimo, a testemunha não está aqui para especular sobre os pensamentos das pessoas dentro do carro em questão.

O juiz inclina a cabeça.

– Sra. Morton, por gentileza, restrinja suas respostas às informações específicas sobre as quais foi indagada.

– Oh, sim, senhor... – responde, trêmula, a sra. Morton.

– Então, quer dizer, muito lentamente? – indaga mais uma vez a sra. Price.

– Sim, muito lentamente, eu diria.

Nem mesmo a srta. Bonnard tem mais perguntas para essa testemunha e Robert, obviamente, não tem nenhuma.

Quando o juiz diz à sra. Morton que ela pode ir, ela parece desapontada, como se tivesse fracassado em uma entrevista.

No quarto dia do nosso julgamento, a manhã é tomada por discussões jurídicas – é um debate acerca do que é admissível em termos de boatos e provas de mau caráter, e tem algo a ver com as testemunhas que a acusação quer chamar sobre você, sua vida passada. Agora que estamos avançando para você, isso levará, inevitavelmente, a mim – e ao que Craddock fez. Tudo está prestes a se tornar mais difícil.

O júri só é chamado à tarde, durante a qual um outro acontecimento lança o tribunal de volta à realidade, nos suga para o olho do furacão, como os eventos espalhados ao longo do julgamento irão fazer de vez em quando, geralmente quando eu menos espero. Neste ponto, estou cansada, embora não tão cansada quanto ficarei mais tarde. Não estou dormindo bem na prisão: ninguém dorme bem na prisão a menos que receba uma pílula que o deixe nocauteado.

A galeria do público está quase vazia desta vez – o incidente com sua esposa ainda está para acontecer, não há nenhum estudante neste dia e Susannah não veio esta tarde. Há duas pessoas sentadas em uma das extremidades, que penso que podem ser parentes distantes de Craddock, e os dois aposentados que vieram na maioria dos dias, na extremidade da galeria que fica mais próxima à porta.

A mulher que descobriu o corpo de Craddock está no banco das testemunhas. Ela era sua senhoria e se identifica como a sra. Asuntha Jayasuriya, gerente administrativa da Petal Property Services. Ela é proprietária de dezessete residências para aluguel na área. Foi somente por acaso que o corpo foi descoberto tão rapidamente – poderíamos ter tido uma semana, dez dias talvez, antes que alguém da universidade comunicasse que ele não tinha aparecido no trabalho e a polícia fosse verificar. Tivemos azar. Craddock estava atrasado com o aluguel. O pessoal da sra. Jayasuriya escrevera para ele várias vezes, sem receber nenhuma resposta, de modo que ela decidiu aparecer inesperadamente no sábado à tarde. Ela não faria isso normalmente, mas Craddock era um inquilino de longa data, que nunca havia atrasado o pagamento antes, então ela queria saber se havia algum problema, e ela estava na área, de qualquer modo. Ela entrou no prédio, subiu as escadas para o apartamento do primeiro andar, na esperança de surpreendê-lo, embora fosse ela quem iria ser surpreendida. Estava acompanhada do sobrinho, mas o instruiu a esperar por ela no corredor. Não houve resposta quando bateu na porta do apartamento B, mas ela pôde ouvir vozes de um rádio, o que a fez suspeitar que Craddock estivesse em casa, apenas não estava atendendo. Assim, ela bateu com mais força e gritou:

– Vou entrar agora, sr. Craddock!

Entrou com sua própria chave e, uma vez dentro do apartamento, nem teve tempo de chamar o nome dele outra vez.

A porta abria diretamente para a sala de estar e ela viu o corpo imediatamente.

A sra. Jayasuriya deve ser uma mulher com certo autocontrole, além de empresária de sucesso, porque ela não gritou, nem chamou o sobrinho. Ficou parada exatamente onde estava e ligou para o serviço de emergência de seu celular. Ela permanece rígida no banco das testemunhas enquanto a gravação da chamada telefônica é tocada no tribunal. Não há nenhum sinal de histeria ou mesmo choque em sua voz.

– Serviço de emergência, de qual serviço você precisa?

– Polícia, por favor, e uma ambulância, mas é tarde demais, eu acho. Acho que ele está morto.

– Quem está morto, por favor?

– Um homem. O homem que aluga o meu apartamento. Estou aqui no apartamento e ele está deitado no chão. Há sangue aqui. Ele está morto. O endereço é... – A sra. Jayasuriya dá o endereço completo, inclusive com o CEP.

– Certo, eles estão a caminho, e qual é o seu nome, por favor?

– Meu nome é sra. Asuntha Jayasuriya, J, A, Y... – Ela soletra o nome devagar.

– E como sabe que ele está morto?

– É óbvio.

Em seguida, na gravação, há uma pequena comoção quando o sobrinho entra e pode ser ouvido chamando:

– Tia! Tia!

A sra. Jayasuriya se dirige a ele rispidamente, em uma língua que não reconheço. Parece que ela está lhe dizendo para não se aproximar.

Esse não seria necessariamente um momento chocante – a sra. Jayasuriya é controlada e pragmática –, mas ainda assim há algo que silencia o tribunal, abafa até mesmo o leve arrastar de pés ou o folhear de papéis, que caracteriza grande parte das outras provas. É o efeito "buraco de minhoca". Nós estamos lá. Estamos presentes, ouvindo, imaginando, e George Craddock está estendido no chão à nossa frente, os pés em nossa direção e a cabeça na entrada da cozinha. Há sangue, os gritos alarmados do sobrinho em segundo plano e, mais além, os tons discordantes, afáveis, de um locutor na BBC Rádio 4.

O júri não é convocado na sexta-feira. As discussões jurídicas sobre provas baseadas em boatos continuam. Você e eu estamos ali, no banco dos réus, como sempre, ouvindo tudo. Em certo momento, você se inclina para a frente em seu assento e coloca os antebraços sobre a pequena prateleira diante do seu banco, apoiando o queixo nos braços e olhando diretamente para a frente. Não sei dizer se você está entediado ou excepcionalmente atento.

Não consigo imaginar sua experiência de tudo isso até o momento. A área de detenção Categoria A aqui é provavelmente muito semelhante àquela onde estou, mas imagino que sua experiência de prisão seja bem diferente. E agora você já está lá há muito tempo. Já se aclimatou? As privações da prisão viraram rotina? Está com medo? Você parece tão mudado, tão diferente do que eu me lembro de você, pelos rápidos olhares de relance que tenho podido lançar em sua direção, e me ocorre que os primeiros, inebriantes, dias do nosso caso amoroso agora parecem ter acontecido em um filme. Não consigo acreditar que fizemos sexo no interior das Casas do Parlamento. Mal posso acreditar sequer que já fizemos sexo alguma vez. Aquela emoção embriagante que eu sentia, a sensação de tontura, como se tivesse enfiado o rosto em um buquê de lírios, seu perfume tão intenso que me fazia sentir fraca, como se fosse desmaiar – era assim que eu me sentia. Seria felicidade? Teria sido apenas isso? Ou seria uma espécie de vício à história, ao drama do que estávamos fazendo? Se era um filme, nós éramos as estrelas.

Não tenho visitas durante o fim de semana. Susannah ofereceu-se para vir, mas ela já estava gastando tanto do seu tempo para assistir ao julgamento, que eu lhe disse que não devia vir. Inventei uma história sobre a necessidade de passar o fim de semana sem pensar no julgamento, mas, na verdade, queria que ela tivesse um descanso.

Não houve descanso para mim, nem haveria. Na fila para pegar o café da manhã, uma mulher grandalhona chamada Letitia esbarra em mim com seu braço carnudo, enfia o rosto no meu e diz:

– Cadela rica, como vai o julgamento?

Cadela rica é como me chamam aqui. Todas são chamados de alguma coisa.

Letitia não está fazendo uma pergunta educada ou simpática. Desvio o rosto e Letitia, que tem cabelos finos, louro-acinzentados, um nariz que já foi quebrado várias vezes e o brilho de uma verdadeira psicose nos olhos, coloca o gordo dedo indicador embaixo da minha bandeja de plástico e a vira primorosamente do balcão sobre mim. O chá quente me queima através da camiseta e o feijão cozido espirra contra minha calça. A guarda no canto chama, com ar cansado:

– Letitia! Ora, *vamos*, por favor!

Uma jovem negra à minha frente, muito nova e muito bonita, me dá um guardanapo de papel fino da pilha sobre o balcão e diz descontraidamente:

– Essa maldita lésbica é maluca.

Durante a Hora Social, Letitia se senta no canto da sala e me olha furiosamente enquanto a televisão no alto da parede trombeteia anúncios e a nova dependente de drogas em nossa ala fica de pé, de frente para a parede e lentamente bate a cabeça contra ela.

– Ei, Muppet! – Letitia grita para a viciada. – Você vai ficar com uma dor de cabeça danada!

Em seguida, ela volta a me encarar com um olhar furioso. Eu a ignoro. Irrita-me que ela ainda tenha permissão para estar ali depois do episódio daquela manhã. Mas sua agressão não me intimida – depois de uma semana de sessões no tribunal, chega a ser um alívio.

Na segunda-feira, a promotora começa com você – conosco.

A primeira testemunha é uma policial. Seu nome é sargento-detetive Amelia Johns. É uma mulher bem-arrumada, de cabelos ruivos curtos, pele clara e um rosto pequeno, sem traços marcantes. Depois de fazer o juramento, ela ajusta o casaco do uniforme e alisa a saia antes de se sentar no assento dobrável.

A sra. Price já está de pé.

– Obrigada, policial – ela diz. – Você é sargento-detetive da Polícia Metropolitana. Posso registrar há quanto tempo você é inspetora de polícia?

– Sou inspetora de polícia há dezessete anos – responde a policial Johns, olhando para o júri.

– E inicialmente estava sediada no distrito de Waltham Forest, correto?

– Sim, está correto.

– Mas você se mudou para o distrito de Westminster, não é verdade?

– Sim, está correto, há sete anos. Fui destacada para a equipe de segurança do complexo do Palácio de Westminster e seu entorno imediato.

– E poderia explicar ao júri como essa equipe de segurança funciona? É uma situação um pouco incomum, não é?

A inspetora Johns dá um leve sorriso e diz:

– Bem, sim, algumas pessoas se surpreendem com a maneira como funciona. A segurança das Casas do Parlamento não é realmente realizada pela Polícia Metropolitana, mas pelo quadro de pessoal do complexo. Os agentes da Polícia Metropolitana de lá, todos eles, estão sob o comando do complexo.

– Portanto, se entendi bem, os agentes que trabalham lá são na verdade mais como guardas de segurança privada?

A policial Johns dá um sorriso outra vez.

– Sim, pode-se dizer que sim.

– Poderia nos dar um exemplo concreto de como isso funciona?

– Bem, a patrulha policial do quadro de funcionários do complexo faz denúncias de crimes, mas, por exemplo, se um crime foi cometido na Câmara dos Comuns, em teoria nenhum agente teria o direito de entrar no local, a menos que fosse solicitado a fazê-lo pela diretora de Protocolo ou um de seus representantes.

A sra. Price finge surpresa.

– Então, digamos, um membro do Parlamento começou a estrangular um outro... – ela se volta para o júri com sarcasmo – ... algo que todos esperamos que nunca aconteça, tenho certeza, mas vamos dizer que tenha acontecido. Em teoria, os policiais de serviço não teriam nenhum direito de intervir, a não ser que fossem convocados a fazê-lo pelo pessoal do complexo?

– Exatamente.
– E o pessoal do complexo, que tipo de pessoas são?
Ela faz uma pausa.
– Bem, muitos são ex-militares, na verdade há uma variedade muito grande.
– Algum ex-agente policial?
– Sim, alguns.
A sra. Price faz uma pausa.
– E o homem que temos aqui, no banco dos réus, o sr. Costley. Ele era um desses membros do quadro de pessoal do complexo, não era?
Algo estranho acontece ao rosto da policial Johns, que se fecha. O ligeiro sorriso que ela vinha exibindo, que se poderia imaginar ser de seu comportamento natural, desaparece. Suas feições se tornam mais compostas. Na verdade, sinto, mesmo antes que ela fale, que suas respostas estão prestes a se tornarem mais cuidadosas.
– Sim, ele era membro do pessoal de segurança do complexo.
– Ele tinha sido policial durante onze anos, sargento-detetive como você. Então, ele deixou a Polícia Metropolitana e foi contratado pelo complexo.
– Não estou ciente de exatamente por quanto tempo Mark foi agente da polícia.
– Muito bem, é óbvio, mas poderia me explicar qual era sua posição no complexo?
– Ele era um assessor de segurança.
– Em que função ele trabalhava?
Observo a inspetora Johns com muito cuidado, seu rosto bonito, cauteloso, e fico certa de que algo ocorreu entre você e ela quando você trabalhava nas Casas do Parlamento. Ela não olhou para você, ou para mim, nem uma única vez.

– O sr. Costley foi contratado pelo complexo como assessor. Quer dizer, como policial encarregado do planejamento de eventos... – Ela faz uma pausa, como se esta informação prática seja por alguma razão difícil de recordar. – Seu trabalho era, bem, garantir o cumprimento... regulamentos de Saúde & Segurança, sobre eventos, até verificar o registro de serviços, supervisionar os turnos das equipes de monitoramento das câmeras de vigilância... e assim por diante.

Pergunto-me o quanto ela sabe sobre o que você realmente faz.

– Então, ele era uma espécie de burocrata? Ou alguém importante?

Uma pequena pausa.

– Bem, todos os trabalhos são importantes para o bom funcionamento do complexo. Por trás de tudo o que o público vê, existe uma quantidade enorme de burocracia.

– O que estou tentando entender é, se algo saísse errado, digamos, um incidente, seria ele o homem correndo pelo corredor ou o homem preenchendo o formulário sobre o incidente mais tarde?

– Ele seria o homem preenchendo o formulário.

A sra. Price para de falar. Ela cruza os braços e abaixa os olhos para sua mesa durante o que, para mim, parece um tempo exageradamente longo. Durante esse longo momento, percebo, pelo canto do olho, que você se inclinou para a frente em seu assento e abaixou um pouco a cabeça.

Por fim, a sra. Price ergue os olhos.

– Sargento-detetive, gostaria de que contasse ao júri o que ocorreu entre você e o sr. Costley pouco antes de você pedir sua transferência para seu posto atual na unidade de drogas e armas, em Barking & Dagenham. – Ela olha para a inspetora e gentilmente solicita: – Por favor.

– Sim, claro – concorda a sargento-detetive. – Fiz uma denúncia ao complexo sobre o comportamento por parte de um grupo de homens, mas em particular do sr. Costley, uma queixa ao Departamento de Recursos Humanos do complexo.

– Por favor, poderia explicar para o tribunal qual foi essa reclamação?

– Comportamento inadequado, quer dizer, em diversas ocasiões. Estive no Gabinete de Monitoramento, que é o conjunto de suítes onde monitoramos todas as câmeras de vigilância no complexo, divididas por áreas. Eles observavam as câmeras e atribuíam notas às mulheres segundo sua atração sexual.

A sra. Price está de costas para mim, mas posso imaginar sua expressão de fingida surpresa. Em seguida, ela diz, um pouco cautelosamente:

– É claro, por mais condenável que seja esse comportamento, alguns poderiam dizer que não é mais do que o que acontece em muitos ambientes dominados por homens: guardas de segurança em centros comerciais, por exemplo.

– O comportamento do sr. Costley foi um pouco mais longe do que isso.

– É mesmo? Poderia explicar?

– Uma das agentes do complexo, uma mulher jovem, queixou-se a mim que ele ficava observando as câmeras de vigilância que monitoravam a entrada dos visitantes a Portcullis House, e que se achasse uma visitante atraente, ele desceria à entrada e a seguiria.

Diante disso, vários membros do júri olham para você. Tomo o cuidado de continuar olhando para a frente.

– E esta mulher, membro da equipe, lhe contou o que iria fazer depois disso?

A srta. Bonnard fica de pé, mas, antes que pudesse dizer alguma coisa, o juiz dá um suspiro cansado e levanta a mão de onde ela descansava sobre a mesa, dizendo:

– Srta. Bonnard, em antecipação às suas objeções, creio que tivemos um dia inteiro de debates na semana passada...

– Meritíssimo, creio que a pergunta pede a esta testemunha que vá além...

– Como a sra. Price está prestes a explicar a necessidade da pergunta, espero, vou permiti-la. A senhorita terá sua vez durante o contrainterrogatório.

– Meritíssimo – A srta. Bonnard faz uma mesura curta, peremptória, e se senta.

A sra. Price se inclina para o juiz e se volta novamente para a sargento-detetive Johns.

– Como estávamos dizendo, agente Johns, poderia, por favor, explicar o que lhe disseram que aconteceu depois que o sr. Costley viu, pelas câmeras de segurança, uma visitante que achou atraente e seguiu pelo complexo?

– Ele retornou ao Centro de Monitoramento e disse que a havia seguido, fez comentários sobre sua figura, o que ela estava fazendo e assim por diante.

– E você mesma o ouviu dizendo isso?

– Não, isso me foi relatado, mas certa vez me deparei com ele examinando o livro de registro de visitantes e fazendo uma referência cruzada com os arquivos de credenciamento de segurança.

– Esta seria uma atividade bastante normal para um homem com o seu trabalho, não?

– Ele tinha imagens do Google da mulher em questão. Na tela de seu computador, havia cerca de vinte ou trinta pequenas fotos dela. Ele fechou a tela quando eu entrei na sala, mas sua mesa ficava bem em frente à porta e eu a vi claramente. Ele saiu da sala e vi o livro de registro com o nome dela sobre sua mesa.

Penso nas fotos de mim que aparecem no Google – quando você faz parte do meio acadêmico, acaba com muitas fotos na internet, a maioria delas bem pouco lisonjeiras. Às vezes, os alunos tiram fotos durante palestras. Eles postam as fotos, colocam no Twitter, às vezes fazem vídeos.

Não existe tal coisa como privacidade no instante em que você fica de pé na frente de outras pessoas. Podem ser apenas duas pessoas, mas antes que perceba o mundo inteiro será capaz de ver como você não escovou os cabelos adequadamente naquele dia.

– E quando foi este incidente?

– Cerca de três meses antes de o sr. Costley ter sido detido pelo crime pelo qual está em julgamento agora.

Olho diretamente para a policial Johns.

– E sem querer identificá-la, pode dizer alguma coisa sobre a mulher em questão?

– Ela era oficial de imigração em visita para discutir o controle de pessoal.

Aquilo me percorre como uma espécie de triste choque. É claro. Não era eu nas imagens do Google no dia a que a policial Johns está se referindo. Era a minha substituta em potencial. Eu estava destroçada na época. Você estava fazendo o melhor possível para ser solidário, mas já estava procurando outra pessoa.

O interrogatório da agente Johns continua, mas eu já formulei a imagem. Você foi definido como um predador, como alguém cujo comportamento é inquietantemente clandestino.

* * *

Quando a srta. Bonnard se levanta para o contrainterrogatório, ela o faz muito lentamente, com os olhos estreitados. Estarei imaginando ou um tremor de expectativa percorre o tribunal, como se fosse hora de alimentar os animais no zoológico?

– Sargento-detetive Johns... – a srta. Bonnard começa, suavemente. – Obrigada por vir aqui hoje, por se afastar dos seus deveres.

A policial Johns parece um pouco desconcertada. Aquilo foi uma pergunta ou não?

– Não vou retê-la por muito tempo, prometo... – A srta. Bonnard sorri para ela. – Talvez possa me explicar uma coisa. Entendo que a jovem que fez a denúncia a você, isto é, sobre o sr. Costley observar as visitantes pelas câmeras de vigilância, entendo que a razão pela qual ela própria não está aqui no tribunal hoje é porque ela está em viagem no exterior. Vietnã, não?

– Acho que é a Tailândia.

– Oh! – A srta. Bonnard finge surpresa. – Tailândia, eu entendi errado, então. Você está em contato com ela?

– Não, não... nós não éramos amigas... É apenas que, apenas que ouvi dizer que ela estava indo para a Tailândia. Antes, quero dizer, antes do julgamento.

– Bem, vamos ficar muito bem com você, tenho certeza. Por que essa jovem a procurou quando ficou preocupada com o comportamento do sr. Costley? Por que não fazer a denúncia ela mesma, diretamente ao Departamento de Recursos Humanos, quero dizer?

– Ela era nova no trabalho e se sentia um pouco intimidada pelos homens no escritório. Ela me procurou porque...

– Essa não é a verdadeira razão, não é, agente Johns? – A srta. Bonnard olha para baixo ao fazer esta declaração incendiária, e, apesar de mais tarde eu ter motivo para odiar essa jovem, não posso deixar de admirar seu estilo, a maneira como ela rebate essa contradição de uma maneira tão descontraída, como se estivesse tão confiante do terreno onde pisa que não precisasse se preocupar em colocar a policial Johns no lugar dela.

A agente Johns só vacila por uma fração de segundo, mas é inconfundível.

– Não, eu, sim, foi, creio que foi.

– A razão pela qual ela fez a denúncia diretamente a você foi porque ela sabia que você tinha tido um relacionamento de curta duração com o sr. Costley e que ele tinha terminado de forma virulenta e, como tal, você estaria mais do que disposta a ouvir falar mal dele, não é?

– Isso é completamente falso. – A sargento-detetive Johns olha furiosa para o júri.

– Que parte, a de que vocês tinham tido um relacionamento ou que estava terminado?

– Um relacionamento. Não tínhamos, não é de forma alguma como eu descreveria o que houve. Ele me fez uma proposta.

– Você saiu para tomar uns drinques depois do trabalho com ele, creio que em três, ou teriam sido quatro, ocasiões?

– Foram poucas vezes, uma ou duas.

– Foi uma vez, ou duas?

– Talvez duas.

– Ah, é mesmo? A minha informação é de que foram três vezes. Gostaria de que lhe fornecesse as datas? Na última dessas ocasiões, abril do ano passado, você e ele tiveram contato íntimo em uma famosa espelunca, um pub chamado The Bull & Keg.

O rosto pálido da policial Johns endurece.

– Em primeiro lugar, a primeira ocasião foi com um grupo de pessoas. Portanto, eu diria que foram duas vezes. Em segundo lugar, esse contato a que está se referindo foi iniciado por ele e eu lhe disse para parar.

– Imediatamente?

– Como?

– Imediatamente? Você disse ao sr. Costley para parar imediatamente?

– Não, não imediatamente.

A voz da srta. Bonnard se torna suave.

– Após cerca de uma hora, agente Johns, você e ele deixaram o pub juntos e caminharam para o metrô, onde se separaram bem amistosamente, o suficiente para um breve abraço.

A policial Johns respira fundo.

– Isso, isso me deixou desconfortável. Havíamos tomado alguns drinques juntos e, no terceiro drinque, ele manteve a mão em meu joelho por baixo da mesa por algum tempo.

– E, no entanto, não parou por aí, não é?

– Não...

– Agente Johns... – A srta. Bonnard afeta um ar ligeiramente cansado. – Não quero envergonhá-la no tribunal, então sugiro que me permita explicar aos jurados. Naquela ocasião, você e o sr. Costley estiveram bebendo desde as 18 horas, mais ou menos. Ele tinha a mão em seu joelho por baixo da mesa. Você estava agindo de forma dissimulada porque um grupo de outros colegas de trabalho também estava no pub, e em determinado momento ele moveu a mão para cima sob a sua saia, deslizou os dedos por suas meias e para dentro de suas calcinhas, onde continuou, acredito que seja este o termo adequado, a manuseá-la. Você não o impediu, nem se opôs de nenhuma forma. Em outras palavras, você e ele tiveram contato sexual íntimo, não é? O que aos olhos de muita gente constitui uma relação?

E algo acontece neste ponto. A sargento-detetive Johns muda diante de nossos olhos. Ela deixa de ser profissional, uma agente da polícia apresentando provas em juízo e se torna alguém sobre cuja vida sexual estamos todos especulando, vista pelo prisma de nossos próprios pontos de vista sobre essas questões. Tenho absoluta certeza de que os homens no tribunal, seus colegas sentados nos fundos da sala, os homens membros do júri, talvez até mesmo o juiz, agora a imaginam de saia, as pernas abertas. Estão imaginando que tipo de calcinha ela estava usando na ocasião. Eu, é claro, estou repassando as datas em minha cabeça e me sentindo ligeiramente nauseada por constatar que você estava enfiando os dedos na policial Johns duas ou três semanas depois que nos conhecemos. Pelo menos duas das mulheres do júri estão obviamente chocadas. Elas jamais deixariam um homem fazer isso, portanto a agente Johns deve ser alguém completamente diferente delas. Uma outra mulher, mais velha, estreitou os olhos com simpatia. Tenho certeza de que ela está se solidarizando com a policial por causa de sua humilhação pública. De qualquer modo, cada um de nós, de acordo com nossos próprios preconceitos, está reduzindo a policial Johns a uma espécie de símbolo de como nos sentimos sobre esse tipo de coisa. Ela agora tornou-se definida por esse ato, ou pelo fato de que não o impediu.

– Disse a ele posteriormente que não gostei. No dia seguinte, no trabalho.

– Você lhe disse mais tarde, e não no momento?

– Sim, isso mesmo... – A sargento-detetive Johns está respirando devagar e cuidadosamente, e parece ter recuperado um pouco de sua compostura. – Disse a ele no dia seguinte, no trabalho, que não estava interessada. Depois disso, ele se tornou ríspido e hostil. Ele deixou claro que não estava mais interessado em mim. Nas reuniões, ele se dirigia às outras pessoas, mas não a mim. Pegava chá para os outros membros da equipe, mas não para mim.

– Então, quando sua colega a procurou e se queixou do sr. Costley, você ficou feliz em levar a denúncia ao Recursos Humanos?

– Sim – a policial Johns responde com firmeza.

A srta. Bonnard faz uma pausa para deixar que a firmeza da sua resposta ressoe no ar, antes de dizer calmamente:

– Sem mais perguntas para esta testemunha, meritíssimo.

Mais uma vez, Robert se levanta, faz sua ligeira mesura e diz:

– Não tenho perguntas para esta testemunha, meritíssimo.

O juiz olha para a sra. Price e ela se levanta. Sua voz é suave, maternal.

– Agente Johns, não vou detê-la por mais tempo. Posso apenas indagar se, depois que o sr. Costley começou a tratá-la com frieza e indiferença, em seguida à rejeição aos seus avanços, você o censurou ou levantou a questão com ele?

– Eu tentei conversar com ele. Certa tarde, quando estávamos sozinhos no escritório, tentei lhe dizer que devíamos deixar tudo isso para trás.

– E qual foi a reação dele?

– Ele me disse que eu estava paranoica.

A sra. Price não diz nada, apenas espera um instante, para nos permitir, creio, registrar a injustiça da acusação.

– Obrigada, agente Johns.

O juiz se inclina para a frente e diz à agente Johns que sua provação está terminada.

Todos nós observamos a sargento-detetive Johns deixar o tribunal, a aura do que agora sabemos sobre ela pairando acima de sua figura como um perfume. Eu a vejo ir, observando que ela parece pequena, bem-arrumada e jovem.

A sra. Price se mantém de pé, olha para a galeria do público, tosse e diz:

– Meritíssimo, nossa próxima testemunha é a testemunha anônima.

– Sim, obrigado, estou ciente disso – retruca o juiz. – Sugiro que façamos um intervalo para o almoço.

Você é apenas um homem, Mark Costley. O que eu esperava? Teria realmente pensado que você me escolheu porque eu era especial? Estou me sentindo tão cansada e triste com essa pequena traição – você indo atrás da agente Johns –, que deixo de perceber, é claro, a traição bem maior que você acaba de cometer contra ela; não percebo que, em determinado momento, você deve ter discutido detalhadamente o caso que teve com ela com sua fria e jovem advogada de defesa, aquela de cabelos lisos, castanho-avermelhados.

19

Quando voltamos para a sala do tribunal após o almoço, uma pesada cortina de veludo havia sido puxada em toda a parte da frente do tribunal, a parte que leva da entrada ao banco das testemunhas. Há um trilho longo e fino no teto que permite isso. A testemunha anônima agora pode entrar no tribunal, dar seu depoimento e ir embora sem ser vista por nós, no banco dos réus, ou por qualquer pessoa na galeria do público, embora o júri ainda seja capaz de vê-la. Naturalmente, pelo timbre de voz, quando ele faz o juramento, faço uma tentativa de adivinhar como ele é. Eu o imagino parecido com o membro mais velho do júri, o homem branco de postura militar, uma versão mais vigorosa, mais marcada pelo tempo, talvez. Penso nele como bem acima de um metro e oitenta, de cabelos grisalhos bem-arrumados. Eu o imagino parado em frente a um espelho, com um daqueles pentes de dentes muito finos, o tipo de pente que meu pai costumava usar, mas que não se vê muito hoje em dia. No entanto, eu poderia estar bem errada, penso. A testemunha anônima pode ser um homem pequeno e ruivo, com cara de fuinha – apenas mais uma das muitas coisas que nunca vou saber ao certo.

Ele lê o juramento com voz alta e clara, e se recusa a sentar quando o juiz o convida a fazê-lo. Quando a sra. Price fica de pé para o interrogatório, ela quase faz uma pequena mesura antes de começar.

– Testemunha anônima, obrigada por ter vindo. Agora, como forma de explicação ao tribunal quanto à razão pela qual você tem medidas legais especiais, poderia por favor explicar qual é o seu trabalho?

Pela maneira como sua voz se transporta até onde estou, imagino que a testemunha anônima esteja completamente voltada para o júri.

– Meu cargo é de superintendente de treinamento de agentes.

– Você trabalha para o MI5, o nosso serviço de segurança?

– Sim, isso mesmo.

O júri inteiro olha fixamente na direção do banco das testemunhas, atento e impressionado.

– Você pode explicar o que um superintendente de treinamento de agentes é ou faz?

– Sim, certamente. Meu trabalho é fiscalizar os testes rigorosos a que submetemos todos os agentes em potencial, tanto em nível físico quanto psicológico.

– E pode explicar por que o elemento psicológico do processo de testes é importante? – continua a sra. Price.

– Claro que sim... – Ele limpa a garganta a fim de transmitir sua perícia de maneira ainda mais eficiente. – Uma das mais importantes competências que um agente de segurança precisa ter é a capacidade de disfarçar sua verdadeira profissão de sua própria família e amigos. Alguns dizem que são funcionários públicos, outros que trabalham para companhias de importação ou exportação, que seguem carreiras acadêmicas, que trabalham para a União Europeia. É imprescindível que os nossos agentes tenham capacidade de lidar com esta fraude por um longo período de tempo, caso contrário poderiam colocar a si mesmos, suas famílias e o serviço em risco.

– Isso, às vezes, deve causar-lhes algumas dificuldades, não poder sequer dizer ao próprio marido ou mulher o que eles fazem?

– Sim, está correto.

Como não consigo ver a testemunha anônima, eu observo o júri. Quero ver a expressão de seus rostos quando a plena verdade sobre o que você faz for revelada. Eu me pergunto se a estratégia do caso da srta. Bonnard será que você ficou traumatizado pelo trabalho, se for essa a natureza da apelação de responsabilidade diminuída.

O interesse dos jurados foi provocado. Ali está o que eles esperavam quando foram selecionados para o júri: uma boa história.

– Então, como você vai saber se um determinado indivíduo é ou não adequado a uma vida inteira de mentiras?

A testemunha anônima faz uma breve pausa – eu imagino um sorrisinho irônico.

– Bem, é claro que os métodos exatos que utilizamos são confidenciais...

Há uma pincelada de impaciência na voz da sra. Price, apesar da testemunha anônima ser sua. O meu palpite é que ela não é uma mulher que goste de ser tratada de forma paternalista.

– Sim, sim, compreendo, mas você poderia dar apenas uma ideia ao tribunal.

– Submetemos o candidato em potencial a um procedimento muito rigoroso ao longo de vários meses. Há testes psicológicos e entrevistas. Em seguida, o colocamos em uma situação dentro de uma empresa onde eles têm que manter identidade, história pessoal e nome completamente falsos, por um longo período de tempo. Algumas pessoas que trabalham nessa empresa fazem parte de nossa equipe de treinamento, mas o agente em potencial não sabe quem são. O trabalho dessas pessoas é testar a capacidade do candidato de manter sua história de fachada.

– Esse procedimento me parece... – a sra. Price fala lentamente, escolhendo as palavras com cuidado – um convite a se tornar paranoico. Deve ser muito difícil saber a verdade sobre si mesmo ao final do treinamento. Não é um convite a fantasistas?

Sei agora que um bom advogado nunca faz uma pergunta sem ter certeza da resposta que a testemunha vai dar.

– Absolutamente, não – responde a testemunha anônima firmemente. – Na verdade, é o contrário. Alguém fantasioso, incapaz de distinguir entre a verdade e a ficção, seria um perigo para si mesmo e para o serviço. Uma das minhas responsabilidades mais importantes é extirpar os fantasistas. Em uma situação de estresse, eles não seriam confiáveis.

Os membros do júri estão empolgados, olhando fixamente para a testemunha anônima. Quanto a mim, sinto-me mais cética. Como você pode distinguir uma pessoa verdadeiramente fantasiosa de alguém que simplesmente é muito bom em enganar? Poderia algum processo psicológico "extirpar" alguém de fato fantasista? Certamente a fronteira entre os dois deve ser muito embaçada e, se não é antes que o indivíduo entre para o serviço, sem dúvida seria depois de estar nisso há alguns anos.

– Muito obrigada, isso é muito esclarecedor – prossegue a sra. Price. – Quero me voltar agora, em especial, para a questão sobre seu contato com o sr. Mark Costley. Vamos voltar alguns anos, de modo que pode consultar suas notas, se precisar.

Ela faz uma pausa. A testemunha anônima deve ter trazido consigo um caderno de anotações ou uma pasta de arquivo para o tribunal.

– Pouco depois de ter entrado para a equipe do complexo, o sr. Costley candidatou-se a uma vaga nos serviços de segurança, não foi?

– Correto.

Olho para o júri outra vez e sinto uma sensação empolgante de satisfação infantil: *Já sei o que vocês estão prestes a descobrir.*

– Eu poderia afirmar que você foi o encarregado de revisar seu pedido para se unir ao serviço após a primeira rodada de testes psicológicos, o questionário, a entrevista, e assim por diante?

– Sim, está correto.

– E você pode me dizer qual foi a conclusão a que chegou?

– Sim, foi decidido que o sr. Costley não era um candidato adequado para passar à etapa seguinte do treinamento.

O que sinto, então, não é tanto choque quanto perplexidade – minha primeira reação é me perguntar se isso é algum tipo sofisticado de blefe duplo. Não consigo deixar de lançar um olhar de relance para você. Você olha fixamente para a frente, o rosto impassível. E todas aquelas insinuações que você me dava? Os diferentes telefones? O esconderijo? Quando minha perplexidade momentânea passa, o que sinto é frio, apenas frio. Você não é um espião. Os espiões não o quiseram. Por que você mentiu para mim, ou não mentiu exatamente, mas deixou que eu pensasse que você fosse tão mais enigmático do que realmente era? Você não achava que sexo na Capela da Cripta enquanto o Parlamento estava em sessão era estranho e excitante o bastante? Eu teria ficado empolgada e perturbada com isso ainda que você trabalhasse para o serviço de fornecimento de refeições do Palácio de Westminster. Não tinha nada a ver com seu *trabalho*. Por que razão você sentiu necessidade de me seduzir com uma mentira? Mas você não mentiu, não abertamente. Você simplesmente se manteve misterioso o suficiente para me incentivar a criar minha própria história.

– E por que razão isso aconteceu? – a sra. Price pergunta à testemunha anônima.

– Tornou-se evidente durante os testes que o sr. Costley tinha um certo grau de dificuldade com as fronteiras entre verdade e ficção. Em suma, quando era convidado a manter uma história falsa, ele próprio passava a crer na história. Isso é exatamente o que eu estava dizendo anteriormente sobre um fantasista, a diferença entre alguém que pode manter uma mentira por um longo período de tempo e alguém que realmente se convence de que a história é verdade.

– O que está descrevendo soa quase como um transtorno de personalidade, não?

– Eu não diria isso – responde a testemunha anônima. – Diria que...

A srta. Bonnard levanta-se imediatamente.

– Meritíssimo, esta testemunha não é um psicólogo. Ele *não* é qualificado para responder essa pergunta.

O juiz simplesmente olha para a sra. Price por cima dos óculos. Ela prontamente pede desculpas, já tendo conseguido o que queria.

– Desculpe-me, vou reformular a pergunta. Testemunha anônima, seria justo dizer que durante a avaliação o sr. Costley exibiu um comportamento que sugeria que ele tinha dificuldades em distinguir os limites entre verdade e ficção?

– Correto.

– E sua preocupação com essa incapacidade em distinguir limites foi suficiente para rejeitá-lo como um candidato adequado, apesar do fato de que ele já tinha passado na avaliação física e estava muito interessado em ingressar no serviço?

– Sim, está correto. Não aceitamos candidatos facilmente, mas também não os rejeitamos de forma negligente. O entusiasmo do sr. Costley não foi colocado em dúvida e tenho certeza de que ele estava fazendo um excelente trabalho em sua função na segurança das Casas do Parlamento. Mas, na minha opinião, ele era um candidato inadequado para nós.

Até então, a sra. Price parecia estar sustentando a ideia de você como alguém mentalmente instável, mas, naturalmente, ela só estava construindo essa ideia a fim de derrubá-la.

– Mas... estou certa no entendimento de que, apesar de sua inadequação aos serviços de segurança, você não se sentiu suficientemente preocupado com sua estabilidade mental para informar isso a seu gerente na Câmara dos Comuns?

– Eu não o considerei ativamente instável, não.

– Podemos ser bastante claros sobre isso? O sr. Costley era, afinal de contas, parcialmente responsável por garantir o bom funcionamento dos processos democráticos deste país. Você não sentiu qualquer ponta de inquietação depois de avaliá-lo, sobre sua aptidão para continuar em seu cargo atual?

– Não, como já disse, absolutamente não.

A sra. Price decide insistir naquele ponto.

– Portanto, embora tenha sentido que ele podia ter dificuldades para distinguir entre fato e ficção, ficou satisfeito com seu estado mental para permitir que ele continuasse a trabalhar em uma função burocrática, mas ainda assim altamente sensível, envolvendo a proteção e a segurança de membros eleitos do Parlamento, em um prédio que deve estar em permanente estado de segurança máxima?

A voz da testemunha anônima faz ressoar.

– Sim, está correto.

A srta. Bonnard está quase tendo uma convulsão quando se põe de pé para contrainterrogar a testemunha. Depois de seu aparte durante o interrogatório, é óbvio o rumo que ela irá tomar. Ela mantém a testemunha anônima aguardando por um brevíssimo instante, enquanto ajusta ligeiramente sua peruca e enfia uma mecha de cabelo por baixo. Isso é bem intencional. Ela não pode demonstrar-lhe nenhuma descortesia ou desrespeito óbvios, mas ela quer deixar claro que, ao contrário de outros no tribunal, ela não está demasiado impressionada por ele. Quando olha em sua direção, posso ver quando vira a cabeça, que ela lhe dá um sorriso lento e caloroso.

Ela começa levando a testemunha anônima de volta à sua rejeição a você. Depois de feito isso, ela acrescenta:

– ... e isso foi, não foi, como você mesmo já disse, exclusivamente por causa de preocupações com seu estado psicológico?

Ele admite a questão bem rapidamente.

– Exclusivamente por causa dessas preocupações, sim.

Por alguns instantes, a srta. Bonnard o faz girar em círculos, instigando-o o tempo todo a revelar mais alguns detalhes sobre suas inquietações relativas à sua saúde mental. Ela só está lhe pedindo para se repetir, mas espera que, creio, quanto mais as preocupações da testemunha anônima são repetidas, mais fundo elas se alojarão na mente do júri. Por fim, ela se senta, Robert recusa a oportunidade de interrogar a testemunha anônima em meu nome, e o juiz olha para a sra. Price. Não é surpresa para ninguém quando ela se levanta novamente.

– Bem... – ela começa, devagar, moderadamente. – Nós já sabemos que, por razões óbvias, não tenho permissão para usar seu nome... – ela diz – e compreendo que haja um limite para as informações que você pode fornecer ao tribunal a seu próprio respeito, mas poderia apenas nos contar um pouco sobre seus antecedentes?

– Certamente – ele responde. – Posso dizer que passei um tempo nas Forças Armadas, em operações que envolviam viagens internacionais, antes de ser designado para trabalhar no país. Estou chegando ao final do meu tempo de serviço agora.

Por oito anos, tenho sido responsável pela formação e avaliação em meu nível atual.
– Você não é psiquiatra, é?
– Não, obviamente recebi uma extensa formação em...
– Mas você não é psiquiatra no sentido médico, você não tem um doutorado de qualquer tipo?
– Não, é correto.
– Você não é membro do Instituto Britânico de Psicologia ou de qualquer outra organização acreditada, é?
– Não, não sou.
– O que eu quero dizer é, e espero que você me perdoe, já que isto não é uma crítica, mas o único preparo psicológico que você teve só é relevante para saber se um homem ou uma mulher pode mentir para sua família ou colegas de trabalho, se consegue manter a fraude. Em resumo, o que estou tentando dizer é que você não se consideraria, nem é, qualificado para afirmar se o sr. Costley tem ou não algum tipo de distúrbio de personalidade, tal como é reconhecido pelos guias de diagnóstico oficiais disponíveis a este tribunal.
Segue-se um brevíssimo silêncio no banco das testemunhas.
– É verdade que não tenho nenhuma das qualificações que mencionou.
– Muito obrigada. – A sra. Price olha para o juiz. – Sem mais perguntas, meritíssimo.
O juiz vira-se para a testemunha anônima.
– Obrigado, você pode ir. Devo dar-lhe o aviso que dou a toda testemunha para não discutir este caso com ninguém.
Todos nós ouvimos em silêncio enquanto a testemunha anônima desce os poucos degraus de madeira do banco das testemunhas – seus passos soam pesados para mim, sim, mais de um

metro e oitenta, como pensei. Eu o imagino lá fora no corredor do Old Bailey, descendo descontraidamente a larga escadaria de pedra, saindo para a rua, e as pessoas que passam por ele meramente pensando, se é que pensam nele, se é um agente da polícia, um advogado ou um homem de negócios. O que esse tipo de trabalho faz a você se não transformá-lo em um fantasista, um robô? Não é para seu crédito, Mark Costley, que eles não o quiseram? Você nunca mentiu para mim, não abertamente. Faz parte da natureza humana permitir que as pessoas pensem que somos algo mais fascinante do que realmente somos. Deixo você acreditar que sou uma das maiores geneticistas do país, quando na verdade sou uma cientista moderadamente bem-sucedida, que agora se vale das pesquisas do passado, fazendo um ou outro trabalho de análise ou consultoria. Há anos que não coloco a mão na massa.

Naquela noite, pela primeira vez desde que o julgamento começou, eu sonho com ele. Não sonho com a árida sala do tribunal, nem com você, não há nenhum pesadelo com uma das ilustrações do assassinato de Craddock, nenhuma visão de um cadáver ensanguentado me perseguindo com os braços estendidos. Em vez disso, sonho com um lugar em Old Bailey onde nunca estive.

Mais cedo naquele dia, tínhamos começado tarde porque um dos jurados estava preso em um trem atrasado. A informação nos foi transmitida pouco antes de sermos levados para cima, de modo que os guardas que me conduziam fizeram meia-volta para me devolver à cela e, quando descíamos o corredor, o homem negro idoso, de cabelos brancos, atrás do balcão, gritou:

– Pergunte se ela quer uma bebida quente.

– Eu adoraria uma xícara de chá – gritei em resposta, embora, na verdade, não quisesse. Esperar por ela ajudaria a passar o tempo, bebê-la ajudaria a passar um pouco mais.

– Façam-na sentar perto da área da cozinha – ele falou para os guardas e, para minha surpresa e prazer, não fui levada de volta para a cela, mas sentada do lado de fora de uma saleta funcional, onde nossas refeições são aquecidas em um micro-ondas. Um dos meus agentes foi embora, mas o outro empoleirou-se em uma mesa em frente à porta de entrada para ficar de olho em mim. Obviamente, não era um procedimento normal para mim poder sentar-me ali, mas eles haviam decidido que eu não era do tipo de fazer loucuras, entrar correndo na cozinha em busca de uma faca, embora, de qualquer jeito, ali não houvesse mais do que talheres de plástico. O simpático homem caribenho passou por mim, entrou na cozinha e emergiu com duas xícaras de chá em canecas de plástico. Colocou uma à minha frente, eu a ergui e tomei um gole. Estava agradavelmente quente. Ele se sentou na cadeira próxima a mim e tive a sensação de que, se tivesse sido apropriado, ele teria dito algo como: "O que uma senhora simpática como você está fazendo em um lugar como este?" Em vez disso, ele falou:

– Você é uma mulher educada.

Ele tinha um sotaque engraçado, como meus avós do distrito de Fenland, pais de minha mãe, com quem perdi contato depois de sua morte.

– Já percorreu o lugar?

Eu não tinha certeza do que ele queria dizer, mas, em seguida, percebi que se referia ao prédio, o Old Bailey, o lado histórico, em vez da parte moderna em que estamos, os antigos tribunais que sempre aparecem nos seriados de TV. Sacudi a cabeça. E ele sacudiu a cabeça em resposta, como se se entristecesse e lamentasse o fato.

– Sabe, eles fazem passeios guiados pela parte antiga. Você devia fazer esse passeio um dia. Muita gente faz.

Ao tomar um gole do chá quente da caneca de plástico, abaixei a cabeça para esconder um pequeno sorriso à ideia de que, quando meu julgamento terminar, eu possa querer voltar aqui para um passeio, apenas por diversão.

Ele sacudiu a cabeça novamente.

– Muito interessante, acredite, há muita história neste lugar.

Ele faz um sonoro barulho ao beber de sua própria caneca, engolindo ar com o chá, a fim de esfriá-lo.

– As antigas salas dos tribunais, elas são tão pequenas, que se pode compreender por que eles precisavam de novas salas.

E, então, ele me contou sobre o Caminho dos Mortos.

E, naquela noite, sonho com o Caminho dos Mortos. Em meu sonho, sou capaz de imaginá-lo exatamente, a partir apenas de sua descrição, mesmo nunca tendo estado lá. Fica na parte de trás do edifício, uma ruela que agora não é mais usada. O Old Bailey tem uma série de partes abandonadas, como fico sabendo. Há até mesmo um pedaço de muralha romana em algum lugar. O Caminho dos Mortos existiu durante séculos e, presumivelmente, no começo era feito de pedra. O simpático segurança caribenho contou-me que atualmente – ele não consegue acreditar, mas é verdade – está recoberto de azulejos retangulares brancos, como o interior de um banheiro público. Você para no começo, ele disse...

Em meu sonho, estou em pé no começo do Caminho dos Mortos. Diante de mim há uma série de arcos, cada qual sucessivamente menor do que o anterior. Caminho em direção a eles. O primeiro arco, com seus azulejos brancos, tem altura apenas suficiente para eu atravessar sem ter que me curvar, e é tão estreito que meus ombros roçam nele. Mas o arco seguinte é ainda mais baixo e mais estreito, assim como o seguinte, e o seguinte depois dele... até que eu tenha que me agachar e deslizar lateralmente por arcos cada vez menores... No entanto, por menores e mais estreitos que os arcos se tornem, sou capaz de deslizar por eles, o que é horrível, porque eles nunca terminam...

O guarda simpático me disse que a ideia dos arcos cada vez menores era a de que os presos condenados que iam para a forca no final da ruela tendiam a entrar em pânico ("E pode-se culpá-los, com uma forca aguardando no final da viela?"). Os arcos cada vez menores eram para lhes dar cada vez menos espaço para fuga. Mas a lógica disso parece estranha, ou talvez apenas sádica, pois o que é mais susceptível de fazer um condenado entrar em pânico, enquanto caminha para a morte, do que arcos se fechando sobre ele, cada vez mais, tornando-se cada vez menores, sabendo que o último será um caixão?

Não há caixão no meu sonho, nem forca, nem prisioneiros em pânico. Existe apenas um arco após outro, e, a cada um que consigo atravessar, penso que é impossível acreditar que serei capaz de atravessar o próximo, ainda menor, mas toda vez eu consigo. Nunca termina. Isso é tudo em que consiste o sonho, uma série de sensações enquanto me aperto por arcos menores. Sem sangue nem violência, mas uma crescente e excruciante sensação de horror a cada arco sucessivamente menor. Desperto com o peito palpitando, suor grudando meus cabelos pelo rosto, e vejo que estou em uma cela, na prisão.

20

O júri pode não saber, mas eu sei, porque Robert me disse – e você, Mark Costley, deve saber também. As testemunhas da acusação até agora têm sido, em grande parte, irrelevantes. O único que realmente importa é o perito psicólogo, e o único fato que importa é se você está ou não sofrendo de um transtorno de personalidade, o que significa que pode valer-se da "responsabilidade diminuída" em sua defesa. O júri ainda tem o pensamento coletivo cheio de chamadas de emergência e discussões sobre sangue diluído, de modo que imagino que eles não sintam nenhuma sensação real de expectativa com o atraso que ocorre no dia seguinte ao meu sonho. A testemunha especializada da acusação, um psiquiatra chamado dr. Sanderson, tem de entrevistá-lo na prisão e fazer uma avaliação psicológica. Tudo que significa para os jurados é que eles ganham um dia de folga.

É uma quarta-feira de manhã. Quando saí da prisão de Holloway naquela manhã, estava nublado, mas dez minutos depois de estar no interior do Old Bailey, perco todo o senso de como o clima ou o mundo pode estar no exterior. Lá fora no mundo normal, poderia estar fazendo um dia ensolarado, quente e luminoso, ou uma nevasca, mas o clima aqui dentro é sempre o mesmo. Todos os dias são iluminados por luz elétrica, abafados, fechados. Ocorre-me, quando subo os degraus de concreto da área das celas para o tribunal, que não estou apenas vivenciando este julgamento, como estou incorporada nele. A rotina já é tão conhecida, tão familiar para mim, que meus dias pré-julgamento parecem perdidos em um passado distante. Mal posso acreditar que um dia tive uma casa, um marido, uma carreira e filhos adultos que não estavam em contato comigo tanto quanto eu desejava que estivessem. A atividade normal de fazer café e torrada em minha cozinha parece um sonho distante. Tento imaginar os confortos físicos de casa enquanto subo os degraus de concreto, o carpete felpudo, verde-escuro, em nossas escadas, a madeira lisa do corrimão de carvalho sob minha mão. Subindo as escadas de minha própria casa...

Você já está no banco dos réus. Os agentes de polícia estão de pé, conversando em voz baixa – o inspetor Cleveland também está de pé, ao lado de sua cadeira, levantando a calça, curvando-se um pouco e sorrindo com algo que um de seus assistentes disse. Ele sempre cruza os braços quando está em pé, eu tenho notado, mantendo-os bem altos, como se seu tamanho signifique que ele se sinta um pouco desajeitado, a menos que seus braços estejam bem presos. O assistente da sra. Price, o rapaz que se balança na cadeira, oferece uma bala a Robert, uma Murray Mint, do grande pacote que ele oferece às equipes jurídicas.

Não consigo ver a srta. Bonnard, e isso é raro. Normalmente ela já tem tudo pronto, à espera do início dos trabalhos com um ar de diligente impaciência. Após alguns minutos, ela entra apressadamente, com uma pasta de arquivo agarrada ao peito, ignora os demais e atravessa a sala até onde seu próprio assistente está sentado, um outro jovem. Eles têm uma conversa rápida, urgente, e em seguida deixam juntos o tribunal. Após mais alguns minutos, ela está de volta. Seguindo-a, estão um homem e uma mulher que mais tarde descubro serem os peritos psicólogos da defesa. Ao contrário das outras testemunhas, eles são autorizados a permanecer no tribunal, enquanto o psicólogo da acusação dá o seu depoimento – o trabalho deles será contradizê-lo posteriormente. Eles se sentam atrás da advogada de defesa, na mesma fileira dos advogados do Ministério Público. Enquanto esperamos pelo juiz, a srta. Bonnard continua a virar para trás e a cochichar com eles.

A porta das dependências do juiz se abre.

– Todos de pé! – solicita a oficial de diligências enquanto o juiz entra, e nós nos levantamos, ah, claro que sim.

O juiz faz seu habitual sinal com a cabeça, todos nós fazemos uma reverência e nos sentamos, e a oficial de diligências já está saindo do tribunal para ir buscar o júri, quando a srta. Bonnard se levanta.

– Meritíssimo... – diz ela, um pouco alto demais. A oficial de diligências para no meio do tribunal. O juiz franze a testa por cima dos óculos. Todos olham para a jovem que até então parecia tão equilibrada e confiante. Ela está de costas para mim, mas, pela maneira como seus cotovelos se posicionam para fora, posso ver que ela está segurando as lapelas de sua toga com as duas mãos. Ela limpa a garganta; tem algum tipo de pedido a fazer. O juiz olha para ela e exibe seu costumeiro sorriso indulgente, que agora parece ligeiramente congelado, algo está para acontecer que ele não vai gostar.

– Meritíssimo – ela repete –, antes que o júri seja trazido, lamento dizer que poderemos ter mais um atraso e é difícil para mim informar ao tribunal exatamente de quanto tempo a demora pode ser.

O juiz olha ostensivamente para o relógio logo abaixo do corrimão ao longo da frente da galeria do público.

— Receio que o problema, meritíssimo, seja o relatório do dr. Sanderson. Ao que parece, a impressora aqui no prédio não está funcionando. Isso significa que, embora eu tenha recebido o relatório por e-mail às sete horas da manhã, como já estava no caminho para cá, até agora só tive oportunidade de lê-lo no meu celular, no trem, e como o senhor sabe o relatório tem 28 páginas...

Ela para de repente. O juiz apenas a olha fixamente.

— Meritíssimo, realmente sinto que não prestarei ao meu cliente uma representação plena e adequada, a menos que tenha a oportunidade de ler o relatório minuciosamente, em cópia impressa, possa fazer anotações onde for necessário e discuti-lo com ele. Há partes que consideramos controversas e algumas, na verdade, que atingem o âmago da nossa defesa. Eu não sugeriria qualquer outro atraso se não se tratasse de uma questão de extrema importância.

O juiz suspira.

— Realmente não é possível fornecer uma fotocópia à srta. Bonnard?

Ele olha ao redor da sala do tribunal com um sorrisinho fixo, como se a pergunta fosse dirigida a qualquer pessoa que por acaso tivesse uma cópia, inclusive a oficial de diligências e o público na galeria. Ele realmente não consegue compreender por que alguém não pode ajudá-lo. Sinto um inadequado, mas involuntário, desejo de levantar a mão, como a queridinha da professora que sou, muito embora, obviamente, também não tenha uma cópia do relatório. Nem Robert.

— Meritíssimo, sei que existe outra impressora em uma sala onde seria possível obter a impressão, mas vou ter de relê-lo na íntegra. Compreendo que este é um atraso muito inoportuno, mas, se tivesse recebido o relatório antes de sair de casa hoje de manhã, já teria, é claro, imprimido em casa e digerido a cópia impressa durante o trajeto.

O juiz inclina-se para a frente.

– Meu entendimento é que o relatório foi enviado a todos até a meia-noite de ontem?

O sorriso está ficando cada vez mais tenso.

– Pode ter sido este o caso, meritíssimo, mas a minha conexão com a internet caiu durante a noite e só me foi possível acessar meus e-mails no trem.

O juiz suspirou mais uma vez, franziu os lábios. De repente vejo como ele deve ficar mal-humorado em um domingo em casa, quando as batatas ficam prontas antes do pernil de cordeiro. Ele olha para o relógio outra vez.

– Vou convocar um recesso até as 11 horas. Isso lhe dará tempo suficiente, srta. Bonnard?

Ela balança a cabeça rapidamente.

– Muito obrigada, meritíssimo, certamente me dará tempo suficiente para imprimir e ler o relatório o mais rapidamente possível. Posso, no entanto, precisar de mais tempo para me reunir com meu cliente.

Robert está com o rosto virado para um lado e o braço pousado no encosto da cadeira. Eu o vejo franzir a testa.

– Quanto tempo? – O juiz pronuncia cada palavra bem devagar.

– Meritíssimo, com todo o respeito, sugiro que talvez seja melhor se o júri for liberado até depois do almoço, às 14 horas.

O juiz olha fixamente para ela por alguns instantes e, em seguida, diz para o ar à sua frente:

– O júri, por favor...

Robert olha para trás, para mim, ainda com a testa franzida. A oficial de diligências sai e traz os jurados para o tribunal.

Quando atravessam a sala em direção aos seus assentos, um rapaz no final do cortejo para a fim de abrir a mochila e o juiz fala, com uma pincelada de impaciência:
— Por favor, tome o seu lugar, senhor, prometo-lhe que não será por muito tempo.

Eles se sentam, e o juiz diz:
— Senhoras e senhores, surgiu uma questão legal que requer algum tempo para ser resolvida. Como já lhes disse, seu trabalho aqui é julgar as provas, e o meu é julgar questões de direito. O que isso significa, na prática, é que vocês terão um intervalo e eu não.

Todos os membros do júri exibem sorrisos aliviados ao perceberem que o juiz, de forma absolutamente inesperada, fez uma piada.

— Por isso, não vamos exigir sua presença até depois do intervalo para o almoço. Estão livres até as 14 horas.

É isso. Eles são conduzidos para fora. Admiro-me de que o juiz não peça desculpas por suas vindas desnecessárias ao tribunal nesta manhã, mas imagino que isso possa minar sua autoridade. Piadas podem ser distribuídas livremente por uma autoridade; desculpas, não.

— Todos de pé no tribunal! – a oficial de diligências profere.

Todos nos levantamos, fazemos uma mesura para o juiz enquanto ele se afasta.

A srta. Bonnard dirige-se a você, meu coacusado, onde você está, no banco dos réus.

— Estou descendo para falar com você imediatamente – diz.

Fico um pouco confusa. Conseguir o relatório impresso não é o problema mais urgente? Sua equipe de defesa junta papéis e pastas, e deixa o tribunal num grande alvoroço.

O inspetor Cleveland vira-se para trás, olha para os colegas junto à porta e ergue as sobrancelhas. Em seguida, se desloca até a mesa da promotoria. A sra. Price volta-se para ele quando ele se aproxima e ergue as mãos.

– Eles estão tentando ganhar tempo – ela diz. E, abaixando um pouco a voz, acrescenta: – Conexão de internet uma ova.

Robert ainda está sentado com um braço no encosto da cadeira, a expressão pensativa. A seu lado, sua assistente permanece sentada na cadeira, em silêncio.

O dr. Sanderson me enche de medo no instante em que entra no tribunal. Ele tem o rosto gordo, como um bulldog, cabelos grisalhos e fofos. Ele parece profundamente impressionado por estar lá, embora eu suponha que ele esteja sendo pago. Ele fica de pé diante do banco das testemunhas e a sra. Price o conduz por toda a avaliação psicológica que ele fez de você, durante a qual, em resumo, ele afirma que não há qualquer possibilidade de você sofrer de transtorno de personalidade. Ele cita seu bom comportamento enquanto esteve em prisão preventiva, a ausência de um histórico psiquiátrico anterior e um sólido registro de trabalho. Pior de tudo, ele afirma que você é o que chama de "um contador de histórias não confiável" e, como prova disso, cita a maneira calculista com que você tem perseguido seu interesse em sexo extraconjugal. Em outras palavras, você é um mentiroso. Você não é louco, nem perturbado, não sofre de estresse pós-traumático, nem de transtorno de personalidade antissocial ou limítrofe. Você é apenas um mentiroso.

A srta. Bonnard faz o que pode. Ela tenta lidar com o dr. Sanderson da mesma forma como lidou com as outras testemunhas de acusação: ela parte para o ataque. Pergunta sobre o histórico dele em depoimentos e deixa claro que quase sempre ele é favorável à acusação. Ela cita um relatório que ele escreveu para o governo intitulado "Defesa criminal e simulação de doença". Ela o faz descrever como "simulação de doença" é um termo técnico para o modo como os criminosos tentam evitar a responsabilidade por seus crimes fingindo ser psicologicamente perturbados e como alguns deles podem pesquisar seus distúrbios muito cuidadosamente.

– O senhor sempre acha que as pessoas estão simulando a doença, não é? – ela pergunta.

Ele olha friamente para ela, o homem-bulldog, sem se abalar, e responde:

– Acho que estão simulando doença quando não há nenhuma evidência de que sofram de algum grave distúrbio psiquiátrico e estão apenas fingindo doença a fim de escapar da justiça. – Depois de dizer isso, ele olha para o júri de uma forma que sugere que reviraria os olhos se achasse que poderia sair impune.

A srta. Bonnard, então, puxa a última arma de seu arsenal. Ela pede ao dr. Sanderson para comentar um caso em que ele testemunhou para a acusação contra uma mulher que tinha esfaqueado o padrasto após anos de abuso sexual.

– Seu testemunho, pelo que eu sei, foi de que a mulher não sofria de estresse pós-traumático?

– Está correto – ele responde. – Na minha opinião, não sofria.

– O senhor é cético quanto à própria existência do transtorno de estresse pós-traumático – afirma a srta. Bonnard, olhando para baixo, como sempre faz quando lança uma de suas declarações bombásticas.

O dr. Sanderson não se move nem um milímetro.

– Não cabe a mim ser cético ou não. Minha função é fazer uma avaliação diagnóstica nos termos da lei.

Agora eu sei por que a srta. Bonnard procurou ganhar tempo depois de ter lido a avaliação psicológica que o dr. Sanderson fez de você. É devastador para o seu caso. O dr. Sanderson combina cinismo com a dose exata de moderação, para evitar parecer cruel. Acho que ele é uma pessoa odiosa, sem um pingo de empatia humana, o tipo de pessoa que, há alguns anos, teria dito que o abuso sexual em si não existia, exceto na mente da vítima, mas tenho que admitir que ele acredita em cada palavra do que diz. Ele ama seu trabalho e é bom no que faz. Ele é perfeitamente sincero.

Quando Robert vem me ver no final do dia, posso dizer que ele está infeliz.

– Embora nossa defesa não se baseie na inocência do sr. Costley, é evidente que gostaríamos que ele fosse considerado inocente, porque, então, você também seria automaticamente inocente.

– Como você acha que a srta. Bonnard se saiu contra o psicólogo? – pergunto, embora saiba a resposta.

Robert franze a testa. Sua beca ainda está pendurada em um ombro, sua peruca está cuidadosamente torta; ele parece cansado.

– Digamos apenas que ela está lidando com a situação de uma maneira um pouco diferente de como eu faria.

Ele funga com desdém.

– Normalmente, tenho uma relação de trabalho um pouco melhor com a outra equipe de defesa em casos de múltiplos réus. Afinal, é do nosso interesse trabalhar em conjunto.

Nós dois permanecemos em silêncio por um ou dois minutos, sozinhos na pequena sala de reunião. Amanhã, será a minha vez.

A acusação contra mim é simples. Eles difamam a própria vítima, apresentam George Craddock como um monstro. Eles não tentam desacreditar ou diminuir a história de seu ataque contra mim, da forma como uma defesa teria feito se fosse Craddock que estivesse no banco dos réus: eles fazem o oposto. Quanto pior o fizerem parecer, mais motivo eu terei para o crime. Eles têm provas da parte do perito em informática da polícia sobre os sites pornográficos que Craddock visitava. A ex-mulher não está disponível – não conseguiram rastreá-la nos Estados Unidos. Assim, trazem sua irmã para dar depoimento sobre o casamento de Craddock e as alegações feitas de abuso doméstico. Eu não sabia que era possível apresentar provas contra o caráter de uma vítima morta, mas aparentemente é. É possível fazer qualquer coisa neste julgamento, estou começando a pensar, porque este é um julgamento virado de cabeça para baixo. É como o espelho grande no café, onde nos reunimos com Kevin. É através de um espelho. Tudo que deveria contar a meu favor é contra mim.

O próprio Kevin é a próxima testemunha de acusação contra mim e dá provas convincentes sobre como fui moderada e eloquente durante a nossa discussão, mas ele ainda detectou, sob meu exterior controlado, um grande tormento sobre o que tinha acontecido comigo. Kevin é uma boa testemunha, tão simpático no tribunal quanto eu o achei no café, um homem sensível, cujo trabalho é ajudar mulheres: ele não poderia ter sido pior para mim. De cabeça para baixo, às avessas: durante o depoimento de Kevin, chego o mais próximo que já tinha chegado, durante todo o julgamento, de querer colocar as mãos sobre os olhos e gritar.

As especulações de Kevin sobre a natureza da relação entre mim e você não é algo levantado pela sra. Price, algo considerado inadmissível. Existem apenas duas pessoas que podem ser interrogadas sobre a natureza de nosso relacionamento: você e eu.

O motorista de táxi que me levou para casa depois daquela noite – ele também é uma testemunha de acusação. Foi localizado pelo recibo que me deu, encontrado entre os meus papéis quando fizeram uma busca em minha casa. Ele também se sai bem, com seu forte sotaque londrino, um pouco trapalhão, mas sincero, um bom homem.

– O que você observou entre a ré e a vítima neste caso? – a sra. Price lhe pergunta. Ao dizer ré, ela se refere a mim. Por vítima, ela se refere a Craddock.

Robert fica de pé – é a primeira vez no julgamento que ele levanta uma objeção e várias pessoas no júri olham para ele, surpresas.

– Meritíssimo, esta testemunha está sendo solicitada a dar sua opinião...

O juiz levanta a mão para interromper Robert no meio da frase, em seguida faz uma pausa para um momento de reflexão, depois diz:

– Acho que a testemunha está sendo solicitada a responder sobre o que ele observou. Sra. Price, vai se assegurar de que suas perguntas não se desviem, não é verdade?

– É claro, meritíssimo.

– Então, pode prosseguir.

Robert senta-se. É sua primeira intervenção e ele foi derrotado. Penso em como tudo o que o faz parecer fraco certamente deve fazer todo o nosso caso parecer fraco.

– Bem, como eu disse à minha esposa naquela noite, fiquei um pouco preocupado – o motorista de táxi continua, com cuidado, um pouco arrogante, olhando da promotora para o júri e novamente para ela. – Foi o meu último trabalho naquela noite, eu mesmo moro na zona oeste de Londres, de modo que fiquei bastante satisfeito em conseguir passageiro, pensei que ia acabar um pouco mais cedo e ir para casa. Minha mulher estava me esperando acordada e eu disse: acho que aquela mulher que levei para casa estava muito mal, daquele jeito, encolhida no canto do táxi. Não sei o que estava acontecendo, mas ela não tinha um bom aspecto.

As provas às avessas finalmente terminam – e é nesse ponto que o caso contra mim vacila. Sem provas quanto à natureza de nosso relacionamento, a sugestão de que eu o incitei a matar Craddock soa implausível. À exceção de deixar claro que o que Craddock me fez foi muito ruim, há pouco mais que a promotoria possa fazer. Eu me pergunto se, bem no fundo, eles sabem disso. Eu me pergunto se a sra. Price está pensando, ah bem, desde que a gente pegue ele, já está bastante bom. Vamos fazer todo o possível para pegá-la, mas não está parecendo muito fácil. Eu me pergunto, e não pela primeira vez, sobre seu grau de investimento emocional no que está acontecendo aqui. Até onde essas pessoas se importam?

É tarde de sexta-feira. Os jurados ainda estão se acomodando em seus assentos, ainda fazendo os pequenos movimentos de arrastar os pés que a maioria de nós faz ao se sentar, quando o assistente da advogada de acusação se levanta. A sra. Price permanece sentada desta vez. Obviamente, os assistentes dos advogados têm que receber alguma incumbência.

– Meritíssimo, temos alguns... – O rapaz das balas Murray Mints lê em voz alta a declaração de um paramédico. O próprio paramédico não foi chamado como testemunha porque está no hospital, submetendo-se a uma operação de apêndice. Mas sua declaração será suficiente e o juiz é direcionado a ela.
– Está na página 213 do seu pacote, meritíssimo...

Pacote do meritíssimo. Parece um grande embrulho. Há uma pausa enquanto o juiz folheia o pacote. Não compreendo realmente a relevância da prova do paramédico ausente, porém mais tarde Robert me explica que tem a ver com a limpeza feita depois da morte de Craddock. Isso é importante porque sua defesa vai ser de responsabilidade diminuída. Quanto mais meticuloso você tiver sido na limpeza da cena do crime, quanto mais organizado, então mais responsável – ou não – você parece ser. Os detalhes que se seguem ainda me parecem excessivos. A acusação já demonstrou que você sabia o que estava fazendo. Mas continuamos a ter que ouvir sobre como os dois paramédicos colocaram protetores cirúrgicos sobre as botas antes de entrar na propriedade. Normalmente, eles esperariam que botas e trajes protetores chegassem, a fim de preservar os elementos de prova – afinal, a chamada para o número do serviço de emergência havia afirmado que se tratava de um morto – mas, por causa do tempo que eles estavam levando para chegar, foi tomada a decisão de entrar na propriedade de qualquer forma, caso fossem necessários procedimentos de reanimação para alguém que pudesse estar lá dentro. Isso me parece mais um exemplo em que informações são dadas com a finalidade de proteger alguém de críticas posteriores, e não porque elas tenham qualquer relevância para o nosso caso. O sr. Murray Mint continua a atuar como substituto do paramédico:

– "Quando eu entrei na propriedade, segui imediatamente para a cozinha, onde encontrei um homem desconhecido deitado de costas com a cabeça na direção da geladeira. Notei uma grande poça de sangue embaixo de sua cabeça..." – Estamos de volta ao começo: o corpo. Repetidamente, giramos ao redor do corpo. Não do homem, mas do corpo. O corpo está sempre lá, como o cadáver em um filme de terror que aparece onde quer que o personagem principal olhe: o quarto, a cozinha, a sala de estar, em seu escritório no local de trabalho, sentado em seu carro. Esse corpo não nos segue dessa forma – é um corpo de verdade, que permanece em um único lugar –, mas, ainda assim, nenhum de nós consegue se livrar dele. O rapaz inexperiente ainda está lendo em voz alta o depoimento do paramédico sobre a chegada da polícia ao local do crime e depois, por fim, a do médico-legista. – "... e às 18 horas, a vida foi declarada extinta."

Extinta. Desaparecida para sempre. Não só ausente, não só desaparecida por alguns instantes – extinta, para nunca mais voltar.

A palavra extinta ainda paira no ar quando o assistente diz:

– E apenas mais uma apresentação, meritíssimo. – E deixa cair uma carga de pequena profundidade nas águas já turvas do que o júri sabe sobre você. – Em 2005, Mark Costley se declarou culpado da acusação de agressão comum.

Os membros do júri ficam surpresos e um pouco desconcertados. Eles sentem que se trata de informação relevante e, é claro, querem mais detalhes. Eles não tiveram acesso às discussões jurídicas sobre a admissão de evidências de má índole, durante as quais verificou-se que você foi considerado culpado de agressão, após entrar em uma briga com um homem do lado de fora de um pub. Aparentemente, o homem tinha ofendido sua esposa. Os jurados não têm permissão para ouvir os detalhes do caso porque a srta. Bonnard argumentou que isso poderia influenciá-los.

Ainda estou observando a reação do júri a esta informação quando a sra. Price se levanta. Consigo apenas ouvi-la dizer calmamente:

– Meritíssimo, isso conclui o caso para a Coroa.

A acusação encerrou seu caso de maneira tão tranquila, sem nenhum desfecho dramático, que olho à volta do tribunal para ver se mais alguém ficou tão surpreso quanto eu. Não consigo deixar de sentir que devia ter havido alguma conclusão espetacular, mas isso virá mais tarde, nas declarações finais. É quando posso esperar os floreios, se é que de fato haverá algum.

Os jurados também parecem um pouco surpreendidos. O juiz vira-se para eles e diz que, como já são quase três horas de uma sexta-feira, ele não vê motivo para pedir à defesa para iniciar sua exposição naquele momento. Ele os lembra de que não devem discutir o caso com ninguém durante o fim de semana. Eles estão livres até 10:15 da manhã de segunda-feira.

O caso da acusação contra nós durou duas semanas. Como se verá, a defesa será muito mais rápida.

Um por um, os membros do júri descem de sua plataforma e passam em fila diante de nós, em direção à saída. Todos nós os ficamos observando sair, ir embora para suas vidas normais.

Há uma exalação coletiva no tribunal. Os advogados de defesa e de acusação voltam-se uns para os outros. A mulher do Ministério Público fecha sua pasta de arquivo com um suspiro. O juiz vira-se para Robert e pergunta-lhe se ele vai apresentar alguma moção e Robert diz que sim, estará na mesa do juiz até a meia-noite.

Robert vira-se para mim e diz:

– Vou descer em poucos minutos, está bem?

Levanto-me de meu banco com uma sensação de anticlímax. Não sei o que esperava da conclusão da acusação, mas era mais do que isso. Talvez seja porque eu esperasse que a declaração do paramédico levasse a algum lugar e isso não tenha acontecido. Talvez seja porque eu ainda não subi ao banco das testemunhas. Seria arrogância ou desespero da minha parte que me deixa ansiosa para fazê-lo?

Quando Robert desce para a cela, tem o ar de um homem desmobilizado, talvez por ser uma sexta-feira à tarde. Ele trouxe sua assistente com ele, Claire, e eles se comprimem à minúscula mesa da sala de reunião, enquanto eu me sento diante deles e Robert me diz que naquela noite ele apresentará ao juiz uma moção para que o caso contra mim seja considerado improcedente. A única testemunha de acusação eficaz que a Coroa apresentou contra mim foi Kevin, diz ele, mas, mesmo que seu testemunho possa ter oferecido ao júri um motivo para o meu envolvimento, estava muito longe de ser provado – e o que, naturalmente, era essencial para isso, embora Robert não o dissesse abertamente, era que ele não podia especular sobre a natureza da minha relação com você. Apesar de tudo o que aprendi a seu respeito recentemente, quero lhe dizer: *Você estava certo, mantendo silêncio sobre nós, isso é o que está me mantendo a salvo.*

Quando Robert e Claire se levantam para sair, olho para eles. Quero fazer com que se demorem mais, embora estejam ansiosos para ir embora. Depois que se forem, não haverá nada para eu fazer, exceto sentar e esperar em minha cela até ser levada de volta à prisão. Eles e todos os outros profissionais naquele tribunal poderão ter um fim de semana longe de tudo isso, voltar ao mundo exterior, à vida normal, ao tempo, ao noticiário das dez, a um restaurante que acham muito caro ou a uma garrafa de vinho não tão boa como deveria ser. Essas coisas e muito mais esperam por Robert e Claire e todos os outros profissionais envolvidos em nosso caso, mas não por mim, nem por você – nem pelo pai de Craddock.

A minha pergunta é genuína, de qualquer forma.

– Como estão as coisas para Mark?

Diante disso, eles param e se entreolham. Claire abre a boca para responder, mas Robert se adianta.

– Bem, tudo o que posso dizer é que, se eu fosse o advogado dele, não aconselharia uma defesa de responsabilidade diminuída. Você mesma viu, a srta. Bonnard não conseguiu abalar o dr. Sanderson. É melhor ela ter um psicólogo muito bom ao lado, é tudo o que posso dizer. Ela deve ter alguma carta na manga. Costley manteve um trabalho responsável durante anos, tem família, nenhuma história psiquiátrica grave. Fiquei surpreso ao ver que eles estavam trabalhando para isso, sob as circunstâncias. Naturalmente, somos todos obrigados a receber instruções de nosso cliente e eu não tenho tido acesso às conversas deles, por isso... – Ele pressiona os lábios, inclina um pouco a cabeça.

Eu lhes faço a mesma pergunta que fiz a Jas na pizzaria.

– Por que ele não alegou legítima defesa?

Mais uma vez, Robert e Claire trocam um rápido olhar. Então, Claire diz suavemente:

– As provas forenses teriam tornado esta defesa muito difícil.

Não sei como me sinto depois de eles terem ido embora. Talvez, na segunda-feira, por causa da moção de Robert, o caso contra mim seja considerado improcedente e eu estarei livre.

Tudo parece tão repentino. Eu ainda nem sequer subi ao banco das testemunhas. Nenhum elemento de prova foi apresentado em minha defesa, mas, por outro lado, os elementos de prova contra mim também parecem muito tênues. Estamos no intervalo do jogo. Os técnicos estão com suas equipes, incentivando-as, analisando o primeiro tempo da partida e dizendo-lhes o que precisa acontecer no segundo tempo. Para mim, as perspectivas são bastante boas; para você, bastante ruins. Estou preocupada com você, claro que estou, mas o pensamento tentador e aterrador de que na segunda-feira eu possa estar indo para casa é o que enche a minha cabeça, como uma nuvem, como uma enxaqueca. Não consigo pensar em mais nada. Nesse ponto, eu devia ter me lembrado da história de Jas, a história que ele contou sobre a experiência com o chimpanzé. Se eu tivesse me lembrado disso, meu amor, não teria conseguido esboçar aquele sorrisinho tolo, vazio, quando Robert e Claire apertaram a minha mão ao saírem da sala de reunião, naquela tarde de sexta-feira.

21

Na segunda-feira, tem início o segundo tempo do julgamento. Durante todo o fim de semana, eu me permiti ter esperança.

A viagem na manhã de segunda-feira já parece corriqueira a essa altura. Já não sinto mais náuseas na van. Converso com os agentes penitenciários que me acompanham. Quando chegamos, o idoso guarda caribenho no Old Bailey cumprimenta-me com um sorriso.

– Como foi o seu fim de semana, Thomas? – eu lhe pergunto.

– Maravilhoso! – ele responde.

No tribunal, a galeria do público foi aberta e Susannah está lá. Quando sento em meu lugar, faço-lhe um sinal esperançoso com o polegar para cima. Ela responde com um sorriso melancólico. Robert vem de sua mesa até mim e diz:

– Não fique muito esperançosa.

Mas, mesmo assim, é somente mais tarde, quando estamos todos posicionados, mas antes que o júri tenha permissão para entrar, no ponto em que o juiz diz "Não estou disposto a permitir...", é que percebo que tenho mentido para mim mesma ao longo de toda a construção do caso pela promotoria. Naquelas duas semanas, durante todo o tempo, fiquei repetindo que eles não tinham nada contra mim. E passei todo o fim de semana dizendo a mim mesma: "É claro que o juiz irá encerrar o caso, arquivar o processo", não porque as moções para indeferir o processo geralmente sejam bem-sucedidas – raramente o são – mas porque *você* sabe que é o que eles deveriam fazer, e eles o farão. Como a mente pode se dividir tão precisamente? Nunca entendi isso: há muita coisa sobre a psicologia humana que é cinzenta ou ambígua. Como é que as pessoas operam em dois níveis, continuando sua vida normal, enquanto o resto dela está degringolando? Não é preciso ser adúltero para saber isso. Você só precisa ser alguém que ainda tem que ir para o trabalho de manhã quando seu filho está doente ou com problemas – e isso deve ser verdade para uma enorme porcentagem da humanidade.

– Como vai? – a recepcionista do Beaufort me perguntou alegremente um dia após meu filho ter sido diagnosticado com transtorno bipolar.

– Bem! – respondi animadamente.

Quando o caso contra você é encerrado, ou quando é considerado inocente, você nem sequer precisa descer novamente às celas para preencher a papelada. Eles simplesmente o libertam, na mesma hora. Há uma porta no banco dos réus que se abre para o centro da sala do tribunal, e você simplesmente a atravessa, entra no corredor, desce as escadas e sai direto na rua.

Pergunto-me o que você está pensando, enquanto estou sentada no banco dos réus – mas você continua calado e impassível, como tem feito durante todo o julgamento. Com certeza, você teria ficado contente de me ver livre, apesar da gravidade da sua própria situação, não é? E, então, um pensamento preocupante me ocorre: esta é a pergunta que eu tenho mesmo que fazer?

Estou tão envolta em decepção que quase nem percebo os trabalhos do tribunal seguindo o seu curso. É claro. Os casos de defesa podem continuar rapidamente agora, a começar com o seu. Preciso fazer um esforço para levantar a cabeça e olhar ao redor, mas digo a mim mesma: você deve permanecer alerta. Logo você será chamada ao banco de testemunhas.

O juiz termina de reorganizar alguns papéis à sua frente, ergue a cabeça e olha em torno do tribunal, dá um sorriso radiante para todos nós e diz:

– Então, estamos prontos para o júri?

A srta. Bonnard começa por chamar algumas testemunhas que vão contrabalançar a má impressão de você dada pela sargento-detetive Amelia Johns e pela testemunha anônima; seu chefe nas Casas do Parlamento, um colega da época em que você era policial. A mim parece que a sua advogada está em uma posição difícil. Ela quer humanizá-lo e quer que o júri passe a gostar um pouco mais de você, mas também quer apresentá-lo como psicologicamente perturbado para valer-se da defesa de responsabilidade diminuída. É complicado.

A única testemunha que importa, no entanto, é o psicólogo de sua advogada. *É melhor que ela tenha um realmente bom.*

Como se verifica, a srta. Bonnard tem dois. Não faço a menor ideia de qual seja a escolha que os advogados têm quando convidam psicólogos a fornecer provas em seus casos – provavelmente há um registro, provavelmente eles têm seus favoritos. Mas a srta. Bonnard escolheu um casal de curingas – um jovem que não parece ter idade suficiente para ter experiência profissional e uma mulher como ela própria. Imagino se ela pensou que o júri seria mais favorável aos seus psicólogos jovens e ansiosos do que ao peso-pesado e desagradável do dr. Sanderson. Funciona para mim. Gosto dos dois. Eram as duas pessoas que estavam sentadas atrás da srta. Bonnard enquanto o dr. Sanderson dava seu depoimento – eu os observei tomando notas.

Embora sejam uma equipe, é apenas a jovem que sobe ao banco das testemunhas. Ela se chama dra. Ruth Sadiq, tem cabelos escuros e bem-arrumados, pele clara, mãos muito elegantes, como posso perceber do outro lado da sala do tribunal, quando ela lê o juramento laico – lembrei-me do que Laurence disse sobre a forma como recebemos informações. Ela também o entrevistou na prisão e apresenta um retrato bem mais favorável do que o do dr. Sanderson. Sim, ela estaria de acordo com o dr. Sanderson de que você é um "contador de história não confiável", mas isso é característico das pessoas com problemas psicológicos que mantêm vida familiar e emprego de alta pressão: poderia ser visto como uma estratégia para lidar com a tensão. Como se constata, a dra. Sadiq é uma especialista em pacientes de alto nível funcional apesar de portadores de distúrbios. Transtornos de personalidade são frequentemente diagnosticados em pessoas que têm estilos de vida caóticos, ela diz – viciados em drogas, alcoólatras, pessoas sem-teto –, o tipo de gente geralmente vista no banco dos réus. Transtorno de personalidade antissocial muitas vezes acompanha essas condições, por exemplo. Mas pessoas muito inteligentes com bons sistemas de apoio são capazes de criar mecanismos que melhoram seus transtornos – como, no caso do transtorno de personalidade limítrofe. Um ambiente calmo, o paciente cercado por pessoas que se comportam de maneira coerente, tudo isso significa que ele é capaz de pegar dicas de comportamento adequado daqueles à sua volta. A dra. Sadiq tem fala macia – o juiz tem de pedir-lhe duas vezes para que fale mais alto – e nenhuma das certezas retóricas ou do desdém do dr. Sanderson. Posso sentir o júri tornando-se gradualmente mais caloroso com ela. Minhas esperanças se elevam.

– Então, se não estou enganada, você está dizendo – começa a srta. Bonnard – que um comportamento instável, geralmente associado a transtorno de personalidade limítrofe, por vezes não é aparente em pessoas que possuem fortes estruturas de apoio.

– Sim, isso mesmo, acredito que se manifeste de outras formas.

– Poderia descrever essas formas para o júri?

– Bem, em suas formas desenvolvidas, o transtorno de personalidade limítrofe pode levar ao que chamamos de dissociação, ou seja, quando uma pessoa se dissocia da vida real e começa a criar a sua própria narrativa, que se autossustenta, quase como se eles acreditassem que estão assistindo a si próprios em um filme, digamos, um pequeno drama em torno si mesmos, no qual são o centro e no qual se sentem seguros. Isso, acredito, também se aplicaria aos critérios de um transtorno de personalidade narcisista.

A srta. Bonnard finge um ar de agradável surpresa.

– Quer dizer, então, que alguém em um estado dissociativo, como resultado de um transtorno de personalidade limítrofe ou narcisista, ou uma combinação dos dois, poderia utilizar suas próprias histórias inventadas a fim de lidar com a vida cotidiana e esconder seu distúrbio das pessoas a sua volta?

– Sim, precisamente. Se eles criam sua própria história sobre si mesmos, então, permanecem no controle. Como eu disse, seguros.

– Para os demais, talvez eles apenas pareçam, bem, um pouco fantasiosos?

A dra. Sadiq dá um sorriso e diz:

– Bem, não é um termo muito técnico, mas, sim, acredito que uma pessoa possa ser chamada assim, quando na verdade ela sofre de um grave distúrbio psicológico não diagnosticado e está usando uma sofisticada estratégia de enfrentamento a fim de conseguir gerenciar o dia a dia.

Tudo isso soa plausível para mim e se encaixa na ideia que você faz de si mesmo, sua necessidade de fingir ser mais fascinante e empolgante do que realmente é, o sexo de risco... as histórias que contamos a nós sobre nós mesmos, a maneira como escolhemos nossas provas. Tentando olhar para tudo isso com frieza, remover o elemento de interesse próprio nessa teoria, ainda assim estou convencida.

A srta. Bonnard dá um sorriso caloroso à dra. Sadiq e diz:
– Muito obrigada, doutora, por favor, permaneça onde está.

A sra. Price se levanta para o contrainterrogatório. Ela não tem nada da postura felina da srta. Bonnard – aquela assustadora lentidão e precisão. Não se tem a sensação, quando ela se levanta, de que seu contrainterrogatório seja um espetáculo. Como está mais próxima do banco das testemunhas do que a srta. Bonnard, ela não tem que virar a cabeça e, assim, raramente consigo ver a expressão do seu rosto, mas, pelo posicionamento de seus ombros, suponho que ainda tenha aquele ar ligeiramente entediado, como se o seu ponto de vista fosse tão obviamente correto que ela mal pode se dar ao trabalho de contrainterrogar.

– Dra. Sadiq – ela diz, olhando para baixo e para cima outra vez. – A sua *teoria* é de que as pessoas portadoras de transtorno de personalidade com alto nível funcional podem desenvolver estratégias para lidar com o problema e que assim protegem seus estilos de vida, impedindo-os de se tornarem caóticos, o que pode, durante muitos anos, ocultar esses graves transtornos de amigos, familiares, colegas de trabalho, médicos e assim por diante... Essa é a base de sua tese de doutorado, não? O doutorado que você fez na Universidade de Kingston. Estou correta?

A dra. Sadiq continua serena, falando suavemente.
– Sim, é isso mesmo.

A sra. Price ergue os olhos e diz simplesmente:
– É a sua teoria de estimação, não é?

Então, a dra. Sadiq age de forma inteiramente equivocada. Ela não diz nada. Ela olha para a srta. Bonnard, como se esperasse receber instruções, mas tudo o que a srta. Bonnard pode fazer é olhar fixamente para ela de modo encorajador. É um grande erro. Isso faz com que ela pareça uma aluna exemplar que está buscando a resposta certa. Ela olha para o juiz e o júri, mas nenhum deles vai ajudá-la. Ela olha para o banco dos réus e tenho vontade de me inclinar para a frente e lhe dizer, vá em frente, esqueça a autodepreciação, apenas seja firme em sua opinião, seja inequívoca. Sessenta por cento é sua expressão, 30 por cento como você soa e apenas 10 por cento o que você realmente diz. Você pode usar esses 30 por cento.

A dra. Sadiq diz:
– Bem, sim, pode chamar assim, é uma teoria em que acredito. E acho realmente que é muito boa, penso que explica muita coisa.

– Mas, dra. Sadiq, perdoe-me – retruca a sra. Price pacientemente –, o que estou querendo dizer é que a teoria do transtorno de personalidade com alto nível funcional, que expôs na sua tese de doutorado, é contrariada pela maioria das ferramentas de diagnóstico psicológico reconhecidas, utilizadas em matéria penal, não é? Por exemplo, o *Manual de Diagnóstico e Estatística de Distúrbios Mentais*?

Mais uma vez, aquela pausa de autossabotagem.
– Bem, sim, mas...
– E o que dizer da *Classificação Internacional de Doenças*?
– Bem... – vacila a dra. Sadiq.

Depois disso, foi um massacre. A sra. Price relaciona – um após outro – os manuais, os artigos científicos, os trabalhos de autores com currículos impressionantes. Meu coração desfalece. Conheço bem a questão das citações. Sei que a maneira certa de apresentar uma nova teoria é prever as citações contrárias – as contracitações – de quem irá discordar de você e ter na manga uma lista de citações contrárias às contracitações. Eu poderia ter dito isso a eles. Eles deviam ter me chamado lá em cima. Esta mulher é uma bela jovem, inteligente, competente, com uma teoria perfeitamente boa – mas ela é totalmente desprovida da agressividade que lhe permitiria apresentar sua teoria como fato. O questionável dr. Sanderson está acabando com ela de forma humilhante, sem sequer estar presente na sala, apenas pela força de sua certeza.

Não é exatamente hora do almoço quando a dra. Sadiq tem permissão para descer do banco das testemunhas. Se o juiz tivesse insistido nesse ponto, como tinha todo o direito de fazer, para que a srta. Bonnard prosseguisse com seu caso, então talvez nada do que se seguiu tivesse acontecido. Não teria havido tempo. A srta. Bonnard teria anunciado, ali mesmo, naquele momento, que você não iria subir ao banco de testemunhas e o juiz teria emitido o aviso legal de que a Coroa poderia extrair uma inferência negativa de sua recusa em fazê-lo. É possível até mesmo que Robert abrisse seu caso ali mesmo na hora e chamasse sua única testemunha – eu – imediatamente.

Na realidade, porém, o juiz olha para o relógio pendurado debaixo da galeria do público, daquele modo óbvio como sempre faz. Sorri para a srta. Bonnard, talvez até mesmo sentindo pena dela, e diz:

– Acho que agora pode ser uma ocasião oportuna para interromper os trabalhos.

A srta. Bonnard ficou mais do que feliz em concordar. Depois de todos se levantarem e o juiz sair da sala, eu a observo atentamente, por trás. Ela se deixa desmoronar em sua cadeira e se inclina um pouco para a frente. Não consigo ver a expressão de seu rosto, mas penso que ela sabe que está perdendo.

Em seguida, pelo canto do olho, vejo você inclinando-se para a frente, levantando a mão e dando uma batida forte, *toque-toque*, no vidro à prova de bala. As cabeças na sala do tribunal se viram e eu também olho para você. E vem a mim, numa onda, que você tem estado tão silencioso até agora, que eu quase tinha esquecido de que está no banco dos réus comigo. A verdade é que o homem sentado a poucos passos de distância de mim, o homem que nunca se move ou deixa transparecer coisa alguma, em gestos ou expressões, pareceu tão diferente de você durante todo este processo que eu quase desvinculei inteiramente seu destino do meu. Mark Costley, a figura magra no banco dos réus, é tão diferente de X, o amante que pressionou sua boca aberta contra a minha.

A srta. Bonnard levanta a cabeça e se vira, lhe dá um sorriso cansado.

O guarda sentado a meu lado se levanta e toca meu cotovelo, e, sem olhar para você outra vez, viro-me para deixar o banco dos réus e retornar à minha cela.

A srta. Bonnard parece ter se recuperado quando retorna do almoço, o que é estranho, porque as coisas estão indo mal para ela. Sua advogada parece não ter mais para onde ir.

– Meritíssimo – ela diz, quando estamos todos em nossos postos outra vez e ela está de pé. – Não vou apresentar mais nenhuma testemunha.

Quando Robert fica de pé, ele olha para a srta. Bonnard e eu o vejo lançar-lhe um olhar direto, ligeiramente inquiridor, mas ela está com a cabeça abaixada sobre seus papéis e não devolve o olhar.

O juiz sorri para Robert, como se estivesse aliviado por finalmente ter um colega à sua frente. Robert faz uma leve mesura e diz:

– Meritíssimo, planejamos chamar apenas uma testemunha em nosso caso, Yvonne Carmichael.

Eu me levanto.

Quando eu me levanto, meus guardas fazem o mesmo, e passamos em fila à sua frente e dos seus agentes penitenciários – há espaço de sobra na frente do banco, mas, mesmo assim, eu teria apenas que me mover um pouco para o lado a fim de roçar em seus joelhos ao passar. Você permanece imóvel, olhando fixamente para a frente. O agente à minha frente desce os três curtos degraus para onde há uma porta na lateral do banco dos réus que nos dá acesso à sala do tribunal. Quando atravesso a sala para o banco das testemunhas, passando pelas extremidades das fileiras de mesas onde agentes de polícia, advogados da promotoria e equipes de acusação e de defesa estão sentados, sei que todos estão me olhando, porém não mais atentamente do que os jurados. Em determinado momento, lanço um olhar de relance ao júri. Mantenho a cabeça erguida. *Sabe de uma coisa*, penso, e me pergunto se isso transparece em meu olhar, *já basta*. Chega de me dizerem o que fazer, como olhar e como falar. Sou inocente. Eu não matei ninguém. E não tenho nada a temer desses procedimentos estúpidos, nem dos policiais, nem da papelada, nem da Letitia na fila do café da manhã, nem de qualquer um deles. Chega de sentir medo. Não me sinto sequer amedrontada pelo júri. Talvez eles devam ter medo de mim.

Os membros do júri estão fascinados. Eles me observam com o mesmo tipo de horror assombrado que poderiam sentir se estivessem visitando um zoológico e um jaguar passasse calmamente pelas barras da jaula e perambulasse entre eles. Estou muito feliz por finalmente estar tendo a chance de sair do banco dos réus. Imagine, os réus em casos de assassinato também são humanos. Leio o juramento em voz bem alta e firme, devolvo o cartão para a oficial de diligências, em seguida levanto a cabeça e olho em torno do tribunal, como se o inspecionasse pela primeira vez.

O banco das testemunhas oferece um ponto de observação bem diferente do banco dos réus. Você fica no alto, de modo que todos possam vê-lo, mas com o agradável efeito colateral de que você pode olhar para eles de cima para baixo. Conheço esta sala muito bem agora: a qualidade da luz, o zunido do ar-condicionado – não sinto nenhum medo. Sento-me no banco dobrável atrás de mim e, quando Robert se levanta, ele me lança um olhar afável, com um leve sorriso em um dos cantos da boca, um brilho cordial nos olhos. As dúvidas que tive sobre a maneira como ele está conduzindo a minha defesa se desfazem. Posso confiar nele.

– Seu nome é Yvonne Carmichael? – ele me pergunta.

Instintivamente, imito as testemunhas profissionais, os oficiais de polícia, os peritos e patologistas – não sou mais uma das outras testemunhas fortuitas; também sou uma profissional. Olho diretamente para o júri.

– Sim, é correto.

– Sra. Carmichael, pode nos dizer o que você faz como meio de vida?

– Sou geneticista.

22

Robert não se detém muito tempo em minha carreira, estabelecendo apenas onde eu trabalho e por quanto tempo. Ele toca de leve em meu longo e estável casamento, meus dois filhos adultos, o fato de que meu marido, como eu, é um respeitado cientista. Não gosto de falar de Guy, Adam e Carrie – posso ouvir minha voz abaixando o tom –, mas sei que Robert tem que fazer isso a fim de criar para mim a imagem da Senhora Absolutamente Normal. Isso é bastante fácil para ele fazer. É o que eu sou. Depois de algum tempo, chegamos à parte do meu trabalho que mais impressiona as pessoas, apesar de, efetivamente, ter sido uma das coisas menos exigentes que já fiz: dar evidências a Comitês Especiais da Câmara dos Comuns. Mais uma vez, Robert não precisa dispensar muito tempo a isso, apenas o suficiente para estabelecer minha credibilidade, e, quando ele termina, eu me acredito incapaz de ter feito tudo aquilo que eu sei que fiz, quanto mais aquilo de que sou acusada e que não fiz.

– E foi na última dessas ocasiões que você conheceu o homem no banco dos réus, o sr. Mark Costley?

– Sim, está correto.

Robert fica um pouco mais empertigado, cruza os braços, diz descontraidamente:

– Pode me dizer suas impressões sobre ele?

– Sim – respondo –, gostei dele. Começamos a conversar em um corredor. Ele obviamente conhecia bem as Casas do Parlamento, me proporcionou uma visita guiada, o Grande

Hall de Westminster. – Uma pequena pausa. – A Capela da Cripta. Ele sabia muito sobre a história e a forma como as coisas eram administradas. E parecia muito competente.

Olho para o outro lado da sala do tribunal e obtenho o que venho esperando desde que o nosso julgamento começou: você está olhando para mim. Seu olhar é suave. Não ouso olhar para você por mais de um segundo. Quando meu olhar se desvia, vejo a expressão no rosto do inspetor Cleveland – ele está sentado duas fileiras atrás da bancada da acusação, diretamente alinhado com o lugar onde você está sentado. O inspetor Cleveland também está olhando para mim, mas seu olhar não é suave. Ele está pensando: *Você transou com ele e eu sei disso, só não consegui provar.*

– Vocês se tornaram amigos? – pergunta Robert.

– Sim, nos encontramos para um café algumas vezes.

– Apenas bons amigos – Robert afirma e eu confirmo, balançando a cabeça. Sem esperar por uma resposta mais completa, ele continua: – Creio que o sr. Costley queria seus conselhos.

– Sim – confirmo. – Seu sobrinho estava considerando uma carreira em ciência. Conversamos sobre o assunto.

Robert faz uma pausa nesse ponto, uma pausa reveladora, lenta e deliberada, uma pausa que todos no tribunal registram.

– Sra. Carmichael, agora temos que discutir os acontecimentos que levaram, indiretamente, ao fato de você estar aqui, em uma posição, pode-se afirmar, que nunca teria imaginado estar algum dia. – Ele faz uma nova pausa. Em seguida, inclina-se para a frente e diz: – Gostaria que eu solicitasse que a galeria do público fosse esvaziada?

Robert havia me avisado que faria essa pergunta e me instruiu a dizer que sim, mas o estranho é que, mesmo estando totalmente preparada, minhas faces ardem com a humilhação

que virá e a serenidade em minha voz é perfeitamente genuína quando digo:
– Sim, sim, por favor, se for possível.

É a delicadeza de Robert, é isso que me faz chorar. É quando ele me espicaça, em seus tons de voz modulados, com todas as perguntas que o próprio júri gostaria de fazer.
– Algumas pessoas – fala ele suavemente – acham difícil entender que você não pudesse contar nem a seu próprio marido sobre esse ataque horrível e odioso...
Meus olhos se enchem de lágrimas – posso sentir meu rosto tenso e trêmulo com o esforço de me manter controlada. Ainda assim, sou capaz de olhar para o júri neste ponto e desejar que eles compreendam, não apenas por mim mesma.
– Sei que qualquer pessoa a quem isso tenha acontecido teria dificuldade com isso e, antes de acontecer a mim, eu também teria pensado dessa forma. Mas, na realidade, seu marido é a última pessoa a quem você quer contar. Se eu tivesse contado ao meu marido, teria sido em minha casa. Eu teria levado tudo isso para dentro da minha casa. E dali a dois anos estaríamos sentados à mesa da cozinha conversando sobre como ele se sentiu com o fato de eu ter sido atacada. Mas isso não aconteceu a ele, aconteceu a *mim*... – E, de repente, eu desabo, em prantos, e compreendo o quanto estou com raiva. Que diabos Guy estava fazendo em Newcastle? Por que ele não estava na festa? E, por falar nisso, por que você não estava? Todas as pessoas que afirmam que me amam, minha família, todos os meus amigos, onde estavam eles naquela noite?
Quando levanto os olhos, vejo que um dos jurados, a mulher chinesa, também tem lágrimas escorrendo pelo rosto.

***

Leva algum tempo para minhas lágrimas quentes, furiosas, estancarem. Robert faz uma pausa entre cada pergunta, mas aos poucos torna-se evidente para todos, e para mim, que eu não consigo conter as lágrimas, e mesmo a mais leve das perguntas – o que fiz no fim de semana seguinte ao ataque? – provoca uma nova torrente de lágrimas, e, embora eu fique surpresa e humilhada por minha incapacidade de me controlar, parte de mim sente uma grande onda de alívio. Falar sobre isso, finalmente, dizer a verdade, reconhecer minha indignação e sofrimento – eu saio de mim mesma e me observo fazendo isso, sendo honesta. Como alguém pode duvidar de mim agora?

Robert consulta o relógio, olha para o juiz e me faz uma última pergunta.

– Sra. Carmichael, quando procurou o sr. Costley e pediu seu conselho, tinha algum pensamento de vingança em sua mente contra o sr. Craddock pelo que ele tinha feito?

Meneio a cabeça, soluço, agarro o lenço de papel nos dedos como uma criança, limpo embaixo dos olhos, olho para Robert, meneio a cabeça outra vez, choro novamente.

– Apenas para deixar claro – Robert diz suavemente. – Você desejou a George Craddock um dano físico, você exortou ou incitou o sr. Mark Costley a matar George Craddock?

Só posso sacudir a cabeça enquanto me desfaço em lágrimas. Robert olha para baixo por um momento, aguarda algum tempo, depois se vira para o juiz e diz:

– Meritíssimo...

– Sim... – diz o juiz. Olho para ele e vejo que tem uma expressão ligeiramente desdenhosa. Imagino que seja o tipo de homem que não sabe como agir quando uma mulher chora diante dele, que se sente impotente e irritado, como Henry Higgins em *My Fair Lady*. Por que uma mulher não consegue ser mais como um homem?

– Gostaria de sugerir, tendo em vista a hora e tendo em vista o evidente estado de angústia da minha testemunha...

– Sim, acho que sim – concorda o juiz prontamente. Ele olha ao redor do tribunal. – Vamos suspender os trabalhos até amanhã de manhã. Júri, podemos contar com vocês aqui às 10 horas da manhã em ponto?

Os jurados pegam suas bolsas. Nenhum deles olha para mim ao descer do tablado e atravessar rapidamente a sala do tribunal. Parece estranho que eu tenha que permanecer sentada aqui, vendo-os sair. Não posso deixar de pensar que eles vão dormir com esta imagem a meu respeito – ferida e humana, soluçando com sinceridade no banco das testemunhas.

Depois que o júri se foi, Robert sai de trás de sua fileira de mesas, erguendo a mão para a guarda penitenciária que vai me escoltar de volta ao banco dos réus. Ele se aproxima e une as mãos, entrelaçando os dedos, erguendo-as como um punho cerrado e sacudindo-o ligeiramente, num gesto de congratulações.

– Muito bem – ele disse suavemente, com o semblante sério. – Você se saiu muito bem.

Respondo com um pequeno sorriso e só então é que percebo como minhas forças estão completamente exauridas, e uma onda de saudades de Guy, dos meus filhos e da minha casa me engolfa. Consegui manter esse sentimento ao largo tão bem até agora, sem pensar neles, por mais extraordinária e estranha que tenha sido essa experiência, mas ela me atinge agora, desabando sobre mim em câmera lenta – se não sair logo deste tribunal, voltar à minha vida normal, eu vou morrer.

* * *

Naquela noite, pela primeira vez desde a minha prisão, eu durmo bem no colchão fino em minha cela na prisão de Holloway.

No dia seguinte, sou escoltada novamente para o banco das testemunhas, agora controlada e de olhos secos, vestindo uma camisa imaculadamente branca, na esperança de que o pior do interrogatório já tenha passado e pronta para o contrainterrogatório da promotoria – mas não consigo imaginar uma linha de ataque plausível para a acusação. Eles não podem tentar me denegrir, manifestando dúvidas sobre o ataque, já que querem Craddock como um monstro. Eles podem me perguntar sobre o meu relacionamento com você, suponho, mas eles não têm nenhuma prova de nada. O que podem fazer?

Robert é rápido com o restante de suas perguntas – ele sabe que o júri teve a noite inteira para refletir sobre aquela imagem de ontem, angustiada e chorando. Robert sabe que eles provavelmente ficarão aliviados ao me verem calma esta manhã, desejando que eu permaneça assim. Eles estão do meu lado. Ele não volta ao ataque nem às suas consequências nos dias seguintes, optando, em vez disso, por se concentrar nos acontecimentos daquele sábado à tarde, como eu peguei você na saída do metrô, o levei em meu carro até a rua, nossa conversa antes e depois – como você se recusou a me contar o que tinha acontecido. Ele termina com a pergunta:

– Sra. Carmichael, em qualquer fase dos acontecimentos, antes ou durante o trajeto à casa de George Craddock, instou com o sr. Mark Costley a matar ou ferir o homem que a tinha agredido?

– Não.

– Tinha alguma noção de que Mark Costley poderia estar prestes a matar ou ferir George Craddock?
– Não, de maneira alguma, não.

Quando o srta. Bonnard se levanta, será que sinto uma ponta de mal-estar?

Não, acho que não. O momento ainda não começou a se expandir. Nesse ponto, na realidade, o momento é inimaginável.

– Sra. Carmichael – ela começa –, todos nós vimos como foi difícil para você ontem, aqui no tribunal, e obviamente não quero, de modo algum, angustiá-la ainda mais. Entretanto, gostaria de lhe fazer mais algumas perguntas sobre a noite em que você alega que foi atacada pela vítima neste caso.

A palavra *alega* penetra em mim tão perfeitamente como se ela tivesse introduzido uma agulha muito fina em meu estômago. Como posso repudiar essa palavra? Não estou *alegando* nada. Aconteceu. Olho fixamente para ela.

A srta. Bonnard sustenta o meu olhar.

– Há apenas alguns detalhes que gostaria de esclarecer com você, se me permite.

– Sim, claro.

– Portanto, mais cedo naquele dia, você estava trabalhando em casa, correto?

– Sim.

– Você vestiu seu vestido de festa e pegou o metrô para a cidade, correto?

– Sim, está correto.

– E você andou direto do metrô para o prédio da universidade, onde a festa seria realizada, creio que se chama Complexo Dawson, não?

– Sim, isso mesmo.
– E você ficou na festa com o sr. Craddock por algumas horas, bebendo com ele, antes de acompanhá-lo até o seu escritório isolado no quinto andar, uma área do prédio que ambos sabiam que estaria deserta àquela hora da noite?
– Ele disse que precisava pegar alguns papéis em seu escritório.
– Sim, mencionou isso ontem, sra. Carmichael. – O tom da srta. Bonnard é neutro, de uma forma desconcertante. – Quero apenas estabelecer que, na festa, quando estava fumando e bebendo com o sr. Craddock, vocês ficaram por algum tempo sentados juntos do lado de fora, em um pequeno pátio na parte de trás do prédio?
– Sim.
– E, durante este período, quando estavam sentados juntos na mureta, lembra-se de ter colocado a mão no joelho do sr. Craddock?
– Não.
– Você se lembra do sr. Craddock ter colocado a mão em seu joelho?
Eu penso por um momento, e não estou tentando ganhar tempo.
– Ele pode ter feito isso, sim, ele o fez, acho, logo acima do meu joelho, para me firmar.
– Pode ser mais específica?
– Nós estávamos rindo de algo, alguma piada que alguém tinha feito, havia outras pessoas conosco nesse ponto, elas haviam puxado cadeiras e estavam sentadas em frente a nós. Uma delas disse algo engraçado e a minha bebida respingou. Acho que derramei um pouco, eu não estava estável, coloquei a mão no joelho dele para me equilibrar.

– Colocou a sua mão no joelho dele?

– Ou ele o fez no meu, ou ambos. Realmente não estou certa. Talvez ambos.

– Portanto, vocês estiveram em franco contato físico durante essa conversa?

– Bem, sim, mas foi apenas...

– Vocês estavam flertando, não estavam?

– Bem, eu não diria isso. Estávamos conversando, rindo, eu suponho, havia muitas outras pessoas...

– Sra. Carmichael, eu realmente não gostaria de entrar em uma discussão mais detalhada sobre a definição de flertar, mas se lhe dissesse que outras pessoas na festa notaram vocês dois juntos, isso não a surpreenderia, não é?

– Não, suponho que não.

Eu teria flertado com George Craddock naquela noite? É perfeitamente possível. Mas há flertes e flertes. Há o flerte social, o tipo de flerte que todos nós fazemos, o tempo todo, com colegas de trabalho, com o homem na fila atrás de nós para renovar nosso cartão Oyster de transporte público, com o garçom que traz nossa bebida gelada. Depois, há o flerte com intenção. É o que você e eu fizemos andando pelos corredores das Casas do Parlamento. Os dois são sensivelmente diferentes. Sem dúvida, qualquer pessoa pode entender isso, não?

– Sra. Carmichael, disse ou não a George Craddock que era promíscua?

– Absolutamente não! – Sinto um furor de triunfo por ela estar perguntando algo tão absurdo.

Ela levanta uma das sobrancelhas perfeitamente delineadas.

– É mesmo? Você parece muito certa.

– Sim, é claro que estou certa.

– O que você diria se eu dissesse que posso trazer uma testemunha que a viu fazer exatamente isso?

– Estão enganados, todo mundo na festa estava bêbado. Era esse tipo de festa.

Ela faz uma pequena pausa, durante a qual arqueia as costas quase imperceptivelmente, e em seguida diz em voz baixa:

– Não estou falando da festa, sra. Carmichael.

– Então, não tenho ideia do que você está falando.

Ela dá um suspiro, olha para baixo, para os seus papéis, inclina-se para a frente, apoiando o cotovelo em cima de sua caixa de documentos, faz nova pausa. Permaneço em silêncio, aguardando.

– Lembra-se... – ela fala devagar – ... da ocasião em que passou uma semana com George Craddock, nove meses antes de ser assassinado...

– Quer dizer, quando fui à universidade para atuar como examinadora externa em uma banca à qual os alunos apresentariam seus trabalhos?

– Sim, é exatamente isso o que eu quero dizer – ela dispara rapidamente, como se tivesse me flagrado em algum obscuro ponto de debate.

– Sim, sim, eu me lembro. Passei todas as manhãs daquela semana avaliando alunos, com ele e com outro professor. Almocei com ambos na sexta-feira. Estávamos de pleno acordo, foi apenas um encontro profissional...

– Você se lembra? Ótimo... – Ela faz outra pausa, longa, funga, olha para baixo, em seguida, olha para cima. – Então, deve se lembrar também de ter dito a George Craddock na frente de uma testemunha que você era promíscua.

– Não. – Estou sacudindo a cabeça.

– Você descreveu a si mesma como, e estou citando o depoimento de uma testemunha que fico feliz em ler na íntegra: "Fácil e barata, esta sou eu", ou não?

– Oh! – A ficha caiu. – Isso é tão ridículo! Eu estava falando do café. No saguão.

– Você usou a frase "Gosto de fingir que sou refinada, mas na verdade sou bem fácil"?

– Sim, mas eu estava falando sobre a máquina de café.

– Sra. Carmichael, não estou lhe perguntando sobre o contexto que rodeou esse comentário. Tenho certeza de que você estava fazendo brincadeiras sobre os mais diferentes assuntos com o sr. Craddock, mas, por favor, responda à pergunta com sim ou não: "fácil e barata", você usou exatamente essas palavras? Sim ou não?

– Isso é uma estupidez.

– Sim ou não?

– É ridículo, você está dando...

– Sim ou não?

– Estou tentando...

– Sim ou não!

– Não da maneira como você está colocando! – Esta última resposta é um grito da minha parte. Não consegui evitar. Não posso acreditar que isso esteja acontecendo.

Tendo me provocado até que eu gritasse, a jovem advogada desiste, olha primeiro para o juiz e depois para o júri como se dissesse: "Estão vendo?" Fiz o melhor que pude fazer. Você sabe como é. Agora sei por que eles sempre nomeiam jovens advogadas para defender estupradores, exatamente como Laurence disse – pobre Laurence, que teve uma faca na garganta em nossa cozinha por não fazer mais do que sacudir a verdade à nossa frente um pouco levianamente demais, como se estivesse girando moedas sobre a mesa. Agora sei o que teria enfrentado se eu tivesse tentado seguir a via jurídica e levado Craddock ao tribunal, se já não sabia antes. E sei que só estou enfrentando uma fração disso. Estou em julgamento por homicídio, mas, se estivesse em pé aqui como vítima de uma agressão sexual, estaria em julgamento exatamente do mesmo modo. *Fico feliz, penso, de forma cruel e inequívoca, fico feliz por você tê-lo surrado até a morte. Ele merecia tudo o que teve.* E eu sei, quando penso assim, que meu rosto é uma mistura de fúria e veneno, mas não mais do que uma fração da fúria e do veneno que sinto.

O interrogatório continua. Finalmente, é decretado o intervalo para o almoço.

Na hora do almoço, Robert vem me ver em minha cela. Para minha surpresa, ele não parece excessivamente preocupado com o que a srta. Bonnard pretende, na verdade, ele parece pensar que ela está sendo inábil.

– Ela está fazendo uma tentativa desastrada de pintá-la como uma mulher promíscua, mas já deixamos claro que você não é nada disso.

– Por que ela está fazendo isso?

Robert encolhe os ombros.

– Ela está apelando para o último recurso. Acha que, quanto pior ela fizer você parecer, melhor Costley parecerá.

O interrogatório da acusação correu tão bem, Robert diz, que ele não está preocupado com o que a srta. Bonnard está tentando fazer ou com o que a promotoria possa fazer, por sua vez. Independentemente do que me façam parecer, isso não tem nenhuma relevância para a questão de saber se o sr. Costley tem ou não um transtorno de personalidade. Ele compreende que é penoso para mim, mas avisa que não devo ficar excessivamente preocupada com isso – ele poderia objetar, mas, na realidade, acha melhor deixá-la prosseguir e criar para si mesma uma imagem desagradável e vingativa, e isso está desviando o objetivo da acusação. Se eles estiverem planejando assumir o mesmo ângulo, vão parecer repetitivos.

– Você apareceu como uma cidadã honrada e honesta ontem – Robert afirma, e é fácil acreditar na visão que ele tem de mim; é reconfortante. É possível que, naquele momento em particular, eu mesma tivesse esquecido a verdade.

Após o almoço, sou conduzida ao banco dos réus como de costume, fico em pé quando o juiz entra, depois sou liberada para o tribunal pela porta lateral no banco dos réus. Desta vez, não olho para o júri quando atravesso a sala do tribunal, embora todos me observem, como antes. A galeria do público está aberta novamente e eu nem sequer olho para cima. Não sinto medo da srta. Bonnard naquele momento em particular.

– Sra. Carmichael – começa a srta. Bonnard. Seu tom é completamente neutro, exatamente como ontem; eu me pergunto se vou ter mais do mesmo, as horríveis perguntas repletas de insinuações. Em vez disso, ela começa de outro modo. – Apenas para nos recordarmos um pouco, e espero que me perdoe, você era bastante ambiciosa na universidade, não era?

Lembro-me do que me haviam dito, para direcionar minhas respostas ao júri.

– Sim, está correto.

Ela gasta algum tempo, então, discorrendo sobre a minha educação, meu casamento, meus passatempos. Depois da maneira como a srta. Bonnard se dirigiu a mim esta manhã, posso ver a perplexidade no rosto dos jurados e, por fim, a expressão do juiz, que assume um ar ligeiramente desapontado. Ele franze levemente a testa quando a srta. Bonnard começa a falar do meu casamento.

– Você conheceu seu marido na universidade...

– Sim.

Depois de algum tempo, o juiz se inclina para a frente e limpa a garganta. A srta. Bonnard diz:

– Desculpe-me, meritíssimo, só mais uma pergunta e, então, seria o momento certo para um intervalo. Sra. Carmichael, descreveria seu casamento como feliz?

– Sim, muito feliz.

– Nenhuma separação experimental, grandes brigas, casos extraconjugais? – Ela sorri para mim.

– Não.

– Agradeço-lhe, sra. Carmichael, basta por enquanto. Continuaremos depois do intervalo.

O juiz vira-se para o júri e diz:

– Membros do júri, sugiro não mais do que dez minutos.

Os jurados se levantam e começam a sair em fila. O juiz chama:

– Srta. Bonnard...

A srta. Bonnard se levanta, faz uma reverência e pede permissão para se aproximar da tribuna.

O inspetor Cleveland se inclina para trás em sua cadeira, enfuna o peito, levanta os braços acima da cabeça, depois os abaixa lentamente. O pai de Craddock permanece imóvel em sua cadeira. A agente de família fala com ele calmamente, mas ele não mostra nenhuma reação. Olho para você, mas você está sentado em sua cadeira com a cabeça inclinada para trás e os olhos fechados. *Já está quase terminando...* penso. Até onde posso dizer, tudo agora vai caminhar para o encerramento.

O intervalo leva mais tempo do que o esperado. O juiz entra e a oficial de diligências sai para buscar o júri, em seguida volta com o recado de que um dos jurados ainda está usando o toalete. A oficial dá essa informação com o ar de alguém que está esperando ser crucificada, como resultado. Pela expressão no rosto do juiz, parece que ele pretende, de fato, crucificar a oficial, mas isso não é nada comparado ao que ele fará ao infeliz jurado na volta do painel do júri. O juiz deixa seu antebraço cair sobre a mesa com um baque, arranca os óculos e diz:

– Gostaria que meu júri voltasse ao tribunal *agora*...

A oficial de diligências faz nova mesura, sai. O inspetor Cleveland está de pé junto à mesa da promotoria enquanto tudo isso está acontecendo, conversando calmamente com a sra. Price. O juiz se vira para ele e range os dentes:

– Inspetor, por favor! No seu lugar!

O corpulento inspetor Cleveland dá um salto e se apruma, empertigado como uma vara, parecendo um soldado de brinquedo, ruborizado de constrangimento, faz uma mesura e retorna ao seu lugar, embora metade das demais pessoas no tribunal ainda esteja caminhando pela sala.

Permaneci no banco das testemunhas durante todo o intervalo e começo a sentir que isso foi um erro. Quanto tempo ainda poderá levar? Uma onda de cansaço se abate sobre mim.

Desta vez, a srta. Bonnard levanta-se muito vagarosamente – e eu sinto uma sensação estranha, um resquício de ansiedade. Olho para Robert, mas ele ainda está examinando seus papéis.

– Gostaria de voltar um pouco, em sua carreira – fala a srta. Bonnard. – Espero que tenha paciência comigo.

Nesse ponto, o homem negro, de meia-idade, vestindo camisa cor-de-rosa e sentado à extrema direita da bancada do júri boceja amplamente. Noto como todos parecem cansados, não apenas eu. É o ar viciado da sala, acho, que não ajuda. O ar-condicionado parece produzir um zumbido irritante sem nenhum efeito perceptível.

– Poderia relembrar à corte – ela continua – quando foi que você participou pela primeira vez de uma reunião de comitê nas Casas do Parlamento? Quanto tempo faz?

– Quatro anos – respondo.
– Foi um Comitê Especial da Câmara dos Comuns sobre...
– Não – explico –, na verdade, era um Comitê Permanente na Câmara dos Lordes. Não existem mais Comitês Permanentes, mas, na época, a Câmara dos Lordes possuía quatro, cada um cobrindo uma área diferente da vida pública. – Repassei toda essa parte com Robert ontem, mas continuo. – Eu comparecia perante o Comitê Permanente em Ciência para relatar os progressos no sequenciamento computacional do mapeamento de genomas. – Pergunto-me se a srta. Bonnard está tentando me fazer parecer carreirista, da maneira como as novelas de televisão sempre apresentam as ambições profissionais de uma mulher como, de certa forma, patológicas.

– Mas você trabalhava em tempo integral no Instituto Beaufort, não é?

Querido, levei muito mais tempo do que devia para perceber que ela não estava interessada na natureza ambiciosa de minha carreira, mas em sua geografia.

– Poderia apenas dizer à corte onde fica o Instituto Beaufort?

– Fica na Charles II Street.

– É paralela à Pall Mall, creio, e vai até St. James's Square Gardens?

– Sim.

– Há muitos institutos por ali, não é? Institutos, clubes privados, bibliotecas de pesquisa... – Ela olha para o júri e esboça um sorriso. – Corredores do poder, esse tipo de coisa...

– Eu não estou... eu...

– Desculpe-me, por quanto tempo mesmo você trabalhou para o Instituto Beaufort?

Ouço um tom de irritação se insinuando em minha voz. É porque estou cansada.

– Ainda trabalho. Mas, em tempo integral, há oito anos.
– Ah, sim, desculpe-me, você já disse isso. E durante esses oito anos você ia e vinha do trabalho de ônibus e metrô?
– Metrô, principalmente, sim.
– Você andava de Picadilly até o instituto?
– Da estação de metrô de Picadilly, sim.
– E nas horas de almoço, intervalos para o café, havia muitos lugares por perto? Bares depois do trabalho etc.?

Diante disso, a sra. Price suspira, levanta a mão. Considerando-se seu aborrecimento com o atraso no intervalo, surpreende-me que o juiz já não tenha intervindo, mas ele apenas olha por cima dos óculos para a jovem advogada e ela levanta a mão espalmada em resposta.

– Desculpe-me, meritíssimo, estou chegando lá...

Ela se volta novamente para mim e diminui a voz em um tom ou dois.

– Portanto, no total, você tem trabalhado ou visitado o bairro de Westminster por aproximadamente, o que, doze anos? Mais?

– Mais, provavelmente – respondo, e é aí que começa. O momento começa a se expandir, a se dilatar e se expandir, uma profunda sensação de desconforto localizada em algum lugar dentro de mim, identificável apenas como um leve aperto em meu plexo solar.

– Portanto – ela continua, e sua voz se torna baixa, suave. – Seria correto dizer que, com todas essas idas e vindas, caminhadas do metrô, horas de almoço e tudo o mais, você está bem familiarizada com a região?

Está crescendo. Minha respiração começa a ficar mais profunda. Sinto que meu peito sobe e desce, imperceptivelmente no começo, porém quanto mais eu tento me controlar, mais óbvio se torna. A atmosfera dentro do tribunal fica mais pesada, todos podem sentir. O juiz olha fixamente para mim. Será minha imaginação ou o membro do júri de camisa cor-de-rosa na periferia da minha visão empertigou-se um pouco, inclinando-se para a frente em sua cadeira? De repente, não ouso olhar para o júri diretamente. Não ouso olhar para você, sentado no banco dos réus.

Balanço a cabeça, repentinamente incapaz de falar. Sei que em poucos segundos vou começar a hiperventilar. Sei que vou, mesmo nunca tendo feito isso antes.

A voz da advogada é baixa e insinuante.

– Você está familiarizada com as lojas, os cafés...

O suor poreja em minha nuca, em meu pescoço. Meu couro cabeludo parece encolher. Ela faz uma pausa. Notou meu nervosismo e quer que eu saiba que eu percebi corretamente: sei aonde ela pretende chegar com essa linha de interrogatório e ela sabe que eu sei.

– As pequenas ruas laterais... – Faz nova pausa. – As vielas, os becos...

E este é o momento. Olho para você, sentado no banco dos réus, e você coloca a cabeça entre as mãos.

Agora estou hiperventilando abertamente, respirando em grandes e profundos goles de ar. O pobre Robert olha para mim, espantado e preocupado. *Há alguma coisa que ela não me contou.*

A equipe de acusação também olha fixamente para mim, a sra. Price e seu assistente, a mulher do Ministério Público da Coroa na mesa atrás deles e na outra fileira de mesas atrás dessa. O inspetor Cleveland e seu grupo, o pai de Craddock e sua agente de família junto à porta. Todos olham fixamente para mim – menos você. Você não está mais olhando para mim.

– Está familiarizada, não está – insiste a srta. Bonnard em sua voz aveludada e insinuante –, com um pequeno beco chamado Jardim das Macieiras?

Fecho os olhos. A srta. Bonnard não fala por um longo tempo. Quando eu também permaneço em silêncio, ela diz, ainda suavemente:

– Jardim das Macieiras... – Ela pronuncia as três palavras muito contemplativamente, como se também se lembrasse de ter estado lá ela própria. Ela faz isso para que as palavras, quer dizer, o significado das palavras, paire pelo ar do tribunal, o ar viciado, reciclado, que todos nós temos respirado por quase três semanas. Abro os olhos e fixo o olhar na advogada. Ela devolve o olhar. Ela quer que todos na sala do tribunal, mas especialmente o júri, saibam que este é um momento significativo. Tudo isso é desnecessário, porque a minha respiração profunda assinala essa importância mais inequivocamente do que qualquer atitude teatral que uma advogada pudesse assumir. *Tudo fumaça e espelhos, sabe:* tudo, até mesmo a perícia. Os advogados têm que dar aos jurados o que eles esperam, a fim de obter o resultado que desejam. A srta. Bonnard está dando ao júri o que eles esperam e mais ainda: uma testemunha flagrada no banco. O que mais podiam esperar?

A parte lógica do meu cérebro, o córtex, está funcionando bastante bem para esses pensamentos deslizarem por ele enquanto olho para ela; mesmo quando a parte intuitiva, a amígdala, está tão confusa que não sei o que pensar ou sentir: meus pensamentos são como ratos em um edifício em chamas, correndo ao longo de uma parede após a outra.

– Jardim das Macieiras – a srta. Bonnard continua, enfrentando o meu olhar – é um beco no bairro de Westminster, em St. James, para ser precisa, onde você teve relações sexuais com seu amante, Mark Costley, em um lugar público, muito rapidamente, imagino, durante a hora do rush, de pé no vão de uma porta, antes de ir a uma festa onde se embebedou e fez sexo com o sr. George Craddock no escritório dele, no Complexo Dawson, enquanto seus alunos deixavam a festa no andar térreo. No dia seguinte, você contou ao sr. Costley que tinha feito sexo com George Craddock e alegou que ele a havia obrigado. Algum tempo mais tarde, você se queixou novamente a Mark Costley, dizendo que George Craddock a estava incomodando. Pediu-lhe para lhe dar uma lição. Você levou o sr. Costley até a casa do sr. Craddock, com pleno conhecimento do que poderia acontecer. O sr. Costley, seu amante, entrou para confrontar o sr. Craddock, em um estado de alta tensão, angustiado por sua história, e foi escarnecido pelo sr. Craddock com a alegação de que você consentira perfeitamente, quando então o sr. Costley o golpeou várias vezes, levando-o à morte.

Olho fixamente para a srta. Bonnard. Todas as outras pessoas no tribunal estão olhando para mim. Por que Robert não intervém? Por que ele não está de pé? Ele não está de pé porque está tão perplexo com esta reviravolta nos acontecimentos quanto qualquer outra pessoa. Ele está planejando uma estratégia. Está mesmo? É isso que ele está fazendo? Há tanta informação no que a srta. Bonnard disse que eu quero negar, mas primeiro é preciso desatar os nós. Tudo o que consigo fazer é emitir uma negativa fraca, curiosamente amável. Ainda assim, não olho para o júri.

– Isso não é verdade...

– Sra. Carmichael – prossegue a srta. Bonnard. Ela não olha para mim quando fala, olha diretamente para a frente, como se estivesse refletindo consigo mesma, convidando o júri a observar. Sua voz é firme, mas não particularmente incriminatória. Ela não está fazendo mais do que constatar um simples fato.

"Ontem mesmo, você estava no banco de testemunhas, exatamente como está agora, e, sob juramento, disse a esta corte que tinha um casamento feliz, que nunca teve um caso extraconjugal e insistiu que o seu relacionamento com o sr. Mark Costley era platônico. Você mentiu para o seu marido, você mentiu para a polícia e você mentiu para este tribunal. – Ela faz uma nova pausa e me fita calmamente. – Você é uma mentirosa, não?"

– Não... – retruco fracamente.

– Quer que eu dê exemplos de cada uma dessas pessoas para quem você mentiu? Tudo novamente? Você teve um caso com o sr. Mark Costley que escondeu de seu marido, da polícia e deste tribunal. Depoimentos de testemunha sob juramento, os registros do tribunal...? – Sua voz se eleva ligeiramente, com uma nota de indignação. – Realmente vou ter que repassar tudo isso? Você *mentiu* para o seu marido, você *mentiu* para a polícia e você *mentiu* para este tribunal!

– Sim – murmuro. Direi qualquer coisa para poder sair do banco de testemunhas. Até gostaria de estar de volta à minha cela de concreto no subsolo, com suas absurdas paredes de um amarelo brilhante e seu piso azul igualmente brilhante, desde que me permitissem deitar, encolhida, no banco de madeira. Direi ou farei qualquer coisa, contanto que me deixem em paz.

– Como? – Ela inclina a cabeça para mim, interrogativamente, mas está olhando para o júri.

– Sim.

Ela deixa o monossílabo pairar no ar, como uma estrela, e depois diz tranquilamente, antes de sentar-se:

– Sem mais perguntas, meritíssimo.

23

Há de chegar um dia, depois de tudo isso, em que pensarei na floração das macieiras. Ficarei deitada em uma rede estendida entre as macieiras do meu quintal, olhando para cima, para as constelações de flores brancas contra os ramos pretos, e me perguntarei se um dia, em alguma era pré-industrial, o beco do Jardim das Macieiras foi realmente um pátio com macieiras ou se foi apenas um nome de rua tirado do éter, como muitos outros.

Esse dia está distante agora. Ainda estou no banco das testemunhas enfrentando o interrogatório hostil da sra. Price, embora, graças aos esforços de sua advogada de defesa, Mark Costley, tenha restado muito pouco trabalho para a acusação fazer.

Robert fez o melhor que pôde. Assim que chegou a sua vez, ele pediu tempo para se reunir com sua cliente antes de prosseguir – o pedido foi negado. Tolhido por sua palpável ignorância da nossa relação, ele se concentrou, então, em Craddock, estabelecendo novamente a violência do ataque, meu medo em face do seu reaparecimento em minha vida. Mas a minha admissão dos fatos ressoava pela sala o tempo inteiro, como um jingle de Natal em uma loja de departamentos. Inevitavelmente, à luz do que eu acabara de admitir, a agressão parecia menos grave: eu podia ver isso no rosto dos jurados. O homem negro de camisa cor-de-rosa olhava para mim, sem expressão; o homem mais velho de porte militar franzia os lábios; a chinesa parecia francamente chocada. Para cada um deles, a visão que faziam de mim mudara em função desse novo conhecimento. Minhas ações e os atos cometidos contra mim – eles me substituíram. Não sou o que eu fiz, queria dizer a eles, ou o que foi feito a mim, mas no que diz respeito às outras pessoas, somos realmente a soma de nossos atos e daquilo que atua sobre nós. É toda a prova que têm. Nossa vida interior pode ser drasticamente diferente da maneira como somos percebidos, mas como podemos esperar que outras pessoas compreendam? Não podem entrar em nossa pele, por mais íntimos que sejam de nós.

Vejo-me refletida nos olhos do júri e é como olhar no espelho de um parque de diversões, que amplia e estica, distorcendo, mas não inteiramente, não a ponto de me tornar irreconhecível. Três décadas como a mais respeitável profissional de ciência ou mãe suburbana não valem nada contra uma trepada num vão de porta.

No dia seguinte, é hora da conclusão. A promotoria é a primeira, e a sra. Price tem um arsenal inteiro à sua disposição. A perícia parece muito ruim para você e, na tentativa de defendê-lo do fogo cerrado da ciência forense direcionado contra você, a srta. Bonnard entregou-me à promotoria numa bandeja.

A demolição que a srta. Bonnard fez de mim continua em sua síntese.

– Senhoras e senhores, vocês foram levados a acreditar, no início deste julgamento, que o meu cliente pleitearia inocência no assassinato, com base em responsabilidade diminuída, e que iríamos apresentar elementos para provar que ele tem um transtorno de personalidade. Senhoras e senhores, ainda é nossa alegação que o sr. Costley de fato sofre de um grave distúrbio psicológico, mas vocês não precisam mais sentir que isso foi comprovado aqui no tribunal para absolvê-lo. Deixem-me explicar...

Desde a revelação de nosso caso ao tribunal, você agora está pleiteando inocência com base em perda de controle. O "gatilho de identificação" de que Jas me falou, na verdade, sou eu. A srta. Bonnard continua.

– Talvez nunca saibamos a verdade do que aconteceu entre George Craddock e Yvonne Carmichael naquela noite, na noite em que ela fez sexo tanto com Mark Costley quanto com ele, no espaço de algumas horas, a primeira vez no vão de uma porta no beco do Jardim das Macieiras, a outra em um escritório em um prédio da universidade após uma noite de bebedeiras. George Craddock está morto e não pode explicar ou defender seus atos. Assim, temos apenas a palavra de Yvonne Carmichael de que o encontro não foi consensual. Mas podemos supor que um encontro de um tipo ou de outro ocorreu e que Yvonne Carmichael contou a seu amante, meu cliente, sobre isso e mais tarde alegou que estava sendo perseguida por George Craddock. Assim, de quem foi a ideia de que fossem ao apartamento de Craddock naquele dia? Eu lhes digo que a ideia foi de Yvonne Carmichael. O único pensamento de Mark Costley naquele dia era proteger a mulher que ele amava... – Ela faz uma longa pausa neste ponto. – E que provas vocês têm, senhoras e senhores, de que Mark é o tipo de homem que protegeria a mulher que amava? Bem. – Ela dá um sorrisinho sombrio. – Vocês podem deduzir isso pelo modo como ele manteve o caso em segredo durante tanto tempo a fim de protegê-la, a ponto de tentar esconder isso deste tribunal, disposto a assumir a culpa pelo que aconteceu pelo máximo de tempo possível, até ele mesmo começar a perceber que tinha que dizer a verdade.

Estou sentada no banco dos réus. E ouço essa história. E me ocorre que tudo o que se precisa para uma história é uma série de fatos que possam ser encadeados. Uma aranha às vezes estende um fio de um arbusto ao mourão de uma cerca a alguns passos de distância. Bastante implausivelmente como muitas vezes parece, ainda é uma teia.

– Quem sabe o que desencadeou a violência entre esses dois homens naquela tarde? Quem sabe se Mark Costley, alvoroçado, angustiado e desesperado para proteger uma mulher que ele amava, uma mulher que ele pensava estar em situação de ameaça real por George Craddock – se isso é verdade ou não nunca saberemos –, quem sabe em que estado de ansiedade ele estava ao questionar George Craddock, e quem sabe como Craddock reagiu, zombando dele, talvez, sobre a promiscuidade de sua amante, um sarcasmo que Mark considerou insuportável à luz daquilo que ele acreditava que tivesse acontecido...

Foi uma tentativa corajosa, tenho de conceder-lhe isso, mas não havia nenhuma prova para sustentar a teoria de que Craddock o provocou, não é, amor? Perda de controle sempre será uma defesa fraca. Você devia ter ficado com responsabilidade diminuída.

Quem sabe?, como diria a srta. Bonnard. Eu gostaria de saber. Talvez você me diga um dia. Tenho a minha própria teoria, e é assim. Não acho que você soubesse que realmente ia matar George Craddock naquele dia. Se tivesse planejado matá-lo, não teria me pedido para pegá-lo no metrô e levá-lo em meu carro até lá. Para que ter uma testemunha em potencial? Você não ia querer uma testemunha de assassinato, mas precisava de uma testemunha de seu heroísmo, para a sua própria visão de si mesmo como homem que faria o que é certo. O que aconteceu naquele dia foi um empreendimento conjunto, mas não da maneira como o ministério público entendeu. Você queria a fantasia conjunta. Você queria que eu o visse como o meu herói justiceiro. Você levou a muda de roupas para que pudesse dizer mais tarde que tinha ido preparado e, então, contar que não fora necessário, pois você tinha lhe ensinado uma lição. Ele não ia mais me incomodar. Você estava bem preparado para causar-lhe danos, para assustá-lo, para infringir a lei ao fazê-lo, mas não tinha nenhuma intenção de matá-lo. Você sabia como seria difícil escapar impune. Você pode ser muitas coisas, mas não é tolo.

Ele o provocou, amor? Ele lhe disse o que fez, disse-lhe que tinha gostado, e eu também? É difícil imaginar Craddock sendo tão desafiador, cara a cara com você. Talvez ele tenha sido enganado por seu porte médio e trajes informais. Talvez ele não tivesse nenhuma noção de perigo. Ou talvez você o tenha atacado para assustá-lo, e o teria feito independentemente do que ele lhe dissesse.

Mas ele caiu, não foi? Ele caiu no chão. E, em algum ponto, alguma coisa aconteceu, alguma raiva tomou conta de você. Quer ele tenha zombado de você ou você tenha simplesmente se deixado levar pela adrenalina do que estava fazendo. Em algum momento, você, de fato, perdeu o controle. Ele caiu, ou você o derrubou. Ele bateu a parte de trás da cabeça na borda da bancada da cozinha. E uma vez que ele estava no chão, você não parou. Você o pisoteou. Você o chutou e golpeou até a morte. É possível que não tenha levado mais do que alguns segundos.

Em determinado momento, você parou. Em determinado momento, você se abaixou para ver o que tinha feito.

Pergunto-me o que teria acontecido, então, amor. Pergunto-me o que teria se passado em sua cabeça enquanto aquele homem exalava o último suspiro, o fino borrifo de sangue salpicando seu rosto quando você se inclinou sobre ele. Apesar do tempo que você teve para se desfazer das roupas e se lavar, o DNA dele ainda foi descoberto quando você foi preso. O DNA se aloja em todos os lugares. Em determinado momento, você deve ter se levantado, olhado para ele estendido no chão, e imagino que pode muito bem ter havido um momento em que sua mente se dividiu em duas, tal como certamente as células nervosas no cérebro de sua vítima foram cortadas. Quando parte de você ainda estava vivendo em sua própria trama, a que você criou e controlava, a outra parte de seu cérebro estava tentando absorver a dura realidade do que você acabara de fazer. Pois há algo sobre a morte que você deve ter percebido naquele momento – sua irreversibilidade. Ali, finalmente, estava a fantasia que não podia ser colocada de volta em uma caixa quando o resto de sua vida, vida real, interferia. Ali estava uma dissociação permanente, a dissociação de George Craddock da própria vida. Em algum ponto, nos momentos que se seguiram, você teria que calcular que já não estava vivendo um drama de sua própria criação. Você havia perdido o controle de seu próprio drama. Tinha acontecido e você não poderia desfazer o que estava feito quando voltasse para sua mulher e filhos nos subúrbios. Você havia matado alguém.

Só posso imaginar o que aconteceu em seguida e imagino você se afastando alguns passos do corpo, pensando o que fazer, passando as duas mãos ensanguentadas pelos cabelos de cada têmpora, aqueles cabelos grossos, castanhos, um pouco grisalhos. Depois se virando novamente e vendo: sim, o corpo ainda estava lá. Havia acontecido realmente. O paradoxo de um corpo: a vida se foi, desapareceu, mas o que resta está imutavelmente presente, e a fuga da vida que havia em seu interior é que significa que o corpo em si nunca poderá fugir. Todas essas histórias de horror em que cadáveres se levantam e saem andando, ou assombram seus assassinos, estão absolutamente certas. Quando você quer que o corpo desapareça, o que está realmente querendo é reverter seu ato. Se você pudesse soprar vida em sua vítima outra vez, então ele ou ela poderia se levantar, virar-se e ir embora. Eu o vejo andando em pequenos círculos pelo apartamento, controlando a respiração, incapaz de controlar sua mente.

Mas deve ter chegado a um ponto – e, meu querido, pergunto-me quanto tempo levou – quando as duas metades do seu cérebro se juntaram novamente para enfrentar a nova realidade. Afinal, você foi policial um dia, portanto, é um homem que tem formação profissional sobre como pensar friamente. Pergunto-me se você fez isso consciente ou subconscientemente – não sei se isso importa. De qualquer forma, talvez após alguns minutos caminhando devagar em círculos, você deva ter escolhido sair dali, sair dos círculos. Seus preparativos para qualquer eventualidade, as roupas, os sapatos, tudo isso significava que você não podia chamar o serviço de emergência e comunicar uma morte acidental. Você era bastante experiente, bastante calmo e racional para saber disso. Se não fosse pelos preparativos que você tão cuidadosamente fizera para um assassinato de mentira, poderia ter tido uma chance muito maior de escapar impune do assassinato real. Poderia lhes dizer o que realmente tinha acontecido, ter confessado a briga em que um homem foi morto acidentalmente, ficar transtornado com tudo o que havia acontecido. Qualquer um com bom senso sabe que, no longo prazo, esse seria o melhor caminho para evitar a acusação de assassinato. Mas tudo o que você havia feito até então para alimentar suas fantasias foi exatamente o que fez a realidade parecer suspeita. Assim, você jogou, arriscou sua liberdade e a minha. Você não estava pensando em mim, sentada lá fora no carro – você simplesmente não estava pensando em mim. Você estava pensando que, se chamasse uma ambulância naquela hora, tudo estaria perdido, mas se, apesar do alto risco, adotasse a estratégia de fuga, haveria uma chance, muito tênue, mas uma chance – se o corpo não fosse descoberto por algum tempo, se as câmeras de vigilância entre o apartamento e a estação do metrô não estivessem funcionando, como muitas vezes não estão...

Em determinado momento, talvez tenha havido alguma satisfação em sua mente. Finalmente, tinha acontecido. Suas fantasias paranoicas tinham se realizado. Você não era apenas um homem entediado com seu trabalho, que tinha inventado uma história pessoal mais emocionante. A história agora era realidade. Você a havia transformado em realidade. Imagino que você teria entrado em ação de modo muito eficiente. Teria considerado a questão das provas forenses, refazendo seus passos desde o momento em que entrou no apartamento, teria limpado as superfícies que precisavam ser limpas com um pano encontrado na cozinha, aquele que espalhou o sangue diluído de George Craddock em um círculo no chão. Teria verificado cuidadosamente para que nada fosse deixado para trás. Teria ido ao espelho do corredor e limpado os vestígios de sangue do rosto e dos cabelos. Somente quando essas tarefas tivessem sido realizadas, você teria parado atrás da porta de entrada do apartamento, vestido o par de calças sobressalentes que tirou da bolsa Nike e trocado os tênis. Nesse ponto, imagino que você estivesse dominado por algo próximo à euforia.

Ver-me sentada no carro, pacientemente esperando por você, não foi suficiente? Isso não foi suficiente para a sóbria realidade do que você tinha feito, do que você estava arriscando em meu nome, assim como no seu, mas sem a minha autorização? Não houve um ponto em que você olhou para o meu rosto, quando se aproximou do carro, e sentiu uma ponta de remorso? Você me esqueceu, e com isso quero dizer que se esqueceu de mim como uma pessoa real, com suas próprias necessidades e desejos, com sua própria história. A essa altura, eu não era mais do que uma parte ínfima em sua história. *Dirija.*

Tribunal Número Oito, Tribunal Penal Central, Old Bailey, EC1, tão limpo, moderno e eficiente. Porém, mesmo nesta sala estéril, de madeira, com as luzes fluorescentes do teto e o manto de cansaço lançado sobre seus frequentadores, mesmo aqui, há um inconfundível frisson quando o júri retorna à sala do tribunal. Eu sei, como você sabe, o quanto está em jogo para você e para mim, mas somente quando todos nós somos convidados a ficar de pé é que sou lembrada, ao olhar à volta para todos os demais, do quanto está em jogo para eles também. Cada vitória ou derrota conta a favor ou contra um advogado. A srta. Bonnard limpa a garganta compulsivamente. O juiz deixou claros seus sentimentos na súmula, de modo que sua reputação no meio jurídico também está em jogo – esta é a única vez em todo o julgamento, afinal, em que ele não é o incontestável autocrata. Os agentes de polícia sabem que resultados querem, é claro, e o inspetor Cleveland está ajeitando a gravata por baixo do casaco e sacudindo os ombros com um pequeno movimento, como se o fato de se arrumar pudesse produzir o resultado desejado. Até mesmo o júri, que está entrando agora pela mesma porta que o juiz entrou – os jurados foram mantidos em uma sala especial enquanto deliberavam –, até mesmo o todo-poderoso júri não conseguirá deixar o tribunal ileso. Em poucos instantes, de acordo com sua decisão, um homem e uma mulher sairão livres do Old Bailey, para retornar a suas famílias, suas casas, sua vida normal, ou serão levados dali para o submundo, um outro mundo, por muitos anos. Os membros do júri terão que viver com essa decisão pelo resto de suas vidas.

Quando eu me levanto, olho para cima, para a galeria do público, e é somente então que vejo, sentado ao lado de Susannah, meu marido, Guy. Ele olha fixamente para mim, esperando que eu levante os olhos e o veja. Ele veste uma camisa azul-clara e um blazer, seus cabelos lisos e espessos bem-arrumados, o rosto amplo e aberto, olhando para mim como se sorvesse a minha visão, tentando perceber tudo sobre como eu estou. É demais para mim. Meus joelhos começam a tremer. Minha vida, a minha vida real, lá em cima, a poucos metros de distância. Sei que ele quer me dar apoio, mas é um tormento. Tento sorrir e ele tenta devolver o sorriso, mas nem mesmo ele consegue evitar que o medo transpareça em seu rosto. Susannah me dá um amplo sorriso esperançoso e Guy levanta a mão em um pequeno aceno, meio que se desculpando, penso, porque ele deve saber que seu aparecimento inesperado vai fazer minha cabeça girar.

– Desculpe – ele diz, apenas movendo os lábios.

Mais tarde, ele vai me dizer que manteve sua promessa de permanecer longe do julgamento, mas que não tinha feito promessa de ficar longe do veredito. Ele voltou do Marrocos após um fim de semana com Carrie, Sath e Adam. Ficou em nossa casa o tempo inteiro. Susannah liga para ele diariamente com as atualizações. Ele sabe de tudo, enquanto está de pé lá na galeria e eu estou de pé no banco dos réus. Olhamos um para o outro por um ou dois instantes, antes de virarmos a cabeça para ver o júri entrar em fila.

Eu estou de pé. Milagrosamente, estou de pé. É um milagre, porque não consigo respirar. Meu peito é como um saco de pedras pressionando contra o resto do meu corpo e eu ainda tenho tempo para pensar, por breves instantes, se isso pode ser um ataque do coração. Mas sei que não é. O início de um ataque cardíaco é geralmente acompanhado – como fui informada por um amigo cardiologista certa vez – por uma esmagadora sensação de morte, uma negra descida a um mundo que parece estranho, mas inevitável. Minha sufocação não está produzindo esse resultado; ao contrário, está me fazendo voar alto, subir vertiginosamente – estou leve como o ar, pois, de repente, me ocorreu: está quase no fim, graças a Deus, graças a Deus... já estou me imaginando deixando atabalhoadamente o banco dos réus, atravessando a sala do tribunal e saindo para o corredor. Estou me imaginando descendo as escadas correndo, em direção à saída, Susannah – e agora Guy, sim, Guy – esperando por mim na rua. Eu me permito as imagens que tenho evitado durante todo o julgamento: minha cozinha, a surrada poltrona de couro junto às portas duplas que levam ao jardim, onde geralmente me sento com um café; Guy no andar superior, trabalhando, distraído e distante; meu filho, sentado no degrau da porta dos fundos, fumando, em uma de suas raras visitas; minha filha cozinhando com o namorado na cozinha – eles gostam de cozinhar para nós quando vêm nos visitar. Essas são as imagens separadas, mas interligadas, que aparecem em minha cabeça, instantâneos de minha vida anterior, minha vida doméstica, tudo está tão perto de mim agora. Quando as crianças vão voltar do Marrocos? Este fim de semana, disseram, seja como for.

Mas, primeiro, o veredicto.

Relacionamentos têm a ver com histórias, não com a verdade. Sozinho, como indivíduos, cada um de nós tem suas próprias mitologias pessoais, as histórias que contamos, a fim de dar sentido a nós mesmos para nós mesmos. Isso geralmente funciona muito bem, desde que fiquemos lúcidos e solteiros, mas no minuto em que você entra numa relação íntima com outra pessoa, há um descompasso automático entre sua história a respeito de si mesmo e a história deles a seu respeito.

Lembro-me disso do julgamento. Lembro-me de quando a matrona sra. Price levantou-se para fazer sua declaração de abertura – ela estava muito calma, muito bem preparada. A promotora tinha a sua história completa. Ela não precisou nem mesmo limpar a garganta. Ela olhou para os pés por um breve instante antes de começar, para indicar, imaginei, sua humildade diante da verdade que estava prestes a traçar para o tribunal. Não era a *sua* história, seu olhar para baixo parecia dizer, oh, não, isso foi o que *realmente aconteceu*. Quaisquer que fossem meus sentimentos em relação a essa mulher e aos processos que ela representava, tive distanciamento suficiente para observar e admirar o seguinte: a sra. Price tinha uma hipótese, como eu tenho hipóteses. A dela era testada pela afirmação, pela trapaça, se quiser, pela desvinculação de elementos de prova de seu contexto, a fim de criar aquele efeito de fumaça e espelhos, de modo que não tenho certeza de que a analogia científica realmente cabe aqui. Mas realmente me fez pensar o seguinte: como cientista, já contei mais histórias do que eu mesma me dei conta ou admiti. Você, Mark Costley, era um fantasista, uma pessoa que só podia lidar com sua vida normal desde que ela fosse escorada por uma série de histórias lisonjeiras sobre si mesmo, nas quais você era um espião, um mestre sedutor ou um herói vingador e quem sabe o que mais. Suas histórias se tornaram tão necessárias que elas o dominaram, o desligaram de qualquer senso de realidade objetiva. E o final de todas as nossas histórias foi o seguinte: você e eu fomos para a prisão.

24

No dia seguinte ao que minha mãe morreu, segui meu pai de um cômodo ao outro. Não me aproximei dele, nem tentei tocá-lo. Eu não estava buscando consolo físico, apenas sua presença. Minha mãe deu alta a si mesma da Comunidade Residencial da Unidade de Saúde Mental de Adultos, em Redhill – ela havia se saído bem nas semanas anteriores à sua morte, porém mais tarde houve a abertura de um inquérito para saber por que ela teve autorização para ir embora quando se sabia que corria risco. Ela caminhou até encontrar a linha férrea – a mesma que meu pai usava para ir trabalhar em Londres e a mesma linha que eu usaria nos próximos anos. Ela encontrou um lugar onde podia ter acesso à linha, passando por uma cerca de arame – ela deve ter abaixado a cabeça para passar entre os fios – e escorregando por um barranco íngreme até lá embaixo. Uma testemunha a viu descer o barranco, sentando-se com os joelhos levantados e os pés planos contra o solo, colocando as mãos de cada lado do corpo, deixando-se deslizar devagar, como se estivesse com medo de cair. Durante o inquérito, o condutor do trem disse que, embora estivesse de pé no meio dos trilhos, ela se manteve de costas para o trem que se aproximava, e ele se perguntava se ela teria feito isso para que seu rosto não o assombrasse. Não tive permissão para assistir ao inquérito, mas ouvi meu pai e minha tia conversando sobre isso mais tarde, o que o condutor disse, como estava quente na sala do delegado, o quanto fazia frio lá fora.

Minhas lembranças de minha mãe ainda são nítidas, embora haja apenas algumas. Lembro-me de estar sentada à mesa da cozinha com ela, fazendo "cama de gato" – eu devia ter quatro ou cinco anos na época. Usávamos fios de lã áspera e verde. Ela mantinha os dedos para cima para que eu pudesse passar o fio entre eles e eu cantarolava uma canção que havia aprendido na escola. Nós não éramos muito boas naquilo, não tão boas quanto eu era com minhas amigas, de qualquer modo – parecia mais uma teia de aranha emaranhada do que uma cama. Suas pernas estavam nuas, cuidadosamente enfiadas sob a cadeira em que estava sentada. Seus tornozelos eram apenas pedaços de osso acima de seus chinelos.

No dia seguinte ao que minha mãe morreu, segui meu pai de um cômodo a outro. Quando ele se levantou da mesa da cozinha para sentar-se na sala de estar, eu o segui e sentei-me no braço da poltrona em que ele se encontrava. Quando ele foi para o andar de cima, eu o segui até lá também e quando ele entrou no banheiro e trancou a porta, incapaz de encarar-me, eu acho, sentei-me do lado de fora, com as costas apoiadas na porta, abraçando os joelhos e esperando que ele saísse.

É primavera, o ano seguinte ao nosso julgamento. Estou em casa. Meu filho armou uma rede no jardim, uma rede comprida, azul, feita de uma resistente corda de plástico. Ele a pendurou entre as duas macieiras. Passo muito tempo na rede, enrolada em um cobertor cinza que Guy encontrou no quarto de hóspedes. Está atipicamente quente para o mês de abril. Estou deitada na rede, enrolada no cobertor, balançando suavemente entre as macieiras, olhando para o céu pós-inverno.

Fui liberada de Holloway há dois dias. Adam tem vivido em casa durante todo o tempo em que estive na prisão. Ele diz que já está farto do cenário em Manchester, mas não sei se acredito nele. Acho que ele voltou para casa para ficar com Guy. Eu estava preocupada que a minha libertação pudesse afastá-lo para longe outra vez, mas, quando me trouxeram para casa, ele me levou para o jardim, me mostrou a rede e disse:

– Está bem quente... achamos que, depois de tudo... você ia gostar de ficar ao ar livre.

Naquela noite, a noite da minha soltura, não houve nenhuma bebida alcoólica ou comemoração. Carrie chegou de Leeds e, como tinha vindo de carro, trouxe o porta-malas cheio de comida fresca. Tudo o que ela fez para mim naquela noite era fresco: quatro diferentes saladas, um arranjo de frutas exóticas em uma travessa. Todos se sentaram à volta da mesa da cozinha, mais ou menos em silêncio, e todos me observaram beliscar as frutas com um garfo.

Carrie só podia ficar uma noite, depois precisava voltar para o norte. Ela e Sathnam vão se casar no verão. Ela tem muito a organizar.

Guy e Adam estão cuidando de mim. Eu os vejo trocar olhares de vez em quando. Às vezes, quando estou deitada na rede, posso ouvir o telefone tocar dentro de casa. A porta dos fundos, que dá para a cozinha, foi deixada aberta, de modo que ouço o murmúrio da voz de Guy quando ele atende. "Sim, ela está bem", eu o imagino dizendo. "Está muito magra, mas está bem."

Adam tem ajudado o pai a limpar a garagem. Ele parece bem, magro e rígido, em calças largas de combate e uma camiseta cortada, ainda com uma barba por fazer que lhe cai bem. Sei que, quando estiver bem outra vez, há o perigo de que eu o afaste de novo, mas eu não estou bem. Fico deitada na rede, olhando para o céu.

Faz pouco mais de dois anos desde que você e eu nos conhecemos. Fui libertada da prisão há dois dias, depois de cumprir três meses de uma pena de seis meses por perjúrio – declarei-me culpada na primeira oportunidade disponível e por isso recebi uma pena relativamente leve em meu julgamento, em janeiro. Saí sob liberdade condicional. Estou livre, mas ao mesmo tempo não estou. Se violar os termos da minha licença, posso ser levada de volta a qualquer momento. Você não foi considerado culpado de homicídio qualificado, mas de homicídio culposo. Foi condenado a catorze anos de prisão. Com o tempo gasto na prisão preventiva e com uma redução de pena por bom comportamento, você poderá sair daqui a cinco ou seis anos. Fui considerada inocente de homicídio e liberada do banco dos réus, mas, imediatamente em seguida, fui presa por perjúrio no corredor do lado de fora. Havia três policiais esperando por mim assim que deixei o Tribunal Número Oito. O inspetor Cleveland seguiu-me até o corredor e ficou me observando com seus olhos pálidos.

Em parte, a sua traição em relação a mim funcionou. Pesou na balança. A minha mentira para a corte fez você parecer menos culpado; quanto mais eu parecia ruim, melhor você parecia. Você foi considerado culpado de homicídio culposo, e não de homicídio qualificado, com base em perda de controle.

Fico deitada em minha rede, olhando fixamente para o céu, e penso em você, meu amante, Mark Costley, ex-policial com um cargo administrativo na área de segurança das Casas do Parlamento, que gostava de sexo ao ar livre e histórias dramáticas mirabolantes porque faziam com que se sentisse menos comum. Os espiões não o quiseram, amor. Se o tivessem aceitado, nada disso teria acontecido.

Meu amante, Mark: quem ou o que ele era? Um homem para quem a história de vida normal era simplesmente normal demais. Um homem que buscava emoções, principalmente pelo sexo, mas também em histórias, apenas para descobrir que cada sucessiva emoção não era suficiente? Assim como o hábito de George Craddock de usar pornografia se tornou mais e mais grave, até torná-lo incapaz de distinguir entre os pensamentos em sua cabeça e a vida real, assim também a sua necessidade de uma história emocionante sobre si mesmo levava a aventuras sexuais, a casos tórridos e, por fim, à violência. O problema com as histórias é que elas são viciantes.

Guy vem e para no degrau da porta dos fundos. Ele me vê olhando para ele e sorri. Ele tem uma caneca de chá na mão. Leva-a à boca, toma um gole e, em seguida, levanta a caneca em um gesto que significa: "Quer uma?" Meneio a cabeça e fecho os olhos para que ele vá embora. Quando os abro novamente, ele ainda está me fitando, mas Adam surge a seu lado, segurando uma máquina de lixar que devemos ter há mais de vinte anos. Guy e Adam trocam alguma piada sobre a máquina de lixar e voltam para dentro de casa.

Cerca de uma hora mais tarde, Adam emerge na porta dos fundos, senta-se no degrau sem olhar para mim e começa a enrolar um cigarro. Levanto os olhos para a casa e vejo que Guy está parado em uma janela do andar superior, olhando para o jardim. Ele está falando ao celular. Ele conversa, enquanto olha a uma distância média, mas após um instante, seu olhar desce e ele me vê olhando para cima, para ele. Imediatamente, instintivamente, ele se vira de costas e se afasta da janela, de modo que eu não possa vê-lo enquanto fala ao telefone. Eu me pergunto com quem ele estaria falando. Imagino se seria Rosa.

Mais tarde, naquele mesmo dia, Susannah chega. Ela sai para o jardim. Está segurando uma bandeja de papelão descartável com quatro copos de isopor de café encaixados e um saco de papel cheio de pãezinhos doces. Ela fica parada por um minuto, enquadrada em nossa porta dos fundos, sua figura alta e esbelta imóvel. Ela olha para mim na rede como se tentasse fazer uma rápida avaliação antes de se aproximar. Então, sorri, caminha em minha direção, escolhendo com cuidado seu caminho pela grama em sandálias claras de salto anabela. Ela se senta na borda do arranjo ornamental de pedras do jardim, a alguns passos de distância, apoia a bandeja e extrai dois copos, trazendo um para mim.

– Ei – diz, inclinando-se para me beijar, mantendo o copo de café quente a uma distância segura. – Achei que você ia querer um café de verdade.

Ela coloca o saco de pãezinhos doces sobre o meu estômago, onde permanece intocado.

Eu me contorço desastradamente na rede, tentando me sentar, para poder tomar o café sem derramá-lo sobre mim. Susannah retorna às pedras com seu copo, onde pode virar o rosto para o sol. Permanecemos sentadas, tomando café em silêncio, por algum tempo. Depois, conversamos um pouco, de modo desconexo, sobre como eu estou e como ela está. Sobre o que penso fazer nas próximas semanas, como vou ter que ir devagar durante algum tempo. Em determinado ponto, ela olha para a casa e diz:

– Pensei que Guy e Adam viriam se juntar a nós.

Eu não respondo. Susannah, a amiga que eu não ousava esperar ter quando estava crescendo; eu a vejo hesitar. Ela está lutando com alguma coisa, fazendo uma pausa, querendo falar com todo o cuidado. Eu espero e, por fim, ela começa, tranquilamente:

– Todo dia, sabe, todo dia, no final da sessão do tribunal. Era sempre tão terrível deixar a galeria do público e olhar para

você lá embaixo, sabendo que você seria levada para longe por aquelas pessoas, que você não tinha escolha, que ia voltar para a prisão. Todo dia, eu descia os degraus para a saída e não importava se estava chovendo a cântaros, eu respirava fundo, sem poder acreditar que simplesmente podia continuar andando e ir embora, e você não. Era tão estranho... E às vezes eu via aquele casal de idosos, conversando. O velho era o pior, falando sobre como, na opinião dele, você era ainda pior do que Mark. Eu quase empurrava o desgraçado escada abaixo...
– Em seguida, ela me lança um olhar infinitamente suave. – A primeira coisa que tinha que fazer, antes mesmo de pegar o trem, era telefonar para Guy. Todo dia, eu tinha que ligar para ele. Ele me fez prometer. Todos os dias, eu ia, pegava meu telefone naquele café e, então, parava do lado de fora, mesmo se estivesse chovendo, e ligava imediatamente. Eu nem sequer verificava minhas mensagens ou e-mails, porque sabia que Guy estaria à espera da minha chamada. E todos os dias, tinha que lhe contar tudo. Como você parecia estar? Estava resistindo? Quem estivera no tribunal naquele dia e como tinha se saído? Nosso advogado estava fazendo um bom trabalho? Como eu achava que estava indo? Eu caminhava para a estação e passava pelo bar onde os policiais estavam todos tomando cerveja. E eu atravessava a rua, com um olho nos ônibus e nos táxis, porque aquele trecho da rua é sempre muito movimentado, e o tempo todo eu estava falando com Guy. Mesmo que meu trem já estivesse chegando, eu não podia entrar na estação, com medo de perder o sinal antes de ter lhe contado tudo.

Eu não respondo. Ela olha para baixo, para o café de Guy e de Adam, e eu sei que ela está preocupada que estejam esfriando. Está atipicamente ensolarado para o mês de abril, mas a temperatura do ar ainda é fria.

* * *

Pergunto-me quando foi que aconteceu. Qual foi o momento da sua traição? Deve ter acontecido nas celas de Old Bailey, suponho, durante uma das reuniões que nós dois tivemos com nossos respectivos advogados. Você teria ficado impressionado com essa jovem fria, contrariamente ao seu melhor juízo, de certa forma. A óbvia competência da jovem advogada teria conquistado sua confiança. Você passaria a vê-la como seu anjo vingador, ou fada madrinha, quem sabe.

Talvez tenha sido bem no começo, quando você viu a srta. Bonnard solicitar um atraso depois de ter lido o relatório do dr. Sanderson no telefone a caminho do tribunal naquela manhã, talvez tenha sido ali que você percebeu o quanto o caso era grave. Talvez tenha sido quando você estava na cela, lendo o relatório sobre você mesmo, aquele em que ele desautorizava de forma tão eficaz qualquer diagnóstico de transtorno de personalidade limítrofe com elementos de transtorno de personalidade narcisista. Imagino que a srta. Bonnard tenha ido vê-lo depois de haver conseguido o adiamento do início dos trabalhos. Imagino que você tenha observado a expressão de seu rosto quando ela lhe explicou, com delicadeza, que aquilo provavelmente impediria sua defesa de responsabilidade diminuída, que o debate sobre diagnóstico que ocorreria no banco das testemunhas seria – tenho certeza de que ela usou esta palavra – "problemático". Nós. Eles dizem muito isso, os advogados. "Vai ser problemático para nós."

Talvez você tenha pensado nisso então, ou talvez tenha sido quando você estava no banco dos réus mais tarde, sentado a poucos passos de distância de mim, assistindo ao dr. Sanderson no banco de testemunhas, observando como a normalmente brilhante srta. Bonnard não conseguiu abalá-lo nem um pouco. Aqui houve uma coisa estranha: ele mostrou-se como um homem horrível, um homem sem um pingo de bondade humana, mas ninguém naquele tribunal teria duvidado de seu veredito sobre sua sanidade ao final do contrainterrogatório. Como você se sentiu, ouvindo isso, vendo suas chances, de um veredito de "inocente" afundarem sob o peso da certeza do dr. Sanderson? Pode ter sido ainda mais tarde, é claro. Pode ter sido somente quando você viu a dra. Sadiq vacilar no banco das testemunhas ou ouviu a primeira das autoridades que a sra. Price citou contra ela. Como você se sentiu, então? A que temperatura o chão de metal da gaiola tem que chegar para que o chimpanzé coloque o bebê nesse chão quente e pise em cima dele?

Em algum momento, você tomou sua decisão, a decisão que levou sua advogada de defesa a mudar a base de sua alegação de inocência para perda de controle. Nenhum advogado faz algo assim num capricho, você devia saber disso. É um prato cheio para a promotoria quando a natureza da defesa muda no meio do julgamento. Sua advogada só consentiria em executar esta reviravolta se novas informações viessem à luz durante o julgamento. Ela precisava ter uma razão, então você lhe deu uma razão. Você olhou para a srta. Bonnard, sentada à sua frente do outro lado da mesa nas celas do Old Bailey, e deu a ela seu melhor olhar, o olhar franco, direto, honesto, aquele que sempre fazia um pequeno músculo em meu estômago se contrair, e lhe disse:

– Há uma coisa que não lhe contei.

Abril termina e com ele o sol desaparece. Vamos ter um maio chuvoso. Certo dia, Adam e Guy discutem durante o café da manhã se deviam deixar a rede armada no jardim ou se deviam levá-la para dentro. Guy diz que, se ela fosse feita de corda verdadeira, teriam de desmontá-la, mas, como é de plástico, podem deixá-la lá fora.

Ando pela casa como um fantasma. Não quero melhorar, assumir as rédeas da minha vida novamente, se isso fizer Adam se afastar outra vez.

Passo muito tempo em meu escritório, fingindo que estou recuperando o atraso com meus e-mails, o que é uma explicação adequada. Às vezes, deixo meu escritório e fico parada no patamar da escada, ouvindo Guy e Adam se movendo pela casa, conversando um com o outro. Às vezes, Guy trabalha e Adam dedilha guitarra em seu antigo quarto. Ocasionalmente, um deles sai, mas eles nunca saem de casa ao mesmo tempo. Certa vez, quando Adam havia saído um pouco, eu me sentei no degrau mais alto do patamar e fiquei ouvindo Guy se movimentando no andar térreo, como um grande urso ferido, e subitamente sua solidão lá embaixo pareceu insuportável. Não suporto a ideia de que ele possa estar ferido e escondendo sua mágoa até eu estar bem outra vez. Assim, desço, mas quando chego lá embaixo, ele está na cozinha e, de repente, não quero entrar lá. Vou sentar-me, inutilmente, na sala de estar, até que, depois de algum tempo, ele vem com uma caneca de chá e a coloca à minha frente. Então, vai saindo vagarosamente do aposento, com uma atitude que alguém que não o conheça imaginaria ser descontraída. Ele aperfeiçoou este ar lento e metódico de estar às voltas com pequenas tarefas domésticas. Quero chamá-lo de volta, pedir-lhe para sentar-se comigo a fim de que eu possa dizer: quero que você se sinta melhor, apenas não fale. É algo injusto de dizer, de modo que não digo nada.

Guy acredita que eu deixei de amá-lo. Ele tentou, e fracassou, aplicar sua maneira de pensar durante seu próprio caso. Ele acredita que foi capaz de amar Rosa enquanto continuava a me amar porque ele é um homem – mas, como sou mulher e mais sincera, eu não poderia fazer isso dessa forma. Assim, ele chegou à conclusão de que eu só poderia ter feito o que fiz com Mark Costley se eu não o amasse mais. Ele está errado. Tenho sido mais homem em relação a esse caso do que ele poderia imaginar. Seu determinismo biológico sobre esta questão baseia-se em parte em ciência e, em parte, em cavalheirismo, mas ele está errado em ambos os casos. Sua generosidade de pensamento em relação a mim está lhe causando mais dor do que ele precisa sentir.

Não deixei de amá-lo em nenhum momento. Não deixei de amar a nossa vida aqui, nesta casa, com o mundo que construímos ao nosso redor. Nós o construímos por uma razão. Atendia aos nossos anseios. Era o lugar onde deveríamos estar. Deixei de amar algo mais sutil e específico. Deixei de amar a maneira como lidei, ao longo dos anos, com o trabalho duro que realizei, com os sacrifícios que fiz, com a minha capacidade de criar dois filhos, ainda que de maneira imperfeita, enquanto fazia todas as outras coisas que fiz.

Tive a súbita lembrança, enquanto estava sentava no sofá, bebendo o chá que Guy fizera para mim, de como, quando as crianças eram pequenas, eu deixava um bule e uma xícara de café prontos em meu escritório, enquanto seguia a rotina de colocá-las para dormir, cantando uma canção enquanto lhes dava banho e pensava em alguma questão técnica de sequenciamento de proteínas, de modo que, no instante em que as crianças estivessem na cama, eu pudesse ir direto do beijo de boa-noite para a escrivaninha. Quando era pequena, Carrie costumava dormir por uma hora todas as manhãs depois do café e durante aquela hora, eu sentava Adam diante da televisão e escrevia freneticamente ou lia artigos de pesquisa. Às vezes, eu me via em uma dessas fases e me permitia este pensamento, nada mais presunçoso ou radical do que o seguinte: *Eu consigo fazer isso*. Olhe para mim, administrando tudo isso. Quando as crianças eram pequenas, muitas vezes íamos visitar a mãe de Guy para o almoço de domingo – ela morreu quando as crianças tinham seis e oito anos, mas, quando elas eram bem pequenas, a mãe de Guy gostava de fazer um bom almoço de domingo para Guy, o resto de nós e suas duas irmãs. E todas as vezes que ele deixava a mesa para trocar uma fralda, as três praticamente irrompiam em um coro de Aleluia! Ninguém me elogiava por todos os malabarismos que eu fazia. Nunca pedi elogios. Considerava a minha competência muito natural, assim como todas as outras pessoas.

Eu não estava vulnerável a você, ao que fiz com você, porque tivesse deixado de amar Guy. Eu estava cansada, e se deixei de amar alguma coisa foi essa minha competência. Deixei de amar a mim mesma.

Suponho que haja dois tipos de adúlteros: os de repetição e os de caso único. Recaio na última categoria. Eu nunca teria tido um caso se não o tivesse conhecido. Foi um desses acontecimentos fortuitos que se pode contar um em um milhão, como atravessar a rua no exato instante em que uma van branca dobra a esquina e o motorista é distraído por uma ligação telefônica. Para aqueles de nós que são adúlteros de caso único, ele acontece em um momento crucial de nossos casamentos e, na verdade, tem mais a ver com o casamento do que com o caso extraconjugal. Depois, nossa vergonha e nossa culpa são tão profundas que não podemos sentir nada senão uma gratidão covarde pelo cônjuge que traímos, por ainda estar ali.

Você recai no outro tipo, sei disso agora, o adúltero em série. Esses adúlteros teriam sido infiéis não importa com quem tivessem se casado – embora possam iludir a si próprios do contrário. Seus casos nada têm a ver com seus casamentos. É algo que precisam fazer, porque não conseguem suportar a vida de outra maneira. Face a esta situação, o modo de atuação dos adúlteros em série pode parecer mais condenável do que o meu, mas na verdade, eles provavelmente são melhores em enganar e menos suscetíveis de explodir um matrimônio perfeitamente satisfatório por causa das emoções que experimentam fora do casamento. Moralmente, não há nenhuma diferença. Sei disso agora.

Não sei nada sobre o seu casamento. Não sei como você conduziu a parte comum de sua existência. A minha única suposição é que você conseguiu levar uma vida dupla no verdadeiro sentido da frase – em casa, em Twickenham (entre todos os lugares), você era, na verdade, comum. Você e sua mulher assistiam à televisão juntos e dividiam o trabalho doméstico. De vez em quando, trocavam palavras irritadas sobre de quem era a vez de renovar a licença do carro, exatamente como eu e Guy. E, então, havia os casos – os casos quase sucessivos. Você não poderia ter permanecido casado se não fosse pelos casos, e a estabilidade de sua vida doméstica tornava os casos possíveis – um não poderia existir sem o seu contrário. Sua vida estava presa a esse extenuante jogo de pingue-pongue, de um lado para o outro, de um modo de vida para o outro. Você tinha se tornado tão viciado na adrenalina dessa existência, que já não sabia como viver sem ela.

E depois do drama imaginário que tornou nossas vidas cotidianas suportáveis, tivemos um verdadeiro drama, um drama maior do que éramos capazes de gerenciar, e então quisemos nossas vidas cotidianas de volta, mas elas não existiam mais. Descobrimos que a proteção e a segurança são bens que você pode vender em troca de emoção, mas nunca pode comprá-los de volta.

Pergunto-me o que vai acontecer a você quando for libertado da prisão. Vai conseguir sua vida normal de volta? Acho que não. Sua mulher não parece ser do tipo que perdoa, e quem poderia culpá-la? Você vai entrar em contato comigo, então? Será que vamos nos encontrar? Será que ficaremos chocados ao constatar o quanto somos pessoas comuns, de meia-idade? Não sei. Tudo o que sei é como Guy e eu estamos lidando com isso agora. Nós nos amamos. Isso eu sei.

Lentamente, a vida retorna ao normal. Guy volta a lecionar. Adam permanece conosco, mas também diz que vai procurar um lugar para alugar. Está pensando em se mudar para Crouch End. Ele tem um amigo lá que toca teclado. Crouch End é muito mais perto de nós do que Manchester. Posso viver com Crouch End. Minha agente da condicional, uma irlandesa de sessenta e poucos anos, encoraja-me a sair um pouco mais de casa. Ela diz que estou agindo certo, indo devagar, mas que já é hora de começar a olhar para a frente. Tenho considerado em que pretendo trabalhar agora? Não, não tenho considerado isso. Eu me pergunto se um dos cafés ou lojas locais me aceitaria.

Cerca de um mês depois de ter sido libertada da prisão, eu me vi sozinha por um dia inteiro e, sem realmente pensar muito sobre isso, decidi fazer uma viagem de metrô até a cidade. Se eu tivesse pensado melhor, não teria ido, mas eu sabia que, mais cedo ou mais tarde, me veria no bairro de Westminster e não queria que fosse por acaso. Queria ir lá de propósito, para não cair numa emboscada. O Instituto Beaufort, as Casas do Parlamento, Embankment Gardens – pensei que me permitiria uma visita lá, para ver se conseguia enxergar os fantasmas de nós mesmos naquela época, como se eu pudesse esbarrar em nós, andando de braços dados ao longo do rio ou sentados em um café, com os joelhos pressionados com força por baixo da mesa. Faça isso uma vez, pensei, depois esqueça.

Não fui direto para lá. Fiz outras coisas primeiro, como se pudesse me enganar de que a minha peregrinação fosse acidental. Fiz algumas compras na John Lewis e, em seguida, fui descendo a Bond Street, espreitando pelas portas abertas das lojas vazias de estilistas famosos, olhando para os poucos itens pretos pendurados em parcos trilhos cromados, um ou outro atendente imaculadamente vestido, parado completamente imóvel – e, então, juro, quase sem pensar, continuei vagando para o sul e atravessei a Piccadilly não muito longe da Royal Academy, onde dei uma espiada da entrada e decidi que não gostava da exposição. Considerei abandonar toda a ideia dessa viagem e ir direto para a estação Piccadilly Circus do metrô, mas em vez disso desci a Church Place, sem nenhum outro motivo que não o fato de ser uma área de pedestres e eu querer fugir do trânsito.

Então, eu estava lá. Eu me conduzi para lá. Estava parada na Duke of York Street, a meio caminho de sua extensão, olhando para a esquerda. A semana inteira, os dias se alternaram entre ensolarados e chuvosos, e o céu tinha uma estranha cor amarela e cinza, nuvens pesadas e escuras aglomeradas ao redor do sol, uma ou outra nesga de céu límpido, como se tudo pudesse acontecer a qualquer momento.

A primeira coisa que vi ao me aproximar foi que o velho prédio enegrecido da esquina estava coberto de andaimes. Quase todas as janelas já estavam quebradas pelos trabalhos de demolição no prédio ao lado – obviamente ele seria o próximo a sucumbir à bola na corrente. O edifício comercial que assomava ali, aquele em frente ao vão da porta, já havia desaparecido. As janelas vazias para as quais olhei, perguntando-me se haveria alguém olhando para fora, a volumosa proteção do edifício – agora tudo era apenas céu, aquele céu cinza e amarelo. Tapumes haviam sido erguidos para proteger o local, e um grande aviso dizia em letras vermelhas garrafais sobre fundo branco: DEMOLIÇÃO EM ANDAMENTO: MANTENHA DISTÂNCIA. Atrás dos tapumes, eu podia ouvir o ronco dos trabalhos em curso, as escavadeiras mecânicas, martelos industriais, furadeiras, os gritos dos operários de capacete. Então, enquanto estava ali parada, olhando para os tapumes, ouvi um grande barulho rangente, como um velho trem entrando em uma pequena estação, e o braço de uma enorme escavadeira amarela levantou-se, oscilando, e surgiu acima da barreira dos tapumes, a gigantesca boca aberta virada para cima por um instante, antes de mergulhar para baixo com um estrondo. Apesar dos tapumes estarem entre mim e o monstro, recuei até a parede oposta.

Eles estão derrubando tudo, amor, pensei, enquanto estava ali, parada. Quase todo o beco do Jardim das Macieiras já desapareceu. A minha ruína está em ruínas. Está sendo destruído, tijolo por tijolo.

Fiquei parada, ouvindo a destruição que eu não podia ver. Em seguida, caminhei um pouco pelo beco, procurando a porta, aquela onde você deixou seu DNA dentro de mim. Não consegui descobrir qual era. Todos os vãos de porta pareciam muito rasos – e estava escuro naquela noite. O calor daquele momento, a imersão. Difícil de acreditar agora, difícil de acreditar que eu tivesse sido capaz de tudo aquilo. Tudo parecia diferente à luz do dia, e atrás de mim, por trás dos tapumes, as pás mecânicas, as escavadeiras e trituradores continuavam seu trabalho, ensurdecedores e indiferentes sob aquele céu cinza e amarelo.

E aqui está o meu segredo culpado, amor. Por vezes, de noite, eu me levanto. Deslizo silenciosamente para fora do quarto, e Guy se vira em seu sono. Mas, mesmo que eu o acorde ao sair, ele sabe que é melhor não se levantar e me seguir. Venho para cá, para cima, para o meu escritório. Acendo o aquecedor portátil e ligo o computador, devolvido a nós pela polícia após o julgamento. As pequenas luzes no computador piscam enquanto o aquecedor começa a clicar. Meus olhos estão secos, minha cabeça tranquila, enquanto abro a pasta, *Admin*. Há pastas dentro de pastas, e mais pastas ainda. Finalmente chego à pasta *Contabilidade* e, só para ter certeza, percorro a barra de rolagem examinando cada documento e, às vezes, abro todos eles, um por um. Já fiz isso uma dúzia, talvez vinte vezes agora, e ainda não consigo parar de fazer isso, nessas noites. Estou à procura de algo que não está lá. Estou procurando o documento *VATquery3*, que comecei a escrever há mais de dois anos, na noite do nosso primeiro encontro na Capela da Cripta, nas Casas do Parlamento, em que eu narrava o que fizemos sob os santos queimados em fogueiras, os santos afogados e os santos em todo estado de tortura. O documento não existe mais. Foi excluído, mas não por mim. A única pessoa que poderia tê-lo excluído é meu marido. Ele deve ter vindo aqui imediatamente após a minha prisão, talvez até mesmo quando a polícia ainda estava na casa. E, para fazer isso, ele já devia ter conhecimento da existência do arquivo. Ele estava correndo risco ao excluí-lo, protegendo-me. Se tivesse sido pego, isso o teria tornado meu cúmplice.

Estou procurando o arquivo, mesmo sabendo que ele não está mais lá, porém mais do que o arquivo, estou procurando outra coisa. Estou procurando informações que, para começar, nunca estiveram no computador. Estou procurando um fato que só seria passível de ser conhecido se a relação entre um computador e a pessoa que o opera pudesse ser revertida, se o computador fosse um grande olho observando o indivíduo ao teclado, gravando seus pensamentos ou ações. Estou sentada, olhando para um arquivo que não existe mais e tentando adivinhar se Guy o leu ou não antes de tê-lo apagado.

Não escrevo mais nada. Sei que é mais prudente não escrever. Examino meus arquivos até cansar, depois fecho a pasta em que eles estão, e a pasta em que essa pasta está, e a pasta em que essa outra pasta está também... guardando os documentos por essa noite, como se estivesse apagando as luzes em um dormitório escolar, uma por uma. Então, recosto-me para trás na cadeira, puxo meu roupão, apertando-o em volta de mim, e deixo-me ser ninada pelo calor do aquecedor e o vazio dos meus pensamentos. São altas horas da madrugada e eu me sinto pequena em minha cadeira, e uma pequena, mas dolorosa imagem vem à minha mente. Somos nós. Estamos deitados, seminus, saciados, no apartamento de Vauxhall que eu achava que era um esconderijo, mas que, na verdade, viu-se que pertencia ao falecido tio de sua mulher e estava à espera para ser reformado e alugado. Estamos deitados no colchão nu com o pálido edredom sem capa amontoado a nossos pés. A luz que atravessa as cortinas finas é tingida de cinza, mas ainda ilumina muito; mostra cada ruga e cada mancha senil – todos os sinais reveladores do que eu realmente sou, mas ao menos isso também é verdadeiro para você. É final de setembro e, em antecipação ao quente outubro que está por vir, hoje está surpreendentemente quente. O quarto é pequeno e desguarnecido. Estamos deitados de frente um para o outro, seminus, nossos corpos entrelaçados. Um dos seus braços está em minha cintura e o outro envolve meus ombros, com os dedos enredados em meus cabelos, segurando a parte de trás de minha cabeça, de modo que o meu rosto é pressionado contra o seu peito. Você está dormindo, creio, você dormiu, acordou e dormiu novamente. Estou bem acordada, respirando o seu cheiro, o cheiro de sua pele, seus cabelos, um leve indício de suor, os cheiros de nossa saciedade. Preciso ir ao banheiro. Pergunto-me se eu me mover muito, muito lentamente, se serei capaz de me desenlaçar de você sem acordá-lo – é a mão nos meus cabelos que me impede. Fico deitada por mais algum tempo, aproveitando o peso de seu braço na minha cintura, sua determinação, sua deliberação. Embora meu rosto esteja tão pressionado contra o seu peito que seus pelos fazem cócegas no meu nariz, sou capaz de sorrir comigo mesma.

Sei que você não está mais dormindo. Digo suavemente junto ao seu peito.

– Sabe o que eu realmente quero...?

– Hummm...? – você murmura.

– Quero que você o mate – digo. – Quero que você esmague o rosto dele.

Você aperta sua mão em mim, sem responder. Eu me aperto mais contra você. Após alguns instantes, sua respiração se torna pesada outra vez.

Finalmente, depois de algum tempo, embora sua respiração ainda seja profunda e eu não queira acordá-lo, tento, experimentalmente, mexer-me um pouco, mover a cabeça para baixo e desvencilhar seus dedos dos meus cabelos. Enquanto isso, inclino a cabeça ligeiramente para trás a fim de olhar para o seu rosto.

Você nem sequer abre os olhos. Enruga um pouco a testa. O braço em minha cintura me puxa para você, me aperta contra você, a mão nos meus cabelos move os dedos, reafirma-se.

– Nem pensar... – você murmura.

Sorrio para mim mesma, conforme nos enroscamos um pouco mais apertado. Sorrio da minha loucura, da sua loucura. Nós dois sabemos que eu poderia me levantar se quisesse, que é um jogo que fazemos, esta reivindicação que você gosta de fazer, um jogo que lisonjeia ambos. Por alguns minutos a mais, vamos fingir – eu sou sua e você é meu, e nenhum de nós dois tem qualquer escolha nisso e, se não temos escolha, também não temos nenhuma responsabilidade. Se somos as vítimas de nossos desejos, nossos esmagadores desejos, então, nada disso é culpa nossa, não é? Ninguém vai se machucar. Somos livres de vergonha, de culpa. Somos inocentes.

AGRADECIMENTOS

Este livro, em sua forma atual, não teria sido possível sem o acesso que me foi concedido ao julgamento de um assassinato no Tribunal Penal Central de Old Bailey, durante o verão de 2011. Sou muito grata ao juiz Stephen Kramer por me dar uma permissão especial para me sentar em plena sala do tribunal, a Lorna Heger, do Ministério Público da Coroa, por solicitar essa permissão em meu nome, e ao sargento-detetive Mark Whitham por me apresentar a Lorna. Também gostaria de agradecer ao inspetor Nick Mervin e a todos os agentes de sua equipe de investigação criminal pelos cafés, sanduíches e paciência infinita com minhas perguntas. Agradeço também a Vincent Zdzitowiecki, de Operações Policiais do Palácio de Westminster, à dra. Sarah Burge, do Wellcome Trust Sanger Institute, à dra. Ruth Lovering, do University College London, e a Glenn Harris, de Bedford Row Chambers 33. Espero que todos os citados perdoem os momentos, neste romance, em que distorci pormenores factuais para os meus próprios fins – ou simplesmente entendi errado. Meus agradecimentos também, como sempre, ao meu agente, Antony Harwood, e à minha editora, Sarah Savitt.

Estou, mais uma vez, profundamente grata ao Arts Council England por seu apoio a este livro.

LD

Impressão e Acabamento:
GRÁFICA STAMPPA LTDA.
Rua João Santana, 44 - Ramos - RJ